U0510509

发掘内蒙古历史文化 服务"一带一路"建设研究丛书

朝 克 主编

蒙古族文学艺术与 "一带一路"建设研究

The Study on Mongolian Literature Art and the Belt and Road Construction

汪立珍 朝鲁门 王·满特嘎 等著

中国社会科学出版社

图书在版编目（CIP）数据

蒙古族文学艺术与"一带一路"建设研究/汪立珍等著.—北京：
中国社会科学出版社，2021.5
（发掘内蒙古历史文化　服务"一带一路"建设研究丛书）
ISBN 978 - 7 - 5203 - 8007 - 2

Ⅰ.①蒙…　Ⅱ.①汪…　Ⅲ.①蒙古族—少数民族文学—文学研究—
中国　Ⅳ.①I207.912

中国版本图书馆 CIP 数据核字（2021）第 040792 号

出 版 人　赵剑英
责任编辑　张冰洁　侯聪睿
责任校对　杨　林
责任印制　王　超

出　　　版　中国社会科学出版社
社　　　址　北京鼓楼西大街甲 158 号
邮　　　编　100720
网　　　址　http://www.csspw.cn
发 行 部　010 - 84083685
门 市 部　010 - 84029450
经　　　销　新华书店及其他书店

印　　　刷　北京君升印刷有限公司
装　　　订　廊坊市广阳区广增装订厂
版　　　次　2021 年 5 月第 1 版
印　　　次　2021 年 5 月第 1 次印刷

开　　　本　710×1000　1/16
印　　　张　25
插　　　页　2
字　　　数　380 千字
定　　　价　148.00 元

凡购买中国社会科学出版社图书,如有质量问题请与本社营销中心联系调换
电话:010 - 84083683
版权所有　侵权必究

总　　序

内蒙古自治区人民政府交办的重大委托课题"发掘内蒙古历史文化，服务'一带一路'建设"于2017年10月课题经费下拨后正式启动。

在课题经费下拨之前，根据内蒙古自治区主席布小林提出的："要坚定不移地以习近平总书记提出的新时代中国特色社会主义思想和关于'一带一路'建设的重要论述为指导，深入贯彻党的十九大和十九届二中、三中全会精神，认真贯彻落实习近平总书记提出的哲学社会科学工作要为党的路线方针政策及经济社会建设服好务的重要论述。要充分解放思想、求真务实、与时俱进，深入发掘内蒙古源远流长的历史文化与文明，充分发挥内蒙古政府交办的重大委托课题的示范引导作用，为党和国家工作大局及'一带一路'建设服好务。要从内蒙古地区自身优势出发，科学解读和阐释'一带一路'建设的核心内容、性质和目的及其现实意义，进而更科学、更有力、更积极地推动中俄蒙乃至延伸到欧洲各国的'一带一路'建设"以及她所指出的"该项重大委托课题要将对策研究、应用研究及理论研究紧密相结合，对策、应用研究要从内蒙古地区和'一带一路'建设的实际情况出发，要以该地区'一带一路'建设的重大理论和现实问题为主攻方向，深入实际和强化实证性研究，拿出具有重要决策参考价值和实践指导意义的对策性、应用性、实用性调研报告或研究成果。在基础研究和理论研究方面，要实事求是地发掘和充分反映内蒙古地区的历史文化与文明，进而为中华民族多元一体的历史文化与文明不断增添新的内涵，为内蒙古'一带一路'建设不断增加新的活力和生命力"等指导思想为主题，2017年3月在内蒙古自治区人民政府办公厅（以下简称内蒙古政府办公厅）负责人的主持下，北京和内蒙古两地的相关专家学者在京首次召开课题工作会议。与会专家学者针对自治区主席提出的课题思路、课题内容、课题意义、课题框架、课题实施计划等展开了广泛而务实的讨论，随后将会议讨论稿交给了内蒙古政府领导。在这次召开的课题会上，初步做出如下几项决定：一是，由中国社会科学院民族文学研究所党委书记朝克研究员主持该项重大委托课题。二是，重大委托课题内部要分：（1）蒙古族与欧亚草原历史文化渊源；（2）元朝商贸往来与"一带一路"贸易畅通研究；（3）蒙古始源与中蒙俄"一带一路"地名考释；（4）蒙古族民俗文化与"一带一路"建设研究；（5）蒙古族文学艺术与"一带一路"建设研究；（6）内蒙古农牧业文化与"一带一路"建设研究；（7）蒙古族教育科学医疗文化与"一带一路"建设研究；（8）草原丝绸之路与呼伦贝尔俄侨历史文化研究；（9）内蒙古草原丝绸之路与中蒙俄经济走廊建设研究；（10）内蒙古语言文字与"一带一路"建设研究，共10个子课题。三是，根据参加该项重大委托课题专家们多年从事的科研工作实践及研究领域和专业特长，由中国社会科学院历史研究所青格力研究员、中央民族大学黄健英教授、内蒙古党校吉日格勒教授、中国社会科学院民族学与人类学研究所色音研究员、中央民族大学汪立珍教授、内蒙古社会科学院王关区研究员、内蒙古师范大学党委书记傅永春教授、呼伦贝尔学院院长侯岩教授、内蒙古社会科学院院长马永真研究员、内蒙古师范大学孟和宝音教授分别承担10项子课题的科研工作任务。四是，每个子课题要完成一部科研专著，同时还要写一份同研究课题相关的政策对策调研报告或相关政策对策性建议。并要求政策对策性调研报告或相关政策对策性建议要在课题启动后的第一年年底完成，课题专著类研究成果要在课题启动后的第二年年底完成。五是，该项重大委托课题在下拨经费后两年内完成。六是，课题总负责人同子课题负责人签署课题合同责任书。七是，课题的日常事务性工作、各子课题间的相互协调、各子课题组在内蒙古地区开展调研或资料搜集时协助提供各方面的方便条件、政策对策建议及调研报告的撰写工作、课题《工作简报》的编辑工作等均由内蒙古自治区研究室（参事室）来负责。该项课题在正式启动之前，课题组核心成员及各子课题负责人先后召开两次工作会议，主要是进一步讨论第一次课题工作会议上拟定的课题实施计划及相关内容，以及如何更好、更快、更高质量地按计划完成各项子课题科研工作任务等方面的事宜。在广泛而反复讨论的基础上，最后对于课题实施计划及要求做出了明确规定，其规定基本上保持了第一次课题工作会议上拟定的事项和内容，只是对有关子课题题目和相关子课题负责人做了必要调整。

内蒙古自治区人民政府交办的该项重大委托课题经费于 2017 年 10 月份下拨到各子课题负责人所属部门的账号，从此各子课题组开始正式启动了各自承担的科研工作。2018 年 7 月，各子课题组基本上都撰写完成了各自承担的对策研究报告。其中，有的课题组完成了两份对策调研报告。而且，调研报告经课题组负责人会议讨论通过后，第一时间交给内蒙古自治区研究室（参事室）进行审阅。随后，根据内蒙古自治区研究室（参事室）提出的建议，将这些对策研究报告，分别交给中央党史和文献研究院及中国社会科学院从事政策对策研究的资深专家进行审阅。各子课题组根据审阅和审读专家提出的意见，对政策研究报告做了必要修改和补充，同时淘汰了个别审阅未通过的政策研究报告。最后将 10 个子课题组审阅通过并进行修改补充的 13 篇对策研究报告，合订成 30 余万字的《内蒙古自治区人民政府重大委托课题"发掘内蒙古历史文化，服务'一带一路'建设"之对策研究报告》，交给了内蒙古自治区研究室（参事室）。

各子课题组承担的科研工作，也基本上按计划于 2019 年年底完成了田野调研、资料搜集整理和分析研究、撰写课题成果专著等方面的工作任务。在这里，有必要说明的是，由于两位子课题组负责人的先后去世，以及一些子课题组负责人工作岗位、工作部门、工作性质的变动和调整，加上有些子课题组负责人所承担的行政管理工作或其他科研管理工作过重而很难拿出一定时间主持该项课题等原因，在具体实施这一重大委托课题的实践中，对有关子课题组负责人做了及时调整和补充。另外，也有个别子课题组核心成员由于所承担的其他各种科研工作任务过重等原因，自动申请退出了该项课题。所有这些，给内蒙古政府交办的重大委托课题的顺利推进带来了一定困难。但在内蒙古自治区研究室（参事室）领导和相关人员的积极协调和帮助下，在课题组负责人及所有课题组专家学者的共同努力下，除了极个别的子课题组没有按时完成课题成果的撰稿工作之外，绝大多数子课题组均按时提交了作为课题研究成果的初步定稿。

在这里，还需要交待的是，课题总负责人同内蒙古自治区研究室（参事室）负责人共同商定后，在课题进行的过程中根据一些子课题组负责人的变化与变动，重新调整了第三、第八及第十子课题组负责人。重新调整后的这三个子课题组负责人分别是蒙古国国立大学的超太夫博士（第三子课题书稿补充修改完成人）、呼伦贝尔学院的斯仁巴图教授（第八子课题负责人）、中国社会科学院民族文学研究所的朝克研究员（第十子课题负责人）等。其中，蒙古国国立大学的超太夫博士主要在相关专家的协助下，负责完成其父亲内蒙古党校吉日格勒教授基本成型的课题研究书稿。以上子课题组负责人的及时调整，对于该项重大委托课题的顺利推进产生了积极影响和作用。另外，还根据该项重大委托课题的指导思想及科研任务、研究内容，将第八子课题题目改为"内蒙古草原旅游文化与'一带一路'建设研究"。依据课题工作安排，将初步完成并提交上来的各子课题组书稿，全部送交中国社会科学院、内蒙古社会科学院、内蒙古大学、内蒙古师范大学的相关专家进行审阅。对于各子课题组完成的书稿，审阅专家们提出了不同程度的修改意见。然而，从 2019 年年底至 2020 年年中的半年多时间，受新冠肺炎疫情影响，一些子课题组对审稿专家提出的书稿修改所需的补充调研工作未能按计划推进。这期间，各子课题组根据现已掌握的第一手资料也做了一些补充和修改，但一些具体数字还需要经过再次补充调研才能够进一步完善。疫情得到基本控制后，子课题组专家学者在第一时间对于书稿修改内容做了补充调研，并在较短时间里完成了课题书稿的修改完善工作。其实，从2019年年底到2020年9月，该项重大委托课题的各子课题组又将修改补充的书稿，在不同时间段内分别让不同专家学者反复审阅2—3次。而且，审阅专家学者都从各自的角度提出不少意见和修改建议。最后，于2020年9月至10月，把审阅通过并修改完善的书稿先后交给了中国社会科学出版社，顺利进入了出版阶段。

内蒙古政府交办的该项重大委托课题在具体实施的两年多时间里，各子课题组负责人和参加课题研究的专家学者，先后用汉文和蒙古文公开发表41篇学术论文，在中蒙俄"一带一路"沿线地区开展37次实地调研，并在北京、呼和浩特、海拉尔及蒙古国的乌兰巴托等地先后召开14次不同规模、不同内容、不同形式、不同层面的大中小型学术讨论会、专题讨论会、学术报告会等。与此同时，还内部印发四期课题《工作简报》，主要报道课题组负责人工作会议、子课题组负责人的变动和调整、整个课题工程的推进、各子课题组承担的科研工作进度、各子课题组取得的阶段性成果及发表的论文或相关文章、不同规模和内容的课题学术讨论会及课题推进会、国内外进行的学术考察和田野调研、课题进行中遇到的问题或困难等方面的内容。另外，内蒙古自治区研究室（参事室）还先后印制了四本约200万字课题阶段性研究成果汇编及资料汇编。所有这些，对于整个课题的顺利推进产生了极其重要的影响和作用。

众所周知，从元代以来的"丝绸之路"到当今新时代强有力推进的"一带一路"建设的漫长历史岁月里，内蒙古作为通往俄罗斯和蒙古国乃至通向欧洲各国的陆路商贸大通道，为欧亚大陆国际商贸往来、商业活动、商品交易、文化交流发挥过并一直发挥着极其重要的作用。特别是，当下内蒙古对外开放的边境口岸，已成为我国对外开放和

"一带一路"建设的重要枢纽。根据我们现已掌握的资料，内蒙古草原边境地区有 19 个对外开放的口岸，关系到内蒙古边境陆路口岸和国际航空口岸的地区共有 14 个旗（市）及呼和浩特市和呼伦贝尔市。其中，发挥重要枢纽作用的是，对俄罗斯开放的满洲里口岸和对蒙古国开放的二连浩特口岸，以及呼和浩特、海拉尔、满洲里 3 个国际航空口岸等。所有这些，给元代以后兴起的草原"丝绸之路"远古商业通道注入了强大的活力和生命力，并肩负起了以中蒙俄为主，包括欧洲各国的商贸活动和经贸往来，乃至承担起了东西方文化与文明交流的重要使命。正因为如此，从草原古"丝绸之路"到新时代"一带一路"建设这一条国际商贸大通道上，内陆地区的商人同俄罗斯和蒙古国的商人之间，建立了互敬互爱互信互勉互助的友好往来和深厚友谊。尤其是，内陆地区的商人同生活在草原"丝绸之路"与"一带一路"通道上的内蒙古各民族之间，建立了不可分离、不可分割的商贸合作关系和骨肉同胞关系。所有这些，毫无疑问都表现在他们的你中有我、我中有你的历史文化与文明，乃至他们的经济社会、生产生活、风俗习惯、语言文字、思想教育、伦理道德、宗教信仰等方方面面。也就是说，从草原古"丝绸之路"到新时代"一带一路"建设的漫长历史进程中，他们的相互接触、互相交流、思想沟通变得越来越深，进而对于彼此的影响也变得越来越广。其中，语言文化方面的相互影响更为明显。

我们在该项重大委托课题里，从历史学、地理学、地名学、社会学、经济学、政治学、文化学、语言文字学、教育学、民族学、民俗学、文学艺术、外交学、宗教学等角度，客观翔实地挖掘整理和分析研究了内蒙古草原对古"丝绸之路"的作用和贡献及在新时代"一带一路"建设中如何更好地发挥作用、蒙古汗国和元朝时期古"丝绸之路"商贸往来与内蒙古"一带一路"贸易畅通之关系、古"丝绸之路"上的蒙古族与欧亚草原历史文化的渊源、内蒙古草原古"丝绸之路"对亚欧大陆历史进程的影响、蒙古族游牧文化与中蒙俄"一带一路"农牧业和生态合作关系、蒙古族科教医疗事业的发展对于"一带一路"建设的贡献、内蒙古地区蒙古族民俗文化与"一带一路"民心相通的内在合力、蒙古族文学艺术与"一带一路"建设的关系、内蒙古草原旅游文化对"一带一路"建设产生的重要推动作用、中蒙俄"一带一路"建设及语言文字资源的开发利用等学术问题。我们认为，从 13 世纪初开始，八个多世纪的人类历史的进程中，内蒙古地区对于草原古"丝绸之路"商贸往来发挥过极其重要的作用。在强有力地推动中国政府倡议的开放包容、和平发展、合作共赢，以及政治上高度互信、经济上深度融合、文化上广泛包容的"一带一路"建设的新时代，内蒙古草原作为欧亚大陆的大通道，在这关乎人类命运共同体、人类责任共同体的伟大工程及历史实践中，同样发挥着十分积极而重要的推动作用。

朝 克

2020 年 12 月

目　　录

前　言

从中国经过蒙古国、俄罗斯，再穿过中亚、中东欧最后到西欧，这是"丝绸之路"上最重要的一条线路。在这条线路上，蒙古草原上的骏马开启了中国同俄罗斯、蒙古国、中亚、欧洲等各国的经济、文化往来，蒙古族创造的史诗《江格尔》以及《蒙古秘史》《一层楼》等文学艺术传承到俄罗斯、德国、蒙古国、布里亚特共和国、图瓦共和国等诸多欧洲、亚洲国家，对周边国家产生深远的影响。众所周知的《江格尔》《蒙古秘史》由蒙、汉、德、日、俄等多国多种文字出版，成为世界名著。文学艺术是民族的根脉与灵魂，表现美好人性、追求人类共同价值的蹊径，也是各民族文化认同的通行证。从文学艺术的维度，深入挖掘、阐释我国蒙古族文学艺术与周边国家的交流交融是对国家"一带一路"倡议的积极回应，也是探寻文学艺术在"一带一路"建设中应有的现实意义与可能性。蒙古族文学艺术历史悠久、灿烂丰富，研究论著硕果累累，但是从蒙古族文学艺术与"一带一路"周边国家，尤其是中蒙俄三国之间文学艺术的交流与影响的角度展开深入研究，截至目前，比较罕见。深入探讨我国蒙古族文学艺术与周边国家文学艺术之间的关系，可以充分发挥《江格尔》等蒙古族文学艺术在"一带一路"与草原丝绸之路上的认同性，促进内蒙古自治区"一带一路"建设顺利实施。

国之交在于民相亲，民相亲在于心相通。民心相通，是"一带一路"建设能够顺利推进的社会基础和民众基础，可以增进"一带一路"沿线国家民众的友谊，进而推动沿线国家的文化、经济合作。文学艺术的交流是民心相通最有效、最受欢迎的桥梁和纽带。内蒙古自治区地处中、蒙、俄的交通要道，与周边国家毗邻而居。这不仅为内蒙古自治区对外交流提供了便利，也是全面对外开放、民心相通的优势所在。

草原之路孕育了多国家、多地区、多民族的文学，世界性的视野是其题中应有之义。而作为中国的蒙古族文学艺术，它既面向国内，也面向国际；它既是民族的，也是人类的。蒙古族是跨境民族，蒙古族文学艺术丰富多彩、历史悠久，本书从绚丽斑斓的蒙古族文学艺术中选取有代表性的作品，文学部分主要包括蒙古族史诗《江格尔》、口头说唱文学胡仁乌力格尔、长调民歌、《蒙古秘史》、蒙古族戏剧、蒙古族当代文学，以及蒙古族传统艺术呼麦与马头琴等经典艺术类型，并把蒙古族这些经典文学艺术放在"一带一路"沿线的蒙古国及俄罗斯国家文学艺术语境中进行研究。在研究中我们既要阐释中国蒙古族厚重的文学艺术对周边国家的影响与交流，还要阐释"一带一路"沿线欧洲、亚洲国家对我国蒙古族文学艺术的吸收与借鉴，同时我们还选取有代表性的外国作者撰写的文学作品，如《马可波罗行纪》对中国蒙古族文化的描写。本书的研究目标是客观、系统、科学地总结草原之路上我国蒙古族文学艺术与周边国家交流发展中取得的实绩，为国家"一带一路"发展倡议在内蒙古自治区的实施提供新的动能。

本书坚持中国境内蒙古族文学艺术调查研究与周边国家等民族文学艺术调查研究相结合、国别文学艺术研究考察与地区文学艺术研究考察相结合、各国主流语言文学艺术成果与各国民族母语文学艺术成果相结合的原则，重点考察和分析中国境内蒙古族文学艺术与其比邻相居的周边国家文学艺术的共有关系，及其交流、传播、融合和发展规律。

蒙古族文学艺术不单纯作为文学艺术个体存在，它们凝聚着国家、民族的审美情趣与美好愿景。蒙古族历史悠久，绚丽多彩的史诗、说唱文学、民间故事、长调、呼麦、马头琴等文学艺术，在世界各民族历史文化长河中产生深远的影响，表达世界人民的共有理想、希望与期待。本书对于促进中蒙俄以及"一带一路"沿线各国之间的文化往来和经济贸易具有重要的现实意义。

第 一 章

史诗《江格尔》在中蒙俄
三国的传播与影响

我国学界现在使用的"史诗"一词来自英文，根据文献记载，最早将西方史诗观念介绍到中国的是外国传教士，而将英文 epic 译成中文的也是来华传教士，通过长期使用并将其固定下来。英文"史诗"写作 epic，源于拉丁语词 epicus 的英语化改造，而拉丁文 epicus 又是来自古希腊文 ε'πικός。根据《牛津希英辞典》与国内古希腊学者罗念生等人的著述和研究，古希腊文史诗 ε'πικός 这个词汇有：字、言辞、字句、话语；讲话、故事、（入乐的）歌词；预言、神示、格言、谚语、劝告、诺言、信息、条令；诗句、诗的统称（包括叙事、抒情诗）等多层含义。[①] 我国史诗的文体、内涵、叙事范式均蕴含上述诸多含义，同时也呈现我国史诗独有的艺术风格与思想意蕴。

第一节 国际史诗学视野下的中国史诗

中国史诗研究的前景十分广阔，具有极大的开拓空间和众多的研究路向。随着我国"一带一路"倡议的提出，史诗作为一种中外各民

---

① Henry George Liddell and Robert Scott compiled, *Greek - English Lexicon*, Oxford, Clarendon Press, 1996, p. 676.

族各国家共有的文类，显示出人类在史诗领域的共通性，"一带一路"沿线各民族的交流使得各民族史诗的认同与比较研究成为一种趋势。我们探究中外史诗的交流、影响和对话，在各民族各国家的经济文化建设中日益具有必然性和重要性。在"一带一路"视野下进行蒙古族史诗研究，就是将蒙古族史诗分析置于"一带一路"这一特定的历史文化语境中，从蒙古族史诗与中蒙俄各民族的交流与交融的角度来分析中蒙俄各国历史上的交融与认同。在此，我们阐释国际史诗视野下的中国史诗与蒙古族史诗两个层面的内涵。

一 中国史诗的风格与体系

史诗是世界各民族共有的文学类型。西方的史诗研究始自浪漫主义运动时期，从构架到理论都已经相当成熟。我国史诗学研究起步于20世纪初期对国外史诗的介绍和研究，20世纪50年代的搜集整理，对我国史诗较为系统的研究始于20世纪80年代中期。相较于西方史诗研究，我国史诗的研究起步较晚。但新时期以来，我国各民族史诗的抢救、整理和研究工作一直受到党和国家的重视，先后被列入国家社会科学"六五""七五""八五"重点规划项目。中国社会科学院也将少数民族史诗研究纳入"九五"重点目标管理项目，中国的史诗研究陆续出现了一系列重要的研究成果，并形成自身的学术优势，如"活形态"成为中国史诗研究重要的学科生长点之一。1999年，"中国少数民族口头文学资料库"建立，设立了与芬兰史诗卡勒瓦拉研究中心等国家和地区双边和多边"史诗工作站"，加强了国际学术交流，扩大了中国史诗研究的影响。

关于史诗形成的时代，学者们普遍认为，史诗不同于神话，它是社会开始从野蛮时期迈入文明时代的产物。这个时期，人们的生产力水平逐渐发展，铁制工具相继出现，人类征服自然的能力不断加强，氏族、部落、族群内部的群体意识觉醒，形成与对方展开抗衡、交战的思想意识与集体势力。为了争夺土地、实物，氏族、部落群体之间展开了频繁对抗，并涌现出率领族众争夺土地、猎物的氏族首领、猎手，这是英雄辈出的时代，也是史诗形成的时代。

纵观我国各民族史诗，既有数十万行的鸿篇史诗，例如，蒙古族史诗《江格尔》，藏族史诗《格萨尔王传》，柯尔克孜族史诗《玛纳斯》，也有几百行的短篇史诗，如鄂伦春族史诗《英雄格帕欠》，赫哲族史诗《满都莫日根》等。然而，无论是鸿篇巨制的长篇史诗，或是篇幅短小的短篇史诗，它们讲述的主题内容均是一个民族早期社会发展历史轨迹与部落群体生存状态，一个民族、部落的集体意识，集体观念，集体荣誉，以及集体历史命运与发展事业。

史诗与叙事诗不同，它具有宏伟性与神圣性。史诗的内容古老而丰富，包含部落英雄的成长史、部落形成的历史进程，以及部落群体的宗教信仰、生活习俗、生产方式等非常多的信息量。与此同时，史诗在漫长的传承过程中，融进大量的神话、传说、民间故事、歌谣等民间文学形式。由此可见，一部民族史诗是一个民族珍贵的口头文学资源库，是认识一个民族的历史、文学、政治、经济等多方面的百科全书。

史诗最初也是零散的口头传说和诗篇，经过数百年民间艺人的加工和润色，才形成宏伟的民族史诗。史诗的形成一般都要经历漫长的岁月，史诗中所发生事件的时间，距史诗的形成时间，尤其是距史诗书面化完成的时间，要相距几百年，抑或千年以上。希腊史诗约从公元前6世纪开始出现繁简不同的抄本，而现在的定本主要依据的是公元前3世纪至公元前2世纪的抄本。印度史诗的成书时间在公元前3世纪至公元1世纪。这四大史诗经典早已书面化，并有各种语言文字的译本出版，它们在世界文学史及人类文化史上占有极为重要的地位。史诗作为人类古代文化的一个重要组成部分，不仅代表着特定历史时期的文学艺术成就，而且具有文化价值和史料价值，为研究古代社会的各门学科，诸如文化人类学、民族学、历史学、宗教学、民俗学、古代思想史和哲学史等，提供了在其他文献资料中难以找到的信息资源。

在我国南北方各民族中流传着不同类型的史诗，大致形成北方民族英雄史诗群与南方民族创世史诗群现象，这些史诗长短不一，类型各异，呈现短篇史诗、中篇史诗与长篇史诗并存共同流传的特殊现象。其中，短篇史诗一般由数百行组成；中篇史诗长达数千行，甚至上万行；而长篇史诗一般都是数十万行的巨型史诗，如我国的三大著名史诗——《江格尔》《格萨尔王传》和《玛纳斯》，每部史诗的规模都在20万诗行以上。其中，藏族史诗《格萨尔王传》是世界上最长的史诗，有120多部，散韵结合，有一千多万诗行的规模。这些史诗主要包括创世史诗、英雄史诗，以及迁徙史诗、氏族复仇史诗等主题，内容十分古老。我国史诗的内容、讲唱形式、史诗形态、史诗艺人，对于揭示世界史诗形成的规律，史诗学理论的研究与建构，都是弥足珍贵的第一手资料。

二 中国史诗研究历程

20世纪80年代末至今，中国出版了一系列多民族文字书写的史诗文本集和研究专著、论文，史诗研究事业取得一系列成绩，提高了我国史诗研究水准，建立了中国史诗研究体系。纵观20世纪80年代末至今中国史诗研究全景，具有如下特点：

（1）立足本土，纵观世界。从研究成果的资料采用来看，有20世纪初期我国已出版的文献资料、内部出版的原始资料，还有研究者调查到的第一手珍贵资料，以及外国文献资料。所运用的资料立足本土，纵观世界。

（2）研究视角新颖，研究方法独特。打破单纯研究史诗内容的局限性，借鉴西方史诗学研究理论，运用跨学科方法分析史诗产生的社会背景和宗教、传统文化的影响因素；深入研究各种类型史诗的形成和发展规律：论述了史诗形成后在流传过程中的发展、变异及退化现象；说明了史诗异文、新史诗和模拟史诗的产生过程和形成方式；研究了史诗的情节结构和人物形象的发展与变异的种种趋向。

（3）总结出中国史诗的基本特征和独特性。相对于世界著名的古希腊史诗《伊利亚特》《奥德赛》，印度史诗《罗摩衍那》《摩诃婆罗多》，中国史诗具有活态史诗生存的条件，由史诗歌手、听众构成独特的演唱立体空间，史诗演唱歌手在民众生活的各种仪式上传承史诗，史诗演唱艺人的成长条件、社会职能、社会地位以及演唱特点、演唱习俗、演唱篇目和生平事迹均得到充分研究。中国史诗的活态性、规律性、民族性、地域性为世界史诗学提供了独特的研究视角与理论基础。

中国史诗学研究，不仅开创了中国史诗研究的新局面，而且为中国及世界史诗理论体系的创建奠定了基础，特别是为国际史诗理论研究提供了大量珍贵的活态史诗案例，为世界史诗学的深入研究与理论建设做出了特有的贡献。

三 中国的蒙古族史诗研究状况

虽然中国很早就开始收集整理蒙古族史诗，但研究却始于 20 世纪 50 年代。中国的史诗研究在初期主要集中于《格斯尔》和《江格尔》两大史诗。《格斯尔》的研究可划分为三个阶段。

第一阶段，1958 年在党中央的指示下开始《格斯尔》的收集整理工作，通过田野调查对分布于不同地区的《格斯尔》进行搜集记录或收集不同版本，并选择性出版。这些工作不仅成为日后研究《格斯尔》的宝贵资料，还为将来的研究打下基础。除上述工作外，还从民间艺人那里收集、录音保存或出版口头文本，将《格斯尔》译成汉文。

第二阶段，20 世纪 80 年代初到 90 年代初，在党中央的带领下建立了藏族、蒙古族《格斯尔》工作领导小组，在内蒙古设立专门小组和办公室推动《格斯尔》研究的开展。主要成就为，一是在全国范围内开展统计格斯尔奇工作；二是搜集《格斯尔》母本，找到许多手抄本和《格斯尔神话》；三是出版《格斯尔》母本和研究作品；四是奖励一部分蒙古族《格斯尔》研究工作机构与个人；五是组织学术会议，推进《格斯尔》研究的学术交流。

第三阶段，进入21世纪之后，自2006年蒙古族《江格尔》和藏族《格斯尔王传》共同被选入"人类非物质文化遗产"以来，通过国家《格斯尔》工作指导小组规划制定建立数据库、基地、研究丛书等项目，史诗研究从而进入空前壮阔的时代。

《江格尔》研究通常被认为始于20世纪50年代，最初是一位名叫边垣的人在狱中听过《江格尔》史诗中英雄洪古尔的故事，后来编写《洪古尔》出版。此后的发展可划分为三个阶段。

第一阶段，20世纪50年代到80年代。这一阶段的研究主要以搜集记录、出版、翻译《江格尔》为主，同时开始从文学角度介绍研究《江格尔》。中国首部《江格尔》蒙文版本为阿·太白在俄罗斯托忒文版奥布来演唱的十章《江格尔》基础上增加《残暴的沙尔古尔古之部》《残暴的沙尔蟒古斯之部》《残暴的哈尔黑纳斯之部》后，转写为传统蒙文出版的《江格尔》。20世纪70年代起开展《江格尔》搜集记录和出版工作，直到20世纪80年代整理手抄本和录音出版了各种《江格尔》母本。汉文版《江格尔》的出版也同时进行，1958年由学者色道尔吉翻译出版首部汉译版《江格尔》。

在此期间，从20世纪60年代起始的《江格尔》研究似乎只局限在《江格尔》的介绍和词语解释范围内。而1978年学者仁钦道尔吉发表论文《关于洪古尔的形象》后此项研究才进入发展阶段。

第二阶段为20世纪80年代末期到90年代末期。这一阶段，学者们的研究从文学角度拓展到包括美学、宗教、历史、民俗以及民族诗学、文化学等多学科的整体研究。另外，1991年"中国江格尔研究学会"的成立意味着中国的《江格尔》研究迈上新台阶。

第三阶段为20世纪末期至今。这一时期有关《江格尔》的研究作品增多，且学者们试图运用西方理论方法，即口头程式理论、表演理论、结构学、叙事学与民间故事类型研究等理论方法来分析《江格尔》的情节、母题，从史诗创作规律、江格尔奇演唱史诗技艺与演唱《江格尔》的民俗等方面做细致研究，把《江格尔》研究推向新层面。

接下来将概括介绍中国的蒙古族史诗研究内容维度与理论思辨。

（一）蒙古族史诗的思想、形象、艺术、美学研究

中国的蒙古族史诗研究初期主要集中在思想和艺术方面，20 世纪 80 年代开始发展。包括齐木德道尔吉的《试论〈格斯尔传〉》、巴雅尔图的《史诗〈三岁英雄古南乌兰巴特尔〉的思想与艺术》、巴·格日乐图的《〈江格尔〉与蒙古史诗的乐观主义》等几十篇论文。在这一潮流中，学者仁钦道尔吉于 1990 年出版专著《中国少数民族英雄史诗〈江格尔〉》，成为中国第一部汉文版蒙古族史诗研究专著。巴雅尔图博士的《蒙古族第一部长篇神话小说——北京版〈格斯尔〉研究》是中国第一部《格斯尔》研究的蒙文专著。然而，这些研究通常集中于《格斯尔》和《江格尔》这种大型史诗。

与内容和思想研究同时进行的还有史诗的形象、艺术方面的研究。早期发表论文包括，仁钦道尔吉的《评〈江格尔〉里的洪古尔形象》《略论〈江格尔〉的主题和人物》，孟和吉雅的《蒙古族民间文学中蟒古斯形象》，额尔敦高娃的《〈江格尔〉与〈蒙古秘史〉的女性形象比较》，陶克敦巴雅尔的《〈江格尔〉中的骏马》等。除此之外，在一些史诗整体研究作品里包括了形象研究。例如，纳·赛西亚拉图的《史诗〈汗青格勒〉研究》、巴·布林贝赫的《蒙古族英雄史诗诗学》等著作中关于形象有一定的研究。此外，额尔敦高娃教授的《蒙古族英雄史诗的女性形象文化学研究》也值得一提。总体来看，史诗的形象研究包括形象类别、特征、对比、文化学等方面。

美学研究方面，有巴·布林贝赫的《〈江格尔〉中的自然》，满都夫的《论〈江格尔〉中的蒙古族古代审美思想》《〈江格尔〉中的自然观和对自然的审美观》等论文，此外，还有格日乐的《十三部〈江格尔〉的审美意识》、额尔敦高娃的《蒙古族史诗美学研究》、额尔登的《〈江格尔〉美学研究》、呼格吉勒的《〈江格尔〉中的形象美学研究》等作品。中国的史诗美学研究基本以美学理论研究人物形象、自然、

力量、人物体态、理想梦境等，试图探索《江格尔》中的各种审美思维。

关于蒙古族史诗的曲调方面的研究始于20世纪90年代，包括乌兰杰的《蒙古族音乐史》、呼格吉勒图的《蒙古族音乐史》等著作中都专门设立一章研究史诗曲调，之后还有扎西达杰的《蒙古族〈格斯尔〉音乐研究》《蒙藏〈格萨尔〉音乐艺术之比较》，吕宏久的《蒙古族英雄史诗——"陶力"的音乐形态发展简述》，乌力吉巴雅尔的《〈江格尔〉所蕴涵的古代蒙古族音乐理论》等专题论文，2012年由博特乐图、哈斯巴特尔合著出版的专题作品《蒙古族英雄史诗音乐研究》。总的来说，用音乐理论研究史诗深入推进了以往语言层面的研究。

（二）蒙古族史诗的类别、情节框架结构和类型研究

自20世纪80年代开始，中国的蒙古族史诗研究开始关注史诗的分类研究，发表了诸多论文。例如，宝音贺希格的《关于蒙古族史诗的母题》《关于蒙古族史诗开头部分的母题》等，呼日勒沙的《论蒙古族〈格斯尔传〉中的死亡与复生母题》，扎格尔的《〈江格尔〉的幻化母题研究》《蒙古史诗的预兆母题及其探索》，乌力吉杜仍的《略论〈江格尔〉中的婚姻母题》，达·塔亚的《关于〈江格尔〉中的〈手握胫骨叩拜出生太阳〉仪式母题》，巴·达木林扎布的《卫拉特英雄史诗中的〈手握胫骨叩拜出生太阳〉仪式母题》，陈岗龙的《蒙古族英雄史诗锡林嘎拉珠巴图尔——比较研究与文本汇编》，乌日古木勒的《蒙古突厥史诗人生仪礼原型》等题材、类型、母题的研究。这些论文内容包括分析研究蒙古族史诗的某一题材、结构和母题，对某一母题或者不同母题进行比较等。

（三）蒙古族史诗的起源、传承流变研究

蒙古族史诗的起源从一开始就是令人关注的研究对象。其中除了整个蒙古族史诗起源，最受学者关注的是《江格尔》和《格斯尔》的起源、传承流变。例如，卫拉特巴依尔的《关于重新研究〈江格尔〉到底是什么时代的作品》、格日乐扎布的《关于〈江格尔〉产生形成时

期》、扎格尔的《〈江格尔〉起源发展的时间考究》、达胡巴雅尔的《从〈格斯尔〉的神话起源说起》、额尔敦哈达的《蒙古族〈格斯尔〉产生的内在原因》、却日勒扎布的《关于〈格斯尔〉的产生时间和作者》、奥奇的《蒙古族史诗流变踪迹》等。

纵观学者们的论文，研究内容包括史诗所反映的社会生活、民俗、语言特征、宗教信仰、思维、历史足迹、地理环境等多个方面，观点各异。

蒙古族史诗的流变问题方面，达·塔亚的《库尔喀喇乌苏〈江格尔〉传统研究——〈江格尔〉演唱传统的消亡原因之研究》和巴·布林贝赫的《文化变迁与史诗变异——蒙古族史诗发展的动态观照》具有代表性，二者对蒙古族英雄史诗在起源发展过程中由于受到影响而在内容、主题、思想方面发生的变化做了细致研究。

（四）蒙古族史诗研究

布里亚特史诗研究在中国相对薄弱，除了特·陶克陶夫、拉松玛等汇编的巴尔虎布里亚特史诗专集《骑卷鬃红沙马的布扎拉岱汗》、彭苏格旺吉乐汇编的《呼伦贝尔巴尔虎布里亚特英雄史诗》等出版物之外，学术研究作品较少。

卫拉特史诗方面，20世纪50年代开始整理出版以来，从新疆卫拉特、青海和硕特等地区发现了多部新史诗，并先后出版《那仁汗传》《钢哈尔特勃赫》《卫拉特蒙古史诗》《骑银合马的珠拉阿拉达尔汗》等卫拉特史诗专集或单本。除此之外，在蒙古族史诗汇集中包括很多卫拉特史诗。学术研究方面，仁钦道尔吉的论文《关于中国蒙古族英雄史诗》明确了巴尔虎和卫拉特史诗独有的特征。还有巴·达木林扎布的《卫拉特英雄故事研究》、策巴图的《卫拉特史诗〈那仁达来汗及其两个儿子〉与印度、蒙古族的〈阿日吉·布日吉汗的故事〉比较研究》、道·照日格图的《〈汗青格勒〉研究》、额尔登毕力格的《卫拉特英雄史诗研究——以乌梁海史诗为例》等论文值得一提。卫拉特史诗研究主要集中在挖掘卫拉特史诗的独特特征和文化表现，与其他地区的蒙古族史诗或国外史诗的比较研究两个方面。

巴尔虎—喀尔喀体系史诗包括巴尔虎、扎鲁特和喀尔喀史诗。这一体系的史诗研究初期以收集出版巴尔虎、鄂尔多斯、乌拉特、巴林、科尔沁等地方的史诗开始。例如，道荣尕尔于20世纪60年代整理出版的《英雄史诗集》中的鄂尔多斯和巴尔虎史诗《阿拉坦希胡尔图汗》《智勇的王子希热图》，波·特古斯整理的科尔沁史诗专集《阿斯尔查干海青》，浩斯巴雅尔、勒·哈斯巴雅尔整理的《鄂尔多斯史诗》，季华编辑出版的《锡林郭勒民间口头作品选》中的阿巴嘎、察哈尔的八个史诗等。基本上从这一体系所分布的地区都搜集记录出版了不同数量的史诗。

系统研究该体系史诗的是仁钦道尔吉教授。他的研究包括《蒙古英雄史诗起源发展》《巴尔虎史诗与卫拉特史诗的普遍性特征》《巴尔虎民间英雄史诗的起源、发展和流变》等作品。其研究范围广泛，涵盖了巴尔虎—喀尔喀史诗的特征、类别、发展流变、艺术形象、文本、同系统内诸史诗之间的关系等。除了仁钦道尔吉教授，还有尼玛的论文集《乌力格尔研究》，他从胡仁乌力格尔研究视角研究了科尔沁史诗。再有，乌仁其木格、陈岗龙、金海、朝克吐等人的研究也颇具成就。由于篇幅局限此处将不再一一赘述。

（五）蒙古族史诗的名称学研究

在蒙古族史诗名称学研究方面，中国学者主要关注研究"江格尔"这一名称。相关研究作品包括，贾木查的《史诗〈江格尔〉调查报告》、仁钦道尔吉的《〈江格尔〉研究概况》、那日苏的《关于"江格尔"一词》等。有关"江格尔"这一名称的研究围绕两种观点，即"江格尔"一词源于外语，如波斯语、突厥语、藏语、维吾尔语、哈萨克语等，或者源于蒙语的某一个词语。

（六）蒙古族史诗的习俗、文化研究

中国的蒙古族史诗习俗和文化研究从整体来看，包括习俗、宗教、象征学和文化四个方面。习俗研究除了有很多专题文章外，还有达·

塔亚研究《江格尔》传承习俗的专著《〈江格尔〉传承习俗》、土尔扈特斯琴与娜仁格日乐编写的研究《江格尔》中的世代习俗的作品《〈江格尔〉人名及世代问题研究》。在中国，史诗的习俗研究以《格斯尔》和《江格尔》为主，史诗中反映的习俗涵盖面非常广。

宗教方面的研究以《江格尔》和《格斯尔》为主，围绕蒙古族史诗反映的蒙古族原始宗教萨满教、佛教，从宗教视角细致研究死亡与复生、降生授记、诅咒、杀灭、灵魂、征兆、梦境、变形等母题。代表论文有，呼日勒沙的《〈格斯尔传〉中的死亡与复生母题》、锡尼巴雅尔的《蒙古族史诗的预兆母题及其探索》、陶克敦巴雅尔的《与〈江格尔〉相关的佛教信仰》等。除此之外还有钦达木尼和唐吉思的《荷马史诗〈伊利亚特〉与蒙古族史诗之联系——以马克思主义研究萨满教》，文章将蒙古族史诗与西方史诗进行对比，从哲学角度研究史诗中体现的萨满教较为新颖，值得关注。

象征学研究始于20世纪90年代。自象征学研究开展以来，开始挖掘史诗中的万物、道理、现象反映所蕴含的象征思维。例如，巴·苏和的《〈江格尔〉与蒙古人的象征文化》，达·塔亚的《〈江格尔〉中的黄颜色及其象征意义》《论蒙古人的方位象征意义之模糊化——蒙古族古代方位和〈江格尔〉中的方位之比较研究》，陶克敦巴雅尔的《〈江格尔〉中的数字》等。

史诗的文化研究方面，总的来说体现在探索蒙古族史诗所表现的蒙古人古代文化踪迹及其根源、挖掘氏族史诗所表现的独特文化体现、比较蒙古族史诗与神话故事或其他书籍体现的共同性与差异性等方面。例如，黄金的《史诗〈江格尔〉与〈蒙古秘史〉的军事文化比较研究》、唐吉思的《蒙古族英雄史诗与古代草原文明》等专著。

（七）蒙古族史诗的比较研究

中国的蒙古族史诗比较研究自20世纪80年代开始至今从多方面开展并成就颇高。包括比较蒙古族史诗与其他民族或国家的史诗、比较蒙古氏族之间的史诗、比较一部史诗的不同异文或文本、比较江格尔奇演唱的史诗、比较蒙古族史诗与其他历史小说等。例如，曹都格日勒、斯琴呼的《〈江格尔〉与其他游牧民族史诗比较研究》，那日苏和灵利的《〈江格尔〉与〈伊利亚特〉和〈罗摩衍那〉比较研究》，美荣和李乌优的《〈江格尔〉不同文本比较研究》，黄金的《史诗〈江格尔〉与〈蒙古秘史〉的军事文化比较研究》，乌力吉的《藏蒙〈格萨（斯）尔〉的关系》等专题出版物。

（八）蒙古族英雄史诗的口传诗学、结构学研究

中国学者自 20 世纪 90 年代末期开始运用西方民族诗学理论方法来研究蒙古族史诗的传承流变、类别及演唱史诗的语境，史诗艺人与听众之间的融合，表演过程中的再创作及其创作程式化等方面，取得成就。这方面的学术作品有巴·布林贝赫的《蒙古族英雄史诗诗学》、瓦·满来的《蒙古族英雄史诗深层结构——史诗深层结构的历史文化解读》、纳·赛西雅拉图《蒙古族诗歌史诗研究》、朝戈金《口传史诗诗学：冉皮勒〈江格尔〉程式句法研究》、斯钦巴图的《蒙古族史诗：程式到隐喻》等专著。诗学和结构学研究围绕一个史诗或整个蒙古族史诗开展，创造并丰富了蒙古族史诗诗学理论，挖掘史诗的深层内涵，为蒙古族史诗研究贡献力量的同时用蒙古族史诗实例论证了西方理论。

第二节　国际史诗学视野下的中国 蒙古族史诗《江格尔》

《江格尔》是流传于中国、俄罗斯、蒙古国三国的一部长篇英雄史诗。相对于世界闻名的古希腊史诗《伊利亚特》《奥德赛》，印度史诗《罗摩衍那》《摩诃婆罗多》而言，我国史诗《江格尔》在国外出版翻译的文本较少，但是我国蒙古族史诗《江格尔》在 19 世纪得到德国、俄罗斯等欧洲国家学者的关注，只是由于我们的总结和研究不够，史诗《江格尔》在世界文学史的应有地位没有得到彰显。经过我国学者

们的努力，当代中国史诗在世界史诗学中形成自己的学派，以其活形态、类型丰富而闻名于世，蒙古族史诗《江格尔》以不同的媒介形式在民间传承，并在民众现实生活、宗教信仰及民族认同等方面发挥积极的促进作用。

一　史诗《江格尔》的海外传播与卫拉特人

关于这部史诗产生的年代，众说纷纭。已故的苏联科学院院士科津等学者断定它产生于 15 世纪；蒙古学者巴·索德那木和捷克斯洛伐克学者帕·帕兀哈认为，它产生的时代早于 15 世纪，大约从 13 世纪开始出现，到 17 世纪时，主要部分也已定型。中国的研究者也有不同的见解，有的说它是原始社会的作品，有的则认为它最初产生于原始社会，流传到明代便基本上定型了。

在我国蒙古族聚居地区，史诗《江格尔》至今仍被民间艺人演唱，在不同程度上保留着英雄创世、民族迁徙等古老而丰富的内容。

关于"江格尔"一词的来源，历来解释不一。波斯语释为"世界的征服者"；突厥语释为"战胜者""孤儿"；蒙古语释为"能者"。同时，江格尔也是《江格尔》的主人公。《江格尔》是蒙古族著名的英雄史诗，主要流传于我国新疆卫拉特部蒙古族民间，被誉为中国少数民族三大史诗之一。它长期在民间口头流传，经过历代人民群众，尤其是演唱《江格尔》的民间艺人江格尔奇的不断加工、丰富，篇幅逐渐增多，内容逐渐丰富，最后成为一部大型史诗。迄今国内外已经搜集到的共有 60 多部，长达 10 万行左右。这部史诗是以英雄江格尔命名的。

史诗《江格尔》的主要传播者是我国新疆的卫拉特人。历史上卫拉特人居住于丝绸之路沿线，往返奔波于丝绸之路，通使、贸易、战争是他们给丝绸之路留下的最深刻的历史印记。全面梳理卫拉特人与丝绸之路的联系，是解读史诗《江格尔》在"一带一路"中蒙俄三国之间传播与交融的重要前提。我们只有充分认识居住于丝绸之路沿线卫拉特人的文化、历史，才能深刻阐释史诗《江格尔》在中蒙俄三国的传播与交流的丰富内涵，从而为之在"一带一路"沿线各国发挥积极的文化交流、认同作用提供必要的精神支持。

根据文献记载，元代卫拉特人在丝绸之路上开展经贸活动，这时国家大统一，丝路四通八达，卫拉特人居住在叶尼塞河上游草原丝绸之路一带的谦州，并与中原人有了交往。

与此同时，随着成吉思汗及其后裔的西征，卫拉特人从叶尼塞河上游扩散到天山南北、中亚和西亚各地，分居于窝阔台汗国、察合台汗国和伊利汗国，逐渐联合和吸收了很多东蒙古及突厥系部落，扩大了自己的势力，并在蒙古贵族统一全国的战争和统治集团内部斗争中，都扮演过举足轻重的角色。因此，他们也成为传统丝绸之路与草原丝绸之路上的重要部族。

作为一个西北地区的古老蒙古族部族，卫拉特人在历史上特别是明清时期，依仗自己的强大势力和地缘优势，长期掌控丝绸之路，与中原、中亚及俄罗斯通商贸易，你来我往，互通有无，共同创造了丝路佳话，也把蒙古族史诗《江格尔》传入俄罗斯和其他欧洲国家。

卫拉特人有自己的语言文字，托特文是他们古老的文字。卫拉特人的文字托特文在其与俄罗斯等国文化传播中发挥了重要作用。托特文是 1648 年卫拉特蒙古高僧咱雅班第达（1599—1662）根据卫拉特方言特点，创制了托忒文，在卫拉特蒙古地区广泛使用。卫拉特人用托忒文撰写了大量的文化典籍，包括翻译大量的佛教文献，对蒙古族文化在世界各地传播做出了独特的贡献。17 世纪上半叶，相继建立的卫拉特蒙古三大汗国，即和硕特汗国、土尔扈特汗国和准噶尔汗国，都以托忒文作为自己的通用文字，三大汗国之间也是用托忒文进行书信往来，而且这三大汗国一般都以托忒文通文于清朝、俄罗斯等国。所以，毫不夸张地说，卫拉特人的语言文字对史诗《江格尔》在俄罗斯等国的传播起到了积极推动作用。

二　《江格尔》史诗的主题与艺术风格

《江格尔》应产生于蒙古社会还不发达的氏族社会末期至奴隶社会初期阶段。这部史诗具有丰富的思想内容。传说江格尔是奔巴地方的首领乌宗·阿拉达尔汗之子，两岁时，父母被魔鬼掳去杀害。藏在山洞里的小江格尔被善良的人发现、收养。江格尔从小就具有超常的智慧，高尚的品德，惊人的体力和高强的武艺。从七岁开始，他就建功立业，兼并了邻近四十二个部落，被臣民推举为可汗。

以江格尔为首领的勇士们用他们超人的智慧和非凡的才能不断战胜来自周围部落的入侵，击败以蟒古思为头目的邪恶势力的进攻，逐渐扩大自己的力量、财富和领地，继而建立了以奔巴为核心的美好家园。这里四季如春，人们过着丰衣足食，相亲相爱的和平生活。但是这引起了江格尔的仇敌的嫉恨，江格尔手下的能工巧匠、善马贤妻都成了被掠夺的目标。史诗围绕着抢婚、夺财、强占牧地展开了一幅幅惊心动魄的战争场面，从中我们可了解远古蒙古社会的经济文化、生活习俗、政治制度等诸多方面。

《江格尔》是由数十部作品组成的一部大型史诗，除一部序诗外，其余各部作品都有一个完整的故事，可以独立成篇。其中，有些作品在故事情节方面有一定的联系，但大多数作品的情节互不连贯，这些作品很难找出它们的先后顺序。贯穿整个《江格尔》的是一批共同的正面人物形象。

《江格尔》的开篇是一部优美动听的序诗。它称颂江格尔的身世和幼年时代的业绩，讴歌江格尔像天堂一样的幸福家乡宝木巴和富丽宏伟的宫殿，赞扬江格尔闪射着日月光辉的妻子和智勇双全、忠诚无畏的勇士们，介绍了《江格尔》的故事背景、主要人物，并且揭示了全书的主题思想，是这部史诗的楔子。

《江格尔》的故事繁多，归纳起来大致有三大类作品，即结义故事、婚姻故事和征战故事，以后一类故事最为常见。

第三节 史诗《江格尔》在中蒙俄
三国的传播与影响

《江格尔》是流传于中国、俄罗斯、蒙古国三国的一部长篇英雄史诗。关于《江格尔》的产生和流传地区，其说法也不一。一种观点认为，它最初产生在中国新疆的阿尔泰山一带蒙古族聚居区。近几年，在新疆发现的大量材料，进一步证实了上述观点的可靠性。《江格尔》至今仍在新疆各地的蒙古族人民中间广为流传，也曾在苏联的卡尔梅克人中流传。现今的卡尔梅克人，是17世纪初从中国新疆游牧到伏尔加河下游定居的蒙古族卫拉特部的后裔。随着卫拉特人的迁徙，《江格尔》便传播到俄国的伏尔加河下游。这部史诗在苏联的布里亚特自治共和国、图瓦自治共和国、阿尔泰地区，以及蒙古国境内都有一定的影响。

蒙古族历史恢宏且复杂。恢宏是因为成吉思汗建立蒙古汗国后持续往外扩张，通过几代人的征战形成横穿欧洲和亚洲的大国，蒙古人踏上历史舞台，名声远扬。复杂是因为即使成为拥有广袤的土地，统一各民族的大国，但是民族自身人口较少，经济发展薄弱，中央集权管理松懈等诸多原因导致蒙古人分散于亚欧多地，之后随着元朝衰落变得支离破碎，经过在几百年不同朝代社会更迭后，蒙古族分散于几个国家，形成多元文化体。这种历史背景下，蒙古族英雄史诗得到广泛传播，但凡有蒙古人的地方必能发现史诗。目前，英雄史诗的珍贵遗产流传在中国、蒙古国、俄罗斯联邦布里亚特共和国、卡尔梅克共和国等国家。

20世纪60年代之前，国外学者研究英雄史诗指出，俄罗斯联邦布里亚特共和国，伏尔加河流域卡尔梅克、喀尔喀和蒙古国西部的卫拉特是蒙古族史诗分布的四个流传中心。1980年，在德国举办的国际史诗研讨会上，仁钦道尔吉根据中国境内的蒙古族英雄史诗流传情况，将呼伦贝尔的巴尔虎部、哲里木一带的扎鲁特—科尔沁部、新疆一带的卫拉特部称为我国蒙古族史诗流传最广的三大中心，他的观点得到国际蒙古学者们的认同，从此蒙古族史诗的流传有了七个中心。除了这些地区，鄂尔多斯、巴林、锡林郭勒、乌拉特等地区也有广泛流传。

一　《江格尔》在中国的整理出版与研究

（一）中华人民共和国成立前史诗《江格尔》的搜集整理历史轨迹

我国新疆是史诗《江格尔》的故乡，在新疆那片土地上生活的蒙古族是史诗《江格尔》的传承者。1751 年，也就是清乾隆十六年开始了《江格尔》的整理工作，最初由新疆的蒙古族王公们分散进行。当时有 12 章回、32 章回不等，究竟《江格尔》有多少章回，在《中国大百科全书·中国文学》中有记载："收集到的共有 60 余部，10 万行左右"。

20 世纪 40 年代前后，我国《江格尔》的搜集记录与整理工作开始。1935 年，边垣因工作需要到新疆，不久被军阀盛世才逮捕入狱。同狱的有许多新疆少数民族人员，为了打发囚室里漫长而黑暗的岁月，他们相互讲述本民族的民间故事。其中有一位叫满金的新疆蒙古人，他讲述的有关洪古尔的故事深深打动了边垣的心。出狱后，边垣从 1942 年开始根据记忆把它整理成文字，于 1950 年交付上海商务印书馆出版，书名《洪古尔》。中华人民共和国成立后，在人民政府主持下，整理工作有组织地由专家进行。

（二）中华人民共和国成立后史诗《江格尔》的搜集整理历史轨迹

1958 年，由作家出版社在京出版了编者的修订稿，书名仍旧是《洪古尔》。同年，内蒙古人民出版社以回鹘式蒙古文转写出版了收入卡尔梅克《江格尔》13 部长诗的《江格尔传》，俗称"十三章本《江格尔》"。1964 年，新疆人民出版社将这一版本转写成托忒文予以出版。这样，中国《江格尔》搜集出版工作已进入起步阶段。但在正式进入大量搜集我国《江格尔》阶段之前，"文化大革命"爆发了，直到 1976 年，有关这方面的工作完全停止。而这段时间却正是苏联、欧洲、蒙古国《江格尔》研究得到长足发展的 10 年。

从以苏联出版阿·科契克夫校勘的二十五章本《江格尔》、蒙古国出版乌·扎格德苏荣编辑的蒙古二十五章本《江格尔》为标志，上述两国《江格尔》搜集工作基本宣告结束。1978 年开始，中国才着手开展搜集本国境内流传的《江格尔》史诗异文的工作。我国《江格尔》搜集工作虽然起步晚，但成绩很突出。从 1978 年起，我国民间文艺工作者搜集到的流传于新疆卫拉特蒙古族民间的《江格尔》长诗（包括变体）150 多部，已公开出版的新疆卫拉特《江格尔》蒙古文版本达 8 种共计 19 卷（其中包括作为内部资料编印的《江格尔资料》第 1—2 卷），《江格尔》汉译本 3 种共计 4 卷。

蒙古文版本 8 种 19 卷包括：陶·巴德玛、宝音贺希格搜集整理，新疆人民出版社于 1980 年以托忒蒙古文出版的十五章本《江格尔》别 1 卷；内蒙古人民出版社于 1982 年出版的上述版本之回鹘式蒙古文转写本 2 卷；1982 年由新疆民研会编印的《江格尔资料》第 1—2 卷（内部资料）；1985 年由新疆人民出版社出版的《江格尔资料》第 3—5 卷；1988 年和 1994 年由中国民间文艺出版社出版的《江格尔资料》第 6—10 卷；1986 年和 1987 年由新疆人民出版社以托忒文出版的经过加工的文学读物《江格尔》第 1—2 卷（共收入 60 部长诗，故又简称六十章本）；1988 年、1990 年和 1995 年由内蒙古人民出版社以回鹘式蒙古文转写出版的《江格尔》第 1—3 卷（共收入 70 部长诗，简称七十章本）；1995 年由内蒙古科技出版社出版的新疆《江格尔》经卷式手抄本影印本 1 卷。由此可见，中国《江格尔》抢救、搜集和出版工作取得了重大的阶段性成果。

（三）中国史诗《江格尔》学的建立

关于我国《江格尔》学的发展过程，学者们一般分为三个阶段：

20 世纪 50 年代至 60 年代，是对《江格尔》作初步评介和注释的阶段；1978 年至 1982 年上半年，是《江格尔》研究恢复和初步发展的阶段；1982 年到 20 世纪 80 年代末是其较高发展阶段。笔者赞同学者们的这种观点。不过时至今日，中国《江格尔》研究又有了重大的发展，20 世纪 90 年代已成为我国《江格尔》研究获得丰收的时期。

我国第一个《江格尔》的正式版本是 1958 年内蒙古人民出版社出版的 15 章蒙古文版；汉译本有 1983 年人民文学出版社和 1988 年新疆人民出版社分别出版的 15 章本。另外，新疆整理的《江格尔资料本 1—9 集》，1988 年印齐。人们期待着《江格尔》最终正式版本面世，像《玛纳斯》的完成本一样，成为传世珍品。

如果说 1988 年 8 月在新疆乌鲁木齐召开的《江格尔》国际学术讨论会是对 20 世纪 70 年代末 80 年代初恢复并随后进入一个较快发展阶段以来的中国《江格尔》研究所进行的一次总结，标志着中国《江格尔》研究的第一次高潮的话，1996 年 8 月在北京召开的《江格尔》国际学术会议则标志着中国《江格尔》研究的第二次高潮。

两次学术会议召开的背景各不相同。乌鲁木齐国际会议是在中国《江格尔》搜集出版工作取得重大的阶段性成果（截至 1988 年已出版了十五章本《江格尔》、《江格尔资料》1—9 卷、文学读物六十章本《江格尔》第 1—2 卷，总共 16 卷），研究队伍已初具规模，研究工作取得初步成果（截至 20 世纪 80 年代末，国内发表的《江格尔》研究论文达 180 余篇）的背景下召开的；而北京国际学术会议则是在搜集出版工作的进一步延续（截至 1996 年，国内又出版了《江格尔资料》第 10 卷、《江格尔经卷式手抄本影印本》1 卷和文学读物《江格尔》第 3 卷，这样，计划中的七十章本已全部出齐）和研究工作取得前所未有的大丰收（1990 年至 1996 年，国内发表的《江格尔》研究论文已达 100 余篇，研究《江格尔》的学术专著达 6 部）的背景下召开的。

20 世纪 90 年代国内出现有关《江格尔》的 6 部专著，把中国《江格尔》研究推向了有史以来第一次真正的高潮。下面我们对这 6 部专著分别进行介绍和简单评价。

国内出版的有关《江格尔》的第一部专著是仁钦道尔吉的《中国少数民族英雄史诗〈江格尔〉》，该专著是刘魁立主编的《中国民间文化丛书》之一，1990 年由浙江教育出版社出版。该专著由"草原勇士的故事""社会生活的一面镜子""丰富深刻的蕴涵""生动的艺术形象""独特的情节结构""精湛的诗歌艺术""传统史诗的继承和发展""天才的口头诗人江格尔奇""流传和演唱""搜集出版和研究"10 个部分组成，是国内第一部全面评介史诗《江格尔》的著作。1995 年，经作者修改后该出版社又出版了该书第二版。第二版新增加了"神奇的神话宗教世界"一章，对其他内容也做了较大的修改。修改后的第二版既保留了第一版面向普通读者的简单易懂的评介特点，又增添了较深刻的学术内容。书中介绍了《江格尔》搜集、整理、出版、翻译、研究的历史以及《江格尔》研究中有争议的问题，探讨了其情节结构、思想内容、艺术特点、深层次文化结构等问题。其中颇有分量的是对史诗艺术形象的研究部分，这一部分是作者在自己的硕士学位论文基础上写的。其中把《江格尔》艺术形象分为圣主形象、力量过人的英雄形象、智慧出众的英雄形象、技能非凡的英雄形象、女英雄形象、秃头小男孩形象、骏马形象、暴君形象、蟒古思形象等，并提出这些形象的阶段性发展过程，认为力量过人的英雄形象属于第一个发展阶段，第二个发展阶段上出现了智慧出众的英雄形象，第三个发展阶段上则出现了技能非凡的英雄形象。该书作者目前正在对《江格尔》中的色彩象征做系统的研究。①

1994 年，内蒙古大学出版社出版了中国少数民族史诗研究丛书之一，即仁钦道尔吉所著的《〈江格尔〉论》。该书分上、下两编，上编详细地介绍了活态史诗《江格尔》和演唱艺人以及对这部史诗的搜集、出版、研究情况；下编从理论上分别就史诗《江格尔》的文化渊源、

---

① 扎格尔：《江格尔史诗研究》，内蒙古教育出版社 1993 年版。

社会原型、形成时代、发展与变异、情节结构的发展、人物形象、语言艺术等方面做了分析。其探讨范围甚广，几乎涉及《江格尔》研究中所有重大问题，并对之提出了自己的见解。该书一经出版，在学术界就引起广泛反响。人们评价它"是一部显示了我国蒙古族史诗研究的最高水平，表明《江格尔》研究新进展的佳作"①，它"代表了我国在这一研究领域的学术水准"②。

1995 年，内蒙古教育出版社出版了格日勒的《十三章本〈江格尔〉中的审美意识》一书。这是国内第一部首次从美学角度较系统地研究十三章本《江格尔》的学术著作。全书共分 7 章，分别从审美理想、审美意识、自然美、形体美、社会美、艺术美及《江格尔》审美意识之时代和民族特征等多方面多角度审视《江格尔》，提出了许多新鲜而有趣的观点。

1996 年北京《江格尔》国际学术会议召开之前，内蒙古文化出版社出版了金峰教授所著的《江格尔黄四国》一书。该书由前言、序、第一章"《江格尔》史诗所反映的社会制度"、第二章"江格尔及其勇士们的历史原型"、第三章"江格尔的敌人及各部长诗的起源"、结语等构成。金峰教授多年从事蒙古史研究，掌握和熟悉蒙古史方面的丰富资料，编写过许多蒙古史方面的著作，是一位多产作家。从 20 世纪 80 年代到 90 年代初，他在多次去新疆调研、工作、讲学的过程中逐渐对史诗《江格尔》产生了浓厚的兴趣，并开始写一些论文发表在新疆《卫拉特研究》等杂志上。《江格尔黄四国》的内容基本上由他发表过的论文构成。在书中，他以一位历史学家的眼光审视《江格尔》，提出了许多颇有启发性的观点，例如在有关宝木巴国行政军事组织的论述部分就提出了很多独到的见解。但同时，在人物形象塑造、语言学方法的使用等方面，该书也存在一些缺陷。

---

① 呼日勒沙、甘珠尔扎布：《〈江格尔〉研究的一部佳作——简论仁钦道尔吉教授〈江格尔论〉一书》，《民族文学研究》1996 年第 4 期。

② 汤晓青：《1996 年少数民族文学研究》，《民族文学研究》1996 年第 3 期。

1996 年，新疆人民出版社出版了贾木查《史诗〈江格尔〉探渊》一书。作者贾木查多年从事新疆《江格尔》搜集出版工作，为此他走遍了天山南北卫拉特蒙古族居住的地方，走访了各地江格尔奇，掌握了丰富的原始资料，包括《江格尔》文本、演唱民俗、曲调，有关江格尔奇的和有关《江格尔》的传说故事等，还搞过"《江格尔》史诗之路文化寻根调查"，因而充分利用田野调查资料成为该书的一大特点。至于书中重提 50 年前科津所提出的江格尔—成吉思汗说以及史诗《江格尔》主要反映了蒙古帝国、元朝时代的社会生活的观点，学术界还需讨论和磋商。

随着全球化趋势的增强，经济和社会的急剧变迁，《江格尔》的生存、保护和发展也遇到了新的情况和问题，形势十分严峻。著名的民间艺人有的已经过世，在世的也都已经年届高龄，面临"人亡歌息"的危险。因此，对《江格尔》传承人和资料的抢救和保护工作，必须抓紧，以使这部宝贵的史诗长唱于世间。

国家非常重视非物质文化遗产的保护，2006 年 5 月 20 日，江格尔经国务院批准列入第一批国家级非物质文化遗产名录。2007 年 6 月 5 日，经原文化部确定，新疆维吾尔自治区和布克赛尔蒙古自治县的加·朱乃、新疆维吾尔自治区巴音郭楞蒙古自治州的李日甫和新疆维吾尔自治区文联民间文艺家协会的夏日尼曼为该文化遗产项目代表性传承人，并被列入第一批国家级非物质文化遗产项目 226 名代表性传承人名单。

二 史诗《江格尔》在德国的传播与影响

（一）德国对史诗《江格尔》的搜集整理与出版

史诗《江格尔》，这部世界史诗群山中的一座高峰，蒙古族文学及英雄史诗的巅峰，自从德国旅行家贝尔格曼于 1802—1803 年从伏尔加河流域的卡尔梅克人那里记录并发表其两部长诗的德译文之后，就引起了各国学者的广泛兴趣。从那以后，阿·波波夫、奥·科瓦列夫斯

基、阿·鲍勃洛夫尼科夫、卡·郭尔斯顿斯基、阿·波滋德涅耶夫等
19—20 世纪初俄国的一批学者在搜集、翻译、出版《江格尔》等方面
进行了不懈的努力，并做出了重要贡献。

如果说 20 世纪学者们所做的是具有开拓性的工作的话，那么 21 世
纪初奥其洛夫和他的老师、彼得堡大学教授弗·科特维奇所做的工作
在《江格尔》学史上则具有划时代的重大意义。1908—1910 年，他们
从卡尔梅克地区发现了著名江格尔奇鄂利扬·奥大拉，用托忒蒙古文
将他演唱的 10 部长诗记录下来并出版发行。从此，各国学者才对《江
格尔》这部史诗的规模、艺术和意义真正有了初步的了解，《江格尔》
作为世界民族史诗之林中一部规模宏大的作品，为世人所肯定和承认。

1776 年在德国，P. S. 帕拉斯将最早搜集到的资料命名为《格萨尔
的故事》在俄国出版。随后 B. 贝尔格曼在 1804 年将《江格尔》的
《残暴的沙尔古尔格之部》和《残暴的哈尔黑纳斯之部》两部诗章翻译
成德文出版。自此，德国蒙古学家着手研究蒙古族史诗，德国逐渐成
为蒙古族史诗研究的中心之一。

（二）德国对史诗《江格尔》的研究

著名蒙古学家海西希教授的蒙古族史诗研究最值得一提。他于
1968 年承担《特殊研究领域十二——中亚》的研究项目后号召带领各
国蒙古学学者，组织召开蒙古族英雄史诗专题会议六次，并把学者们
提交的论文收录出版为《蒙古族英雄史诗若干问题》等四部书。1972
年他出版了《蒙古文学史》，对蒙古族史诗的流传与文献做了统一总
结。在 1979 年出版的蒙古族史诗拉丁文标注本与德文译本丛书《蒙古
英雄史诗》汇集中用拉丁文标注了芭杰演唱的《镇降蟒古斯的故事》
《大力士朝伦巴特尔》和《英雄格斯尔汗》，译成德文并写了序言。除
此之外，相继出版过史诗比较研究作品《萨满神话故事与氏族统一史
诗》《在察哈尔发现的有关格萨尔汗英雄史诗的异文：火氆可汗》《多
米尼克·施罗德遗留下的有关格斯尔汗英雄事迹的蒙文手稿（得自
安多)》等；史诗程式母题研究作品《蒙古英雄史诗的结构和母题》

《蒙古英雄史诗母题——复生和治愈》《阿尔泰史诗的叙事母题形式结构》等；史诗的文化学研究方面先后发表了《蒙古英雄史诗中有关用"白药"治愈的问题》《从真实到神话：蒙古史诗里的拇指》《蒙古史诗中的喇嘛教踪迹》等几十部作品。

此外，爱·陶贝运用民间故事类型与母题分类法分析研究了蒙古族史诗的情节叙事单位、母题实例依据，以论文《蒙古族故事情节的意义、内容》获得博士学位。他还发表过蒙古族男儿三艺在蒙古族史诗里如何被体现的研究论文。另外，维·法伊特从语言方面研究蒙古族史诗发表过几篇文章，克·萨加斯特从象征学研究蒙古族史诗，发表过《关于蒙古族史诗〈格斯尔〉的象征学》等多篇论文。

匈牙利的蒙古族史诗研究以拉斯洛·劳林茨的研究为主。劳林茨曾发表过有关探索蒙古族史诗的产生，比较研究蒙古族各部的史诗，探究史诗所反映的社会和游牧民传统等文章。此外，卡拉·乔吉（又译捷尔吉）记录了琶杰演唱的《格萨尔王传》的一节和其他短篇史诗，从语言学、文学、历史方面对琶杰的传记、作品与演唱的史诗进行了研究。

英国的史诗研究以查尔斯·鲍登的为主。在合著《英雄与史诗诗歌传统》中鲍登负责撰写蒙古族史诗部分，研究蒙古族史诗近代传统问题。

美国的史诗研究始于1970年戴·蒙特戈莫里发表的《蒙古英雄史诗概况》，还有伊瑟路德塞尔托斯比较研究蒙古与突厥民族的史诗，发表过一些学术论文。此外，美籍卡尔梅克学者宝日满吉·拉西对《江格尔》汇集进行介绍，比较研究了各种异文。

三 史诗《江格尔》在俄罗斯的传播

（一）俄罗斯对史诗《江格尔》的搜集整理与出版

在欧洲，对《江格尔》史诗的研究虽可追溯到19世纪初，但对这部史诗的真正意义上的研究却是从20世纪20年代开始的。著名蒙古学家鲍·雅·符拉基米尔佐夫在其 1923 年出版的《蒙古—卫拉特英雄史诗》一书的长篇序言中谈到了《江格尔》结构类型、文化联系、思想内容等方面的一系列问题，开现代《江格尔》研究之先河。此后苏联的《江格尔》研究进入了第一个发展阶段，并以 1940 年在厄利斯塔召开《江格尔》问世 500 周年纪念会为标志，达到了高潮。在此期间，斯·科津、格·桑杰耶夫、弗·扎克鲁特金等著名学者先后发表了研究《江格尔》的论著，其中科津院士的研究最为有名。1948 年，他把自己多年来的研究成果整理成一本书，取名《蒙古人民的史诗》，付梓出版。该书对《江格尔》的产生和形成年代及《江格尔》与《蒙古秘史》《格斯尔传》的关系等进行了深入研究。

从 1966 年开始，以卡尔梅克历史、语文、经济科学研究所成立《江格尔》研究专门机构——江格尔研究室为标志，《江格尔》研究成为一门独立的学科并开始具有了系统的性质。以 1967 年厄利斯塔召开全苏《江格尔》科学研讨会（"纪念著名江格尔奇鄂利扬·奥夫拉诞辰 110 周年学术讨论会"）为开端，苏联《江格尔》研究进入了它的第二个发展阶段，以 1978 年召开有 340 多名专家学者参加的全苏《江格尔》研讨会（"《江格尔》与突厥——蒙古各民族叙事作品问题"）为标志而达到高潮。"十月革命"以后，苏联学者们继续这方面的工作，20 世纪 40 年代之初记录了巴桑嘎·穆—克温（有的书籍中又写作巴桑嘎·穆克宾）、莎瓦利·达瓦等卡尔梅克江格尔奇们演唱的《江格尔》长诗，取得了喜人的成绩。此后直到 1978 年，苏联以及德国等一些欧洲国家陆续出版了史诗《江格尔》的原文、翻译本等多种版本。1978 年问世，由阿·科契克夫校勘、科学出版社在莫斯科出版的《江格尔》（上、下两卷，25 部长诗），是对 1802 年以来 170 多年间在卡尔梅克人当中进行的搜集整理和出版工作的一次成功的总结。

此后，于 1990 年为纪念《江格尔》诞辰 550 周年又召开了"《江格尔》与叙事创作问题"国际学术讨论会（厄利斯塔），有来自苏联、美国、日本、中国、德国、蒙古国、捷克斯洛伐克、保加利亚、匈牙利等国家的近300名学者出席了会议，有力地推动了《江格尔》研究的进一步深入发展。在此期间，不仅格·伊·米哈伊洛夫、阿·科契克夫、尼·比特开耶夫、埃·奥瓦洛夫、尼·桑嘎杰耶娃等一批苏联学者在《江格尔》研究中脱颖而出，而且德国学者瓦·海西希和克·萨嘉斯特、捷克学者帕兀哈、匈牙利学者劳伦斯、英国学者鲍顿、美国学者波佩和阿拉西·包尔满什诺夫等都投入《江格尔》研究，先后发表了各自的论文和著作，苏联以及西方的《江格尔》研究取得了丰硕的成果。

（二）俄罗斯对史诗《江格尔》的研究

俄罗斯学者的蒙古族史诗研究历史大致分两个阶段。

第一阶段或初期阶段为19世纪40年代到20世纪初期。这一时期学者对蒙古族史诗进行搜集记录，译成俄文的同时从语言学方面进行研究。A. A. 鲍勃罗夫尼科夫在著作《蒙古语—喀尔梅克语语法》一书中研究《格斯尔传》的语法，拉开了俄罗斯的蒙古族史诗研究序幕。

1852年，喀山大学教师、民族学家、口头文学学者 Г. И. 米哈伊洛夫用蒙古文记录了《洪古尔和萨布尔征服占巴拉汗的七勇士之部》。1854年鲍勃罗夫尼科夫将米哈伊洛夫用蒙古文记录的《洪古尔和萨布尔征服占巴拉汗的七勇士之部》译成俄文，并写了序言发表。

1864年，K. 郭尔斯顿斯基以托忒文记录《沙尔·古尔古之部》和《哈尔·黑纳斯之部》，以《乌巴什浑台吉的故事（附：卡尔梅克叙事诗〈江格尔〉与〈尸语故事〉)》为名出版。

1892年，A. M. 波兹德涅耶夫把上述《沙尔·古尔古之部》和《哈尔·黑纳斯之部》收录于《卡尔梅克文学》一书并以托忒文出版。1991年在前面两部上增加《沙尔·蟒古斯之部》并以《〈江格尔〉——卡尔梅克英雄史诗》为名再次出版。

中亚研究者 Г. 波塔宁考察西北蒙古边疆时出版了《西北蒙古志》《中国的唐古特西藏边区和蒙古中部》等作品，把包括喀尔喀、达尔扈特、阿金斯克布里亚特、卫拉特、鄂尔多斯等诸多氏族史诗记录于书中。

第二阶段为 20 世纪初期至今。

由于 20 世纪 30 年代以来对蒙古族史诗的产生、传承演变、故事结构类型、语言、艺术等进行全面研究，使蒙古族史诗研究系统起来。除了《格斯尔》和《江格尔》，布里亚特史诗和卡尔梅克史诗的研究也随之开展，蒙古族史诗研究也从总体转向专门。下面将详细介绍。

1. 史诗《江格尔》的形象、艺术、语言研究

俄罗斯学者在研究中大多数运用历史类型方法研究史诗结构体系的形式，进而明确史诗的起源、发展历程。他们明确了喀尔喀、卫拉特、布里亚特等史诗分支流传的形象体系，探索出流传之间的差异，注重在相同语系的史诗范围内进行比较研究，还研究了《格斯尔》和《江格尔》的形象。例如，П. 帕瓦连科的《怀念英雄们》、Ч. 克隆科耶夫的《江格尔的英雄们和士兵》、Б. Б. 柳德加耶娃的《书面文学与口头文学·英雄形象研究》、Н. А. 阿利沙耶娃的《关于卡尔梅克史诗〈江格尔〉的女性形象》、Р. С. 迪丽科娃的《史诗〈格斯尔〉形象体系里的上天居者形象》等作品较有代表性。

艺术方面，学者们从蒙古族史诗的曲调、音乐艺术进行研究，他们联系蒙古族史诗内容，认为史诗是通过吟唱、陶布秀尔弹唱、马头琴弹唱、无乐器伴奏的语言艺术。蒙古族史诗的曲调、音乐艺术方面的研究中 С. А. 坤德拉特耶夫的《蒙古史诗·乐曲》、П. 伯林斯基的《蒙古的歌手、乐手——乌力吉之洛布桑胡尔奇》、В. К. 西瓦拉亚诺娃的《史诗〈江格尔〉音乐的卡尔梅克传统问题》等尤为突出。俄罗斯学者的史诗曲调研究通常以比较蒙古各氏族之间流传的史诗从而明确演唱方式、伴奏乐器、语言艺术的曲调差异。

最先从语言学角度研究蒙古族史诗的是 А. А. 鲍勃罗夫尼科夫。他在 1849 年出版的专著《蒙古—卡尔梅克语语法》中研究了《格斯尔传》的语言。之后的研究，以语言学角度研究《格斯尔》《江格尔》为主。例如，Ц. Б. 策登丹巴耶夫的《〈格斯尔〉与〈江格尔〉史诗语

言比较研究》、M. И. 多洛霍诺夫的《〈格斯尔〉故事里的近义熟语》等论文。然而从语言学角度对蒙古族史诗做出最系统研究的是 Б. Х. 托达耶娃。她在 1976 年专题作品《史诗〈江格尔〉的语言学研究经验》中记录了如何搜集记录《江格尔》的情况，又比较了《江格尔》的各种版本所发生的改变，逐句对照，给有差异的词语作注释，明确了词语的添加、遗漏、变更。还有从语义学、造词法和词性等方面研究的作品，在此不一一列举。

2. 史诗《江格尔》的类别、情节结构框架与类型研究

这类研究最初始于 Б. Я. 符拉基米尔佐夫的《蒙古—卫拉特英雄史诗》这部作品。书中认为，布里亚特史诗的情节发展形态具有原始类型，《江格尔》并非"原始"时期的作品，而是表达人民理想、思想情感的作品，是西北蒙古族史诗表现王公贵族思想情感的作品。他还从《江格尔》和西北蒙古卫拉特史诗情节结构框架方面做了研究。他将《江格尔》的情节结构框架与其他国家地区史诗的情节结构框架相比较，明确其个性，同时指出卫拉特英雄史诗都以同一种方案，总体模式创作而成。

值得提到的还有 H. 鲍培的《喀尔喀蒙古族的英雄史诗》，С. Ю. 涅克柳多夫的《蒙古族民间口头文学里的史诗协调：历史与结构、类型依据》《中亚史诗的共同性与特殊性：历史类型、种类演变发展问题》，H. O. 莎拉克什诺娃的《布里亚特与蒙古英雄史诗类型比较研究》等作品。显然，蒙古族史诗类型研究是俄罗斯学者最为关注的研究主题。

3. 史诗的起源、传承演变研究

俄罗斯蒙古学家们将蒙古族英雄史诗与神话联系起来，坚持认为，英雄史诗的起源立足于原始时期的神话传统。代表性学者包括 E. 梅列金斯基、С. Ю. 涅克柳多夫、Г. И. 米哈伊洛夫等。E. 梅列金斯基在其作品《英雄史诗的起源》中，将英雄史诗的发展划分成几个阶段，认为最早的英雄史诗起源于神话。

Г. И. 米哈伊洛夫为了明确蒙古族史诗的神话元素而撰写过多篇论文，他把这些论文体现的观念汇集为专题研究论文《蒙古文学遗产》。文中，作者挖掘出蒙古族史诗的诸多神话元素，探索史诗源于神话或神话对史诗有何种程度的影响。

С. Ю. 涅克柳多夫的几百部作品中，《蒙古人民的英雄史诗》一书以蒙古族史诗作品，历史上的三个基本现象，即口头史诗、书面史诗、中世纪史诗文学为例，研究从传统口头文学到历史编年文学的传承问题。

4. 俄罗斯的蒙古族史诗研究

在俄罗斯，蒙古族史诗的分布、传承研究始于著名蒙古学家 Б. Я. 符拉基米尔佐夫。其专著《蒙古—卫拉特英雄史诗》以当时的科学应用论证为基础，确定了蒙古族史诗的分布范围，首次明确蒙古族史诗传承情况。

卫拉特史诗研究从 Б. Я. 符拉基米尔佐夫开始，紧接着还有 А. Б. 布尔杜克夫的《卫拉特和卡尔梅克的史诗演唱艺人》与《卫拉特史诗演唱艺人研究的问题》，Д. Г. 波尔贾诺娃的《卫拉特英雄史诗的创作学问题》《关于蒙古的卫拉特英雄史诗的类别特征》《卫拉特史诗〈宝木额尔德尼〉的两种版本》《卫拉特英雄史诗传承研究的问题》等代表性论文。上述论文研究了卫拉特史诗的创作、类别、版本、传承及演唱艺人。

布里亚特史诗研究方面，最初记录并发表论文的是 М. Н. 汉嘎洛夫。1881 年，他与著名探险家、学者 Г. Н. 波塔宁合作搜集记录的布里亚特民间口头文学包括几篇史诗，还记录并发表了布里亚特《格斯尔》的口头异文。

之后，从 Ц. 扎姆察莱诺（扎木斯朗·策本）开始才真正步入研究阶段。他的研究带给蒙古族史诗的意义不仅仅在于用音标字母记录保存布里亚特史诗，更是将布里亚特口音的特征保存下来。其丛书《蒙古民族语言艺术精华》第 3 卷《布里亚特民间口头文学作品》的导言文章

《蒙古英雄史诗的有关记录》在蒙古族英雄史诗研究中占有重要地位。文章中明确了布里亚特故事和史诗的共性与埃赫利特—布拉嘎特、霍里布里亚特史诗内容、形式等方面存在的差异。此外，布拉嘎特、阿莱尔、洪郭多尔故事和史诗方面的作品《布里亚特民间口头文学》中分别收录有《格斯尔》的部分《阿拜·格斯尔》《霍里·阿拉泰》。另外，由他记录的一些布里亚特史诗成为研究者们参考的宝贵资料。

А. Д. 鲁德涅夫在其作品《霍里布里亚特方言》中把《洛岱莫尔根》《硕如勒都尔莫尔根》《吉布金鄂布根》三篇霍里布里亚特史诗附上俄文翻译出版。此外，与 Ц. 扎姆察莱诺合作出版的丛书《蒙古民间文学典例》里，以国际音标给多篇史诗注音并写导言出版。

除了上述学者外，М. Н. 占巴诺夫从史诗里的地名探索其祖先的生活足迹的文章《埃赫利特—布拉嘎特史诗里的生活图景》；Н. Н. 鲍培明确了史诗创作者与传播者，挖掘史诗所反映的母权或父权及与萨满教之间的联系的文章《布里亚特蒙古英雄史诗若干问题》；Г. Д. 桑杰耶夫研究布里亚特史诗发展的文章《布里亚特蒙古英雄史诗发展阶段》。

后期有关布里亚特史诗的研究发展状况可参考《现代布里亚特史诗说唱艺人的技巧》《布里亚特传统口头文学》《布里亚特口头文学之诗歌》等作品了解。作为布里亚特史诗发源地，俄罗斯也是最初收集整理出版布里亚特史诗的地方，所以俄罗斯最先开始研究布里亚特史诗，成为迄今为止最大的研究区域。

喀尔喀史诗研究方面，俄罗斯学者 Ц. 扎姆察莱诺、А. Д. 鲁德涅夫等人从 20 世纪初开始搜集记录喀尔喀史诗。起初他们收集整理，翻译成俄文并标注字母出版。例如，20 世纪二三十年代出版的《阿拜·黑林·嘎拉珠·巴图尔》《阿古兰汗》《大象勇士扎鲁古岱》《阿穆尔加尔嘎拉汗》《勇士仁钦莫尔根》《博格达江格尔汗》等。

俄罗斯的喀尔喀史诗研究通常以记录整理、翻译、写导论等形式进行，未能开展细致研究。迄今为止，以喀尔喀史诗研究盛名的仅有

H. H. 鲍培的《喀尔喀蒙古英雄史诗》。作品以挖掘喀尔喀史诗产生，与其他蒙古族史诗比较，对喀尔喀史诗结构、对象、形象、形式等展开研究。

5. 蒙古族史诗的比较研究

俄罗斯的蒙古族史诗比较研究主要围绕蒙古与突厥史诗的起源、交流影响开展。最显著的例子为，1978 年在埃利斯塔市举办的"《江格尔》与突厥、蒙古各民族叙事作品问题"讨论会上提交的 80 多篇论文大多集中于围绕蒙古与突厥各民族演唱史诗传统及说唱艺人所遵守的原则，还有两个民族史诗反映的社会背景、相同相似的叙事单位、形象描写、关系问题。

随后，B. M. 日尔蒙斯基、B. Я. 普罗普、普郝夫等学者从历史比较方法研究蒙古与突厥史诗，例如，B. M. 日尔蒙斯基的《关于西伯利亚突厥—蒙古人民史诗的英雄古代类型》、普郝夫的《西伯利亚突厥—蒙古人民的英雄史诗》等。

还有，B. M. 日尔蒙斯基在其《英雄史诗》这本书中对蒙古和阿尔泰史诗做了比较研究。后来，B. И. 阿巴耶夫在《那日图史诗》中比较研究了蒙古族史诗对《那日图史诗》有较大的影响。

四　史诗《江格尔》在蒙古国的传播与影响

(一) 蒙古国对史诗《江格尔》的搜集整理

1910 年科特维奇在欧洲卡尔梅克人中采访著名江格尔奇鄂利扬·奥夫拉的时候，著名蒙古学家符拉基米尔佐夫则在蒙古西部卫拉特人那里记录了一些不完整的《江格尔》长诗。这些长诗虽先后发表，但当时还没有出现采自蒙古国的《江格尔》汇编。1963 年，蒙古国出版了由策·达木丁苏伦作序，特·杜格尔苏荣撰写的《江格尔》卡尔梅克异文 12 部长诗。这是蒙古国出版的第一个较为全面的版本。于此前后，老一辈蒙古学者宾·仁亲、策·达木丁苏伦、巴·索德那木、格·仁饮桑布等陆续发表了《江格尔》研究文章，奠定了蒙古国《江格尔》研究的基础。在苏联《江格尔》研究以 1967 年召开《江格尔》科学研讨会为标志而进入第二个发展阶段之际，蒙古国于 1968 年出版了由乌·扎格德苏荣编的《史诗江格尔》。这是采自蒙古国境内的《江格尔》长诗的第一部汇编，书中收入了完整或不完整的《江格尔》长诗共 15 部。1978 年，当阿·科契克夫校勘出版卡尔梅克《江格尔》"二十五章本"，苏联《江格尔》研究随着召开 340 多位学者出席的全苏《江格尔》科学研讨会而达到第二次高潮之时，蒙古国又出版了乌·扎格德苏荣编辑整理的《名扬四海的洪古尔》一书。书中汇入了采自蒙古国境内的《江格尔》异文 25 部（多为不完整的长诗）。至此，蒙古国《江格尔》搜集出版工作基本宣告结束。在此期间，达·策仁索德纳木、特·杜古尔苏伦、日·娜仁托娅、哲·曹劳、哈·散丕勒登德布、哈·罗布桑巴拉丹等学者投身于研究工作，蒙古国的《江格尔》搜集、出版、研究工作从 21 世纪初开始。1901 年，芬兰著名的比较语言学家和蒙古学家格·兰司铁（G. J. Ramstedt）在大库伦（今乌兰巴托）记录了蒙古《江格尔》不完整的 2 部长诗。这成为蒙古《江格尔》搜集工作的开头。几乎与此同时，蒙古国著名学者策·扎姆察拉诺（有人还写作扎·策旺）也在该地记录了《江格尔》的一部长诗。蒙古国出版的有《史诗江格尔》（1968）和《名扬四海的英雄洪古尔》（1978），共收入在蒙古国境内记录的 25 个片段（包括不少重复的故事）。

作为中国、俄罗斯、蒙古国三国共有的长篇英雄史诗《江格尔》，其搜集整理工作始于 20 世纪初期，此后其研究也得到了蓬勃发展。①

---

① 因为国内发表和出版的好几篇（部）论文和专著对国外《江格尔》搜集、出版、研究史已做了相当全面的评介，所以该小节内容作者尽量做到简洁，以避赘述。请参阅仁钦道尔吉《〈江格尔〉论》，内蒙古大学出版社 1994 年版，第 43—51、64—74 页；乌·扎格德苏荣编《江格尔史诗》导言，乌兰巴托，1968 年；扎格尔《江格尔史诗研究》第一章和第二章第一节相关内容，内蒙古教育出版社 1993 年版。

（二）蒙古国对史诗《江格尔》的研究

蒙古国的英雄史诗研究主要集中在 1921 年建立的经书院或其继承机构蒙古国科学院语言文学研究院。

20 世纪 50—60 年代，学者们致力于关注蒙古族史诗的分布、流传与发现新史诗，而到了 70 年代着手于史诗的题材、形象、艺术、创作手法、史诗体现的社会秩序、习俗、美学、哲学、世界观、信仰、起源、流传演变、蒙古族史诗的历史根源以及关系等方面进行研究，随着研究队伍扩大，促使蒙古国的史诗研究在世界范围内占据重要地位。下面做详细介绍。

1. 史诗《江格尔》的思想、形象、艺术、美学研究

蒙古国学者将史诗形象划分为英雄勇士（主要英雄与辅佐英雄）、女性、奴仆、儿童、骏马、蟒古思等，围绕这些形象研究其基本类型、性格外貌、思想内心、力量、美学等，明确塑造人物的方法，诸多形象的类型、基本本质，取得较大成就。

从形象起源、神话学与正负理论角度研究的作品有，色·白嘎力赛罕的《从正负视角解读史诗英雄》、阿·敖其尔的《关于蒙古史诗诸英雄的起源》、普·好尔劳的《蒙古英雄史诗的女性形象》等论文。蒙古族史诗中的女性形象作为从审美角度研究史诗的基本对象，因而具有独特性。

巴·卡图 2004 年出版的《蒙古史诗形象体系》是蒙古国研究史诗形象的第一部作品。书中，把英雄、夫人、骏马、蟒古思视为蒙古族史诗的四个基本形象，并从形象的起源、内涵、特质、形态等方面进行了研究。

有关蒙古族史诗的辅佐英雄和骏马形象的研究论文有特·巴雅斯胡楞的《史诗〈江格尔〉中的洪古尔形象问题》、巴·卡图的《关于蒙古族史诗里的牧马人阿格·萨哈勒》、达·诺尔布的《蒙古人民英雄史诗里的骏马形象若干问题》等。

从美学角度研究的有，哈·宁布在其演讲《蒙古人的美学思维传

统》中从较宽广的范围研究了蒙古族史诗的美学问题；嘎·仁钦桑布的演讲《蒙古史诗的女神形象之审美》则从形体、内心原则、勇气力量、智慧才能、事业、雄心抱负等方面挖掘出蒙古族史诗里哈屯（夫人）的形象之美。

除此之外，还有普·好尔劳的专著《蒙古口头文学中的审美情感》的第一章从英勇审美、英雄审美、语言审美三个方面进行研究；嘎·南丁毕力格的《蒙古史诗的描写与神话学形象》《史诗的审美描写与象征学体系》《蒙古英雄史诗人物形体审美问题》等论文，其中部分为英文发表，在英雄史诗的美学研究方面成就颇高。

从乐曲、曲调方面的研究来看，绝大多数研究从文学角度来评价蒙古说唱艺人的艺术才华和记忆才能。宾·仁钦院士的论文《我们的史诗》论述了史诗的格律、音节、重音、称谓等。这篇论文为蒙古族史诗曲调研究奠定了基础。随后扎·额尼毕希发表了《关于〈江格尔〉音乐的一个异文》《史诗演唱方法的意义》等论文，他比较《江格尔》与《汗赛日》的开头部分，探究两部史诗的开头召请词特征、演唱方法、音乐结构框架等。之后勒·贺如伦的论文《蒙古史诗音乐是一个艺术研究对象》，认为史诗不仅仅从词语艺术、文学、语言学角度研究，极为重要的是还要从美学和音乐艺术理论角度研究。

2. 蒙古族史诗的类别、故事情节、框架结构与类型研究

德·策仁曹德那木院士在研究论文中将蒙古族史诗内容划分为动物史诗和英雄史诗两类进行研究，之后再对这一观点进一步论证发表了《蒙古口头文学里的动物史诗类别》《蒙古史诗里的神话故事理解》《蒙古史诗故事起源——其当今的足迹》等论文。德·策仁曹德那木的观点被大多数学者认可。围绕上述问题，热·那仁图雅博士的论文《民间口头文学里的动物史诗足迹》认为，动物史诗是独立的史诗类别，并以明确的例子证明动物史诗的题材、传统从原始时期到现代在蒙古族口头与书面文学中不断流传。

沙·嘎丹巴教授的论文《蒙古民族英雄史诗》依据蒙古族史诗的

社会内容、思想倾向划分为三种类别，并详细解释了划分依据。之后，色·道力玛等学者充分肯定了嘎·南丁毕力格等人在《蒙古口头文学理论》一书中的观点，同时又增加一种类别，详细解释了划分依据。

故事情节与框架结构研究方面，20世纪80年代开始运用民间故事情节类型分类法来研究蒙古族史诗的故事情节。首先要提到的是沙·嘎丹巴的论文《蒙古民族英雄史诗》。文中，将史诗情节的框架结构分为开头、情节、结尾三个基本段落，解释每段的情节构成。其次，普·好尔劳的论文《蒙古史诗的美妙语言和巧妙描写》研究故事情节的类型结构，把史诗情节的类型结构分为单一情节的史诗和多个情节的史诗。作者将这一观点在其《蒙古民间短篇史诗特征》等论文中进一步拓展论证。

类型研究中以下论文值得一提。哲·曹劳教授的论文《关于卫拉特史诗里的英雄的畜群》从畜牧业和社会生活角度对蒙古西部史诗序言颂词中描写赞颂英雄的畜群母题与英雄的属民母题进行研究。特·巴雅斯胡楞的论文《阐明〈江格尔〉结构的历史演变》认为，《江格尔》最初是婚姻题材的短篇史诗，随着情节发展逐渐拓展连接而变为串联史诗。另外，他在《蒙古史诗的题材、结构研究》一书中，认为蒙古族史诗的题材并非表面上体现的一两种，详细划分史诗的基本题材，研究题材从何种故事情节发展而来。

3. 蒙古族史诗研究

20世纪30年代在确定蒙古族史诗的七个分布流传中心地带后，1960年开始蒙古国学者们把蒙古族史诗纳入整个蒙古民族范围内研究，从之前主要研究史诗的内容题材、分布流传、起源、发展演变、结构形式、类型、创作等方面，到后来由热·娜仁图雅博士带头开始了统计史诗分布的地带和氏族的工作。在其《蒙古史诗统计》一书中，统计了蒙古国境内传播的英雄史诗、喀尔喀多种异文故事性史诗、喀尔喀单一异文故事性史诗、巴亚特杜尔伯特多种异文和单一异文史诗、乌梁海、土尔扈特多种异文和单一异文史诗，统计并列出史诗名称。这部作品总结了蒙古族史诗研究数年的成果，创立了初期阶段的统计情报库而具有重要意义。

从卫拉特史诗的研究状况来看，其研究始于嘎·仁钦桑布在《蒙古民间英雄史诗》一书中的两篇乌梁海史诗，即《阿日格勒·查干老人》和《额真·乌兰·宝东》。从此卫拉特史诗专辑开始出版。

研究方面，哲·曹劳的系列研究《卫拉特研究图书馆》出版了《乌梁海遗产》《布尔汗之子巴力奇尔宝木额尔德尼》《卫拉特口头文学库》等书籍。之后他还出版了《卫拉特蒙古英雄史诗》。

乌梁海史诗方面，推动蒙古国的乌梁海史诗研究发生转变的作品为普·好尔劳的短篇史诗《珠拉阿拉德尔汗》。紧随其后出版的有关乌梁海史诗包括哲·曹劳的《珠拉阿拉德尔汗》，巴·卡图的《好汉赫楚勃尔赫》《珠拉阿拉德尔汗》等。2008 年由蒙古国科学院承担出版的系列丛书《卫拉特研究大系》的第 6 卷《乌梁海遗产》由哲·曹劳博士和阿·孟根其其格研究员等人出版。

除上述乌梁海史诗出版汇集之外，学术方面，嘎·仁钦桑布教授在《蒙古民间英雄史诗》的导论部分里首次做了研究，之后还有哲·曹劳的《乌梁海史诗演唱艺人》，巴·卡图的《关于乌梁海民间史诗与史诗演唱艺人》《乌梁海部族的著名史诗演唱艺人色·朝依苏荣史诗的形式与结构》《关于乌梁海民间史诗》《关于阿尔泰乌梁海民间史诗》，热·娜仁图雅的《乌梁海史诗》，乐·图雅巴图尔的《阿尔泰乌梁海英雄史诗·其来源与个性》等论文。

喀尔喀史诗方面，随着记录整理工作的有序进行，宾·仁钦在论文《我们的史诗》中，评价蒙古国学者们和研究者们搜集史诗方面的成就；普·好尔劳则在论文《喀尔喀民间史诗及其特点》中，从喀尔喀史诗的基本性质特征、审美和形象类型、思想、习俗、发展状况等方面提供了详略信息。除此之外，还有热·娜仁图雅汇编的《喀尔喀民间史诗》，研究了史诗抄本、原稿的注释、喀尔喀史诗统计、文献、词语注释等；色·道力玛的《喀尔喀史诗历史化的企图》、德·策仁曹德那木的《关于〈吉尔吉斯·赛因·贝托尔〉的几个异文》等论文。

4. 蒙古族史诗的名称学研究

在蒙古国，史诗的名称学研究始于 20 世纪 50 年代。历史上蒙古族的足迹跨越到中亚，因此蒙古族史诗在形成过程中史诗英雄的名字不仅仅是蒙古语，还有诸多与文化交流密切的满通古斯、突厥波斯等语言来命名。所以，研究史诗的名称学问题极大地引起学者们的兴趣，并从多个方面研究发表文章。

1950 年，策·达木丁苏荣院士在其《〈格斯尔传〉的历史根源》中首次对"格斯尔"这一名称的来源、意义与非属语的语音学比较研究。普·好尔劳院士在论文《为江格尔研究增添色彩》中认为，"江格尔"一词的词根是蒙语词的"zang"。

除了研究《格斯尔》《江格尔》以外，还有史诗《罕哈冉惠传》的研究，德·策仁曹德那木在其论文《〈罕哈冉惠传〉名称起源问题》中，认为"罕哈冉惠"的"哈冉惠"一词源于古代蒙语—突厥语中称呼"巴布盖"（蒙语为熊）的词语"哈冉惠巴然"（蒙语为黑暗/暗淡），提出应该写成"可汗哈冉惠"才合理的观点。还有在论文《关于〈吉尔吉斯·赛因·贝托尔〉的几个异文》中，从意义、形式方面研究《罕哈冉惠传》里的"吉尔吉斯·赛音·贝托尔""日月陶丽"等英雄的名字，比较这部史诗的口头与书面异文之间的差异，探究词语之间的细微区别。热·娜仁图雅博士在其作品《蒙古史诗口头与书面异文》中，提到了对史诗《罕哈冉惠传》里的词语"罕"和"哈冉惠"的观点。

除上述史诗外，还有巴·卡图在论文《关于蒙古史诗里蟒古斯一词的意义》中研究了史诗《达尼呼日勒》的名称、色·道力玛在《蒙古神话学形象》中对"蟒古思"的研究也值得一提。

5. 蒙古族史诗的习俗、文化研究

蒙古国对史诗的习俗、文化研究大概始于 20 世纪 70 年代。史诗的宗教文化研究方面有，勒·呼日乐巴特尔的《蒙古史诗里的佛教曲调》、普·好尔劳的《关于蒙古史诗里的佛祖瓦其尔巴尼形象》等论文，勒·巴图乔伦的有关民间技艺智慧的论文《蒙古史诗里匠人的技艺智慧研究》等。总体来看，蒙古国的史诗习俗、文化研究从三个方面展开。

首先，演唱史诗习俗的研究，通常以较完整保留传统的乌梁海史诗为主。乌·扎格德苏伦的《演唱史诗的惯例》、哈·桑皮勒丹达布的《蒙古民间英雄史诗与习俗》、巴·卡图的《蒙古史诗为习俗的纪念》、色·道力玛的《蒙古史诗的习俗性及其象征》、哈·宁布的《蒙古人的演唱史诗惯例》、扎·萨如拉宝音的《演唱史诗惯例和现代描写艺术中的史诗艺人描写》等论文对这类研究提供了大量信息。

其次，史诗中的习俗元素研究，研究史诗里蒙古人的古代习俗、习惯、信仰等文化现象的论文有，德·策仁曹德那木的《史诗〈江格尔〉的古代召请词足迹》，哈·桑皮勒丹达布的《〈江格尔〉反映的习惯》，色·道力玛的《比较萨满教与史诗》《蒙古史诗的描写和光的信仰》，雅·巴特尔的《起名习俗在〈格斯尔传〉里的反映》，特·巴雅斯胡楞的《〈江格尔〉中用具习俗的足记》等。总的来说，蒙古国史诗的民俗研究涵盖从古至今、从生活生产到宗教信仰等宽泛且深刻的研究课题。

最后，蒙古族史诗的象征学研究，这一研究起步较晚。1987 年，勒·朝伦巴图的论文《蒙古史诗的色彩、数字、方向的象征化描写手法》是该研究的第一篇文章。之后，巴·卡图以《蒙古史诗的象征》为题撰写了专题文章。

6. 蒙古族史诗的比较研究

蒙古族史诗的比较研究引起了后期学者们的广泛关注。影响较大的作品为被收录进《蒙古民间史诗研究Ⅲ》的普·好尔劳的专题作品

《蒙古史诗比较研究》。这部作品在较广的范围内研究了蒙古族史诗和其他地区史诗之间的联系影响问题。另外，探讨印度和世界史诗对蒙古族史诗影响的第一章中，举例论述了印度民间故事传播到蒙古地区后变成史诗创作的故事引例。因而，通过举例研究论证外国传说故事、史诗对蒙古族史诗的影响。除此之外，还从框架、人物、情节、描写等方面比较研究了蒙古族系之间史诗的相互影响。

在国外，19 世纪初，俄国首次搜集、出版了《江格尔》的一些部分。最早搜集并向欧洲介绍这部史诗的是贝克曼。他从卡尔梅克人当中采录到《江格尔》的个别片段，旋即将它们译为德文于 1804 年至 1805 年在里加发表。后来，俄国学者阿·鲍波洛夫尼科夫于 1854 年用俄文发表《江格尔》的另外两部。克·郭尔斯顿斯基于 1864 年用托忒蒙古文刊印了西拉·古尔古汗之部和哈尔·黑纳斯之部。弗·科特维茨于 1910 年又用托忒蒙古文刊印了鄂利扬·奥夫拉演唱的《江格尔》（10 部）。1978 年在莫斯科出版的阿·科契克夫编的《江格尔》，收入先后在苏联记录的作品 25 部（包括异文），共约 25000 诗行。《江格尔》除蒙古文版本外，在国外还有德、日、俄、乌克兰、白俄罗斯、格鲁吉亚、阿塞拜疆、哈萨克、爱沙尼亚、图瓦等多种文字的部分译文。研究"江格尔"已成为一门世界性的学科。在苏联、蒙古国、匈牙利、捷克斯洛伐克、德意志民主共和国、德意志联邦共和国、英国、美国、法国、芬兰等国都出版过不少《江格尔》的研究著作。

日本的蒙古族史诗研究方面，蒙古学家若松宽将俄文版《格斯尔》《江格尔》译成日文并发表《格斯尔与希腊神话》等论文。莲见治雄的论文《史诗〈勇士锡林嘎拉珠〉词语解释》，从这部史诗中筛选出 63 个词语分别编号做了解释，并附于母本。还有，日本学者研究蒙古族史诗的情节结构与史诗演唱习俗的《关于喀尔喀史诗叙事单位结构》《喀尔喀史诗情节结构的复杂性》等近十篇论文。此外，藤井麻湖在蒙古国国立大学以《蒙古英雄史诗的叙事单位、结构——以阿尔泰史诗演唱为例》获得博士学位。她还出版过专著《蒙古英雄史诗框架研究》，研究了《恩克宝力德汗》《乌仲阿拉德尔汗》等史诗。除此之外，还有多篇研究史诗的学术论文。

　　除上述国家之外，波兰、芬兰、法国、捷克、比利时、韩国等国家虽然也研究蒙古族史诗，但研究范围相对窄，学者人数较少，因此不多赘述。

第 二 章

多元文化交融的胡仁乌力格尔

第一节 中蒙学者对胡仁乌力格尔的界说[①]

"胡仁乌力格尔"起初叫"本子故事"。"本子故事"这一称谓出自蒙古国学者宾·仁钦《伯帝莫日根汗征服西洲记》一文（1929）和《蒙古族民间文学中的本子故事》（1959）的学术报告。之后，国内外不少学者一直沿用。20世纪末，国内部分专家学者对此提出异议，认为称作"胡仁乌力格尔"较好。其实"本子故事"和"胡仁乌力格尔"是对同一事物的两个不同时期的称谓和命名。目前，认同这一观点的专家学者与日俱增，可以说是已达成共识。

"胡仁乌力格尔"这一名称是由"胡仁"（四弦胡琴）和"乌力格尔"（故事）两个名词组合而成，其学科延伸义是"在四胡伴奏下说唱的故事"。与它对应的是"雅巴干乌力格尔"（民间故事）。"雅巴干"指的是"无伴奏的"，连起来就是说"无伴奏的故事"或"口述（承）故事"。说唱"胡仁乌力格尔"的民间艺人叫作"胡尔奇"（还有胡尔其、胡日齐、胡古日齐等称呼）。

从研究成果考察，"胡仁乌力格尔"的概念或蕴含比"本子故事"

---

① 该节选译自全福《胡仁乌力格尔的发生、发展、结构及其文化艺术研究》，内蒙古大学出版社2017年版，第二节。

大得多。起初，宾·仁钦院士所指的"本子故事"是蒙古族民间艺人说唱的来自汉族历史演义故事（含章回小说）的蒙译手抄本（子）故事。它代表着蒙古族"胡仁乌力格尔"这一民间说唱形式的雏形。其实，"本子故事"还未成为胡尔奇的说唱艺术之前，在民间还走过了较长时间的"口译民间故事"或"口承本子故事"的传播时期。对此，宾·仁钦曾说过"有时候，口译流布的书面文学较之笔译流布的还要美"。从口头流布发展到胡尔奇的说唱，这是一种飞跃汉族的书面演义故事和"说书"艺术，演化成蒙古族的民间说唱艺术。

"本子故事"经过 200 来年的发展，其故事来源逐渐从汉族历史演义小说手抄本（故事本子）拓展到"四大名著"等书面章回小说、革命故事和蒙古族文人自行创作（包括二度创作）的故事（小说）。至此，"本子故事"逐渐发展成为我们今天所说的"胡仁乌力格尔"。

"本子故事"的第二延伸义或文化内涵是：（我或胡尔奇）所说唱的故事，不是胡编乱造的，是有"本子"依据的。这句话，一是针对演唱"英雄史诗"的艺人说的（暗指"英雄史诗"是创编的），二是针对听众说的——是真人真事（现实的）。其本意是强调"本子故事"的真实性和可信度。从这一点不难看出，"本子故事"是蒙古族民间说唱艺术从"理想主义"（说唱"英雄史诗"）转向"现实主义"时期的产物。完成这一历史性转化，同时作为"本子故事"第二发展阶段的"胡仁乌力格尔"，其现实性越来越凸显出来。它比起"英雄史诗"更贴近现实生活——历代朝政、皇帝、君臣、英雄、美人、军队、贪官污吏、劳苦百姓及其衣食住行，行军打仗，斗智斗勇，改朝换代等，都是大家身边的人和事。这些"身边的人和事儿"，通过胡尔奇们的艺术渲染，活灵活现地展现在大众面前，博得了听众的欢迎和喜爱。从此，蒙古族英雄史诗演唱慢慢走向尾声，而胡仁乌力格尔则渐渐吸纳了英雄史诗、好来宝、民歌等演唱艺术的精华，不断地充实和完善自己，走上繁荣发展的历史轨道。

依据现有的研究成果，对胡仁乌力格尔可以做如下界说：汉族的"历史演义故事"和"说书"艺术，在清朝中叶传入东蒙古地区，逐渐产生了以"说唐"系列故事为主的蒙古族民间说唱艺术"胡仁乌力格尔"。它在200多年的发展进程中，经过历代民间艺人的说唱、传承和完善，独具特色，自成体系，经久不衰。迄今为止，已说唱的历史演义故事和章回小说有：《钟国母》《列国志》等列国系列；《西汉演义》《东汉演义》等两汉系列；《隋唐演义》《薛刚反唐》等"说唐"系列；《南北宋志传》《五虎平南后传》等"两宋"系列；"四大名著"系列和现代"革命故事"系列的1000多部（笔者自行统计）。

除此之外，还有蒙古族艺人自己创编的若干部（篇）胡仁乌力格尔。中华人民共和国成立之前，蒙古族民间艺人为了将胡仁乌力格尔"民族化"，参照和模仿汉族的历史演义故事书创作了许多作品，如《五传》《凤凰传》《忽必烈的故事》《成吉思汗的故事》等。中华人民共和国成立之后，为了宣传革命道理，胡尔奇们又说唱了《刘胡兰的故事》《保卫延安》《平原枪声》《董存瑞》《黄继光》《白毛女》等百余部革命故事。同时，自行创编说唱了《龙虎二山》《达那巴拉》《青史演义》《嘎达梅林》《英雄陶格套呼》《乌兰夫的故事》等百余部新编现代故事，为胡仁乌力格尔注入了新的活力。据朝格图博士2002年的统计，蒙古族民间艺人说唱的新老胡仁乌力格尔共达600多部。

其实胡仁乌力格尔不仅是一种简单的说唱艺术，而是一种集叙述、抒情、评点、解说、演奏、演唱、表演于一体的综合艺术。在它长期的发展进程中不断吸收了蒙古族的英雄史诗、祝赞词、好来宝、民歌、祭祀音乐和汉族小说及说唱艺术的精华，不断充实和完善自己，成为具有代表性的蒙古族口头说唱艺术之一。这种富有活力的艺术形式是活态文化的载体，是民族文化鲜活的血脉。它是蒙汉文化关系史上罕见的、富有历史意义的文化现象，是蒙汉艺术交流的结晶。

研究胡仁乌力格尔可以揭示蒙汉文化相互影响的特点，勾勒出北方游牧民族文化与农耕文化的碰撞、交流、吸纳、认同的历史轨迹，这对于中华民族多元一体文化格局下，正确描述蒙汉文化的互动共进具有重要的学术价值和现实意义，也为文化产品的开发提供资源。这对于蒙古族民间艺术在国内与国际的广泛传播将产生积极影响。

一　胡仁乌力格尔的内在结构

胡仁乌力格尔作为反映某一朝代固定的"历史时期"的口头叙事故事，而且又将其改编为综合艺术形式演唱时，虽然在原叙述文本的"长度"上进行了适当的延长或压缩，但在它基本结构和内容上不会做出本质性改变的。因此，有些变化只是属于对原文本长度上的增删。具体说就是会出现说唱几夜（部分章节）、几十夜（大部分章节）、几个月（全部章节）的区别。据此，我们对它的内在结构可以进行分析和分类。

作为历史故事，由于当时朝政的事务、事件的多寡和复杂性，其结构和内容稍有不同。然而，封建社会这一漫长的历史阶段，虽有频繁的朝代更迭，但仍未砸烂旧"国家机器"，继续在它原有的模式上建立新的朝代。所以，不管在哪个朝代名下编写的历史故事，虽有一些差异，但是其在基本结构、模式和意蕴上是一致的。

我们根据上述原理已观察到以母题、模式、程式理论能够明确地分类出胡仁乌力格尔的内在结构。这样做，不仅能够标示出数以百计的历史题材故事的共性，而且将那些故事归入一个系列，完完全全地揭示出它形式、结构的基本规律来。

了解到这一基本规律，我们就发现再长的历史故事也仍然在读者或听众的视线和心里总是以固定的规律、顺序被接受。同时也很自然地领会到它固定的结构和形式。

（一）胡仁乌力格尔主要母题、模式和程式

蒙古学大学者瓦·海西希所提出的"母题"理论，被运用到蒙古族史诗研究中反响极大。之后的研究人员将它当作新"方法"，普遍运用到民间文学研究之中。在实践中一直被理解为"最小的情节单位"

（并反复出现）。近年来，运用帕里－洛德"程式化"理论，研究蒙古族史诗以及民间文学取得了一定的成绩。

未展开讨论上述问题之前，我们有必要对"母题"这一名词术语进行概念上的梳理。在一般情况下，对它的理解上虽有一些差异，但也无妨按着我们自己的视觉和理解可以再度明确它的蕴含：母题，是最小的情节单位，它的主要特征是在其相关的体系中反复出现。

由此看来，只出现一次的"最小的情节单位"不能理解为母题。那么模式呢？我们认为，为同一意蕴服务的情节、母题的顺序定型的情节组合叫作模式。

由于组成某一模式的情节、母题意蕴的不同而会产生诸多的模式。从诸多的模式中有选择地、按不同的顺序调整排列的模式组合叫作程式或程式化。

下边我们基于上述理论，对胡仁乌力格尔试行母题、模式和程式化分类。然则对于"模式"，认为它是相对"固定的形式"，亦可由好几个母题构成。又将"程式"确认为多个"模式"的有序排列体。我们将它从小往大排列，会出现以下顺序：母题—模式—程式。这或许是蒙古化的母题、模式、程式理论。

了解上述交代之后不会误解我们所分的模式与程式的内在关系和独立性。例如"上朝"这一模式中共有 4 个母题。这是因为这 4 个母题虽为独立的母题，但它是属于"上朝"这一内容模式。所以分开后有些不妥。按照这一思路，下边分类中的所有母题都可以顺延这一规律理解。假如将这些母题从模式和程式中分开，可能会出现数以百计的母题（本书中只分出了 80 多个母题）。然而我们不是为了母题而进行母题分类，而是为了从母题模式程式的固定与非固定的关系中观察它们的内在结构的。掌握了这一内在结构，能够重新调整它们的模式程式，组合出具有许多新内容的胡仁乌力格尔来，这是常理。《龙虎二山》《楚虢两国》《定天山》等胡仁乌力格尔都是遵照这一规律诞生的。

然而胡仁乌力格尔在其发展过程中母题和模式是相对稳定的，以它们的多与寡决定故事的长短，以它们前后位置和顺序的交替变化来组成新的程式。这虽然基于母题和程式化的理论，但在实际应用中与它们并不完全相同。下边的分类就是这么产生的。

（二）胡仁乌力格尔主要母题、模式和程式的分类

胡仁乌力格尔主要母题、模式和程式的分类，是一种公开、简洁地展示它们内在结构的好方法。看起来胡仁乌力格尔虽然非常复杂而长短不一，但是了解到它的内在结构，就能轻而易举发觉它并非杂乱无章。下边用编码形式标示分类：

1. 乌力格尔开讲

开讲中包括故事梗概、导引曲、唱诵纲目（通诵纲鉴）三种形式和内容。由于胡尔奇个人兴趣爱好的不同，有的只是以演唱故事梗概作为导引曲；有的先唱诵纲鉴，后说故事梗概作为导引曲；有的没什么导引曲，直接进入故事。这三种开讲形式，无法评定好与不好。这是以当时场景和听众的多与寡所决定的。但有一条：知识广博的胡尔奇，肯定以"通诵纲鉴"来显示自己的才华，吸引听众的极大的兴趣。

2. 上朝

"上朝"指的是皇帝寅时起床穿戴好朝服上文德殿，与文武大臣共同商讨国家大事，交流信息，对重大问题做出决策。这里有：

君臣以各种形式赶赴上朝的母题；

文武大臣呈报奏折；

（1）国内洪水、盗贼以及其他重大事情

（2）属国反叛、地方官的离心企图

皇帝叫大臣们猜梦或拜神或观光或赶赴属国出席某种活动；

决策之后散朝。

3. 西宫娘娘与她父亲狼狈为奸，以各种卑鄙手段陷害正宫娘娘妄图篡位（模式）

与宫女勾结从昭阳宫"搜出"陷害皇帝的翁衮，加害于她；

以毒酒宴请正宫娘娘；

以莫须有的罪名打入冷宫；

正值正宫娘娘分娩时，用狸猫换太子；

面对西宫的陷害，东宫娘娘、忠义宫女、太监和侠士挽救正宫娘娘（和刚出生的太子）；

红门小将们攻打皇城四门，力举千斤闸，救太子和娘娘逃出皇城；

得到其他忠臣义士的支援。

4. 太子走国（模式）

养精蓄锐，卧薪尝胆，准备复仇；

将相依为命、相亲相爱的贤惠女子封为正宫或东宫娘娘。

5. 西太师阁老企图篡权的阴谋活动（这里包括：与属国或外邦秘密勾结闪动他们反叛，里应外合，暗地里进行各种颠覆活动）

6. 当朝皇帝的腐败堕落（这里包括：皇帝贪酒色，松弛朝纲，排斥忠良，亲近邪恶等母题）

7. 忠臣义士率领大军，高举太子和正宫娘娘的旗号讨伐西宫、西太师的反动势力，挽救摇摇欲坠的朝廷和堕落的昏君（模式）

将军披甲整装（全副武装）母题；

备战马母题；

上校场登上点将台，宣布军纪军令母题；

点兵点将，部署五方旗军和旗主，按五行天干摆阵势；

大军出发（如果在皇城，皇帝亲自赏酒祝送赶路，强调军纪）；

安营下寨（包括：按五行扎营，造观望台，备防洪防火设施，建行人车马通道，设立衣食住行和兵器的管理等后勤保障体系等母题）。

8. 攻打关卡，攻破收复

交换战书母题；

将军对将军的对阵，决一雌雄母题；

女将们用法术对打母题；

普通士兵摆阵对打母题；

用云梯或堆砌土木与城墙对齐攻城；切断水源或往水井里投毒；

发射火箭等母题；

四方围城切断水源和粮草供给线母题；

火烧粮草或中途夺粮草母题；

邪教主或道士布五毒阵或恶阵母题；

正教主或神灵下甘霖破恶阵救将士，教化邪恶，将他们皈依正门母题。

9. 正教与邪教神灵们的法术战

这里包括：天女（仙女）、天上星宿、天兵天将、天上禽兽、天上器皿；山洞中得道的禽兽、水里修炼的生物、多年听诵经声得道的法器等下凡，分成正反面神灵争战（模式）：

避水避火避神器的宝物和盔甲母题；

只有刺中嘴与眼珠（秘密命门）才能毙命的神人母题；

请出天神水神或山洞神仙收复邪教徒的母题；

丑陋的天神化身——女将军，在争战中掉入深潭或沟壑脱掉面具回复靓丽的原貌母题；

争战在尘世的正反面神灵英雄们，完成使命返回天庭的母题。

10. 水军战

水性好的南方水军与北方陆地的水军争战母题；

用战船作战——沉船、烧船母题；

引诱到陆地，以强兵围困消灭母题；

策反水军都督的母题。

11. 消灭山寨大王

无恶不作的山寨大王掠夺平民财务，抢占民女做压寨夫人时侠胆英雄一举消灭他；

如果大王是正义侠士，愿为朝廷效力，双方就化干戈为玉帛，一同为正义而战。

12. 将军或英雄喜得盔甲坐骑

男女小将独自在江边、湖岸、深潭、沟壑或寺庙战胜兴风作浪的妖孽，驯化它。令其幻化成盔甲或坐骑。

13. 年轻小将们的奇遇

年轻男女将士在深山老林、地道、寺庙等僻静处战败逃遁或徜徉时，意外地吃上为师给他（她）准备的九牛二虎（一龙）美食，即刻变得力大无穷，身材魁梧。甚至与他（她）尊师交战，学到非凡的本领。

14. 山水赞（非母题）

15. 市容赞（非母题）

16. 美人赞（非母题）

17. 胡尔奇解说的封建道德礼仪

三从四德、祸福善恶（神佛地狱福寿命运）。

18. 好汉竞技（包括武状元选拔模式）

打擂台、骑射、举鼎、马上交战、徒手对打。

19. 好汉拜把子或成眷属（模式）

志同道合的好汉们歃血为盟，合力奋进（母题）；

义兄义弟们为了世代友好，指腹为婚或将双方男孩拜把子。

20. 祭祀礼仪

祭祀天地、山水、神灵母题；

祭祀祖先母题；

祭祀恩人、功臣、牺牲英雄豪杰母题。

21. 向神仙学艺（模式）

忠臣义士的幼年儿女被风卷走或病故时神仙道士救活并传艺母题；

这些忠良志士学好本领后遵照师父的指令下山为国家建功立业母题。

22. 选女婿（模式）

名门闺秀与绣球落肩的男士定终身母题；

女将以比武定终身母题；

遵照仙师的旨意与命中人结发母题；

皇帝或重臣向女将军、公主赐婚母题。

23. 与敌人斗智斗勇（模式）

天时地利人情世故的对答雄辩；

迎头痛击与将计就计；

明面上斗智斗谋，暗地里布阵突袭母题。

24. 奇人体系

顺地心地脉奔突的超矮人（土行者）；

力大无比的猎人、樵夫，救助太子、公主为复国效力母题；

传递信息、联络四方的飞毛腿；

侠客（剑客）、烈女（真节女）们的忠肝义胆；

在地宫地窖暗养的大力士，关键时刻为国征战的母题。

25. 天、地、龙王、阎王、神仙、鬼怪体系的人士下界参战（模式）

玉皇大帝王母娘娘体系——

天庭七仙女、外甥女、嫦娥们下凡；

太白金星等诸神灵助战；

三十六个天罡星、二十八星宿下凡；

阎王体系——

阎王爷、牛头马面、各路小鬼；

其他小神、小鬼、判官；

十八层地狱及阴间事务；

龙宫体系——

龙王、龙宫公主、龙太子、其他小神和龙宫至宝；

七十二山洞神仙体系——

七十二地煞体系——

元始天尊体系——

太上老君体系——

西天或释迦牟尼佛祖体系——。

26. 神仙、妖怪的各种幻化和法术

神仙道士们以各种幻化法术救国救民；

得道的妖魔鬼怪以幻化法术助纣为虐。

27. 神仙道士、巫师们的占卜及预言

神灵们闻到祭祀祈祷的香烟味，预知事发因果；

当徒弟下山时告知他（她）前景和未来；

丞相或名儒借助神物或法器预知未来祸福并上奏；

为了不泄露天机，明知不说；

预知祸福后暗暗采取防范措施。

28. 部署伏兵、秘密布阵

在山路两侧伏兵，摆好滚木礌石、弓箭、壕沟、绊马索和火阵；

收缴江河湖泊中的船只或伏兵火烧船只；

在寺庙或店铺潜伏，探知对方行踪，以毒酒或蒙汗药擒获。

29. 凯旋回京，平暴治乱，安抚百姓，重振朝纲

远征兵将、战马闻到家乡水土味儿兴奋不已；

拜见当朝皇帝（受磨难的或昏君）；

皇帝退位，太子当朝；

惩罚叛逆者，处决西宫和西太师阁老；

为受害者平反昭雪，官复原职；

奖赏功臣，名将，加官晋爵（含封干太子、干公主）。

30. 故事尾声

太平盛世赞；

胡尔奇祝词。

二　母题、模式、程式之间的关联

上述分类主要是基于"模式"，其中包括诸多母题。这是为了揭示胡仁乌力格尔的内在构造。从中看不到"程式"和"程式化"。然则从1—30 的排列当中，我们不难看出它们本身就是一种程式或程式化。其

实"程式"就是模式（含母题）的序列组合。在长度大的乌力格尔中，上述模式都能显现出来。在不同长度的短篇故事里，从上述母题中可能会有若干个模式被减掉。据此可以得出：乌力格尔的或长或短，取决于它所用模式的多与寡。同样，将乌力格尔里的各种模式进行调整或改变其顺序，也会产生内容同的故事。这些调整，是由胡尔奇来完成。实际上"调整"就是"程式"或"程式化"。

大的模式当中也能蕴含程式，比如在"攻打关卡"模式中共有 9 个母题。这些母题在不同的乌力格尔中其顺序都不一样，亦有多与寡的区别。这就再次证明"程式"也不是固定的顺序，而是很灵活的顺序排列。实际上也如此。但是，"开讲"和"结尾"这一程式是不能调整的，这是固定的程式。

"上朝"是非常重要的模式。然而有些乌力格尔没有"上朝"这一模式，个别乌力格尔里反复出现"上朝"。"多次上朝"能改变乌力格尔的程式。这可以归于灵活的程式中。

如果理解了模式、程式的上述特点，我们也能证实胡仁乌力格尔中的母题、模式、程式的顺序以及多寡是相对的，是开放的结构。利用这一"开放性"特点，不同的胡尔奇将同一个故事加以扩充或压缩时，在其结构上是不会出现差错的。但要做到前后衔接，一脉相承，全靠胡尔奇的才华。这里虽能提及固定的模式会给胡尔奇的记忆提供极大的方便，但也不可忽视胡尔奇重新将诸多的、错综复杂的模式加以裁剪整合的技艺。杰出的胡尔奇应该是过硬的剪接师。

这里需要强调的一个问题是，在母题分类中出现的一些弊病。个别人士的分类中将"开讲"（含通诵纲鉴）、"结尾"（含胡尔奇祝词）、"山水赞""美人赞"等也视为母题，这是不对的。因为这些祝颂辞中丝毫看不到与"最小的情节单位"相关的因素，所以可以放到模式中去。

虽然说母题是很重要的概念，但是要研究像胡仁乌力格尔这样篇幅很长的作品，模式同样居于非常重要的位子，而且以它们的多与寡及其排列顺序来被认定故事的结构和整体。母题在这一整体结构中充当组成生命的细胞，以相连的内容来参加模式的组合。所以说，所谓"背诵乌力格尔"指的是记住模式；"说书"就是模式的程式化演示。

第二节　国外学者对胡仁乌力格尔的研究①

一　蒙古国、俄罗斯等外国学者对胡乌仁乌力格尔的研究

国外学者对"胡仁乌力格尔"的研究，自20世纪20年代末开始。1929年蒙古国学者宾·仁钦院士记录了本国罗布桑胡尔奇的《伯帝莫日根汗征服西洲记》，并于1961年在德国《亚洲研究》丛刊第7卷上发表，其内容涉及罗布桑胡尔奇的一部"胡仁乌力格尔"和169种曲调。1959年他在乌兰巴托召开的首届国际蒙古学大会上宣读了《蒙古族民间文学中的本子故事》一文。他发现了汉族书面文学（历史演义故事）在蒙古地区的"口头传承"现象，并认为这种传播形式比书面传播形式还要美。

继宾·仁钦之后，相继出现了策·达木丁苏伦、达·策仁苏德那木等研究者。策·达木丁苏伦在他的《蒙古古代文学一百篇》中辑录了我国蒙古族著名胡尔奇琶杰演唱的汉族《水浒传》第22回，并与《水浒传》旧蒙译文相应内容做了对比研究。达·策仁苏德那木自1962年开始关注和研究胡仁乌力格尔，他曾在《汉文小说在蒙古地区的口头传播》一文中对胡仁乌力格尔的体裁、艺术特色、胡尔奇的不同风格等问题进行了卓有成效的探讨。他们先后发表和出版了《人民的乌力格尔奇、胡尔奇、祝颂手》《罗布桑胡尔奇》《呼日勒巴特胡》等诸多作品和研究成果。

---

① 全福：《"胡仁乌力格尔"研究述评》，《内蒙古大学学报》（哲学社会科学版）2013年第4期。

苏俄学者谢·尤·涅克留多夫与李福清于 1974 年、1976 年、1978 年先后三次到蒙古人民共和国进行田野调查，搜集了许多第一手资料，发表《蒙古叙事新材料与民间叙事传统问题》《蒙古民间文学新资料》《本子乌力格尔演唱者生平研究》等作品。他们在上述成果中不同程度地分析和阐释了汉文小说、诗歌被译成蒙古文并成为民间说唱艺术的过程，认为蒙古族艺人借鉴远东的文化传统，在本民族英雄史诗传统的启迪下，逐渐形成了蒙古民间文学的新文类"本子故事"，并将胡尔奇所演唱的篇目与原著相应的曲目一一对证，指出了出处。这些研究，资料可靠，富有说服力。

除此而外，阿·罗德涅、纳·鲍陪，德国学者瓦·海西希、G. V. 法伊特、匈牙利学者 G. 卡拉、日本学者阿卡日、莲见治雄等人亦发表过相关调查资料和文章。其中瓦·海西希的成果较为突出。他先后发表了《蒙古本子新故事》《蒙古新好来宝艺术》《达瓦仁钦胡尔奇说唱故事研究》等富有见地的文章，并将"胡仁乌力格尔"与欧洲说唱艺术进行了比较研究。

二　国内学者对胡乌仁乌力格尔的研究

国内研究从 1955 年开始。皓洁、钱敏在 1955 年 10 月 25 日《内蒙古日报》上发表了《内蒙古民间艺术家——琶杰》一文，嘉其在《内蒙古文艺》1955 年 11 期上发表了《民间艺术家——毛衣罕》一文，介绍了著名胡尔奇琶杰和毛衣罕。之后，李家兴、臧克家、那·阿萨日拉图、托门、朝克图那仁、布日古德、额·巴达拉胡、奎曾、陶阳、白音那、仁钦葛瓦、额尔敦陶克涛、乌·宝音和西格等人相继发表了有关胡仁乌力格尔的资料和研究文章。

这些文章基本上是对蒙古族胡尔奇生平与演唱艺术的介绍，以及对民间文学艺术的态度和个人感悟等。其中那·阿萨日拉图先后发表了《论蒙古人如何融合异族故事丰富了自己的故事》（1958）、《著名胡尔奇琶杰介绍》（1958）、《论民间文学的人民性》（1958）、《对〈内蒙古民间说唱家——毛衣罕〉一文的商榷》（1959）4 篇文章；托门用蒙汉两种文字发表了《内蒙古民间说唱家——毛衣罕》（1959）、《蒙古族民间艺人琶杰及其创作》（1959）、《要正确评价蒙古族胡尔奇》（蒙古文，1959）、《琶杰的诗歌艺术》（1962）、《蒙古族民间歌手毛衣罕的诗》（1962）5 篇文章。他们二人在"如何评价民间艺人"这一问题上看法不一，为此进行了友善的讨论。从总体上看，由于对胡仁乌力格尔的认识不足，这一时期的研究成果理论基础不厚实，因此未能达到学术意义上的研究高度。

直至 1978 年才陆续出现了查干巴日、额尔敦巴雅尔、白音那、特·嘎达斯、阿拉坦巴根等人的相关文章。这些文章大体上都是关于胡仁乌力格尔和胡尔奇的介绍，并带有一定的资料性。

党的十一届三中全会之后，胡仁乌力格尔研究步入了新的发展时期，论者蜂起，成果卓著。乌·苏古拉、尼玛、白音那、斯琴孟和等人陆续发表了很有见地的论文。从此，对胡仁乌力格尔研究全面展开。在这一时期，涌现出了许多优秀的研究人员。从 20 世纪 90 年代末开始，许多高质量的专著和硕士、博士学位论文相继问世，将胡仁乌力格尔研究提升到学术研究领域，并逐步脱离了书面文学研究的模式，真正成为一门独立的学科。

纵观八十多年的胡仁乌力格尔研究，其发展历程可以分为以下三个阶段或时期。

（一）发端和发展期

该项研究在 1929 年发端于蒙古国。由宾·仁钦院士的学术报告和文章作为起点，经策·达木丁苏伦院士的研究，直至达·策仁苏德那木院士等人的一系列探索，为胡仁乌力格尔研究开掘了先河。苏俄学者谢·尤·涅克留多夫、李福清等人辛勤的田野调查工作，拓宽了胡仁乌力格尔的研究领域和方法。德国著名蒙古学专家瓦·海西希先生将毕生的精力和才华全部投入蒙古学研究之中，并发表了多篇研究胡仁乌力格尔的论文，把这些研究工作延续到 20 世纪 90 年代末。

（二）国内"17 年文学"时期的研究

国外的研究启动了国内的研究。1955—1964 年是国内研究的开端。其间，那·阿萨日拉图、托门等人先后发表了 20 多篇有关胡尔奇、胡仁乌力格尔、蒙古族民间文学、民间艺术、民间艺人等方面（包括新好来宝、新诗歌、新故事等）的评价文章，为今后的研究开辟了道路。1964—1977 年为中断期。

（三）国内"新时期"的研究

进入"新时期"之后，胡仁乌力格尔研究迈进前所未有的历史性发展阶段。自 1978 年开始，恢复并发展了胡仁乌力格尔研究，逐渐形成了由老中青三代人组成的一支富有生命力的研究队伍。许多研究人员到农村牧区去，并逐步提高和改善了研究手段，迅速从一般性的探索飞跃到学科和学理层次上的研究，取得了喜人的成绩。

三　中蒙俄等学者对胡仁乌力格尔的研究

"胡仁乌力格尔"研究，经过上述三个阶段的发展，已成为一种学科意义上的系统研究。可以说，在蒙古族文学研究园地确立了"胡仁乌力格尔研究"这一国际性的学科。

第一阶段的研究，主要从介绍蒙古族民间说唱艺人的艺术生涯和演唱道路开始，对其才华和演艺表示欣赏或肯定的个人态度。随之引起"如何看待民间艺人和民间文学"的探讨。这里已被提到的艺人有蒙古国的罗布桑胡尔奇，中国的琶杰、毛衣罕二位胡尔奇。由此展开，整理发表了一些他们所演唱的"本子故事"片段和自行创作的新"好来宝"等，受到了学界的欢迎和关注。

然而，由于国内的研究刚刚起步，其学术性较弱，对民间文学艺术的研究缺少精神和物质准备，有些文章误将书面文学的理论方法套用到"胡仁乌力格尔"研究上，模糊了文体或文类界限。但作为第一步，其拓荒意义不可漠视。比起国内研究，蒙古国的研究起点较高，除资料价值外还涉及理论定位（定名）、艺人、艺术、曲谱等项内容，为这项研究的形成与发展开掘了先河。

20世纪70年代俄罗斯学者涅克留多夫、李福清二人的三次田野调查，延续和深入了这一项研究。他们发表了《蒙古叙事诗新材料与发展民间叙事传统问题》《本子乌力格尔演唱者生平研究》和《蒙古民间文学新资料》等多篇研究论文以及相关调查材料。瓦·海西希的研究贯穿了第二、第三这两个研究阶段，先后发表和出版了《蒙古本子新故事》《蒙古新好来宝艺术》《达瓦仁钦胡尔奇说唱故事研究》等成果，进一步推动了胡仁乌力格尔研究。

达·策仁苏德那木院士在《内蒙古社会科学》杂志1989年第2期上发表了《论汉文书面文学以口承传统在蒙古地区的传播》一文，指出：“本子故事的发生和发展，是与汉族经典作品蒙译有关，到了18—19世纪，蒙古族说唱艺人、胡尔奇等已经广泛说唱了汉族的汉、唐、宋朝的古典历史故事（长篇历史小说）。本子故事在蒙古地区的盛行，已有二三百年的历史。”

第二阶段的胡仁乌力格尔研究工作，主要是由上述学者在国外开展的。其中蒙古国达·策仁苏德那木院士的研究，在中国持续了多年。

第三阶段的研究，重在国内。从1978年起，查干巴日、额尔敦巴雅尔、白音那、特·嘎达斯、阿拉坦巴干、翁根素、苏其木格等人所发表的《胡仁乌力格尔新生》《关于胡仁乌力格尔改革的新趋势》《四胡的新韶音——读胡仁乌力格尔〈雄鹰峰〉》《试论胡仁乌力格尔的发生与发展》《值得褒扬的一部胡仁乌力格尔——读白音那创作的胡仁乌力格尔〈雄鹰峰〉》等文章，宣告了胡仁乌力格尔研究的复苏。随之有乌·苏古拉、尼玛、白音那、特·达日巴、诺·松布尔、仁钦道尔吉、扎拉嘎、那日苏（李青松）、道荣尕、乌·新巴雅尔、叁布拉诺日布、劳斯尔、斯琴孟和、朝格图、包金刚、陈岗龙、乌·纳钦、白翠英、博特乐图、白玉荣、额尔很白乙拉、斯琴托雅、苏尤格等诸多研究人员加入这一队伍，形成了近百人的规模可观的研究队伍，对胡仁乌力格尔进行了多学科、多视角、多种方法的交叉整合研究，成果卓著。

（1）资料建设。迄今为止，搜集、整理、录音和出版了《伯帝莫日根汗征服西洲记》《罗布桑胡尔奇传略》《蒙古古代文学一百篇》（其中有《水浒传》第22回译文）、《第十二代唐王朝演义》《夏周演义》（录音）、《大钟国母》《琶杰传》《毛衣罕传》《胡仁乌力格尔曲目》《蒙古族文学资料集》（第7卷）、《琶杰作品集》《乌斯胡宝音作品集》《乌斯胡宝音乌力格尔好来宝集》《琶杰、毛衣罕好来宝选集》《蒙古族胡仁乌力格尔的套语》《蒙古族说书艺人小传》《乌力格尔曲目300首》《中国说唱艺术歌曲集·内蒙古卷》《胡尔沁说书》《凤凰传》《唐朝演义十五卷》《程咬金的故事》等书目；另外，哲理木电视台存有6000余小时的胡仁乌力格尔说唱录音；内蒙古广播电视台和其他盟市的广播电视台亦有相当数量的录音资料。所有这些，都为胡仁乌力格尔研究提供了可靠的第一手资料。近年来，内蒙古大学、内蒙古社会科学院、内蒙古师范大学、北京大学和中央民族大学、内蒙古民族大学的相关研究部门以及研究单位都在着手搜集这方面的资料，同时加强了人才队伍建设和资料建设。其中内蒙古大学和内蒙古非物质文化遗产研究中心建立了胡仁乌力格尔研究数据库。

（2）从介绍性的文字、单篇论文到整合研究。第一阶段的研究以介绍民间艺人的传略、艺术道路和说唱的作品为主，亦有胡仁乌力格尔的历史作用和现实地位表示了肯定和颂扬。从第二阶段开始，探讨了胡仁乌力格尔的起源、发展、分布情况以及语言、曲调、艺术特色、流派、改革创新等问题。

在"起源"探求上，宾·仁钦的"本子故事说"具有原创意义；达·策仁苏德那木的"汉唐宋古典历史小说论"、扎拉嘎研究员的明末清初"汉族历史演义小说论"和"说书艺术说"等成果，细化和发展了这一观点。从朝克图等人的博士学位论文开始，胡仁乌力格尔研究进入了交叉整合研究阶段。

（3）出现了一些有学术价值的成果。在综合研究上，扎拉嘎研究员的"比较文学：文学平行本质的比较研究——清代蒙汉文学关系论稿"中指出：本子故事"五传"是蒙古族史诗传统与汉族演义小说的结合；《紫金镯》源自汉文"杨家将故事"等。作者阐述了这些本子故事借鉴汉族历史小说的创作方法、艺术技巧和情节安排等方面的具体做法。这是对胡仁乌力格尔"探源说"的深入研究。

（4）硕士、博士学位论文增多。近年来，有更多的年轻力量投入胡仁乌力格尔研究队伍，充实和壮大了研究队伍，其中硕士生、博士生的人数逐年递增。黛莉、满全的《胡仁乌力格尔与鼓词比较研究》一文，将胡仁乌力格尔与汉族的鼓词相比较，在说唱、题材、流行时间和地域等方面进行了探讨，认为它们之间存在"一定的血缘关系"。李彩花在《从蒙古族本子故事看蒙汉文化关系》一文中，在表演的布局结构、故事题材、选用词语等层面上进行了比较，探寻了胡仁乌力格尔所体现的汉文化印记。同时，作者又针对胡仁乌力格尔与蒙古族英雄史诗、民歌、好来宝的共性和关联，揭示了胡仁乌力格尔所具有的蒙古族口传艺术的特征。

进入21世纪以后，出现了不少有关胡仁乌力格尔研究的博士学位论文和硕士学位论文。除上述几部富有影响力的著作外，博士学位论文还有何红艳的《科尔沁蒙古族说唱文学研究》（2004）、白玉荣的《"五传"比较文学研究》（2007）、额尔很白乙拉的《胡仁乌力格尔传播学研究》（2010）、李彩花的《胡仁乌力格尔〈封神演义〉文本与汉文小说〈封神演义〉比较研究》（2012）、聚宝的《〈三国演义〉蒙译本研究》（2012）、斯琴托雅的《从胡仁乌力格尔发展过程探析蒙古"故事本子"的含义》（2013）等。他们从不同视域和不同的方法专题或整合研究胡仁乌力格尔，取得了较好的成绩。

（5）成绩与不足。目前，对于胡仁乌力格尔的研究取得了许多成果，厘清了其发生和发展过程中错综复杂的诸多疑问，理顺了蒙古族传统说书艺术——好来宝、英雄史诗、民歌（包括抒情民歌和叙事民歌）与胡仁乌力格尔之间的渊源关系和平行发展关系，并勾勒出了与汉族民间"说书艺术""大鼓书""戏曲表演艺术"和"历史演义小说"之间的碰撞、吸纳、改革、交融、认同以及历史性演化的轨迹。对胡仁乌力格尔进行美学、人类学、文化学、社会学、民间文学、民俗学、音乐学、曲艺学、比较文学等多学科的研究，亦已初见成效，在发表数量可观的论文的同时也出版了不少研究专著。这是主流。

进入21世纪以后，许多专家学者改变了研究方式和工作作风，走出工作室，积极进行田野调查，搜集第一手资料，抢救和研究并举，活跃了研究气氛。

然而，在肯定成绩的同时也应该看到不足。总体来看，个别文章因欠缺理论功底和把握全局的概括能力，往往陷入"以点带面""挂一漏万"的困境，把胡仁乌力格尔、胡尔奇艺术共性（亦可说是民间艺术的共性）牵强附会地套用到单篇胡仁乌力格尔和个别胡尔奇身上，将其共性误认为个性、类型曲解为典型、普遍性当作特殊性。此外，因缺乏"母题""程式""音乐""比较文学"和文化学理论常识，在其阐释和论证上用词含混，研究范畴模糊，罗列现象较多，理论化水平不高。有些硕士学位论文题目过大，言之无物，分析阐释不到位。同时，由于对胡尔奇的术语（熟语）、套语、典故和古词的文化内涵不甚了解，误读、错读和标音不准等现象屡见不鲜。

值得强调的是，对于胡仁乌力格尔与汉族历史演义小说的比较研究、汉族的"说书"艺术等对胡仁乌力格尔的影响研究，至今还未产生富有说服力，且从整体把握、历史性地比较研究的专著；对胡尔奇的研究仅停留在表面上，只有赞美之词，而无学术研究上的公平评价；对革命故事系列、自编创作系列等，基本上还没有着手研究；尤其对于先进技术和现代手段的利用率并不高，还没有形成交叉整合、立体研究的科研团队。到目前为止，只有内蒙古大学组织了研究团队。从整体上看，研究队伍和科研力量零星分散，缺少近期和长期的研究规划和实施细则。因此，研究速度缓慢，缺少系统性、整一性、标志性成果。

第三节　胡仁乌力格尔与好来宝①

胡仁乌力格尔作为一种"说唱艺术"，其中基本唱词都属于好来宝种类。平时所说的"上朝词""山水赞""美人赞""备战马""上教场""点兵点将""将军披甲整装""出征行军""将军对打""神仙道士下凡"（腾云驾雾）、"祭奠牺牲兵将""兵将想念家乡""胡尔奇祝词"等，都属于好来宝种类。因此，胡尔奇必须懂得什么叫好来宝，并努力争取做一名出色的好来宝演唱者才对。

一　好来宝

远在 14 世纪初，梵文中的"输络迦"一词传入蒙古地区之前，当时的所有操蒙古语的部落和族人都用"达悟～好来宝"一词来表示相对排列的、联首韵的、具有节奏感的几行或多行的辞赋，叫作"达悟～好来宝"。这在《蒙古秘史》《史集》等历史文献中都有记载。后来再将明确的四行诗文为一节的辞赋称作"输络迦～诗歌"。在这一书面韵文理论的冲击下，传统的"达悟～好来宝"逐渐向一种独立的民间文学文种发展，在民间被称为"好来宝"。

由此可知，好来宝是属于蒙古族民间文学中占据非常重要位置的一种韵文体。尤其在胡仁乌力格尔中充当主要的抒情因素或装饰，为其音乐性、抒情性提供基本素材。

为了节约笔墨，将这一问题以巴·布林贝赫先生的研究"诗歌与好来宝的区别"一文来进行简要表述：

（1）在塑造形象和形容方面：诗歌注重内心世界的抒发，而好来宝崇尚外在世界的形容。诗歌注重意境，而好来宝崇尚表象。

---

① 选译自全福《胡仁乌力格尔的发生、发展、结构及其文化艺术研究》，内蒙古大学出版社 2017 年版，第八节。

（2）在技巧方面：诗歌的叙述是浓缩的，好来宝叙述是陈铺的（明喻、暗喻、对比、排列等）。

（3）在节奏、语言方面：诗歌的节奏格律比较自由而变化大些，语言精练有寓意。好来宝的语言流利直白，常有固定的节奏句式和排列重叠句。

从实际考察，好来宝是局限于即兴唱诵（艺人们说：自行生长的好来宝）的套路，来不及提炼词语，顺手拈来现成的辞赋，融入某一种模式和程式中说唱。支撑它的主要因素是排列的诗句和叠句。因此，好来宝的共性或普遍性较为突出，而个性较弱。具有规范性或模式化的样态，而且传统性比较浓。其中铺陈和对仗是最鲜明的特点。

A. 铺陈：铺陈指的是把颂唱的对象从这一头开始直到另一头，方方面面、反反复复地陈述。例如毛衣罕的《铁牤牛》中：

> 喷出一缕缕青烟
> 奋蹄奔驰的铁牤牛
> 在那锡林草原上
> 蜿蜒曲行的铁牤牛
> 穿过原野绿草丛
> 继续奔突的铁牤牛
> 一路画出彩云图
> 吞云吐雾的铁牤牛……

在整个铺陈过程中，多次重复"铁牤牛"一词。例如好来宝《跳蚤》中：

> 钻进衣物缝隙中
> 长居久住的跳蚤
> 摸进人家怀抱里

爬行蠕动的跳蚤
翻来覆去咬一口
瘙痒难忍的跳蚤
指尖刚要碰到它
一蹦逃离的跳蚤……

《跳蚤》同《铁牤牛》一样，反复重复"跳蚤"一词，铺陈到底。

B. 对仗：要知道"对仗"，首先要了解"对偶"。对偶是在韵文体相邻两行诗文中，统一其处于相同位置上的词类、表述方式的一种修饰手法。具体地说，就是将名词与名词、动词与动词、形容词与形容词平行对称。平时常以两行诗文为一单位排列，因此叫作"对偶"。又因为平行并列，亦可叫作"对称"。这可以用成吉思汗的"训谕诗"（箴言诗）来加以揭示：

不要为路远而灰心
肯跋涉就会走尽；
不要为沉重而丧气
敢用力就能举起。

诗中的远～重、不要～不要、灰心～丧气、跋涉～用力、走尽～举起等对应词，便是"对偶"。我们不妨再用布仁巴雅尔胡尔奇颂唱的好来宝来列举：

戴上帽子不合适
长得额头尖尖的；
穿上蟒袍不得劲
生得肩膀斜斜的……

从中不难看出所谓"对仗"就是将"对偶或对称的原理沿用到两行以上诗文中"的一种手法。下面列举一段"英雄史诗"中出征前给战马"上膘"的铺陈：

> 放了一天
> 上了热身的膘
> 放了两天
> 上了臀部的膘
> 放了三天
> 上了大腿的膘
> 放了四天
> 上了劲蹄的膘
> 放了五天
> 上了腰侧的膘
> 放了六天
> 上了胸腹的膘
> 放了七天
> 上了筋骨的膘
> 放了八天
> 上了内力的膘
> 放了九天
> 上了外力的膘
> 放了十天
> 上了浑身的膘……

所谓"上了～膘"这一句式的十次重叠或对偶排列，就是我们所说的"对仗"。其表现形式是铺陈。在胡仁乌力格尔演唱中类似对仗句很常见。例如在"将军对打"中，基本上都以对仗句为主，渲染争斗的激烈、顽强和难以胜负的气氛。四胡伴奏也选配以急促、激烈的短调，具有让听众不知所措，难以自控的魅力。在这里"对仗"与铺陈，不觉得是赘述或累赘，反而给听众一种美感，使其难以作稳，激动不已。这就是对仗句连绵不断的激流所致的艺术效果。我们不妨再举年轻胡尔奇照日格图所演唱的"将军对打"为例：

> 指向心窝的掏心枪
> 刺破肩胛的开刀枪
> 戳开头颈的分尸枪
> 掏出心肺的要命枪
> 捅烂胸腔的开膛枪
> 穿透喉咙的断气枪
> 挖走眼珠的失明枪
> 要你性命的阎王枪……

胡尔奇照日格图在此一连用了52次"枪"字，展现出对仗的奇妙用处。从中不难看出，对仗艺术一再点缀胡仁乌力格尔，提高其审美价值和艺术魅力。

二　好来宝的种类

对于好来宝的概念和分类，至今还没有统一的说法，而且都不太准确。依笔者看，根据好来宝意蕴的明义性和隐义性可以分为明语好来宝和隐语好来宝。又将"明语好来宝"根据其表演形式可分为"单人好来宝"和"多人好来宝"。两个人以对答形式进行表演的"好来宝"亦可叫作"双人好来宝""问答好来宝""对口好来宝"等；如果"对口好来宝"以友好态度、相互不攻击地进行表演，统称为"双人好来宝"亦可。根据表演的环境和需求也可以有"配乐好来宝"或"清唱好来宝"。遵循这一分类法，将胡尔奇说唱的好来宝理所当然地视为

"胡仁好来宝"。

上述分类是基于表演形式进行分类的。实际上"胡仁乌力格尔"中的好来宝演唱，只靠胡尔奇一个人完成的，因此不存在"对口""问答""隐语""明语"等之类的说道。从而主要根据它的内容分类就可以了。在胡仁乌力格尔"好来宝"演唱中"赞词"和"祝词"是常见的主要种类。

（一）赞词

赞词是选择被形容对象眼下的美好一面，将其加以夸大张扬，倾注极大的情感色彩，带有浓烈赞美意蕴和节奏的美文。以胡仁乌力格尔中的《山水赞》为例。

> 巍峨耸立的群峰
> 穿入云层刺破天
> 四面密封的森林
> 浓荫蔽日不见边
> 清澈喷涌的泉水
> 镶嵌沟坡绕山间
> 引吭高歌的百鸟
> 振翅枝头唱河山
> 争艳怒放的鲜花
> 迎风摇曳笑开颜
> 在那险峰密林处
> 虎豹猛兽藏身影
> 在那清泉碧水岸
> 獐狍野鹿低声鸣
> 如此壮美的山水
> 莫不是九天仙境
> 又像先祖发祥地

　　令我神往的家园

　　日落乌啼清闲时

　　催我低吟的桃源……

这无疑是对眼前大美山水的无比赞美之词。再以"美人赞"为例。

　　柳叶的眉毛

　　水晶的明眸

　　红唇如樱桃

　　长发似云涛

　　嫣然一笑时

　　芬芳麝香味

　　抿嘴低语时

　　金盘明珠辉

　　忽闪两眼时

　　慧光照宫阙

　　婀娜走动时

　　山水神灵悦

　　假如在草丛中见了

　　误认为是曼陀罗花

　　抑或在寺庙里见了

　　真当菩萨立刻跪下

　　如果在树丛中见了

　　误认为是苏木茹花

　　尤其在经堂中见了

　　可当圣母虔心保驾

要说是人母生育的
她可是天上仙女星
如果是天女下凡的
她可是人间真神灵
请你们端详这美人吧
莫不是圣母阿伦豁娃？
或许长生天派到人间
救苦救难的观音菩萨？

听了这段"美人赞"，不管是老少听众，心田里定会长出爱慕之花的。

与赞美词相反，还有"丑化词"，具有贬低和厌恶的色彩。请欣赏著名胡尔奇布仁巴雅尔的一段丑化词。

一副阴天脸
一双乌鸦眼
一根牤牛颈
一腔泔水腥

行如蛇
扑像猫
偷似猴
抢胜盗……

这是对奸臣的丑化词。赞美词和丑化词都属于好来宝种类。

（二）祝词

祝词是针对理应受到祝福的人和事的美好未来，以满腔忠贞的情感预祝他们兴旺发达的韵文体心愿。在一般情况下，祝词富有针对性。

所谓"针对性"就是说，只有长者，德高望重的人才有资格向年青一代或与众人相关的事务发展趋势，赐予美好向上的祝福，而孩童和年轻人不能随便祝福长者和老人。

在胡仁乌力格尔中，战功赫赫的年轻将军与学艺下山参战的女将军（或干公主），由于作战需要成亲时，元帅或一同征战的国母会赐予他们祝词的。祝词中说：

> 祝愿你们——
> 叩首得福寿
> 起身见三星
> 为国建奇功
> 史册留英名

> 祝愿你们——
> 战马变神龙
> 枪戟化霹雳
> 斩尽害人虫
> 家业永兴隆

> 积德如须弥
> 富庶像乳海
> 光照似日月
> 悠闲赛蓬莱……

胡尔奇在一农家或牧村演唱一个月甚至更长时间的胡仁乌力格尔，临收尾或终场时为了答谢户主，腾出一定的时间唱诵祝词，以表谢意。常说的祝词如下：

祝愿说书的这家里

光临神圣的佛祖吧!

在我佛祖的恩德下

阖家幸福地生活吧!

演奏四胡的贵府里

莅临万能的上帝吧!

在我上帝的护佑下

富贵安康地享乐吧!

祝愿你六畜遍草原

五谷丰登金银满箱!

再祝你儿女成大器

建功立业为国争光!

子子孙孙升官发财

世世代代永远兴旺!

左邻右舍相亲相爱

和谐共建人间天堂!……

常言道:"祝词引出阳光,诅咒招来血光。"祝词的背面就是"诅咒"。它是利用语言的魔力,将厌恶、仇恨的情感汇聚成悖理的、逆向的、催促对方即刻消失的韵文体骂人的话语。下面以布仁巴雅尔胡尔奇的《坏蛋》为例。

滚飞的沙蓬根须断

翻动的炒米种子断

诵经的和尚子孙断

作恶的坏蛋性命断

在这向善的人世间

你将死无葬身之地

在那若水的心田里

你会留下千年劣迹

如果死亡有千百种

最坏的丧命属于你

罪恶累累的坏名声

遗臭万年烂在沟底……

"诅咒词"在《蒙古秘史》中就有记载，还有"诅咒婆"。它的可逆性和悖理性极强，因此蒙古人普遍回避或忌讳。

除此之外，在蒙古族好来宝中还有不少《子女祝词》《新娘祝词》《新房祝词》《祭火词》《祭天词》《祭敖包词》等。

在胡仁乌力格尔说唱中，根据它的内容和情节插入许多祝词、赞词、诅咒词等。所有这些，都属于好来宝种类的韵文唱词。

第四节　胡仁乌力格尔与蒙古族当代文学[①]

胡仁乌力格尔源自汉族历史演义故事，促进蒙汉民族文化交流，给蒙古族文化生活增添了"胡仁乌力格尔"这一崭新的艺术形式。胡尔奇们有意识地将其结合到蒙古族文化艺术之中，在实践中适当地加以改革，使其逐步适应蒙古族听众审美和娱乐需求。这一历史性的功绩应该记入史册。

中华人民共和国成立初期，在贯彻"社会主义内容，民族的形式"方针时，其中"社会主义内容"是至关重要的。据此，在传承这种"说唱"形式的同时，用"社会主义内容"来充实胡仁乌力格尔已成为

---

① 选译自全福《胡仁乌力格尔的发生、发展、结构及其文化艺术研究》，内蒙古大学出版社 2017 年版，第五节。

关键性的问题。实现这一目标，是当时胡尔奇们所面临的重大的政治任务。他们将以搜集整理具有"新内容"的宣传材料为主要任务和目标，走出了"改革"的第一步。著名胡尔奇琶杰、毛衣罕的实践证明了这一点。当时他们二人在各自的家乡积极参加土改运动，大力宣传了革命和英雄人物，被选为组长和村长。在他们初期的宣传品中有《白毛女》《赵一曼》《杨根思》《黄继光》《刘胡兰》《董存瑞》《邱少云》等。之后随着社会主义事业的迅速发展，改革的内容也渐渐地覆盖文化艺术的各个领域。下边分几个部分加以表述。

一　内容具有时代性

早期，胡尔奇们说唱的主要内容是一些忠臣义士为了巩固本朝廷的根基，出征平定奸臣与属国或藩王内外勾结企图颠覆本朝廷的历史故事。其中主要叙述以帝王将相才子佳人为主要角色，同奸臣反贼进行你死我活的殊死斗争，最终以战胜敌人，建功立业，名垂史册，重建太平盛世为象征性结局，高唱赞歌结束。这种叙事充满实践性和理想性，无限地拓宽了当年收听英雄史诗的愉悦和满足，更加贴近生活，给人以实际感受和正面启迪。这也是历史事实。

据此，进行改革是符合逻辑而且不可回避的历史任务。胡尔奇们积极与文人合作，借鉴海洋般的汉文革命故事，发扬自己"记性好"的优势，启用让人"诵读本子故事"的老办法，编译了不少革命故事（再度创作或二度创作）试唱成功。

这个时期胡仁乌力格尔直接利用汉文作品说唱比起自己创作更为方便。这样，他们基于这一形势当即着手翻译说唱了许多汉文作品。例如，白毛女、刘胡兰、赵一曼、董存瑞、黄继光、邱少云、红灯记、红色娘子军、奇袭白虎团、沙家浜、解振国、杜鹃山的故事等。

在这些汉文作品里始终贯穿着党的文艺政策和方针，为"工农（牧）兵服务"和"推陈出新"实践服务提供了现成的资料。对此，胡尔奇们从自己地区和民族的爱好等实际出发，很准确地开辟了"二度创作"这一渠道。这可以称作"革命化道路"。

从上述实践中可以看出，在当代文学的"17 年文学"这一历史时期中，胡仁乌力格尔转向"社会主义内容"而在其"灵魂深处"进行了彻底革命。这一历史性的巨大转变应加以肯定。

胡仁乌力格尔虽然是从旧社会土壤里孕育出的民间艺术形式，然而它作为蒙汉满民族文化交流的结晶，其"配乐说唱"的综合艺术形式富有生命力。可以推测，说唱胡仁乌力格尔的艺术形式真可谓是蒙古族人民"喜闻乐见"的一种艺术形式。在这一艺术形式的基础上进行的"内容改革"，不只是单一的"旧内容"，而是从它的汉族文化渊源入手进行了积极有效的融合。

二　坚持走民族化、创新、普及化道路的足迹

胡仁乌力格尔在它孕育、成长的初期就主张自己创作。这一历史事实，智者们早已用《五传》为例论证过。然则类似《五传》的陈旧内容的故事，虽然有"创新"意识但是在它本质上仍然未能脱离汉族原有的"历史演义故事"模式和基本内容。因此，与我们所提出的基于"社会主义内容"的创新和"民族化"不是一回事。

我们所说的"民族化""创新"是指反映蒙古族历史文化和新生活，以"社会主义内容"为主，便于说唱的新作品。遵照这一规律和要求沿着民族化道路积极探寻的胡尔奇也不少。凭借他们不懈的努力，具有200多年发展历史的胡仁乌力格尔这一旧艺术形式，逐渐地真正向蒙古化或民族化方向发展起来。

从20世纪50年代开始，这一方向和道路越走越宽广，胡尔奇们的民族化干劲非常足。刚起步时，他们编译反映蒙古族生活斗争的蒙汉文原创作品进行演唱，同时在实践上强调和重视自己创作，但也没放弃将两者相结合。在这一时期好来宝创作很活跃，成果卓著。随之搜集整理英雄史诗和演唱等工作也有一定的进展。

这一时期编著的蒙古文作品或胡尔奇自己编唱的作品达到一定的

数量。例如,《祖国啊,母亲》《草原烽火》《金色兴安岭》《蒙根花》《骑兵》《敖包岭之战》《草原儿女》《内蒙古骑兵》《草原之战》《乌兰夫的故事》等80多部作品。

仔细考察以上作品,我们就能看到胡尔奇们为了"创新"充分发挥了各自的才华。这里所说的"新"就是指彻底脱离了旧时的历史文化和生活内容,唱诵蒙古人现代生活、新文化的作品。所有这些努力和举措,可以总结成"为民族化的实现"而付出的汗水。

20世纪50—60年代,虽然胡尔奇们认识到了自己创作的重要性,但在内容和主题思想方面非常重视革命和社会主义内容。《火鹰》《巴音陶海之战》《孤星》《祖国啊,母亲》《内蒙古骑兵》《蒙根花》《草原之战》等作品的出现,说明了重视政治思想方面进步内容的总趋势。

进入改革开放的新时期之后,陆续诞生了《青史演义》《嘎达梅林》《陶格陶呼》《僧格林沁》《成吉思可汗》《窝阔台可汗》《忽必烈可汗》《巴音元帅》《满都呼彻辰》《乌兰夫的故事》《阿斯干将军的故事》等诸多新作,胡仁乌力格尔"民族化"的道路越走越宽广。这是被称作胡仁乌力格尔的民间艺术经过200多年的长途跋涉,用自己坚定不移的毅力和勇往直前的实践争得的新生命。要想更加茁壮成长这一新生命,使其结出更多的新果实,就要基于民族精神和文化意识。

尤其更应该重新审视胡仁乌力格尔的母题、模式和程式,使其更加准确反映蒙古族历史文化,创作出更多的优秀作品才对。要利用好胡仁乌力格尔这一优秀艺术形式,有意识地热情唱诵现代蒙古人的精神风貌、思想意识、文化心理、生活实际和远大理想才对。要实现这一目标,胡尔奇们必须完成向"书面作家"发展的历史使命。只有这样,胡仁乌力格尔才能以新的面貌、新的风姿更加繁荣发展,贴近广大听众,成为永不凋谢的香花,千年万载芬芳怒放。

如今,胡仁乌力格尔从蒙古族民间故事发展成为民间综合艺术,与时代节奏统一步伐,不断地将自己改革发展,实现了与蒙古族当代文学互动共荣，进入前所未有的新发展阶段。在这里排除客观压力，从胡仁乌力格尔内在发展的规律而论，"民族化"是它内在规律所决定的。在今后的千千万万年的风风雨雨中，它仍将遵循其内在发展规律，不断地适应人民群众的审美需求，毫无动摇地沿着民族化的道路继续前进。这是毋庸置疑的。

第五节　胡尔奇及其文化艺术修养①

一　通晓满汉蒙藏多种语言的胡尔奇

当今我们所说的胡尔奇绝不是旧社会认定的文盲或残疾人为了"糊口"而背着四胡走家串户乞讨的旧概念，而指的是一种社会分工——民间说唱艺术的传承者、教育者，人民艺术家。

（一）胡尔奇是人民艺术家

在早期由于文化交流、娱乐、生活需求等各种原因的驱使，胡尔奇们有意或无意地扮演着人民文化艺术传播者的角色。实际上他们是属于民间艺人的范畴。然而，在当时条件下还没形成被整个社会所认可的"艺术家"这种意识。所以，在那时人们的思想意识中胡尔奇的社会地位很低，未能充分认识到他们的艺术性质、审美价值、娱乐作用等。经常从谋生的角度观察他们，片面地认为失去劳动力者的养家糊口的营生。

由此胡尔奇的队伍变得更加复杂了，一些识字的、不识字的、谋生者等都被归入胡尔奇的行列。因而在人们的意识当中对"胡仁乌力格尔"和"胡尔奇"的认识也产生了较大的差异。这是历史事实。

虽然存在着这些差异，但在多年的实践当中由丹森尼玛、恩和特

---

① 选译自全福《胡仁乌力格尔的发生、发展、结构及其文化艺术研究》，内蒙古大学出版社 2017 年版，第七节。

古斯、却帮、琶杰、毛衣罕等通晓蒙汉满藏语言文字的几代杰出胡尔奇们的带领下，胡尔奇队伍的质量逐渐提高，对胡仁乌力格尔本质——艺术性、人民性、人民艺术家等的认识也统一起来了，因此为胡尔奇艺术修养的提高和对胡仁乌力格尔的繁荣发展奠定了深厚的基础。这是主流。

我们从历史唯物主义的视觉考察就会发现，汉族社会文化土壤中发生发展的章回小说、历史演义故事，与蒙古族社会文化的土壤和实际是截然不同的。然而，这截然不同的两种文化在蒙古族几代胡尔奇们的不懈的努力和创造性的工作下，在蒙古地区交融、演变、升华为"胡仁乌力格尔"，并以另一种艺术形式得到了新的生命。这无疑是文化艺术百花园中的奇妙的现象。这一"奇妙的现象"是好几代蒙古族胡尔奇们用各自的智慧和汗水共同创造的。

基于上述事实，我们会很清楚地、无可置疑地看到胡尔奇是关键的动力所在。总结胡仁乌力格尔200多年的发展历史，同样可以发现胡尔奇是随着蒙古族说书艺人、史诗说唱艺人接踵而来的民间艺人。这是无可辩驳的历史事实。

然而在旧社会，胡尔奇们失去了应有的社会地位和利益，而有时候反而成为王公贵族的娱乐工具，被抛弃在艺术和艺术家这一神圣的事业之外。这是历史的误会。

当今的胡尔奇们逐渐脱离了其初期幼稚的认识，将胡仁乌力格尔看作人民艺术的一个组成部分，又将"胡尔奇"视为工作分工、身份证、专业人士，放到"人民艺术家"的行列之中。这是社会进步的标志。

我们所说的"人民艺术家"这一敬辞蕴含着"人民艺术"的传承和发展者双重意义的专有名字，它包含两方面的内涵：

第一，传承胡仁乌力格尔这一民间艺术，将其尊为自己的生命和终身事业；

第二，不断提高自身的艺术修养，将这一艺术推向更高的水准。

如果胡尔奇们出色地完成了这两项任务，就理所当然地稳坐人民艺术家的宝座。这不仅是一种荣誉，而且是人民艺术的本质所在，亦是文化艺术永恒的高度。

要达到这一本质和高度，我们要求每一个胡尔奇都要有意识地沿着文化传承者、发展者、教育者的道路不懈地前行，充实自己，完善自己，创作更多的优秀作品。这是时代赋予的使命，也是每个胡尔奇始终坚持的初心和使命。

（二）胡尔奇是文化艺术的传承者、发展者

胡仁乌力格尔是蒙古族传统说唱艺术，在民间深受蒙古族人民的喜爱，并将其尊为"人民艺术"，把说唱胡仁乌力格尔的民间艺人胡尔奇当作"人民艺术家"。

用现代意识观察，千百年来胡尔奇们背着胡尔走遍蒙古大地，给各个部落民众送去乌力格尔和史诗，为他们的生活增添娱乐，淡化其苦痛，展开他们理想的翅膀，激活他们生产生活的情趣。同时在各个部落、牧村、敖特尔之间传递信息，为他们提供雨水、灾祸、疫病、新生事物等知识，促进文化交流，充当媒介或热心使者。他们将许许多多的珍贵的民间故事、英雄史诗、民歌、音乐等世世代代相传的同时，自己也创作编唱了不少新乌力格尔、好来宝、民歌，力所能及地满足人民群众的艺术需求，为他们的精神生活送去文化艺术的甘霖。

因此，胡尔奇不仅是蒙古族文化艺术的传承人，而且是文化艺术的传播者和发展者。有了胡尔奇才使得蒙古族丰富多彩的民间文学、民歌、音乐等非常珍贵的非物质文化遗产，完完整整地传承到我们这一代人手中，并且继续发扬光大。据此，我们理应向胡尔奇们致以敬重的真情才对。

（三）胡尔奇是民间教育家

一个优秀的胡尔奇在他一生中用千百个小时的时间来说唱几十部（篇）胡仁乌力格尔、好来宝和民歌。这些历史故事里会出现众多英雄好汉和智勇双全的人物形象，其故事情节复杂多变，引人入胜。那些鲜明的真善美和假恶丑的斗争及时引发听众的喜怒哀乐,指导他们积极向上,为其健康成长、做正直的人提供精神食粮。比如,当我们收听《三国演义》之后,即萌生崇拜和尊重忠义之士关羽的心情,以他作为做人的标尺修身养性。在蒙古各地建了许多"关老爷庙"。这一举动恰好与古代蒙古人"崇拜英雄"的文化心理相结合使其更加发展了。同时也了解和掌握了汉族文化中的"三纲五常""三从四德"之类的封建道德礼仪标准和自"三皇五帝"以来的诸多历史文化知识。从而不仅扩展视野,促进了蒙汉文化交流,而且将其向上的因素吸纳和运用到生活实践当中。有关这方面的认识,通过我们在东蒙古地区进行的近十年的田野调查,有了更深刻的理论和实践认识。

在实践中,胡尔奇们也逐渐提高了自身的文化意识和知识,其思想意识发生变化,以历史为鉴,贤哲为榜样从严要求自己,潜移默化地将听众引向真理和正道。比如,却帮胡尔奇走乡串户说唱乌力格尔时亲眼见到僧俗封建上层们的丑恶行径后编唱《韩亲王赞》《古仁巴们》《伊杜干》《鸦片的毒害》等富有进步内容的好来宝,大胆地替劳苦百姓说话,为他们伸张正义。类似实例较多,在此不一一赘述。

由此看来,胡尔奇是正义和真善美的宣传者和教育者。从胡尔奇的乌力格尔、好来宝、民歌里,听众不仅学到许多文化知识和道理,而且在其生活中认识到做"正直的人、有理想的人"的广阔的坦途。显然,一个优秀的胡尔奇的确是一名出色的教师和正能量的传播者。

二 胡尔奇的文化修养

说唱胡仁乌力格尔是属于综合艺术。其中包括两大艺术门类:演奏艺术、说唱艺术。

(一) 四胡演奏艺术

现在的胡尔奇基本上都用四胡来伴奏进行说唱乌力格尔。因此,所有的胡尔奇都应该成为优秀的演奏家。可是值得注意的一点是:虽然演奏水平较高,犹如"说话"一样优美,但也不能压住胡尔奇的演唱声音。这就要求协调胡尔声响的高低、快慢和强弱。所有这些，都应该随着故事情节的基调——喜悦、苦痛、思念、仇恨、爱恋、争斗、施法、褒贬等情感色彩变化，转换成合理、合情、对应的曲调才对。

一味地大声吼，只用一两种曲调说唱，胡尔与嗓音不和谐等弊病必须克服掉。

胡尔—胡尔奇—乌力格尔三者，要有机地结合成一个整体，愉悦听觉，诱发喜怒哀乐，令听众身心兴奋快乐。这无疑是四胡伴奏艺术的最高境界。

（二）说唱艺术

胡仁乌力格尔说唱艺术是以伴奏—说—唱三位一体、天衣无缝地高度结合所实现的一种综合艺术（演奏已说过）。因此"三维"如"三足"鼎立，哪一"足"也不能弱。

（1）说：说可分为叙述、形容、解说、概述、补述、诵述、评说等。

A. 叙述：指的是将乌力格尔的情节、事件、人物等，前后有序地交代给听众。比如，乌力格尔一开始就向听众说清乌力格尔的名字、国号、帝王的年号、上朝等内容，便是叙述。

B. 形容：指的是将情节、事物、人物等被形容对象的外貌、环境、心理活动等的色彩、响动、味道、形象等，活灵活现地形容给听众。例如"山水赞""美人赞""战马赞"等。

C. 解说：对有关胡仁乌力格尔的名词术语、历史文化知识等进行解释和说明叫解说。比如，"所谓三纲五常者，说的是……"；或者说："当时那个年月，与我们现代社会大不一样：女孩子们的婚事，都由父母做主"等，均属于解说。

D. 概述：出征、争战的过程无头无序地拖延时需要概述。例如：叙说行军时先交代"三十里路吃午饭，六十里路安营扎寨"的过程之后，马上就转向概说："于路无话，兵马无碍，行至边关"；又如："……如此这般打来打去，胜负无果，僵持了三个月"等，都属于概说。

E. 补述：当乌力格尔的情节和头绪较多的时候，胡尔奇有意识地将前面留下的线索或伏笔捡起来，与正在说唱的故事情节连接起来，使其前后衔接形成完整的故事情节。这叫补述或补说，有些胡尔奇把它叫作"退后说"。

F. 诵述：诵述也可以理解为"抒情"。这里是与日常的大白话对应而说的。准确地说，是指胡尔奇对带有情感色彩的、富有节奏感韵文的一种诵读。比如：神仙们腾云驾雾下凡，将士们思念家乡，祭祀牺牲将士，胡尔奇的祝词等。实际上是指"带有节奏"的话语。据我们观察，胡尔奇所有的"说"，基本上都带有一定的节奏。因此视为"诵述"也无妨。

G. 评说：这是指针对乌力格尔中的情节、矛盾冲突中所出现的复杂的主题（思想），胡尔奇所表达的肯定或否定（喜欢或讨厌）的态度（情感色彩），抑或说直接面向听众对乌力格尔中的事件和人物所做的价值判断。其中往往带有哲理思想的光华。比如，"让他想个好主意，十天半月想不出；叫他出个坏点子，捋捋胡子便想到诡计多端的西太师阁老，觊觎九龙宝座"云云。又如"扎脚的蒺藜，叶面嫩时绵，害人的奸人，嘴头总是甜"。诸如态度和立场很明确的词语，都可以看作评说。

需要指出的是，在胡仁乌力格尔"说"一项中虽然存在上述区分，但在整个说唱过程中不是相互脱离的，而是随着乌力格尔情节和情感色彩变化自然而然地相继连贯出现的。因为胡仁乌力格尔中通常的说词，都是胡尔奇有意编排的带有一定节奏感的"韵文"。

值得提醒的是要把握好"说"的逻辑性、情节的前后衔接、全面掌控乌力格尔，是说书艺术的总体风貌和质地的显著标志。这虽然是看不见摸不着的很抽象的标准，但它是属于本质问题，因此绝对不可忽视。尤其总是站在乌力格尔的旁边，张口闭口老说："据说、他是、说是、那时……"，徘徊在乌力格尔的外边，不走进故事里，只是以第三人称的立场干巴巴地"介绍"乌力格尔，这是绝对不可取的。

（2）唱：说唱乌力格尔时要通过"唱"给整个故事注入抒情味道，拨动听众的心弦，吸引他们的审美情趣和艺术感知。演唱时并不是随随便便地为演唱而演唱，反而要根据故事情节和情感色彩选择相应的曲调。例如，两员大将对打时要选择急促而快速调，表现出紧张的气氛；神人道长腾云驾雾降临时选用神秘绵柔的曲调（邪教神灵云游时采用厌恶或滑稽调）；礼赞山水时选用令人心情舒畅、流连忘返的舒缓的抒情调；夸赞美人时将用催发听众爱恋之情的暖色调；说唱盗贼趁夜黑行窃——飞檐走壁、翻身倒头、窥视厅堂时选用憎恶戏谑的调子，如此这般。

"唱"是美化"说"的，增强音乐感。然而自始至终毫无选择地只用一两个曲调"唱"到底，是绝对不可取的。因为你仅有的一两种曲调是表现或反映不出极其复杂的情节和情感色彩的。再说"唱"只是与乌力格尔某一故事情节氛围相辅相成的一种气氛的渲染而已。气氛的变化是情节的引线和序曲。

根据布特勒图博士的统计，图什业图旗著名胡尔奇布仁巴雅尔和他的徒弟甘珠尔，说唱一部较长的乌力格尔时共采用了 50 多种曲调。这是值得赞许的。

实际上高度结合好说与唱，才能充分体现出胡尔奇的真本领。只说不唱，或者只唱不说，都是一种弊病。尤其在演唱时，其曲调与故事情节、味道和气氛相互不合拍时要坚决舍弃。一个优秀的胡尔奇能够做到将自己的心弦、喜怒哀乐的波动完全与乌力格尔故事情节产生共鸣，说唱得犹如亲身经历过似的。只有这样才能更加增强艺术的吸引力，使胡尔奇和听众融为一体，互动愉悦。这无疑是说听场景中的最高境界。

在说、唱和伴奏艺术高度结合的基础上，胡尔奇可以适当地加以脸部表情、嗓音和音色变化来点缀衬托，可谓是锦上添花。这是参照舞台表演艺术说的。然而它毕竟与"舞台艺术"还有一定的距离，因此不需要太多的表情和动作。

（三）语言艺术

从本质而论，语言艺术是说唱胡仁乌力格尔的核心。唱和伴奏是美化和点缀胡仁乌力格尔，起到辅助作用。因此，特别要求每个胡尔奇都必须成为语言大师。

（1）语言大师。语言是交际工具，思维形式，活态文化，文化载体。离开了语言，基本上与动物差不多。胡尔奇要想把十几年甚至更长的历史时期的事件、故事、人物等活灵活现地表达出来，全靠语言的魅力。所以绝不存在离开语言的乌力格尔。为此，所有胡尔奇都要努力成为一名语言大师才对。对此：

A. 必须掌握好人民群众的活的、优美的、准确的、生动的和丰富多彩的语言，并要正确地、形象地、灵活地应用好。要实现这一目标，除了读乌力格尔书籍外多参加社会和田野调查，有意识地学习人民群众的活的语言。胡尔奇之间也开展经常性的交流，总结经验教训，以此来丰富自己的词汇量，提高语言艺术。

B. 民间文学与书面文学相结合。胡尔奇只懂得民间文学远远不够，还要努力学习书面文学和历史、文化、哲学、道德、民俗、社会学、美学、政治思想学等方面的知识，不断充实和提高自己的思想文化修养，开阔眼界，提高表达能力，增强创新意识。这样才能真正实现民间文学与书面文学相结合，要将坚持沿着成为创新型胡尔奇、学者型胡尔奇的道路走到底。

（2）走民族化、优秀化、普及化道路。在掌握好历史文化的基础上，参考汉文"本子故事"，运用蒙古语言文字创作新的乌力格尔好来宝，继续给胡仁乌力格尔注入蒙古味道，扬鞭策马顺着"民族化、优秀化、普及化"的道路前进。只有这样，胡仁乌力格尔的未来才会更加光辉灿烂，在竞争中不会摔倒，从而迎来欣欣向荣的明天。依靠语言，发扬语言的魔力，拓宽民族化、优秀化的道路，使其更加宽广畅通。这都是为了普及，普及了才能深深地扎根到人民群众当中，得到永生的命运。

普及并不是说增加胡尔奇的人数，而是说在人民群众中间扩大业余艺人和懂胡仁乌力格尔，会欣赏胡仁乌力格尔艺术魅力的人群。听众多了才能厚实艺术土壤，使这一艺术更加根深叶茂，繁荣发展。当下，各种娱乐事业急速发展，竞争愈加激烈的前提下，胡尔奇仍然按照旧时的做法背着胡尔穿乡走户，已经过时将被淘汰了。据此，应该打造大型网络体系，利用好现代科学形式和手段，沿着宣传自己提高自己的道路勇往直前。只有这样，胡仁乌力格尔艺术才能日益发展壮大，永世长存。

第六节　胡仁乌力格尔与"一带一路"

一　胡仁乌力格尔是蒙汉民族文化交流的结晶

清朝康熙年间（1662—1723）规定不让汉人入关。然而从乾隆（1736—1796）、嘉庆年间（1796—1821）开始实行"借地养民""移民固边"等政策之后，大批汉族公民被迁移到关内定居了。这些移民不仅给当地蒙古族和满族人民传授了农耕文化，同时也以他们的神话、民间故事、说书艺术等口承文学影响了他们。

这时的蒙古人中间普遍流行的"英雄史诗演唱"逐渐受到汉族"评书""大鼓书"等的影响和冲击，经过若干年的碰撞、抵制、妥协、吸纳、交融等过程，最初以口译"评书"当作娱乐相传。之后又发现了汉族"历史演义故事"和"章回小说"等，蒙古人将它称为"故事本子"。作为好奇和娱乐，诸多的"故事本子"的内容通过各种手段传播开了。这些被传播开的故事，蒙古人叫作"本子故事"。

又过了若干年之后，说唱"英雄史诗"的民间艺人发现了"本子故事"，并对它产生了极大的兴趣。这样，有些蒙古族民间艺人在原有的演唱英雄史诗、好来宝的基础上开始试唱了"本子故事"。本子故事是在四胡伴奏下用蒙古语演唱的，所以后人将其命名为"胡仁乌力格尔"。

因为胡仁乌力格尔的基本内容是在人民大众身边发生的事儿,是现实主义的,因此很快就受到了蒙古族人民的欢迎和喜爱。胡仁乌力格尔的扎根、传播和发展是蒙汉民族文化交流的必然结果,它是两种民族文化碰撞、吸纳、交融、共进的结晶和典范,也为56个民族的文化交流,多元一体发展提供了一种范式。

二 "一带一路"与胡仁乌力格尔

胡仁乌力格尔是随19世纪中叶蒙汉文化激烈碰撞的火花应运而生的艺术奇葩,是时代的骄子。它是将蒙古族古老的"史诗演唱艺术"与汉族"评书""大鼓书"演唱艺术相结合而诞生的文化艺术的混血儿。这是两种文化交流碰撞交融的基本规律。拥有开放性文化的国家和民族,在其发展的长途上反复地尝试和遵循这一规律,最后在某种程度上不断地创造多元一体的文化,将人类文明推上新台阶。

胡仁乌力格尔的发生发展实践有力地证明了上述规律。因此,自从它诞生的那天起已被世人所瞩目,慢慢走出国门,沿着"丝绸之路"流布到西方世界,引起他们极大的兴趣。起初,内蒙古克什克腾旗的著名胡尔奇罗布桑将胡仁乌力格尔的艺术带到了蒙古人民共和国。他在那里曾演唱过许多英雄史诗和胡仁乌力格尔,博得广泛好评。据不完全统计,他所演唱的英雄史诗有《胡日勒巴特尔胡》(已出版),胡仁乌力格尔有《伯帝莫日根汗征服西洲记》,所用的曲目共有169种。

罗布桑胡尔奇的才华和上述成果,通过蒙古国的"丝绸之路—光明之路"传播到西方国家之后,有不少专家学者陆续来到蒙古人民共和国和中国的内蒙古等地,考察和搜集有关胡仁乌力格尔和胡尔奇的资料,研究出版了相关资料、论文和研究专著。其中有苏俄学者谢·尤·涅克留多夫、李福清,德国学者瓦·海西希、G. V. 法伊特,匈牙利学者G. 卡拉,日本学者阿卡日、莲见治雄。还有阿·罗德涅、纳·鲍培和蒙古国的以宾·仁钦为首的诸多学者。他们的研究及成果,在上一节里已列出，所以在此不再赘述。

现今，"丝绸之路"已经发展成为"一带一路"，而我们的胡仁乌力格尔演唱本子也已发展到了1000多部。这一空前的发展和巨大的成就更加引起世界重视，加快了世界文化交流的步伐，为建立"人类命运共同体""多元文明"的创建提供了有益的尝试。

三　胡仁乌力格尔研究是一项世界性的学科

胡仁乌力格尔这一蒙古族民间说唱综合艺术，它从19世纪中叶诞生到现在已走过了近200年的崎岖不平的繁荣发展道路，不断完善和升华自己，成为蒙古族文化艺术百花园中的一枝永不凋谢的香花，引起世界各国文化艺术界的极大兴趣和广泛关注。

从1929年蒙古人民共和国学者宾·仁钦院士的研究算起，业已走过90余年的研究历程。在这90多年的历史性发展进程中，胡仁乌力格尔虽然遭遇到各种困惑和磨难，但其总的趋势是不断发展、完善和升华的。其主要原因是，它扎根于蒙古族深深的文化土壤，汲取汉族文化艺术的养料，以双向发展互惠共进的模式前进。这是历史赋予的良好机遇。

在改革开放40多年和进入"新时代"之后，胡仁乌力格尔迎来了前所未有的黄金时代，上了快车道。响应创建"文化大国，文化强国"的号召，内蒙古自治区党委又提出了打造"文化大区，文化强区"的目标，迎来了胡仁乌力格尔迅速发展的第二个新时代。

进入21世纪之后，有关胡仁乌力格尔的国家级重大研究项目和一般项目已有10多项，出版胡尔奇传略、胡仁乌力格尔演唱本、研究专著和博士论文有30多部，还有诸多的研究生论文等。

近几年来在科右中旗、科左中旗、扎鲁特旗等地建立了胡仁乌力格尔"说书厅"和"非物质文化保护传承和研究中心"等，加强了保护传承的力度，奖励了各级"胡仁乌力格尔传承人"。各个高等院校积极与地方政府合作，开展研究工作，设立胡仁乌力格尔"研究基地"

和"工作站",做到了组织落实、人员落实和研究经费落实。并且经常性地开展乌力格尔、好来宝演唱比赛,举办培训班,提高胡尔奇们的艺术水平和技能。

据不完全统计,在北京和内蒙古各地已举办过2次"国际胡仁乌力格尔高层论坛"和4次"全国胡仁乌力格尔研讨会"。国内外有关专家学者欢聚一堂,从文化、艺术、民俗、美学、文学、人类学、社会学等多学科、多视觉和多种方法,对其进行全方位的整合研究,取得了喜人的成果。

所有这些有益的举措和做法,加快了胡仁乌力格尔自身的发展和研究水平,将胡仁乌力格尔及其研究推上新的历史高度,发展成为世界性的学科。

第 三 章

中蒙俄蒙古族长调民歌

　　蒙古族长调民歌是一种跨境分布的传统民歌，中国内蒙古自治区和蒙古国是蒙古族长调民歌最主要的文化分布区。中蒙两国联合申遗的成功，足以显现出蒙古族长调民歌作为一种文化遗产其不可估量的艺术性及世界性的价值。

　　2005 年 11 月 25 日，联合国教科文组织在巴黎总部宣布了第三批"人类口头和非物质遗产代表作"，中国、蒙古国联合申报的"蒙古族长调民歌"荣列榜中。"蒙古族长调民歌"是中国第一次与外国联合，就同一非物质文化遗产向联合国教科文组织申报的项目。在蒙古族形成时期，长调民歌就已存在。蒙古族长调民歌与草原、与蒙古民族游牧生活方式息息相关，承载着蒙古民族的历史，是蒙古民族生产生活和精神性格的标志性展示。

　　蒙古族长调蒙古语称"乌日汀·道"，意即长歌，它的特点为字少腔长、高亢悠远、舒缓自由，宜于叙事，又长于抒情；歌词一般为上、下各两句，内容绝大多数是描写草原、骏马、骆驼、牛羊、蓝天、白云、江河、湖泊等。蒙古族长调以鲜明的游牧文化特征和独特的演唱形式讲述着蒙古民族对历史文化、人文习俗、道德、哲学和艺术的感悟，所以被称为"草原音乐活化石"。

　　中国和蒙古国共同将"蒙古族长调民歌"成功申报为"人类口头和非物质遗产代表作"。在未来的 10 年里，两国将在蒙古族长调民歌保护方面进行合作，共同协调采取保护措施，把保护工作做得更好。

尽管中国和蒙古国根据本国实际，对其进行了力所能及的保护，取得了一定成效，但长调民歌整体衰微的趋势并没有得到根本的遏制。对长调民歌所采取的局部、分割或零散的保护方式远远不能应对所面临的各种挑战与冲击。中国方面提出了与蒙古国联合，共同将蒙古族长调民歌申报为"人类口头和非物质遗产代表作"。蒙古国政府积极回应了中国方面的建议。中蒙两国在将近一年的时间里，就联合申报事宜，进行了多次不同层次的沟通、协商、考察以及联合文本的制作等一系列工作，终于在联合国规定的时间里，完成了繁重而紧张的申报工作。今后两国将在蒙古族长调民歌的田野调查、研究、保护方法、保护措施等方面，进行密切和有效的联合行动。

2006 年 5 月，蒙古族长调民歌入选中国第一批非物质文化遗产名录。

2007 年 10 月 24 日，我国的首颗绕月卫星"嫦娥一号"搭载了三十余首歌曲奔赴太空，其中一首就是蒙古族长调民歌《富饶辽阔的阿拉善》。

第一节 "长调歌"的词意概念

蒙古族民歌以其歌曲体裁大致可分为"长调"与"短调"两大类。音乐大家莫尔吉胡[①]在其《艺海生涯》著作里就蒙古族长调歌，曾经给出简明扼要的定义："长调，顾名思义是指那些曲调悠缓而无明显节拍限制的民间歌曲。这里所用的'调'字并不含有音的高低，也不指音列的特性（如基础乐理中所指的长调与短调，即大调与小调的概念），而是指旋律、曲调，即通常所说的'调儿'。"[②]

---

① 莫尔吉胡（1931—2017），蒙古族泰斗级音乐家、学者型音乐理论家、音乐教育家。

② 莫尔吉胡：《艺海生涯》，内蒙古文化出版社 2013 年版，第 52 页。

蒙古族长调歌是蒙古族民歌海洋里的重要组成部分，且以其独特的风格色彩一枝独秀，自成体系，立于世界声乐艺术之林。

所谓蒙古"长调"是汉语意译的名词。蒙古语原称是"乌日汀·道"（Urt Doo）或"乌日汀道·道"（Urdiin Doo）。

其词义为节奏舒展、自然悠长而古老传统的民歌艺术。概念清晰，内涵丰富。就词意本身而言含有三层意思，一曰：从遥远的古代传袭而来，具有厚重的蒙古族"阿尔泰音乐文化"内涵，如"乌日汀·道"，这是指"史实深度"而言；又曰：旋律舒展流畅，充分展现草原的辽阔和游牧蒙古人的博大胸怀，如"乌日汀·道"，这是指"境界广度"而言；再曰：音调跌宕起伏，激情豪放四射，浓郁的生活气息通过富有伸缩弹性的自然、自由、自控式的表达得以尽善尽美展现，如长调歌各种声腔技巧的精湛应用，这是指"情趣与技能"的完美结合，进而得以升华而言。前者为通称，后者为俗称。民间亦有习惯性地加"所属格"称作"Urt –（iin）Doo"的，如此称谓，与蒙古语组词规律似有不符之处，若要带"所属格"，那必定是"Urdiin Doo"，即后者"乌日汀·道"（未受现代语境感染的草原牧民向来如此称谓）的称谓方为标准。

为了从音乐理论层面上准确了解"长调歌"的含义，这里仅以莫尔吉胡对长调《四季》（ᠣᠷᠴᠢᠯ ᠊ᠠᠯ）和《叶尔古克森》（ᠶᠠᠯᠭᠠᠭᠰᠠᠨ）的精辟分析与论断为例，列举如下：

（1）关于《四季》（乐谱略）

"这里，让我们听一段精彩的草原长调宴歌——《四季》。长调旋律最为显著的特征，便是随歌手对华彩演唱技巧掌握的水平高低，成熟程度的不同，在骨干音前后的装饰性并带有白描性的华彩乐段（蒙古语称之为 Nogola）的演唱就完全不同，这就给记谱者带来极大困难。可以说，根据具体演唱准确地记录长调乐谱是一件极难的事。"[1]

---

[1]　莫尔吉胡：《音的逻辑》，内蒙古出版集团、内蒙古文化出版社 2013 年版，第 56 页。

（2）关于《叶尔古克森》（乐谱略）

"本人有幸亲耳聆听了锡林郭勒草原上著名歌手特木登，在著名马头琴手万岱和嘎拉森的伴奏下，1950 年在那达慕大会上演唱的《叶尔古克森》唱段。精美绝伦的歌声至今萦绕于耳畔。后来，歌手特木登的大弟子哈扎布也曾多次演唱过。

'叶尔古克森'是察哈尔宴乐——《阿斯尔》中的一段长调旋律。一般情况下，先由民间乐队演奏'阿斯尔'。结束之后，中间部分是由一位歌手演唱'叶尔古克森'，然后又是一段'阿斯尔'。

'叶尔古克森'——含有多层语意。出类拔萃、凯旋之歌、精华选粹之意。

特木登的音量不是很大，然而，歌声的音质却是那么纯净而圆润，'诺古拉'技巧发挥得淋漓尽致。

哈扎布演唱的'叶尔古克森'，却给人以另辟蹊径之感。情绪多变，时而深沉，时而浑厚，充满感人肺腑的情趣。

我曾向哈扎布采访：'叶尔古克森'唱段是否应该视为长调歌唱中的顶峰？他斩钉截铁地回答：那是肯定的，不是任何一位歌者随心所欲能够攀登得上的长调高峰。"①

综上所述，蒙古族长调歌是饱含悠扬、舒缓、自由、酣畅、质朴的音乐质感，歌者通过生活气息充盈而技艺娴熟的独特演唱，给人以无限遐想和自然美感的艺术。

第二节　"长调歌"的起源与美洲
印第安人的关系初探

追溯蒙古族长调民歌的起源或形成，大概是通过以下几个途径：

---

① 莫尔吉胡：《艺海生涯》，内蒙古文化出版社 2013 年版，第 52—54 页。

（1）蒙汉文史典籍里的有关记述（纸质史料）；（2）寓言故事，民间传说（口传记忆）；（3）文物考古（实物遗存）。

2018 年，一位叫奥云策荣格的蒙古国音乐学家，出版了她的经 20 余年潜心研究，精心打磨而成的著作《通过音乐追踪蒙古人与美洲土著居民的族源关系》。按她的观点，蒙古族族源不仅与约四万年前从亚洲经白令海峡陆续迁入美洲的印第安人（据资料显示，印第安人是 15000—20000 年前迁入美洲的最为古老的居民）有着千丝万缕的联系，而且蒙古族"长调歌"无论从曲式结构、调式特点，还是旋律走向，与印第安人演唱的"长调歌"近似或相同之处颇多。奥云策荣格将印第安人演唱的"长调歌"与蒙古族"长调歌"做了非常充分的旋律对比研究。例如（原文均有乐谱，本文限于制谱条件，仅以曲目标题对照列出）：

（1）蒙古族长调《英雄"贝勒"的马驹》（ᠪᠠᠭᠠᠲᠤᠷ ᠪᠧᠢᠯᠧ ᠶᠢᠨ ᠤᠨᠠᠭᠠᠨ）与印第安长调《The State of Grace》的比较研究。

（2）蒙古族长调《漂亮的春绸》，又名《盛宴乃酣》（ᠨᠠᠢᠷ ᠤᠨ ᠲᠠᠯᠠᠩ）与印第安长调《Heal The Soul》的比较研究。

（3）蒙古族长调《白山尽头的故乡》（ᠴᠠᠭᠠᠨ ᠠᠭᠤᠯᠠ ᠶᠢᠨ ᠨᠤᠲᠤᠭ）与印第安长调《Ya – Na – Hana》的比较研究。

（4）蒙古族长调《路途遥远》（ᠬᠣᠯᠠ ᠶᠢᠨ ᠵᠠᠮ ᠲᠠᠢ）与印第安长调《The Spirit》的比较研究。

（5）蒙古族长调《额尔登扎萨克的马驹》（ᠡᠷᠳᠡᠨᠢ ᠵᠠᠰᠠᠭ ᠤᠨ ᠤᠨᠠᠭᠠᠨ）与印第安长调《Gods and Heroes》的比较研究。

蒙古族长调民歌的起源与其"族源"有着必然的联系。如果蒙古学者奥云策荣格的上述研究可以称得上是一项发现的话，那么蒙古族长调的历史就不是两千年的问题，而要从遥远的"万年"之前寻根问源。

学术界就蒙古族长调的历史源流问题，一直以来众说纷纭，各持己见。有的学者认为，长调歌是沿着"匈奴—突厥—蒙古"的轨迹发展而来的；也有的学者主张长调歌是沿着"东胡—鲜卑—蒙古"的脉络演化而来的。将其形成时间锁定在了公元9世纪左右。① 就事论事，按蒙古学者德·奥云策荣格的新思路来重新认识蒙古族长调歌的起源史，"万年"虽不敢苟同，起码"匈奴时期"就已成型，并在民间有一定流传，这是不可否认的事实存在。有谁能说美洲印第安人的上述民歌实例（原文为乐谱对比）与蒙古民歌没有一脉相承的关系？毫无疑问，远古时期的"长调子歌"，结构简单，以其短小精悍见长，是那个时代人们淳朴而真、善、美的思想感情的流露与表白。音乐大家莫尔吉胡在他的著作里对古代民歌的美妙动听曾做过这样的描述："几乎可以这样说，自远古以来，在族群中传诵的民歌，美和善总是相融在一体的。有的古老旋律很短甚至只有几个音，旋律的长度仅有二三小节，然而，其韵律之美却令人百唱不厌，百听而不腻。"②

也有学者认为，蒙古族长调民歌之"长调风格"的形成或定型是在15世纪中、后期。兀特日·额日德穆·巴雅尔在他出版的《北元史》著作里如此阐释了蒙古族长调所产生的深刻内涵："蒙古民族长调民歌与草原、与蒙古民族游牧生活方式息息相关，承载着蒙古民族的历史，是蒙古民族生产、生活、精神、性格的标志，抒发着蒙古人的思想、智慧与情感，辽阔宽广的草原为放声高歌的'长调'提供了天然空间。"③ 他就长调民歌成熟、定型的问题提出"社会三环境因素"的观点。归纳如下：

其一，成吉思汗建立大蒙古汗国后，天下一统，社会相对稳定，人文环境明显改观，人们的情怀得以释放，于是"长调歌"有了得以

---

① 乌兰杰等：《蒙古族长调民歌国际论坛优秀论文集》，内蒙古人民出版社2007年版，第19页。

② 莫尔吉胡：《音的逻辑》，内蒙古出版集团、内蒙古文化出版社2013年版，第7页。

③ 兀特日·额日德穆·巴雅尔（吴德喜）编著：《北元史》，中国作家出版社2012年版，第446页。

发展的自由、开放的社会基础。

其二，蒙古铁骑征服欧亚，尤其入主中原，中央集权领导下的农、牧业经济迎来勃兴，人们的生活环境相应宽松和活跃，于是"长调歌"有了得以发展的较殷实的经济基础。

其三，元朝北退，战乱又起，满都海彻辰哈屯第二次统一蒙古高原，获得第二次翻身机会的蒙古人，重新振作，愈加珍惜来之不易的安定与和平环境，热爱生活，热爱草原的思想感情更加浓烈，于是"长调歌"有了得以发展的强大精神与思想基础。

在上述叙说和观点的基础上，在此借用音乐理论家柯沁夫教授发表在国家级课题——《乌日汀·道艺术研究》之总论里的一段结论性记述：

"乌日汀·道（即'长调歌'），是我国北方游牧民族传统文化中最神奇、最光彩、最富有草原特色和艺术魅力的艺术，是最具代表性的蒙古民族文化。

乌日汀·道，历史悠久，源远流长。追踪溯源，可在我国北方远古时代的'啸乐'文化中找到源头，在古籍史料中寻觅其形成发展的历史轨迹。综合中外学者研究成果，初步判断出其六个过程的大致经历：

（一）山林狩猎时代的'孕育胚胎期'；

（二）游牧时代的'生成雏形期'；

（三）蒙古部落与帝国时代的'成长发展期'；

（四）明末北元时代的'勃兴成熟期'；

（五）清代中叶的'繁荣高峰期'；

（六）新中国成立后的'曲折振兴期'。"①

---

① 引自柯沁夫主编，杨玉成、瑟·巴音吉日嘎拉、格日勒图、哈达编委的国家级课题《乌日汀·道艺术研究》，第 15 页，结项证书·艺规结字［2019］39 号。

第三节　"长调歌"的题材内容

　　传统"长调歌"的题材内容非常丰富，涉及蒙古族社会礼仪、精神思想、伦理道德、民俗生活等各个方面。由于蒙古民族是在历史的长河中，由多种族源历史和多元文化背景的部落逐渐形成，因而各部落的长调歌不仅风格异彩纷呈，其题材内容亦十分繁杂。根据其题材内容和民俗功能的差异，大致可分为——雅歌（图林·道——Turiin Dōō）；俗歌（基林·道——Jiriin Dōō，蒙古语意为：普通、通俗、一般、大众化类歌之意）；风情歌（扎恩韦林·道——Jan Viliin Dōō，蒙古语意为：风土人情，民俗生活类歌之意）；叙事歌（乌力格尔特·道——Wulgert Dōō，蒙古语意为：英雄传奇，好汉巴特尔的赞美类歌之意）；宗教歌（夏信乃·道——Shaxinai Dōō，蒙古语意为：行善积德，崇尚佛教，顶礼膜拜类歌之意）五大类。各大类题材的长调歌根据其内容、形式、涵盖面的广度，又可以分出若干小标题并通过歌体形态予以表达。

　　一　图林·道（ᠲᠦᠷᠦ ᠶᠢᠨ ᠳᠠᠭᠤᠤ——雅歌）
　　雅歌，蒙古语为"图林·道"（Turiin Dōō），其语意为：高雅、庄重、时政类歌之意。近现代往往引入"宫廷歌"的范围。
　　蒙古民歌（包括乌日汀·道、包古尼·道）中的"图林·道"，实指蒙古族传统庄严仪式、隆重集会等特定场合中所唱的内容庄重、格调高雅的"礼仪性"歌曲，与朝廷（宫廷）、政府、政论乃至政治等含意无甚瓜葛。"图林·道"一般是以"赞颂"为题材的。如"玛格塔勒""夭苏拉勒""策日格额林·道（军歌、战歌、凯旋歌）"和"苏日嘎勒"等庄重、严肃类内容的正能量歌曲及曲目。
　　"图林·道"产生于古代，成型于近代，传承于辽阔草原的游牧和马背蒙古族民间。千百年来，以其独特、自由曲体的长调放歌形式深受本族人民的推崇和喜爱，并将之发扬光大，发展成为独具魅力的"声乐门类"的艺术表现形式之一。

蒙古族传统"雅歌（图林·道）"既不同于古代中原"雅乐"①，也不同于其"燕乐（宴乐）"②。其根本区别在于中原古代的雅乐和燕乐，均为朝廷举办祭祀和宴飨等大型仪式时所用的歌舞音乐；而蒙古族雅歌（图林·道），则是广泛应用于汗廷、王府甚至民间和宗教礼仪场合中的"民之长调放歌"。

（一）玛格塔勒·道（ 𐱅𐰰𐰺 𐱅𐰰𐰺 𐱅𐰰𐰺——赞颂歌）

玛格塔勒·道，即是以赞颂内容为题材的歌。多是对先祖、明君、英雄人物以及对父母的歌功颂德及对自然景物、家乡故土、草原骏马、美好生活的由衷赞美和情怀的释放。如：《圣主成吉思汗》（潮尔歌），是对先主、圣君的颂扬。

　　《圣主成吉思汗》（潮尔歌）
　　圣主成吉思汗创伟业，
　　祖先的习俗世世传。
　　礼仪盛宴酒为贵，
　　祝愿大家幸福平安。

　　圣主成吉思汗创伟业，
　　尊贵的传统代代传。
　　万般食物酒为贵，
　　祝愿大家福禄平安。
　　——选译自《蒙古民歌丛书——锡林郭勒集》

---

① 雅乐：我国古代中原朝廷祭祀天地、神灵及祖先的大型歌舞音乐。
② 宴乐：我国古代中原宫廷宴饮时供娱乐欣赏的歌舞音乐艺术。

　　罗布桑悫丹《蒙古风俗鉴》中记载了一首《成吉思汗之歌》。这是一首以成吉思汗为第一人称而抒发情怀的长调歌，流传于卫拉特蒙古部，曲调悠长且沧桑，节拍自由，具有拖腔和"纳嘿拉嘎"（ᠨᠠᠶᠢᠷᠠᠬᠤ）润腔的充分展示，清楚显示出长调歌悠扬豪放的早期风格。

　　　　《成吉思汗之歌》（卫拉特长调民歌）
　　　　蒙古的丛林，蛇鼠也难穿行；
　　　　蒙古人的意志，马蹄般坚硬。

　　　　海青作指引，雄鹰为先锋，
　　　　带领射猎手，驰骋密林中。

　　　　乘驼不知疲，坐骑不晓惫；
　　　　率领众勇士，所向皆披靡。

　　　　天山任我跨，大海凭我越，
　　　　世界我主宰，挥鞭顽敌灭。
　　　　　　——选译自瑟·巴音吉日嘎拉著《蒙古长调歌荟萃》

　　大自然、草原、故乡、土地，是游牧民族的生命之源。拥抱大自然、热爱家乡、守护草原是蒙古民族的天性和世代为之奋斗的永恒主题。因此，歌颂大自然、讴歌家乡名山大川、草原湖泊的题材在"长调"中占很大比重。乌拉特《杭盖——我的家乡》就是一例。

　　　　《杭盖——我的家乡》（乌拉特民歌）
　　　　在那边远的山林里，是那麋鹿生息的地方。
　　　　回首遥远的地方，那是我美丽的杭盖家乡。

　　在那原始的森林里，有那小鹿嬉戏的草场。

　　回首遥远的地方，那是我美丽的杭盖故乡。

　　——选自《中国民间歌曲集成（内蒙古卷）》

　　众所周知，蒙古民族是在马背上成长和创下辉煌伟业的民族。在蒙古人心目中，骏马不仅是驰骋在草原的便利乘骑，牧业生产中的载重工具，日常生活中须臾不分的伙伴，更是忠诚义勇、所向披靡的象征——"克亦莫邻"（ᠬᠡᠢᠮᠣᠷᠢ），因此蒙古人对骏马怀有特殊的感情，不仅编创了大量有关骏马的美丽传说故事和直接赞颂骏马的歌曲，而且将骏马大量应用于民歌的曲目名称上和歌词中作比兴手法的延伸。尤其是在长调歌中，骏马的形象经常呼之欲出，动感十足地跃然于辽阔的旋律之中。

　　《飞快的草黄马》（土尔扈特）

　　在席木尔河畔，生长成驹的草黄马；

　　银锭元宝也不换的，是那奔跑如飞的草黄马。

　　在四部卫拉特，高大著称的草黄马；

　　元宝银锭也不换的，是那疾走如云的草黄马……

　　——节选自那·巴桑编《新疆卫拉特蒙古叙事歌》

（二）夭苏拉勒·道（ᠳᠠᠬᠢᠯᠭᠠ ᠶᠢᠨ ᠳᠠᠭᠤᠤ——礼俗歌）

　　尊敬父母、孝顺父母、感恩父母是蒙古人的传统美德，从古到今，世代承接延续，因而在蒙古族民歌中有大量歌颂和赞美、怀念和感恩父母的歌曲，乌日汀·道中尤为突出。

　　《金翅膀的小鸟》（锡林郭勒民歌）

金翅膀的小鸟，天空中盘旋啼鸣；
我童年的依赖，是那父母双亲。

银翅膀的小鸟，江面上阵阵啼鸣；
我永恒的依赖，是那父母双亲。
——选自《中国民间歌曲集成·内蒙古卷》

蒙古人的原始信仰是多神的萨满教，视长生天为"众神之首"，在萨满歌的唱词中称长生天为"苍天父亲"；称大地为"大地母亲"。这首歌将父亲比作"永恒的苍天"，把母亲比作"仁慈的大地"，其赞颂之情已经达到了极致，而且，蒙古人这种对父母恩德的炽热感怀和高度赞颂，早已形成全民族世世代代的规范道德观念和行为准则，并广泛渗透于各种传统文化艺术之中，亘古至今，延续未变。《辽阔的故乡》这首长调歌，就是最好的印证。[①]

《辽阔的故乡》（阿拉善民歌）
阿爸像永恒的苍天，阿妈像仁慈的大地。
尊贵宽厚的亲人们，畅饮马奶酒欢聚一起。
——节选自《中国民间歌曲集成·内蒙古卷》

（三）策日格额林·道（ᠴᠡᠷᠢᠭ ᠦᠨ ᠳᠠᠭᠤ——军伍歌）

蒙古民族是英雄的民族，他们崇尚英雄主义精神和历史光辉业绩。历史上可汗的丰功伟绩，征战的英雄、神话中的勇士、现实中英雄好汉的感人事迹等，在蒙古族民歌中均有反映。长调民歌中虽然少有类似"包古尼·道"（蒙古族短调民歌）中《嘎达梅林》《英雄陶格套

---

① 柯沁夫：《根深叶茂的乌日汀哆》（中国·蒙古族民歌艺术学术研讨会论文集·长调）。

呼》《巴拉吉尼玛扎那》那样歌颂英雄豪杰的叙事歌曲，但却不乏对神话传说和传奇故事中英雄勇士的歌颂；对那达慕盛会中"博克"（摔跤手）、"芒来"（骑手）和"莫日根"（射手）"好汉三竞技"优胜者的赞扬。此类歌曲旋律同样昂扬向上，激越高亢，是真正意义上的豪迈式的"激情歌曲"。

《将军塔亚王之歌》（昭乌达巴林民歌）
后滩遗忘的，是成群的黄羊；
窥探欲行狩猎的，是将军塔亚王。

后山奔跑的，是公母两盘羊；
兜紧缰绳狩猎的，是将军塔亚王。

骑着那长鬃马，去把那猎物获；
巾帼英雄的子弟，技艺超群善骑射。
——选译自《昭乌达民歌（上）》

相传，乌珠穆沁草原有一位剽悍骁勇、百战百胜、富有传奇色彩的博克（摔跤手）都仁扎那，在一次那达慕大会比赛中由于遭到对手阴险暗算而不幸身亡。人们怀念这位"力量"和"英雄"象征的斗士，抒发对他的思念和敬佩之情，随之编创了这首脍炙人口的《都仁扎那》赞歌，并很快在蒙古草原广泛传唱，经久不衰。

《都仁扎那》（乌珠穆沁民歌）
傍晚不升的启明星，只在黎明亮晶晶；
乌珠穆沁的都仁扎那，时时处处显威风。

十两白银的跤钉服，镶嵌背膀闪亮光；

来自他旗的都仁扎那，举、揽、搂、绊英姿爽。

——节译自《蒙古民歌五百首》

（四）苏日嘎勒·道（ᠰᠤᠷᠭᠠᠯ ᠳᠠᠭᠤ——教诲、劝诫歌）

蒙古语"苏日嘎勒·道"，系指以训导、教诲、劝诫、训谕为内容的歌曲。

生活音乐化、民歌哲理化，是蒙古族民俗生活和民歌艺术中的历史传统。关于人生哲理和格言警句，贯穿在雅歌（图林·道）、俗歌（悠林·道）、习俗歌（扎恩韦林·道）、宗教歌（夏星·旭特·道）等诸多题材类别的蒙古民歌中。"蒙古民族通过多种体裁形式的民歌，对子孙和晚辈青年进行哲理教育，传授文化知识和处世经验。从而在蒙古民族的海洋中，涌现出一批具有深邃哲学思想和很高艺术水平的民歌，如：'训谕歌'这种特殊的题材形式，不仅具有一定的哲学价值，也具有很高的历史价值。"①

"训谕歌"多半是带有格言和谚语的民歌。一般以饱经沧桑长者的第一人称口吻和表述方式，总结前人失败的教训和成功的经验，引以为戒，使后生晚辈在面对大千世界，为人处世方面尽量做到少走弯路，不出差错等。佛教传入蒙古高原后，又产生了许多由德高望重的活佛高僧或喇嘛文人创作的具有教诲、劝诫、训谕内容的哲理歌曲。如：三世梅力更活佛罗桑丹毕坚赞所创作的众多"秀鲁格·道"（包括"古如·道"）。由此，哲理性的歌曲在"苏日嘎勒·道"中占有重要位置和很大比重。

《金诃子》（乌珠穆沁哲理歌）
金诃子的味道最美，父母的教诲最美。

---

① 柯沁夫：《根深叶茂的乌日汀哆》（中国·蒙古族民歌艺术学术研讨会论文集·长调）。

国家政权的礼仪最美，志同道合的亲人最美。

坐在上面时沙漠最美，生育我的父母最美。
哺育我的故土最美，咿呀学语的孩儿最美。

圣泉的水最美，五畜的膘肥最美。
用心聆听的歌声最美，永恒圣洁的祝福最美。
　　　　——节选自《乌珠穆沁长调叙事民歌》

　　据专家考证，《金诃子》这首歌是由乌拉特梅力更庙三世活佛罗桑丹毕坚赞创作并收入他的《八十一题歌集》中。这首歌还有其他变体，如载入《中国民间歌曲·内蒙古卷》中的潮林·道——《珍贵的诃子》就是其变体之一。

　　又如阿拉善民歌《富饶辽阔的阿拉善》。这首著名的阿拉善长调歌，与其说是一首"故乡赞歌"，不如说是进行全面品德教育的训谕歌。通观四句歌词内容，大到草原故乡、国家太平，小到个人积德行善、品德修养，均被视为至高无上的美好事物，无疑是进行传统教育的难得教材，因此，被阿拉善蒙古人列为"九大宴歌"之首，传唱三百余年，经久不衰。

《富饶辽阔的阿拉善》（阿拉善和硕特民歌）
富饶辽阔的阿拉善，
是天下难得的好地方。
富有来自积德行善，
自满是衰败的祸殃。

八十句话里友谊的话儿最美好，
喜宴上尽情欢畅最美好，

万代怀念的事情最美好，

国家太平安定最美好。

——节选自《中国民间歌曲集成·内蒙古卷》

二 基林·道（ᠵᠢᠷᠢᠢᠨ ᠳᠠᠭᠤᠤ——俗歌）

俗歌，蒙古语为"基林·道"（Jiriin Dōō），是相对于"阳春白雪"——雅歌的"下里巴人"，系指广大民众或民间艺人所传唱的普通的、大众化的歌。其适应范围广，知会者众，以"群众性"特点见长。主要涵盖爱情歌和思念歌等"两大支柱"主题。

在蒙古语中，"依纳嘎　阿玛日根·道"（ᠢᠨᠠᠭ ᠠᠮᠠᠷᠠᠭ ᠤᠨ ᠳᠠᠭᠤᠤ），是情歌和恋歌的统称，实际就是泛指爱情歌曲，这是俗歌（基林·道）的永恒主题。其中，既有含情脉脉的细腻表述，也有激情燃烧的粗犷道白。歌词多采用比喻、拟人、引申和夸张等手法。常常以骏马的英姿、脾性、动作甚至毛色等做恰如其分的拟人化比喻，歌词上下句对称押韵（蒙语歌词通常押头韵，押腰和脚韵的较少），对比明显，语言生动感人，毋说结合音乐歌唱，就是当作诗歌来朗诵也有如清泉喷涌，朗朗上口。

构成俗歌的两大支柱之另一主题是"穆热德林·道"（ᠮᠥᠷᠥᠭᠡᠳᠦᠯ ᠤᠨ ᠳᠠᠭᠤᠤ），其蒙古语含义是思情念故的"思念歌"之意。涵盖思乡、思亲、思情等多方面思念内容，并以内在含蓄的表达方式贯穿始终。歌词既有情真意切的期盼、幸福生活的回忆，也有刻骨铭心怀念、痛断肝肠的悲伤。如：《六十棵榆树》（鄂尔多斯）、《白色的马》（巴尔虎）、《高大的枣红马》（阿拉善）等。

（一）依纳嘎　阿玛日根·道（ᠢᠨᠠᠭ ᠠᠮᠠᠷᠠᠭ ᠤᠨ ᠳᠠᠭᠤᠤ——爱情歌）

"爱情歌"在乌日汀·道中占有相当比重。爱情歌的歌词，围绕言情表恋的思想内容，对青年男女爱情价值观做由浅入深的刻画和描述，词句优美华丽，风格优雅，感情真挚，以充分展示纯情男女对美好未来的无限憧憬为特点。当然，也有一些题材是专门描写爱情生活的瑕疵，不尽如人意的纠葛，争取自由的抗争，抱恨终身的遗憾乃至以泪洗面的悔恨。总而言之，感情世界里的是非曲直，复杂情绪等诸多形态，在恋情歌曲里或多或寡，或广或狭都有涉猎。

《脊梁园鼓的灰白马》（锡林郭勒）
脊梁园鼓的灰白马，耳闻嘶鸣就能辨认；
爱慕有加的情人哟，倾听脚步就觉温馨。

脊梁丰满的灰白马，耳闻蹄哒就能辨认；
依恋很久的情人哟，倾听歌声就要沸腾。
——节译自《蒙古民歌五百首》

（二）穆热德林·道（ᠮᠥᠷᠥᠭᠡᠳᠡᠯ ᠤᠨ ᠳᠠᠭᠤᠤ——思念歌）

"穆热德林·道"，即思念歌曲，这是人类的思想感情，内心世界在某种条件下的自然流露，很少受外部环境的支配与干扰。

"穆热德林·道"在蒙古族乌日汀·道中的数量比重较大，并占有十分重要的位置。主要由两大题材内容构成，即思乡歌和思亲歌。思乡歌的主人公多为远征或戍边的军人或劳工苦役丁甲、逐水草而远赴他乡的游牧人等，他们远离家乡和亲人而产生思念之情；此外还有因部族迁徙而远离故土的思乡歌。而思亲歌则主要以远嫁姑娘对父母和亲人的思念内容为主，也有父母对子女的思念。

必须说明的是，思乡也好，思亲也罢，两者间从来就没有明晰的分界线，如思乡歌中也有对亲人的思念；反之，思亲歌中亦有思乡的情愫。

《武士思乡歌》（科尔沁民歌）

朱黑山高山路长，云雾缭绕白茫茫，
永远永远的居住啊，多么美好的地方。

车里湖水在荡漾，武士牵马饮湖旁，
长途征战脸色黑啊，多么酷热的骄阳。

我军回师登路程，鞍马劳顿鞭儿重，
归心似箭路更长啊，何时才能回故乡！
——选自《蒙古族民歌精选 99 首》

《拴在长绳上的马》（呼伦贝尔民歌）
骏马拴在那长绳上，度过那克鲁伦河要靠它，
怀揣哈达把路上，千里迢迢去看阿妈。

缰绳拴的马儿多漂亮，度过那乌尔逊河全靠它。
家乡遥远在天边，我要怀揣哈达去见阿妈。
——节选自《中国民间歌曲集成·内蒙古卷》

游牧蒙古人的部落迁徙主要有下列两种情形：首先是因牧养畜群的自然需求逐水草而迁徙。这种迁徙叫作"走'敖特尔'"（即"牧业倒场"或"换营盘轮牧"），一般冬、夏营盘轮替，也有四季轮回的。迁移距离普遍在本乡本旗区域内十数公里到上百公里不等。这亦可被视作游牧民族保护自然，科学养牧的智慧体现和非常了不起的一大发明。其次是，因戍边守疆和御敌征战的国家需要，受命举部迁徙。这种迁徙往往不受区域、疆界所限，依朝廷指派行事。清廷以来对蒙古各部落实行的是以旗为单位的统治，并沿袭了成吉思汗以来实行的"上马为兵，下马为民"的灵活社会机制，所以蒙旗部落的受命迁徙通常是伴随着骑着马，赶着畜群，扶老携幼，拖家带口的声

势，跋山涉水以年为时限，举家、举族、举部的"大迁徙"。例如，顺治六年（1649 年），为戍边守疆，领清廷命，乌拉特三公旗 3 万之众在其首领的统帅下历经两年余从呼伦贝尔故土西迁至今之乌拉特草原就是一例。

　　《六十棵榆树》（鄂尔多斯民歌）
　　郁郁葱葱的六十棵榆树，连年干旱枝叶仍繁茂。
　　碧绿如海的查干陶日莫，赛过那长江波浪滔滔。

　　乌苏塔拉、陶亥陶日莫、巴德盖乌拉，是南部肥美的草场。
　　南北两个甘珠儿滩是辽阔的草场，众部落世代居住的可爱家乡。
　　——节选自《中国民间歌曲集成·内蒙古卷》

　　这首乌日汀·道是著名的鄂尔多斯古老思乡歌。歌中所唱"六十棵榆树"的地方，现属陕西省，位于鄂尔多斯高原以南的陕北。此处原本是一部分鄂尔多斯蒙古人的故乡，后因无休止垦荒，草场遭到无情的破坏，牧人只好放弃这一富饶的故乡，北迁到鄂尔多斯高原。歌中的"六十棵榆树"是那部分鄂尔多斯蒙古人所种植，后成为故乡仅存的一个"纪念标志"。人们为表达对祖先故乡的怀念之情，便以这一仅存的"纪念标志"为题，编创了这首歌。

　　远嫁少女思亲歌。
　　《淡黄色的鸟》（巴尔虎）
　　淡黄色的鸟高飞翔远
　　父母二老怎能不去思念。

　　成群的鸟儿高飞翔远

故乡热土怎能不去思念。

　　　　——节译自《蒙古民歌丛书·呼盟卷（2）》

《鸿雁》（科尔沁民歌）

展翅飞翔的鸿雁，飞回来落在湖边；
想起出嫁的女儿，使我落泪心酸。

跨上我心爱的枣红马，打猎去要佩戴弓箭。
想起出嫁的女儿，使我悲伤思念。

　　　　——节选自《中国民间歌曲集成·内蒙古卷》

三　扎恩韦林·道（ᠵᠠᠩ ᠵᠢᠯᠢᠨ ᠤᠨ ᠳᠠᠭᠤᠤ——风情歌）

"风情歌"或"礼俗歌"，蒙古语为"扎恩维林·道"（Jan Viliin Dōō）。一切以习俗风情为内容的歌曲均可简称"风情歌"，亦可汉译为"礼俗歌"。

风情歌，涵盖婚庆喜宴、宾朋聚宴、祈福祭典等与民俗生活和礼仪传承密切相关的一切歌曲。其中，宴歌〔"乃林（日）·道"①——Nairiin Dōō〕和婚礼歌（"浩日敏·道"——Hcrimiin Dōō），是其中主要两大类题材形式，习俗歌有关民俗礼仪的全部内容，主要是通过这两大类题材形式在不同场合并经过不同情形而得以完美体现的。诚然，宴歌和婚礼歌都具有鲜明的生活风俗性，但由于宴歌（亦称酒歌）涵盖蒙古人酒宴上所唱的一切歌曲，故较之婚礼歌，更具有灵活性和普遍性。而婚礼歌则具有很强的目的性、针对性的"程式化"要求，必须严格执行。这一"程式化"过程，由于是按照祖辈遗留下来的、历经千百年反复实践后得到艺术升华的，因而为大众认可并世

----

　　① "乃日"，蒙古语，原指蒙古族传统那达慕盛会；现今"乃日"包括"娱乐""体育竞技比赛""联欢活动"等多重内容。

代"约定俗成"地沿袭下来。

　　蒙古人的宴歌或婚礼歌，虽然在人文历史、传承礼尚方面同根同源，但在蒙古各部落、群体间的表现形式有所不同。一般是以当地民众的居住环境，生产生活方式，风俗习惯以及语言（方言）文化底蕴、个性风格的不同而有所差异，而且在实际应用过程中，其表演"格式"也是有一些细微的异样存在于其中。如宴歌出现在聚会、宴请场合时，除礼节性国宴、庆典宴、招待贵宾宴演唱程式化的礼仪歌外，其他属于民间范围的宴请场合很少用程式化、套路化规定具体曲目，只是根据场面的大小，参娱者的众寡和现场人们的情绪高涨、澎湃程度，适时地高歌与饮宴主题相称的"本土"或"外来"的各式民歌。宴歌的演唱完全是自发的，无须事先做出安排，触景生情，借题发挥是常有的事；婚礼歌就不同了，它是要根据主家的要求，按照当地的婚礼程序（鄂尔多斯、乌拉特、阿拉善、察哈尔、乌珠穆沁、巴林、巴尔虎、扎鲁特、科尔沁、卫拉特、喀尔喀、布里亚特等历史上的各蒙古部落均有不尽相同的婚庆程序），安排相应的曲目。祝颂人、歌手、乐手都要请当地名望高的职业演员来担当。作为应邀参加婚礼的客人，不分男女老少（历史上只做德高望重的男士"唱和"）都有资格参与曲间高潮段的"和歌"，即"图日勒格"的"混声合唱"中。

　　就民歌曲体而言，宴歌与婚礼歌"长""短"调兼而有之，一般情形下，"开宴"或"乃日"开始阶段的"三首"歌，均以"长调歌"做"粉墨登场"的表演。这种现象或情况其实是由宴歌和婚礼歌的传统习俗与"本是同根生"的艺术形式所决定的。

　　（一）宴歌（ᠨᠠᠶᠢᠷ ᠤᠨ ᠳᠠᠭᠤᠤ——乃林·道）

　　宴歌，形式多样，名目繁多，形式上包括达官贵人宴，普通百姓宴，亲朋聚会宴，劳动庆丰宴，事业成功宴等，内容方面有祝福、祝愿、敬酒、欢宴等。总之，人逢喜事精神爽，有由头就摆宴，在蒙古族各部族民间，古往今来好像是天经地义的传统习俗。这类题材内容的歌曲，无论是在数量、质量，还是流传广度上，都在蒙古族民歌（包括乌日汀·道）中占有很重要的位置，而且上乘佳作层出不穷。

《欢宴》（昭乌达民歌）
我们今天的集会，是老天赐予的幸福；
把美妙的乐曲，献给众位享受。
——节选自《巴林左旗蒙古族民歌选》

《清凉的杭盖山》（锡林郭勒民歌）
清凉的杭盖山，喷涌出晶莹的泉，玛咴斯哉。
心中挚友难得会，今宵我们同欢宴，玛咴斯哉。

原野的翠绿草，轻风拂来连片动，玛咴斯哉。
思念高朋难得聚，今天大家齐畅饮，玛咴斯哉。
——选译自《蒙古民歌五百首》

《春暖融融》（乌拉特民歌）
春季三月好时光，牧野返青散清香。
同胞兄弟来相聚，同饮奶酒多欢畅。

盛夏三月好时光，原野碧绿百花香。
情投意合的友们，同饮奶酒多欢畅。
——节选自《中国民歌集成·内蒙古卷》

（二）婚礼歌（ᠬᠤᠷᠢᠮ ᠤᠨ ᠳᠠᠭᠤᠤ——浩日民·道）

"浩日民·道"，即"婚礼歌"。它包括提亲、商定彩礼、娶亲、送亲、大婚、回门等传统民俗礼仪环节和完成此环节过程中所要进行的诸如敬献哈达、饮宴祝赞、婚礼套曲等一系列文化程序。

蒙古族婚礼习俗源于古老的氏族社会，伴随着游牧民族的生产和生活方式而流传下来，因此婚礼中的仪式和歌曲，不仅承载着蒙古民族生动而丰富的民俗活动和绚丽多彩的民间音乐，而且反映出蒙古族悠久的历史文化，因而具有重要的文化价值。

千百年来形成并延续的蒙古族婚礼仪式，必然逐步形成规范性的程序特点，而将婚礼仪式程序上咏诵的祝词和赞颂的歌曲连接起来，就自然组成了"婚礼套曲"。

由于蒙古民族是由草原上不同氏族部落逐渐形成的共同体，因此必然有其不同部落、部族的文化差异，加之在近千年的历史长河中，各部落、部族的社会政治、生产方式、生态环境均有不同的变化，其婚礼仪式亦随之呈现出不同的程式变化，由此在内蒙古草原上就形成了鄂尔多斯婚礼、乌拉特婚礼、科尔沁婚礼、察哈尔婚礼、布里亚特婚礼等形态和风格各异、多姿多彩的蒙古族婚礼程式化仪式和序列套曲。[①]

下面仅以乌拉特传统婚礼仪式为例，对婚礼套曲形式做概括性释义。

乌拉特婚礼套曲是乌拉特传统婚礼的一组大型规模的套曲形式。整个婚礼进程由 6 个环节、18 首雅歌（正曲）或律歌来完成。各环节之间前后呼应，卯榫相合。当然，在第一环节的必然是长调曲式的歌。如果原有曲目不足以尽兴时，可以在第三环节后穿插一些众唱式的散歌（花儿歌）以增添和活跃喜庆气氛。

《乌拉特婚礼套曲》

第一环节：序曲，"三福"开场歌——

（1）《聚福》；（2）《缘福》；（3）《洪福》。"三福歌"（均为长调歌）的曲与曲之间，均要插入群而和之的"唱和"，这是乌

---

① 柯沁夫主编，杨玉成、瑟·巴音吉日嘎拉、格日勒图、哈达编委的国家级课题——《乌日汀道艺术研究》，第 45 页，结项证书·艺规结字〔2019〕39 号。

拉特婚礼程式的"闪光"之处。

第二环节：三首"喇嘛"歌名的礼俗歌——

（1）《恩德齐全的喇嘛》（短调歌）；（2）《尊贵的喇嘛》（长调歌）；（3）《广布恩赐的喇嘛》（短调歌）。这三首教诲为主题思想的"喇嘛歌"，充分显示出佛教对乌拉特民俗音乐的巨大影响。

第三环节：三首祝福内容的歌——

（1）《宝仁罕的柳条》（长调歌）；（2）《陶克套河的水》（短调歌）；（3）《八音调》（短调歌）。

第四环节：三首敬酒内容的歌——

（1）《沙金图梁》（长、短调曲式）；（2）《三匹枣骝马》（长、短调曲式）；（3）《天神的福祉》（短调歌）。

第五环节：高潮阶段的歌——

（1）《砂泉》（长调歌）；（2）《敖干哈那泰》（短调歌）；（3）《奔腾不息的马》（短调歌）……

第六环节：尾声，三首多次反复的挽留与送宾歌——

（1）《上马歌》（长调歌，宾客欲离席而唱的歌）；（2）《天鹅》（所谓误传歌名的"鸿雁"，短调歌，主家挽留宾客所唱）；（3）《阿拉泰杭盖》（短调歌，但当唱起此歌，任何人无权再行挽留宾客之事）。①

需要说明的是，祝词在乌拉特婚礼程序中发挥着不可替代的作用和功能。针对新人、宾朋、叩拜、敬酒、放"乌查"（即"羊背"）等多项内容，以妙语连珠的不同词句由祝词者做热情洋溢、澎湃激昂的祝诵。另外，乌拉特前、中、后三旗的婚俗礼仪程式和内容尽管基本相同，但在曲目选择上，往往是灵活、适时的。

---

① 原作见乌·那仁巴图、瑟·巴音吉日嘎拉主编《蒙汉合璧乌拉特民歌精选》（上、下），内蒙古文化出版社 2008 年版。

（三）婚礼散歌（ᠬᠤᠷᠢᠮ ᠤᠨ ᠮᠠᠨᠢ ᠳᠠᠭᠤᠤ——浩日民　索拉·道）

顾名思义，"婚礼散歌"系指婚礼套曲以外，根据不同氛围需要而自选的长、短调民歌曲目，多以娱乐、祝福、感怀为内容。如：锡林郭勒长调民歌《清凉的杭盖山》《扎穆仁之水》等；鄂尔多斯短调民歌《金杯》《乌仁堂乃》《巴音杭盖》等；科尔沁短调民歌《大雁》《铁青马》等；昭乌达准长调民歌《天上的风》《黄羊滩》等；呼伦贝尔（包括布里亚特）长调民歌《秀丽的海骝马》《黄羊角》等；阿拉善长、短调民歌《幸福的欢乐》《踏着山脊》等。

　　《沼泽地的柳林》（巴尔虎民歌）
　　沼泽地的柳林，顺风吹来沙沙响。
　　把我那文静的姑娘，送到那婆家的门上。

　　沙海草滩上的柳林，顺着枝梢翻绿浪，
　　把我这心爱的姑娘，送到那有缘的地方。
　　——节选自《中国民间歌曲集成·内蒙古卷》

　　《神明的成吉思汗》（昭乌达民歌）
　　神明的成吉思汗啊，尊重孝道与礼节。
　　今天是您晚辈的喜宴啊，托您的福让我们尽情欢畅。

　　神灵的成吉思汗啊，尊重孝道与礼节。
　　今天是您孩儿的喜宴啊，托您的福让我们举杯欢畅。
　　——选自《巴林左旗蒙古族民歌选》

　　《本巴图山梁》（科尔沁民歌）
　　那远处隆起的，是本巴图山梁；

从远处奔驰而来的，是您的儿媳，亲家母。

三岁的小马驹呀，还没受过调教；
媳妇过门离爹娘，您要多开导，亲家母。
——节选自《中国民间歌曲集成·内蒙古卷》

"婚礼散歌"里也有属于"非严肃类"的较为轻松题材的歌。一般是在长者退席后，年轻人开始稍有放纵的嬉戏和自由演唱的"群娱性"民歌，短调歌居多。如：鄂尔多斯的《圆帽子》，察哈尔的《十五的月亮》，科尔沁的《女人的命运》，四子王的《云仁苏》，达尔罕茂明安的《花马》等。

四　乌力格尔特·道（ᠥᠯᠢᠭᠡᠷᠲᠦ ᠳᠠᠭᠤᠤ——叙事歌）

叙事歌，蒙古语为"乌力格尔特·道"（Wulgert Dōō）。蒙古族"叙事歌"，实际上就是以民间叙事诗为歌词而编创的民歌。追根溯源，蒙古族叙事歌与古老英雄史诗和"乌力格尔"一脉相承，既保留着传统的叙事性，又在发展中接受了短调民歌的影响而体现出鲜明的抒情性。

众所周知，"长调歌"基本属于抒情性歌种，但在草原深处，却存在着许多鲜为人知的叙事歌。尤其是在自然生态保存最好的乌珠穆沁，民俗学家和民间音乐采集家们记载了大量长调叙事歌，为长调艺术的全面研究，提供了翔实的珍贵资料。

长调叙事歌，大致可分为"神话故事歌"（如《北森林的马驹》等）、"传说故事歌"（如《乌珠穆沁亲王之歌》等）、"历史故事歌"（如《亦禾宝格德宝力根杭盖》等）、"寓言故事歌"（如《成吉思汗两匹骏马》等）、"爱情故事歌"（如《罕乌拉》等）五大类。

从体裁形式角度来看，《成吉思汗的两匹骏马》《孤独的白驼羔》《鹿羔》《矫健的雄鹰》等古老的寓言故事歌，均属于"乌日汀·道"

的叙事歌范畴。

（一）神话故事歌

在碧野千里，水草丰美的乌珠穆沁草原，流传着大量优美的长调叙事民歌，而且几乎每一首歌都有着美丽的传说或故事背景。仅著名的《北森林的马驹》一曲，就有十多种大同小异的神话故事背景。神奇浪漫，哀婉凄楚。

> 《北森林的马驹》（乌珠穆沁民歌）
> 黑骏马飞奔起，丛草连根飞扬，
> 山石四分五裂，衣襟随风飘荡。
> 山路飞驰起，像那平地上奔驰；
> 原野上驰骋起，像那雄鹰翱翔。
> 这是一批珍贵的马，
> 真正的蒙古马。
> ——节选自《乌珠穆沁长调叙事民歌研究》

【故事之一】在乌珠穆沁草原相传着这样一个故事，漠北东部的哈拉哈蒙古部落有一位名叫呼和那木吉拉的著名歌手，在漠北西部服兵役期间与当地美丽的公主相爱结婚。在他兵役结束复员回家时，公主送给他一匹黑骏马。歌曲《北森林的马驹》由此爱情故事而产生。

【故事之二】传说，出生于乌珠穆沁大户人家的一个英俊潇洒的小伙子，和哈拉哈部落一位天仙般美丽的姑娘相爱，小伙子骑着带有翅膀的褐色马奔驰于乌珠穆沁、哈拉哈部落之间。姑娘为了不让小伙子长期来回奔波，就偷偷剪掉了褐色骏马的翅膀。第二天小伙子和往常一样骑上马奔向乌珠穆沁草原，褐色马却跑不动了，结果连人带马渴死在荒无人烟的荒漠中。小伙子父亲因儿子久不回家，就骑上骏马到哈拉哈部落去找儿子，途中发现了儿子遗骸。父亲为了解儿子不幸遇难之谜，怀着万分悲痛的心情找到了姑娘家，用忧伤的歌声告诉了姑娘一家，他的儿子已惨死在荒漠之中。歌中唱道：

北森林的马驹哟，是个金翅膀的褐色马。
我可怜的儿子哟，看上了远方的姑娘……

远在天边的浮现的，是苏穆泰·布德尔山；
英年不幸早逝的，是我那痴情的好男儿……
——节选自《乌珠穆沁长调叙事民歌研究》

（二）传说故事歌

传说故事歌，或是民间艺人根据民间传说故事诗句而编创的歌，或为文人雅士将现实生活中发生的动人事件加以浪漫夸张，直接创作出富有传奇色彩的民歌。

《乌珠穆沁亲王之歌》（乌珠穆沁民歌）
佛心慈悲为上，佛道执政爱民。
福如东海的水哟，福星是亲王……

永不干枯的是额吉淖尔，永放光芒的是盐池庙。
我们永远爱戴您哟，远见卓识的亲王大人。
——节选自《乌珠穆沁长调叙事民歌研究》

【故事】晚清时期，乌珠穆沁第十二和硕亲王索特那木拉布登（1884—1936）是一位虔诚的佛教徒，廉洁忠勇，勤政爱民，功绩卓著，在旗民中享有崇高威望。亲王还酷爱音乐，据说闻名遐迩的乌珠穆沁王府乐队就是他一手创建的。传说，有一次亲王徒步赴巴林左旗昭庙烧香许愿，回来途中遇到一只斑斓老虎拦路。亲王不慌

不忙，先焚香跪拜长生天，然后厉声怒吼："我是大清朝的和硕亲
王，土地爷为什么要派猛兽拦路！山王归山，我要赶路！"老虎被
亲王的神威镇住，不得不悻悻而去。亲王回府后，为庆贺这次化险
为夷、绝处逢生，举办了盛大的"那达慕"大会。在场的王子、乌
珠穆沁著名诗人和歌手有感而发，即兴创作了这首脍炙人口的乌日
汀·道。

（三）历史故事歌

这里的"历史故事歌"，系指源远流长、富有历史传奇故事意义的
民歌。

　　　　《亦禾宝格德·宝力根杭盖》（乌珠穆沁民歌）
　　　　亦禾宝格德宝力根杭盖，辽阔无垠我的杭盖；
　　　　北梁上长满果实的杭盖，树香袭人我的杭盖。

　　　　南山上铺满葡萄的杭盖，四处香气我的杭盖；
　　　　两侧生长着榆树的杭盖，平展亮丽我的杭盖……
　　　　　　　——节选自《乌珠穆沁长调叙事民歌研究》

　　【故事】"乌珠穆沁"，蒙古语为"采摘葡萄者"或"葡萄山上的
人"的意思。经蒙古学界考查验证，乌珠穆沁民间传说和这首歌中的
"葡萄山"，位于阿尔泰山脉与杭盖山脉之间（今我国新疆与蒙古国交
界处），故乌珠穆沁蒙古人，一直用"采摘葡萄者"或"葡萄山上的
人"作为部族名号，沿袭至今；这首记录历史传奇的歌也随之世代相
传，经久不衰，深刻表现出迁徙而来的乌珠穆沁人对故土的怀念和
眷恋。

　　　　《高高的赛里木之源》（阿拉善民歌）
　　　　高高的赛里木之源，云雾蒙蒙，

围坐在毡包里的宾客，其乐融融。

八个"哈那"的毡包里，春意绵绵，
与青春豪迈的你们宴聚，福乐涟涟。
——节译自《蒙古民歌五百首》

【故事】赛里木湖，蒙古语"山脊梁上的湖"之意，位于新疆准噶尔盆地西南部的博尔塔拉蒙古族自治州。史载，蒙古汗国时期，博尔塔拉先后成为成吉思汗之子窝阔台及察合台后王的封地。明朝末年，穷兵黩武的准噶尔蒙古汗国，不仅频频进犯邻近的哈萨克人领地，而且征服同种同族的喀尔喀蒙古诸部，并迫使土尔扈特、和硕特、杜尔伯特、厄鲁特等蒙古部先后远走他乡，甚至不断挑衅清廷，破坏祖国统一。1757 年（乾隆二十二年），清廷出兵西征统一了新疆。之后，清廷先后两次于从漠南察哈尔蒙古部中抽调 2000 名勇士携带家眷西迁新疆，屯垦戍边，繁衍生息。1771 年，游牧于伏尔加河流域 140 多年的土尔扈特蒙古人又举部东归……在此后的漫长岁月里，察哈尔人和土尔扈特人，同甘苦共患难，携手开创了屯垦戍边、开发建设的 230 多年奋斗历史，维护了边疆安全和祖国统一。

《嘎斯丘陵的芨芨草》（青海卫拉特民歌）
嘎斯丘陵的芨芨草，在丘陵上随风飘动
孤独可怜的小丹津，离开家乡远方寻亲……

西宁城紧闭的大门，只能用利剑把它撬；
原本计划好的举措，但愿不会发生折腰。
——选译自《德都蒙古民歌》

【故事】1716 年，罗卜藏丹津（哈萨尔二十世孙）于青海继承和硕特汗位。1718 年,清廷以立罗卜藏丹津为和硕特汗为诱饵,要求和硕特汗国协助清兵入藏,但当清兵在和硕特汗国鼎力协助下顺利占领西藏后,清廷却背信弃义,不但不履行约定,反而攻入青藏地区灭掉和硕特汗国。1723 年,罗卜藏丹津发动反清正义斗争。经过一年多的激烈战斗,终因势力悬殊而失败。罗卜藏丹津走投无路,只好往准噶尔方向逃走。途经嘎斯丘陵时恋恋不舍故土和对故土表达悲伤的心情,便创作了这首富有历史意义的乌日汀·道。

（四）寓言故事歌

蒙古族寓言故事民歌,一般都在生动的情节中闪烁着发人深省的深刻哲理,富有深远的教育意义,因而有的寓言民歌往往被划入训诫歌范畴。

> 《成吉思汗的两匹骏马》（鄂尔多斯民歌）
> 巍巍阿尔泰云中耸立,骏马本是天马之驹。
> 成吉思汗的两匹骏马,小骏马谁人不兮！
>
> 没吃过沾泥的野草,没喝过浑浊的污水。
> 成吉思汗的两匹骏马,小骏马谁人不兮！
>
> 看见沙土卧倒翻滚,看见蝴蝶扬蹄飞奔。
> 成吉思汗的两匹骏马,小骏马谁人不兮！
>
> 看见主人摇身抖鬃,看见伴侣远处嘶鸣。
> 成吉思汗的两匹骏马,小骏马谁人不兮！
> ——节选自郭永明《鄂尔多斯民间歌曲》

【故事】传说,成吉思汗有两匹同母所生的骏马,其中小骏马在一次大型围猎中表现优异而受到全军将士称赞,但却没有获得成吉思汗本人的夸奖和赏识。于是，两匹小骏马格外伤心，便逃往阿尔泰山中，过起逍遥自在的生活。后来由于日夜思念同伴和主人，两匹骏马还是双双回到成吉思汗的马群之中。

《孤独的白驼羔》（蒙古民歌）
有母亲的小驼羔，跟着妈妈欢跑哩；
失去母亲的白驼羔呵，围着桩子哀嚎哩。

驼峰上的鬣鬃呵，何时才能长得长？
恨不能奔向贝加尔湖，早日见到我的亲娘。

只见九十九峰白骆驼，放牧在英图山坡，
身价九十两的母亲呵，为何不来看望我？
——节选自乌兰杰《蒙古族音乐史》

【故事】这是一首流传在察哈尔、苏尼特、乌珠穆沁、阿拉善土尔扈特和呼盟巴尔虎等蒙古部落的短曲体"乌日汀·道"。该曲的背景是成吉思汗长子术赤率军出征贝加尔湖一带"林中百姓"时，斡亦刺惕部首领率部投降，成吉思汗为表示嘉奖，遂将自己女儿下嫁给该部首领之子。传说，公主下嫁时，在极为丰厚的陪嫁礼物中，有99峰白骆驼。其中有一峰白母驼不得不扔下刚生下的白驼羔。而被留下的白驼羔由于日夜思念母亲，便历尽艰险私自逃往贝加尔湖，看到了因多次逃跑未遂而被关进牢笼饱受磨难的母亲。而母亲通过自己的经历谆谆告诫自己的驼羔，尽快回到故乡跟随父兄生活……

（五）爱情故事歌

《轻快地紫色马》（乌珠穆沁民歌）

骑上我那紫色的马，从远方来到这里。
性情温和的哥哥哟，突然间来到这里……

后边的山上树木虽多，顶好的檀香木就一个
一起玩耍的朋友虽多，永结同心的就那一个。
——节选自《乌珠穆沁长调叙事民歌》

【故事】相传，有一年冬季，哈拉哈蒙古部的一位名叫呼日勒的诺彦大户，因躲避特大白灾而游牧到乌珠穆沁草原过冬。家境贫困的乌珠穆沁小伙子闻讯前来当三年马倌。第二年春季，按着原定协议，小伙子随诺彦一家到了哈拉哈蒙古部，不久与诺彦的女儿相恋。三年期满，诺彦作为报酬，让小伙子在马群里挑选一匹最喜欢的骏马。而小伙子却听从诺彦女儿建议选了一匹"马群中走在最后的紫色小马"。临行前，小伙子将银戒指送给了自己的"心上人"，姑娘则送给他一个有银挂钩的荷包袋，并嘱咐：待"紫色小马尾巴在地上打了三个褶子后你就骑上它来看我"。光阴似箭，三年后小伙子突然发现紫色小马的尾巴在地上打了三个褶子，便匆忙带上姑娘给的烟袋，快马加鞭地朝哈拉哈方向飞奔而去。待到了诺彦家时，正赶上诺彦家举行的送亲婚宴。诺彦以为小伙子是专程前来祝贺，十分高兴，因此将小伙子请到宴席上。小伙子一边按着客人礼节慢慢品尝喜酒，一边环顾全场而没有见到他心爱的姑娘，便唱了这首歌。

隔壁蒙古包里蒙着红盖头的姑娘听到这熟悉的歌声后，立即猜到可能是她日夜盼望的小伙子。但为慎重起见，就嘱咐身边的姐妹趁给客人端茶倒水之际悄悄将正在唱歌的客人的荷包袋拿过来。见到自己缝制的荷包袋后，聪明的姑娘立即将手上的银戒指交给身边姐妹，并嘱咐：给客人倒酒时把戒指轻轻放到他的酒杯里。小伙子看到后认出是自己送给姑娘的信物，便若有所思地悄悄收了起来。

送亲队伍要出发了，按着蒙古族的传统习俗，出嫁的姑娘必须骑着紫色马绕娘家门前的香火转三圈。当人们看到小伙子生机勃勃、高大俊美的紫色马后便表示要借用,小伙子爽快地说:"没问题,只是我的马不让生人骑。"主事人答应可以和新娘同骑。于是,小伙子带上心上人骑上紫色马绕香火缓缓转了三圈后,突然扬鞭催马,朝着乌珠穆沁草原方向飞驰而去。待到惊愕的人们转过神来纷纷上马追赶时,紫色马早已跑得无影无踪了。从此两个心心相印的年轻人在乌珠穆沁草原成家立业,过上了幸福美满的生活。①

五 夏信乃·道 (ᠱᠠᠰᠢᠨ ᠤ ᠳᠠᠭᠤᠤ——宗教歌)

清代以来,蒙古族宗教思想观念从根本上发生了变化,"黄教之佛说"充斥上层建筑领域,广建寺庙,遍聚僧侣,一时间使草原牧民"唯佛为信",任何活动(包括蒙古族民间各种祭祀、祭奠活动)都有"喇嘛教"宗旨的参与,各种题材的蒙古民歌更是如此,字里行间无不弥漫着"宗教"的色彩与风格味道。

"乌日汀·道"的宗教类题材,主要表现在佛教类歌曲里(Borhan—shaxinai Dōō),因为,属于蒙古族所信奉的宗教范畴的原始萨满教音乐中,迄今为止还未发现有"乌日汀·道"的传唱。

"乌日汀·道"中的佛教歌,题材内容丰富,涵盖佛教赞颂歌、信仰歌、训谕歌、祭祀歌四大类,其主要是表达一种精神"崇拜"和积德行善,尊礼重教之类思想内容。

佛教歌的发祥,一部分来源于广大民众为表达对神灵以及名寺古刹的虔诚崇拜,另有相当一部分则为地位较高且极具影响力的活佛为普度天下苍生的宣传、训谕的顶礼膜拜而生。后者的"活佛之作"往往极易在百姓中流传和普及。如乌拉特梅力更三世活佛罗桑丹毕坚赞在两个多世纪之前就创作的具有很高艺术造诣和思想性极强的《八十

---

① 本故事情节根据《乌珠穆沁长调叙事民歌》中资料编写。

一题歌》及里面的被誉为训谕教诲类题材的"古如·道"①（Guruu Dōō），其生命力经久不衰。有些精品曲目的原版或变体，以及发展扩充版（梅力更活佛原创并流传于后世的古如·道，大约有38首。现在有些地方传唱的57首，甚至90首古如·道，基本都是在梅力更活佛原创曲目基础上的民间扩充版），深深扎根于草原牧民的心田里，至今在乌拉特、鄂尔多斯、阿拉善、乌兰察布、锡林郭勒、科尔沁、呼伦贝尔甚至喀尔喀蒙古仍有传唱。《至尊的喇嘛》《至尊三圣》《阴坡上的翠柏》《佛经之圣宗喀巴》《金诃子》等长、短调宗教思想内容的歌②就是例证。

综合上述宗教歌里的四大类，谨以梅力更活佛的《至尊三圣》和《至尊的喇嘛》两首长调歌为例释义。

《至尊三圣》
保佑我们的至尊三生，
如同相似的活佛一样。
心灵向往的所有事业，
伴随佛经皆呈吉祥。

严于律己苦修，
已有十个月的时间。
对阿爸、额吉之恩，
用优异学业报还。

---

① "古如·道"：梵语，"诗歌"之意，是由寺庙里的活佛高僧创作并得以传播的，予受众以教诲、训诫意义的歌曲，是"希鲁格·道"的重要组成部分。一般以无乐器伴奏的群体"站唱"或"坐唱"为其基本演唱形式。

② 更多关于宗教歌题内容的实例请参见罗桑丹毕坚赞《梅日更葛根罗桑丹毕坚赞八十一题歌曲集》，内蒙古出版集团、内蒙古人民出版社2010年版。

趁自己年纪尚小，

力争学业有成。

来世转生之后，

修呼图克图尊称。

——节选自《梅日更葛根罗桑丹毕坚赞八十一题歌曲集》

《至尊的喇嘛》

对那尊贵的喇嘛哟，当虔诚崇信膜拜。

珍爱时光惜少年，应以学识常为怀。

乌梁素台山冈高又险，不畏艰辛将它翻越。

盛名文殊就在顶上，心怀虔诚向他祭拜。

——节选自《梅日更葛根罗桑丹毕坚赞八十一题歌曲集》

第四节　中蒙俄蒙古族"长调歌"的歌体分类

　　音乐理论概念上的歌体（非题材）之长短，是以它的"时值"作为尺度来衡量的。蒙古族"乌日汀·道"的歌体划分或分类亦如此。就传统而言，乌日汀·道歌体（曲体）分类一般遵循两个基本原则：其一，歌曲通过歌者在演唱过程中的"自由"发挥程度；其二，歌曲旋律的起伏、伸缩，以及节奏的疏密、旋律音的多寡关系，往往不会受制于音符"时值"的节与线。具体来讲，歌者在演唱一首乌日汀·道的时候，主要是通过精湛的乌日汀·道歌唱技艺技巧，思想感情和意境三结合的"自由、自然、自律"式二度创作的独特处理，使歌曲达到炉火纯青、回味无穷的程度。我们把这种听觉、感知上"豪放浪漫"度很高，且"旋律时值"自由的蒙古族草原牧歌称为"乌日汀·道"或悠长歌。

众所周知，由于乌日汀·道是一种非均分节律的歌体，节拍节奏规律不固定，因而使它的发展成为一种即兴性非常强的悠长性歌唱艺术。乌日汀·道的节拍与律动，都存在于每个歌者的内心掌控里，它随歌者表演时的心情、时间、地点、场合、嗓音条件和身体状况的不同而有所改变，临场发挥的概率很高。因此歌者演唱时，通常不受音符时值和旋律伸展的约束。同一首长调歌，不但每个歌者都有不同于他人的独特处理方法，就是同一歌者，每次的演唱也不尽相同。所以，从记录的谱面上是看不到乌日汀·道的"庐山真面目"的，所记录的长调歌曲谱，仅是其节奏流程、旋律走向和歌体规模的基本框架和表象而已，由此形成了乌日汀·道的"自由节奏声腔""自由曲调旋律"和"自由歌体结构"等自成一系的音乐形态。然而，这些"自由"特点，只是相对而言，绝非无节制地"任意"抻宽拉长、无节制地伸展拖延，正如歌王哈扎布的至理名言："与包古尼·道相比，乌日汀·道虽不似无羁绊的乘骑，却也绝非未戴缰嚼的野马。"①

由上可知，乌日汀·道实际上对歌者无论是在音乐感知与领悟，还是在歌唱技巧和修养方面，较之其他声乐艺术门类，其对表演能力的要求有过之而无不及。但凡称得上"道沁"（歌手）者，必须具备良好的音乐感与灵巧的内心节奏感，以及对气息、激情、音色、音量、音质和音长的适时协调、把握、运用的功力。

历史上不同地域、部落的民间，人们对自己所传唱的"乌日汀·道"歌体的理解，都是依循传统概念来称谓和区分的。不同部落民间对乌日汀·道所沿袭的传统称谓，抑或理念，向来是各有千秋的。

---

① 参见瑟·巴音吉日嘎拉、乌日格木拉合《永恒的长调歌王——哈扎布》，内蒙古人民出版社 2011 年版。

就宏观概念上的称谓而言，乌日汀·道的歌体成分及表现形式，不仅仅是单纯的歌曲体裁，里面包含有歌曲的题材、形态、结构、内容和民风习俗等多重内涵。

乌日汀·道艺术中，大致包括如下九类歌体：

一　长调歌体 （ᠤᠷᠲᠤ ᠶᠢᠨ ᠳᠠᠭᠤᠤ）

乌日汀·道"歌体"的泛指，是各区域众部落蒙古族长调民歌的通称，即此类体裁民歌长河的"源泉"所系。乌日汀·道的另一层含义是独成一系的"古老、悠远"歌曲形式之意。它始终情系辽阔的大草原，歌发游牧蒙古人的心田，承载着游牧蒙古人的沧桑文化艺术史。以其美轮美奂的民歌风格、特色的行腔技艺备受世人青睐。

二　宴歌歌体 （ᠨᠠᠶᠢᠷ ᠤᠨ ᠳᠠᠭᠤᠤ ᠶᠢᠨ ᠳᠠᠭᠤᠤ）

宴歌是应传统礼仪、饮宴喜庆场合适时演唱的，既是歌体又是曲体的乌日汀·道。各部落，盟（市）旗均有自己不同于其他地区风格、特点和演唱形式的传统意义上的宴歌。

三　雅歌歌体 （ᠶᠠᠭᠤᠷᠤ ᠶᠢᠨ ᠳᠠᠭᠤᠤ ᠶᠢᠨ ᠳᠠᠭᠤᠤ）

雅歌以时政、庆典为基本内容，一般以庄重、昂扬、激情演唱的"长结构曲体"（关于长、中、短结构曲体，将在下一专节里详述）的乌日汀·道居多。

四　潮尔歌体 （ᠴᠣᠭᠤᠷ ᠤᠨ ᠳᠠᠭᠤᠤ ᠶᠢᠨ ᠳᠠᠭᠤᠤ）

潮尔歌俗称"潮尔·道"，是源自锡林郭勒盟阿巴嘎蒙古部落的、古风浓郁的乌日汀·道。具有双声部功能的歌体与曲体结合的演唱形式。是乌日汀·道曲体形式里的佼佼者。均以"长结构曲体"民歌构成。

五　唱和歌体 （ᠤᠷᠢᠳᠠᠬᠢ ᠪᠦᠬᠡ ᠳᠠᠭᠤᠯᠠᠬᠤ ᠶᠢᠨ ᠤᠷᠢᠳᠠᠬᠢ ᠶᠢᠨ ᠬᠡᠯᠪᠡᠷᠢ）

唱和歌是宴歌（乃林·道）、雅歌（图林·道）和潮尔（潮林·道）合唱形式的副歌部分，亦可单独演唱。如乌拉特民歌里就有独立曲目的"唱和歌"。是乌日汀·道群体多声部演唱的雏形模式。"图日勒格"一般以上下句式"短结构曲体"为其表现形式。

六　"夏斯惕尔"歌体 （ᠱᠠᠰᠲᠢᠷ ᠳᠠᠭᠤᠯᠠᠬᠤ ᠶᠢᠨ ᠬᠡᠯᠪᠡᠷᠢ）

蒙古语"夏斯惕尔"，语意为"历史歌"，是西部色彩区之卫拉特蒙古人宴歌（乃林·道）或雅歌（图林·道）歌体的重要表现形式。在内蒙古自治区阿拉善之和硕特部广泛流传，以和硕特蒙古人的历史文化、思想观念、生活习俗等为主要内容，属颂赞、宣教、训谕性的乌日汀·道。主要由"长结构曲体"民歌和"中结构曲体"民歌构成。

七　秀鲁格·道歌体 （ᠱᠤᠷᠤᠭ ᠳᠠᠭᠤᠯᠠᠬᠤ ᠶᠢᠨ ᠬᠡᠯᠪᠡᠷᠢ）

"秀鲁格·道"是高僧活佛早在两个世纪之前，甚至更早，就创作并普及于民间的歌体形式。以宣传行善积德，主张积极向上为思想内容的长、短调歌曲形式。其中相当一部分是以"古如"为题的无伴奏"坐唱"表演曲目。乌拉特梅日更召三世活佛所创作的歌曲以"秀鲁格·道"著称，其中的"古如·道"流传广远，承袭不衰。

八　艾敦·道歌体 （ᠠᠶᠢᠳᠠᠨ ᠳᠠᠭᠤᠯᠠᠬᠤ ᠶᠢᠨ ᠬᠡᠯᠪᠡᠷᠢ）

"艾敦·道"是唐努·乌梁海蒙古及西部色彩区蒙古部落民众中传唱的宴歌（乃林·道）或"艾扎木·道"（长结构歌体乌日汀·道的专称）的传统歌体形式。布里亚特蒙古、图瓦蒙古、卡尔梅克蒙古均有传唱。

九　艾东·道歌体 （ᠠᠶᠢᠳᠤᠩ ᠳᠠᠭᠤᠯᠠᠬᠤ ᠶᠢᠨ ᠬᠡᠯᠪᠡᠷᠢ）

布里亚特蒙古部将自己祖先流传下来的节奏舒缓，节拍自由的乌日汀·道民歌称作"艾敦·道"。"艾敦"为"艾扎木"的布里亚特语近似或谐音发音，与"艾扎木"意同，即韵律舒缓，旋律悠长的歌。

第五节 中蒙俄"长调歌"的曲体结构

根据乌日汀·道的曲体结构，曲调格局和旋律进行的音乐特点，综合其传统规律，我们对其歌体的"长、中、短"做出了结论性的三分法，即："艾扎木·乌日图·道"（Aijam Urt dōō，长结构曲体长调）；苏门·乌日图·道（Somon Urt dōō，中结构曲体长调）和悖斯日格·乌日图·道（Besreg Urt dōō，短结构曲体长调）。这也是当今中国、蒙古国长调歌学术界比较认同的分类法。早在 20 世纪五六十年代，蒙古国学者扎·巴达拉先生就提出长调分类法的动议，之后在多次国内、外学术研讨、交流会议上，多名学者、专家论及"乌日图·道曲体分类"的课题。尤以蒙古国著名学者格·仁钦桑布的《关于乌日图·道曲体种类》的观点最具代表性。他指出："在论及乌日汀·道歌体分类法之际，我们首先应该对乌日汀·道固有的'艾扎木''苏门''悖司日格'的歌体名称有一个清晰的认识，应该上升到理论的高度予以总结，使之得以推广和广泛应用。"

长调歌的曲体结构，依其曲体体裁的幅度和旋律、音符、音型的发展，歌者通过熟练的演唱技法（装饰音技巧，拖腔技巧，发声、共鸣技巧，呼吸技巧等的调节、配合、掌控的独特手段）所释放出的悠扬、豪放、自然、纯朴的声效，分门别类，归纳出它的结构的"长、中、短"，即"艾扎木""苏门""悖司日格"三种曲体形式。这三种名称既是蒙古族长调歌的"歌体"分类，同时也是它的"曲体"分类及富有深厚历史底蕴的俗语名称。这种现象普遍存在于乌日汀·道的名词术语里（如第四节所提到的九种歌体名称）。有如在大型宴筵（乃日）场合演唱的开始曲目，必定是"艾扎木·乌日图·道"。而这一开场的长结构曲体乌日图·道，一般都是《圣主成吉思汗》（锡林郭勒"潮林·道"）或《和煦宇宙的太阳》（蒙古国"图林·道"），《"三福"歌》（乌拉特"乃林·道"）之类部落（现为地域）风情、习俗、社会人文内涵浓郁，约定俗成且程式化的固定曲目。

　　长调歌曲体结构的"长、中、短"，只是相对而言。音乐的长与短，虽然以时值和节拍单位来计算，但，乌日汀·道在此基础上恐怕还要加上"歌唱气息""华彩拖腔"的长与短，才能体味到它的端倪。一般包含两层意思：一是谱面记录篇幅直观的长、中、短；二是歌者表演听觉感应上的长、中、短。解析如下。

一　长结构曲体乌日汀·道（ᠤᠷᠲᠤ ᠢᠶᠡᠨ ᠠᠶᠠᠯᠭᠤ）

　　长结构曲体乌日汀·道，系指蒙古语"艾扎木·乌日汀·道"（Aijam Urt dōō）。

　　艾扎木（Aijam），泛指有组织的音乐旋律。具有优雅、舒展、大气、庄严等含意。"艾扎木·乌日汀·道"是繁结构、阔跨度，气势恢宏、富丽堂皇的乌日汀·道歌曲的专称。依乐曲结构长短，我们把相当于六个以上"音乐呼吸"的乐句、不少于三个"旭仁亥"（"旭仁亥"：亦称"舒仁亥""舒日古拉哈"，是蒙古"长调"歌唱艺术中的高腔技巧，类似美声的高潮乐段，音域不小于15度，有时甚至是两个以上8度）的大型曲体结构的长调歌定义为"艾扎木·乌日图·道"，此种曲体歌曲占全部蒙古乌日汀·道"大家族成员"存量的比重为10%左右，堪称蒙古乌日汀·道艺术里的"佼佼者"。代表性曲目如：《走马》（锡林郭勒）、《原野》（锡林郭勒潮尔歌）、《故乡》（布里亚特）、《蒙高勒之树》（新疆卫拉特）、《万籁之源》（蒙古国喀尔喀）、《雪山》（俄罗斯卡尔梅克蒙古乌日汀·道）等。

例1：《走马》（锡林郭勒民歌）

这首锡林郭勒盟"艾扎木·乌日汀·道"，由著名歌唱家哈扎布
（1922—2005）在20世纪中期以一流的水准，美妙绝伦的技艺演唱并
传播。全曲谱面记录篇幅为74拍，实际演唱长度绝不少于100拍，八

个以上呼吸乐句。呼吸流畅，高潮迭起，"诺古拉"①"呼古拉"②"旭仁亥""柴如拉哈"③ 等乌日汀·道声腔、装饰音技术技巧的应用自如得体。听之赏心悦目，品之回味无穷，大草原的"艾扎木"韵律一展无遗。

例2：《蒙高勒之树》（新疆卫拉特蒙古民歌）

蒙高勒之树

---

① 诺古拉（Nōgalaa），乌日汀·道歌唱艺术中一种以声带发出近似颤音的华美润腔技巧，其中有喉咙式、下腭式、硬腭式等多种"诺古拉"技巧形态。

② 呼古拉（Hōgalaa），发声振幅狭于"诺古拉"的一种润腔技巧。

③ 柴如拉哈（CHairōōlah），意为"泛音唱法"，一种非真声的高腔开放式演唱技巧。

这是一首在新疆卫拉特蒙古部落中流传甚广的历史歌曲。据推断大约产生在成吉思汗时期。曲调悠扬,跌宕起伏,气势磅礴,鼓舞斗志。徵调式,属风格浓郁的军旅"艾扎木"长体歌。

例3:《万籁之源》(蒙古国喀尔喀民歌)

万籁之源

　　作为一首标准定义的"艾扎木·乌日汀·道",这首歌光从谱面上看,其宏伟程度也就不言而喻了。该曲最早由蒙古国老一代歌唱家、人民演员扎·道尔吉达嘎瓦(1904—1991)、纳·诺日布班慈德(1931—2002)等名家推向世界舞台。此曲音域宽、跨度大,音符、音型、节奏华丽,装饰技巧容量大且细腻,仅呼吸点竟达20多个,可谓结构异常庞大,气势恢宏,浩荡飞扬,难度数最经典的"艾扎木·乌日汀·道"。

例4：《原野》（锡林郭勒 "潮尔歌"）

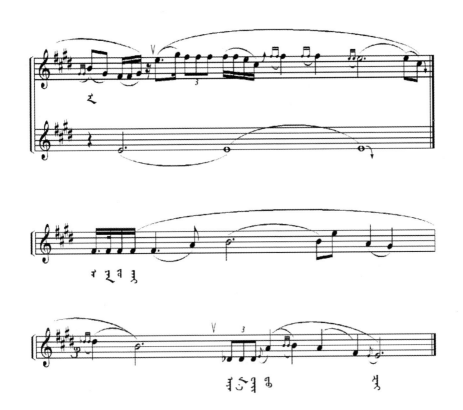

　　《原野》，又汉译为《旷野》，E 宫调式。20 世纪五六十年代以哈扎布主唱，萨仁格日勒"潮尔"声部伴唱的版本流传于世。起句主唱进行到一个呼吸乐句行将结束前，潮尔声部用摩擦声带的"浑厚浊音"音色的持续低音为基础，发出"哦—欧"的声音做伴唱，直至曲终。此间，主唱与伴唱的呼吸换气点始终是错落有致的，以此造成"歌声如潮"，大有浩荡江河"后浪推前浪"的汹涌澎湃，恢宏壮丽之声势。

　　潮尔歌一般由引歌—主歌—和歌（图日勒格）三部分构成。本曲的引歌，男高音领唱，音调由骨干音"b¹徵→升 f¹商→e¹宫"（首调唱名为 so - re - do）构成，形成下行五度三音列（四度 + 二度），具有召唤、引领，以及稳定 E 宫调式作用。主歌，是潮尔歌的主体部分，由高音主唱和持续低音伴唱构成。主唱旋律表述主题内容，抒情达意；持续低音 e¹ 宫（do）则贯穿主歌始终，以继续稳定调式、调高，并营造出庄严肃穆、博大恢宏之气氛；主唱声部与持续低音共同构成二重结构的声响和谐、气势雄浑的主要唱段。和歌，是"异口同声却音色不同"的"群起众唱"部分。就"艾扎木"歌体而言，潮尔歌无论是规模规格，结构特点，律动关系，还是和声效果，音乐对比，群体配合的默契程度，其美妙、动听之处都是无与伦比的。

二 中结构曲体乌日汀·道 (ᠲᠣᠪᠴᠢ ᠤᠷᠲᠦ ᠳᠠᠭᠤᠤ)

中结构曲体乌日汀·道，系指蒙古语"苏门·乌日汀·道"（Sōman Urt dōō）。

苏门·乌日汀·道之"苏门"：蒙古语，"箭"之意，清朝时期作为蒙古地区的军政建制而存在，现在，内蒙古蒙古族聚居的"旗"以下的"乡"一级行政机构亦称作"苏木（苏门）"。

它所表达的语意为：介于大、小型歌体结构间的"中型曲体"的乌日汀·道，一般含有 4—6 个"呼吸乐句"；不少于两个"旭仁亥"高潮乐段，不狭于十二度，有时甚至可达两个八度的音域；演唱技法娴熟，主要声乐技术技巧均得以展现。此种中型歌体长调歌占全部蒙古乌日汀·道"大家族成员"存量比重的 50% 左右，可谓蒙古"乌日汀·道大厦"之"栋梁"。代表性曲目如：《小黄马》（锡林郭勒）、《褐色的鹰》（呼伦贝尔）、《成吉思汗的两匹骏马》（鄂尔多斯）、《杭盖——我的家乡》（乌拉特）、《母亲河——'乔淋'》（科尔沁）、《黑灰色的马》（阿拉善土尔扈特），以及 20 世纪 70 年代的创作歌曲《北疆赞歌》（拉苏荣首唱）等。

例5：《小黄马》（锡林郭勒民歌）

小　黄　马

这是一首由老一代歌唱家传承下来的著名的"苏门"中型歌体乌日汀·道，C羽调式，全曲由六个呼吸乐句构成，"旭仁亥"、下滑音、"诺古拉"、"呼古拉"等长调声乐技巧的运用比较讲究。其歌词安置，尤为独到，往往在两三拍音符时值之内将歌词全部唱完，并在其后的拖腔旋律中自然地加入各式技巧性修饰，一气呵成，是内蒙古草原中型歌体乌日汀·道中的代表性曲目。由此,不论内蒙古的歌唱家、歌手,还是蒙古国的歌唱家们在不同场合每每演唱,都会受到广泛的高度赞扬,委实是一首蜚声国内外文艺舞台的精品名作。

例6:《褐色的鹰》(巴尔虎民歌)

褐色的鹰

"苏门·乌日汀·道"《褐色的鹰》,A 商调式,属"词曲异构",即一段词两遍曲的典型牧歌体。该曲流传其广,影响深刻,以"东方夜莺"驰名世界乐坛的乌长调歌后——宝音德力格尔(1934—2013),用她那银铃般的歌喉将这首歌唱响到了世人的心坎儿里,半个多世纪以来其影响力丝毫没有减退。这首歌谱面上的音符旋律看似简单，实际演唱起来并不那么轻松。把对歌曲题意的把握和深刻理解用无可挑剔的声音艺术准确表达出来，是需要坚实的语言功力和纯青的艺术修养的。这正是乌日汀·道歌唱艺术的内涵与深奥之处。

　　例7：《成吉思汗的两匹骏马》（鄂尔多斯民歌）

成吉思汗的两匹骏马

　　上例所示鄂尔多斯中型歌体乌日汀·道，曲调结构虽称不上华丽，但欣赏了鄂尔多斯著名民间歌手扎木苏（1913—1999）的独具风格的演唱，觉得其高昂嘹亮，激情四射，充满活力的豪放气息，不逊于其

他部落民歌。扎木苏歌手对鄂尔多斯色彩、风格、味道的甩腔，拖腔，大幅度滑音等华彩装饰的淋漓尽致的展现，把这首歌刻画成了精品之作。二、四句用到了近似于"旭仁亥"的上行高挑式泛音演唱手法，做声腔的强弱和乐句的展缩对比，使歌曲主题的"霸气"氛围得以充分彰显。

三 短结构曲体乌日汀·道 (ᠣᠳᠬᠠᠨ ᠣᠷᠲᠤ ᠳᠠᠭᠤᠤ)

短歌体乌日汀·道，系指蒙古语"悖司日格·乌日汀·道" (Besreg Urt dōō)。

悖司日格，蒙古语"短小、玲珑、精巧"之意，借用到乌日汀·道短歌体的描述上，我们把篇幅容量有限，乐句结构短小、玲珑，四个呼吸乐句之内，偶尔有一个"旭仁亥"高潮乐段，音域不狭于八度（有时也碰十二—十四度），技法简练、基本技能运用自如的乌日汀·道称为"悖司日格·乌日汀·道"。

此种歌曲占全部乌日汀·道"大家族成员"存量的比重约为40%，是乌日汀·道"大厦"的"根基"所在。曲目如：《四岁海骝马》（蒙古喀尔喀尼歌）、《三座圣山》（呼伦贝尔民歌）、《漂亮的黑骏马》（昭乌达民歌）、《内蒙古好》（著名作曲家通福创作的电影插曲，宝音德力格尔首唱）等。

例8：《四岁海骝马》（蒙古喀尔喀民歌）

四岁海骝马

这是一首单一 F 徵调式的"悖司日格·道",上下两大"对仗乐句","一段词两遍唱",即一段歌词分两遍唱完,具有典型迭唱型牧歌歌体特征,这种曲体形式在乌日汀·道歌体中广泛应用,普遍存在。这首歌雅俗共赏,在内蒙古草原几乎是家喻户晓,无论是大家高手,还是刚刚步入歌坛的一般歌者,甚至是普通牧民,均对这首歌情有独钟,"爱不离口"。因此,它已成为初学乌日汀·道者体会什么是长调歌,如何歌唱,怎样才可掌握它的要领的练习曲首选。在心理节奏的作用下,歌者可根据各自气息量大小,从容不迫、自由舒展地演唱此曲。

例9:《三座圣山》(呼伦贝尔民歌)

三座圣山

这首歌的特点是音型简练，节奏舒缓，旋律流畅、优雅。上下两句式结构，上句以咽腔式"诺古拉"为节点，展现处在乐句中段的"高潮音"，下句以胸腔式"呼古拉"为支撑，完成低音旋律，上下呼应，回旋滚动。

例10：《漂亮的黑骏马》（昭乌达民歌）

多种版本记录有所不同，有说锡林郭勒盟民歌的，亦称乌珠穆沁民歌的，还有察哈尔民歌之说云云。其歌词、旋律除个别衬词，装饰音以外基本相近。我们采纳了昭乌达（历史上"昭乌达盟"的称谓，其行政区域含克什克腾旗，巴林左、右旗，翁牛特旗，阿鲁科尔沁旗等）民歌之说。唱出歌词后的拖腔，即华彩乐段部分的处理比较讲究，甩出的高音讲求一个漂亮；第二句虽然记录仅为三拍，实际演唱一定是根据当时的发挥来决定长短的。它的高潮"旭仁亥"出现在第三乐句的后半部。所谓"旭仁亥"，其实是对高音或超高音演唱时必然采用到的"泛音唱法"手段，声乐理论称为"关闭发声法"。

"悖司日格·乌日汀·道"虽然短小精悍，仅有四个乐句，有时甚至是两个乐句的结构，但唱起来还是不能那么随心所欲。难就难在对其深度和广度，既要有灵活自如，又要有准确把握的能力上。粗犷之处不放纵，细腻之处不拘谨。

第六节　"长调歌"的色彩区划

长久以来，学术界就蒙古族民歌的"区划"与"歌题内容名称"问题，众说纷纭。有以部落名称（土尔扈特、杜尔伯特、苏尼特、翁牛特、和硕特、扎鲁特、扎莱特、乌拉特、察哈尔、鄂尔多斯等）划分的，有以所属区域或国度概念（新疆、辽宁、吉林、黑龙江、东三省、中国内蒙古、蒙古国布里亚特、俄罗斯图瓦等）划分的，也有以所处行政区域氛围（博尔塔拉蒙古自治州、阿拉善盟、库伦旗、达茂旗等）划分的。观点不一而足，看法各持己见。就蒙古族民歌的体量而言，各地的发展极不平衡，尤其是"长调歌"，有多有寡，风格特点各显缤纷。这主要是因为各区域部落间（历史上）所处地理位置和生产生活方式以及"文化语境"的不同所使然。如：曾经是杭盖、草原＋游牧业特色的蒙古喀尔喀、锡林郭勒、呼伦贝尔的"纯牧区"；农耕偏重＋畜牧有限的哲里木科尔沁、蒙古贞喀喇沁等的"半农半牧区"；沙漠、戈壁草原＋羊、驼业为主的鄂尔多斯、阿拉善的"准牧区"；还有山、水、林＋草原＋农＋牧的昭乌达、兴安、甚至牟纳乌拉特等的"富业区"。它们因人文历史、自然环境、经济条件、经营产业、生产内容、生活方式等的差异，表现在其民歌歌体的长与短、快与慢、音型与音域、旋律与节奏、唱腔与装饰、内容与形式上，都是各有所长，亦有所短的，不能一概而论。

经过对大量蒙古族民歌宝库里的长调歌做了比较研究和认真分析，依其曲调色彩、旋律结构、风格韵味、承袭传唱的特点，笔者认为，将现行流传于世的数千首（包括各种变体，甚至更多）体量的蒙古族长调民歌，可划分为"六大色彩区"。具体如下：

一 内蒙古东、中、西部长调歌色彩区

（1）东部色彩区：以呼伦贝尔的巴尔虎和呼伦贝尔的厄鲁特长调民歌体系为代表，结合兴安盟扎莱特，科尔沁的扎鲁特、库伦、奈曼等境域内风格特点的长调色彩区。较之其他地域，产生于科尔沁本土的长调歌在数量上虽然不占优势，但就其受众面而言，无疑在内蒙古自治区当属第一。

（2）中部色彩区：以锡林郭勒乌珠穆沁长调民歌体系为代表，引领察哈尔、阿巴嘎、苏尼特，以东辐射到昭乌达（原称）的克什克腾、巴林、翁牛特、敖汉等，以西覆盖乌兰察布域内的四子王及部分察哈尔境域内风格特点的长调色彩区。

（3）西部色彩区：以乌拉特长调风格为基调，汲取高昂直率的鄂尔多斯长调风格为"养分"，融贯丰厚底蕴而聚的阿拉善土尔扈特、厄鲁特、和硕特和额吉纳喀尔喀等境域内风格特点的长调色彩区。

二 卫拉特蒙古族长调歌色彩区

以新疆和布克赛尔、巴音高勒、博尔塔拉"四部卫拉特"为中心，包含阿尔泰图瓦、青海德都蒙古、肃北厄鲁特、和硕特等境域内风格特点的长调色彩区。

三 喀尔喀蒙古族长调歌色彩区

以中央喀尔喀为中心，融会贯通蒙古境内各部落、艾玛克（区划名称，即"盟"之蒙语称谓）风格、体系、流派的长调歌色彩区。因曾经是成吉思汗蒙古发祥地的缘故，这里的长调歌在风格、特点、底蕴、演唱方法与技巧上，历史传承的印迹更为凝重和明显，其传统的原生态"滋味"堪称浓郁、丰润。如礼政宴筵九大歌系之题：《绝佳琴

声》（ᠳᠠᠭᠤᠨ ᠤ ᠲᠣᠭ）、《万物之源》（ᠡᠬᠢᠨ ᠦᠨᠳᠦᠰᠦ）、《初心五愿》（ᠡᠬᠢᠨ ᠦ ᠲᠠᠪᠤᠨ ᠰᠡᠳᠬᠢᠯ）、《清爽空气》（ᠰᠡᠷᠢᠭᠦᠨ ᠠᠭᠠᠷ）、《五彩斑斓的花》（ᠲᠠᠪᠤᠨ ᠥᠩᠭᠡ ᠶᠢᠨ ᠴᠡᠴᠡᠭ ᠬᠥᠬᠡ）、《野心未驯的小黄马》（ᠵᠢᠭᠦᠷ ᠰᠡᠳᠬᠢᠯᠲᠦ ᠰᠢᠷᠭ᠎ᠠ）、《盛筵乃酣》（ᠨᠠᠶᠢᠷ ᠨᠠᠭᠠᠳᠤᠮ）、《凯旋归来》（ᠢᠯᠠᠯᠲᠠᠲᠠᠢ ᠪᠤᠴᠠᠬᠤ）、《大千世界》（ᠠᠭᠤᠤ ᠶᠡᠷᠦᠩᠬᠡᠢ ᠶᠢᠷᠲᠢᠨᠴᠦ）。

四 俄罗斯蒙古族长调歌色彩区

俄罗斯蒙古族长调歌主要分布在土尔扈特、唐努·乌梁海蒙古后裔之卡尔梅克、图瓦和阿尔泰蒙古人聚居的三个共和国境内。这些地区的蒙古族长调歌虽然受俄罗斯"大音乐文化圈"的熏染较深，但认真品味，还是不难发现蒙古音乐母体的"DNA"是浸透于委婉动听的旋律之中的。

五 布里亚特蒙古族长调歌色彩区

布里亚特的语言属阿尔泰语系中的蒙古语种，讲自己的方言，实属音乐文明较发达的部族之一。他们的长调歌，在中、蒙、俄三国三地的布里亚特蒙古族聚居区域广泛流传。其中，俄罗斯布里亚特共和国境内的布里亚特蒙古族所传承的长调歌，有不少是19世纪的经典佳作。

六 中国"东三省"蒙古族长调歌色彩区

由辽宁、吉林、黑龙江三省境内聚居的蒙古族所传唱的长调民歌构成的色彩区，分别传承于杜尔伯特、郭尔罗斯、东土默特部支系之蒙古贞和喀喇沁的广阔区域。"东三省"间由于所处地理位置比邻，自然环境相依的缘故，在漫长的文化、艺术传扬、渗透、交替、整合过程中，三者间形成了独特的长、短调混合体见长的音乐风格。

关于蒙古族民歌歌体分类名称，上述六大色彩区内各部落（权且沿用"部落"的历史称谓）间都有各自传统习惯称谓法。有侧重歌体结构的；有以歌体形式、表现内容为依据的；也有以传统习惯称谓为基准的；更有诸家在其民歌出版物里归纳总结的分门别类法种种。然而，必须指出的是，在民间流传千百年的、人民群众所喜闻乐见、朗朗上口的对本部落、本地区的歌体称谓法，始终占据主流位置的现实是毋庸置疑的。这其中不仅饱含惯性、传统性和约定俗成性因素在内，更孕育了人文历史"基因"在一个民族文化和艺术文明"血液"里的"生生不息"的永存性。

第七节　"长调歌"常用词语

蒙古族长调民歌（俗称"乌日汀·道—Urdiin duu"）经过漫长的社会实践，在其民族特定的游牧经济方式和语言环境、文字结构，语意表述中通过本民族人民的口口相传、摸索、淘汰、提炼、创新，最终完善了自己的一整套名词术语体系。我们今天所接触到和使用到的"长调名词"，正是千百年来所传承下来的艺术结品。它从形成直到成熟，与世界任何一种学科的名词术语的发展轨迹一脉相承，经历了千锤百炼的过程，融汇科学、贴切、生动、形象、实用等多种因素于一体，具有社会底蕴厚，群众基础深，艺术性强和使用范围广的特点。以科学的态度充分了解，准确把握蒙古"长调"名词术语的内涵，是指导长调理论研究，演唱实践向纵深发展、提高的必要条件。

我们知道，专业"名词术语"向来是从该门类课题实例中产生而伴随其实用而存在的。众多实践者的智慧无疑推动了它的发展，使最初形式的"名词"升华为理论建树甚至为指导思想。所谓"纲举目张"，对蒙古族长调歌而言，其"纲"即"名词"，其"目"即"理论"。

蒙古族长调歌名词术语体系主要由：（1）曲式体裁类；（2）呼吸技巧类；（3）歌唱方法类；（4）修饰润色类四大部分内容组成。在长调教学，艺术实践和理论指导与研究活动中，为保持蒙古语固有风格特点和语意所表述内容的准确度及原创的完整性，一般以蒙语原词的音译做注释式和约定俗成形的方法来体现。

关于"蒙古长调民歌名词术语"及"蒙古音乐名词术语"的见解、研究、理论、汇编等的论文、专著，20 世纪五六十年代，蒙古国著名音乐理论家扎·巴达拉所编写的《音乐名词术语》（蒙文）就已经出版，循序渐进地向社会推广并普遍应用到艺术实践中；1982 年，当时的《草原明珠》（蒙文）杂志的第 1 期发表了巴音吉日嘎拉的题为《试论蒙古长调艺术》一文。其中关于蒙古族长调传统唱法的理论总结，不仅是"长调发展史"上的首例，同时也是对原生传承的"长辈歌唱家"（当时是这样称谓的）——哈扎布、宝音德力格尔、照那斯图、莫德格等所长期从事的长调艺术歌唱法的一个几近结晶化了的概括和诠释。文中提出：长调唱法"努古拉（Nugalaa）"的"哈图（Hatuu）"与"卓楞（Zōōlōn）"的观点；长调修饰的"才茹啦哈""希润海""空兑鄂歌奚格"（即"胸腔音"）等的概念。在此基础上，扩大范围，增加内容，巴音吉日嘎拉于 1982 年出版了题为《音乐名词术语汇编》的专著。解决了当时的一些翻译用语的困难，对"蒙语音乐名词术语的规范化和标准化"，起到了积极的推进作用。1997 年由长期在内蒙古从事新闻文化领导工作的珠兰其其柯发起，召开了"全区第一届蒙古长调艺术研讨会"。与会者木兰教授发表了题为《浅谈乌日汀哆（道）及其演唱艺术名词术语的规范》的论文。对长调歌唱艺术的专业名词术语，分门别类做了详尽阐述。2003 年，巴音吉日嘎拉在内蒙古《艺术》杂志上发表了题为《蒙古音乐名词术语诸题论》（蒙文）的万言论文。从理论的高度，全面系统地论述了蒙古音乐名词术语的"概况""历史演变""社会基础"与"发展现状"。就"Klang, Son, Melodia, Key, Song, Music, Temperamento"构成音乐名词的七个基本单词，与相应的蒙语单词做了比较研究，发现了它们在文化习俗、语言学等方面的渊源关系，由此派生出现代蒙古语中经常涉及的赋予新意的，表述准确的，被人们所熟知的许多"新名词术语"，极大地满足了音乐理论界和相关领域的需求。2005 年，蒙古国音乐家 N. 赞沁诺日布首次出版了长调专业类辞书——《蒙古长调（部分）传统名词术语》。书中收录 119 条长调歌唱实践中通常用到的名词术语，并逐条注解。可谓翔实、系统，有极高的实用价值。另外，对前辈歌唱家传承下来的，极具生命力的"蒙古民歌（包括长调）传统名词术语"的艺术总结和挖掘、整理、研究、教学工作从未停歇过。多年以来一直是歌唱家拉苏荣、德德玛、阿拉坦其其格、扎嘎达苏荣，音乐理论家莫尔吉胡、扎木苏、柯沁夫、巴音满达、阁日乐图等专家们所关注的目标和"涉猎"的对象。长调艺术名词或蒙古音乐名词术语的发展，经过众多同仁志士的不断努力，日趋成熟和完善。它必将为推动长调声乐体系的原生态传承发展事业，发挥举足轻重的功能与作用。

长调歌常用名词术语"小词典"：

（1）曲式体裁类名词：

乌日汀·道（哆）（亦称"乌日图·道"）Urdiin dÕÕ ᠤᠷᠳᠢᠨ ᠤ ᠳᠠᠭᠤᠤ ᠪᠤᠶᠤ ᠳᠠᠭᠤᠯᠠᠬᠤ——蒙古族长调歌曲传统称谓。分长、中、短三种曲体结构。俗称："艾扎木（Aijam）"，"苏曼（Suman 或 Jiriin）"，"悖司日格（Besreg）"乌日汀·道。

图林·道 Turiin dÕÕ ᠲᠦᠷᠢᠨ ᠤ ᠳᠠᠭᠤᠤ——蒙古族长调题材的一种。"时政、礼俗、雅"歌之意。

乃林·道 Nairiin dÕÕ ᠨᠠᠢᠷ ᠤᠨ ᠳᠠᠭᠤᠤ——蒙古族长调题材的一种。"宴筵"歌之意。

浩日民·道 Hōrmiin dÕÕ ᠬᠤᠷᠢᠮ ᠤᠨ ᠳᠠᠭᠤᠤ——蒙古族长调题材的一种。"婚庆礼仪"歌之意。

潮林·道（亦作"潮尔歌"）CHooriin dÕÕ ᠴᠣᠣᠷᠢᠨ ᠤ ᠳᠠᠭᠤᠤ——蒙古族长调体裁的一种。属"图林·道"范畴。

图日勒格 Turelge ᠲᠦᠷᠦᠯᠭᠡ——蒙古族长调体裁的一种。用于歌曲段落间的"唱和"。

玛格塔啦·道 Magtaal dÕÕ ᠮᠠᠭᠲᠠᠯ ᠳᠠᠭᠤᠤ——蒙古族长调（含"短调"）

歌曲题材的一种。歌词以赞颂为内容。

莫林楚啦 Morin chol（duudah）〔蒙文〕——蒙古祝赞题材的一种。即"赞马"词。

马日扎 Marza 〔蒙文〕——蒙古族长调歌题材、曲题合一的歌曲形式。多为两句体结构。如：那达慕"赞马"词。

（2）呼吸技巧类名词：

阿密斯嘎 Amisgaa 〔蒙文〕（〔蒙文〕）——歌唱呼吸技巧的通称。

策襟·阿密斯嘎 Cejin amisgaa 〔蒙文〕——胸式呼吸法。

荷呗力·阿密斯嘎 Hebliin amisgaa 〔蒙文〕——腹式呼吸法。

好日哨·阿密斯嘎 Horšoo amisgaa 〔蒙文〕——胸腹式呼吸法。

必图·阿密斯嘎 Bitūū amisgaa 〔蒙文〕——循环式呼吸法。

图格集呼·阿密斯嘎 Tugjih amisgaa 〔蒙文〕——囤积、积存式呼吸法。与憋气、闭气有关。

塔必呼·阿密斯嘎 Tavih amisgaa 〔蒙文〕——从容式呼吸法。

楚勒呼·阿密斯嘎 CHuluh amisgaa 〔蒙文〕——逐纵式呼吸法。

挪启·阿密斯嘎 Nuuq amisgaa 〔蒙文〕——备用式气息。

淖启·阿密斯嘎 NÕÕq amisgaa 〔蒙文〕——隐蔽式气息（呼吸）。

纳米啦·阿密斯嘎 Namiraa amisgaa 〔蒙文〕——均衡、涟漪式（控制作用下连贯均匀的气息）气息。

强嘎·阿密斯嘎 Qanga amisgaa 〔蒙文〕——强劲式（力度）气息。

索拉·阿密斯嘎 Sul amisgaa 〔蒙文〕——弱匀式（力度）气息。

鄂布都格 Uvdug 〔蒙文〕——蒙古族长调用于"乐句呼吸"长度的专用术语。

（3）歌唱方法类名词：

努古拉 Nõgalaa 〔蒙文〕——蒙古族长调歌唱法专用名词。与汉语"曲折、叠褶"语意相近。多种形态，就技巧而言，有柔和与铿锵，精细与粗矿之别。通过对气息的掌控和调节，经喉、舌、口腔等器官的技巧作用所得的长调"装饰音"技法。

陶日根·努古拉 Torgon Nõgalaa ——细腻、柔和如"皱纹"的小波折音唱法。也作"卓楞（zōōlōn） "努古拉。

哈图·努古拉 Hatuu Nõgalaa ——铿锵、结实且有力度的大波折音唱法。

浩林·努古拉 Hooloiin Nõgalaa ——以喉咙或喉管部位为主发出的努古拉音技巧。属"卓楞"范畴。

颔如·努古拉 Eruu Nõgalaa ——现代唱法。以下颔的抖动，结合口腔的回声发出的努古拉。介于"卓楞"与"哈图"两者间的中性色彩努古拉音技巧。

堂奈·努古拉 Tagnai Nõgalaa ——现代唱法。舌根、上腭及口腔共同作用下发出的努古拉音技巧。属"哈图"范畴。

超赫 Chohio ——辅助性努古拉的一种。以"hai \ hei"等元音为基础，气击发出连续粗矿节奏，豪放音效的唱法。

塔夏 Taxia ——蒙语"Taxilgaa"的简略式。辅助性努古拉的一种。如走马稳健而富有弹性，做音色明暗、律感对比时所用到的歌唱技巧。

细格谢 Xigxie ——辅助性努古拉的一种。如颠马式碎步且爽跃的小"折"音唱法。

鼻腔音 Hamariin egxig ——唱腔音色的一种。结合努古拉，作歌曲特殊处理时所用到的鼻腔音技巧。

胸腔音 CHeejin egxig ——唱腔音色的一种。结合胸腔音技巧，厚重感十足的唱法。

希润海 SHÕranhai ——由努古拉而升华的泛音唱法。音色细腻、高亢。也作"旭日估拉哈 SHÕrgÕÕlah"，才茹啦哈 ChairÕlah ——由努古拉而升华的开放（近似直白声）式唱法。音色粗狂而敞亮。

（4）修饰润色类名词：

鄂歌奚格 Egxig ᠡᠭᠰᠢᠭ——优美、动听、悦耳的声音。修饰、润色音符、唱腔的通称。

哈雅啦嘎 Haylag ᠬᠠᠶᠢᠯᠠᠭ——抛、甩音装饰唱法。对歌唱技法有辅助功能。

查楚啦嘎 Chachlag ᠴᠠᠴᠤᠯᠠᠭ——扬、洒音装饰唱法。对歌唱技法有辅助功能。

高勒嘎 Gōlgaa ᠭᠣᠯᠭᠠᠠ ᠭᠣᠯᠭᠠᠠ——滑音装饰音唱法。幅度较小的上、下滑音技巧。

箫道啦 Shōdraa ᠱᠣᠳᠤᠷᠠᠠ——圆滑装饰音唱法。幅度较大的上、下滑音技巧。

包艺啦 Bōilaa ᠪᠣᠶᠢᠯᠠᠠ——一种模仿驼"哭腔"的装饰音技巧。

厄鲁格 Ulgee ᠤᠯᠭᠡᠡ——挑高、飘逸的装饰音技巧。民间也称："de-gdmel"。

喝格宗 Hegzūn ᠬᠡᠭᠵᠦᠨ——冲劲式装饰音技巧。

沓木赫 Tamah ᠲᠠᠮᠠᠬ（ᠲᠠᠮᠠᠬ）——声母，韵母互相转换后行腔的演唱技巧。

再木日赫 Jaimrah ᠵᠠᠶᠢᠮᠤᠷᠠᠬ——歌曲声腔润色过程中，根据需要自然移调的一种方法。

沃格苏勒特 Ugsult ᠤᠭᠰᠤᠯᠲ——上行音润色唱法。

包日勒特 Buuralt ᠪᠤᠤᠷᠠᠯᠲ——下行音润色唱法。

乌苏如勒特 Usrult ᠤᠰᠤᠷᠤᠯᠲ——一种五度以上的跳进音唱法。

图那日勒特 Tunaralt ᠲᠤᠨᠠᠷᠠᠯᠲ——一种表现深沉情绪的"沉降音"唱法。

阿卜齐勒特 Avqilt ᠠᠪᠴᠢᠯᠲ——一种乐句时值收缩的唱法。

塔必勒特 Tavilt ᠲᠠᠪᠢᠯᠲ——一种乐句时值拓展的唱法。

敖绕啦嘎 Orōōlga ᠣᠷᠣᠭᠤᠯᠠᠭ——歌唱状态中，变换声区时的递进或插入式。

奔布格奴勒赫 Bumbugnuuluh ᠪᠦᠮᠪᠦᠭᠨᠠᠬᠤ——滚跃式唱法，润腔的一种。

第八节 蒙俄境内的蒙古族"长调歌"概述

一 蒙古国喀尔喀长调歌

蒙古国境内的长调歌，泛称喀尔喀长调民歌。就其歌（曲）体形式而言大致可分为：博尔只斤、巴音·巴拉特、东部省份、中央喀尔喀和西部省份五个色彩区。现就这五个色彩区的基本特点、特征、分布和所处地理位置等方面的情况做一知识性介绍如下：

（1）博尔只斤部长调歌：蒙古国原彻辰汗艾玛克（即"省"）之博尔只斤彻辰王旗，即现在的戈壁松布尔省的全部；中戈壁省的巴音·吉尔嘎楞、查干·德力格尔、戈壁·乌格图塔拉苏木（Som——旗县级行政机构名称，蒙古国称作"苏木"）的大部和塔林、翁都尔·希里苏木的部分；东方省的叶克图、达楞·吉尔嘎楞（苏木）的全部，巴音查干的部分；肯特省的巴音孟克、达尔罕苏木境内所传唱的蒙古族长调民歌统统属于博尔只斤曲体长调歌。

博尔只斤长调歌的特点是，曲调起伏的跨度和音域幅度较之中央喀尔喀和东部省份虽然要小一些，但其对清秀、灵巧的"努古拉"（Nugalaa——蒙古族长调歌演唱法的一种）以及华丽的节拍修饰法的应用有其夸张性的独到之处。

（2）巴音·巴拉特或库伦·夏毕系长调歌：巴音·巴拉特长调歌主要分布于现在的中央省之巴音·巴拉特、阿拉坦宝拉嘎、德力格尔汗、额尔德尼、斯日古楞苏木；中戈壁之额尔登·达来苏木；肯特之宝尔·翁都尔苏木等地或原宝格达之夏毕域内均有传唱。这个色彩区的长调风格，门户自立、独成一派，就巴音·巴拉特的长调而言，其曲调与当地僧人喇嘛们传唱的某些音调很是相似，这很可能与宝格达葛根的徒僧中传播诵唱的歌曲有着必然的关联。

演唱"夏毕"曲调，很少用到清秀、漂浮式"努古拉"，以上扬或回旋式铿锵音色表现居多。巴音·巴拉特或夏毕长调歌演唱法，晚于其他色彩区长调歌演唱法的完善与形成。

（3）中央喀尔喀部长调歌：蒙古族长调民歌的丰富题材里率先引起重视，进入理论研究者视野的曲体种类，当数中央喀尔喀色彩区的长调民歌。19世纪末20世纪初所搜集整理出版的民歌集，一般是以中央喀尔喀色彩区民歌为主要对象的。

这类歌曲分别分布在原吐谢图汗、赛诺颜汗、彻辰汗部等艾玛克（省）全域以及扎布汗省以里，库布苏省南部，宝拉根、巴音弘格尔、阿鲁杭盖、乌布日杭盖、南戈壁等省的绝大部分地区，中央、中戈壁省的部分县域内均有存量不等的分布和流传。中央喀尔喀长调歌曲的特点是：舒缓悠扬，激荡高亢，较之博尔只斤长调歌的表现，在演唱过程中对于"咽喉气击声"（Hooloiin Cohilgo——蒙古族长调歌唱法的一种）的应用不是很普遍。

中央喀尔喀长调歌歌词法十分讲究，往往以声母七元音的"a. э. и. o. y. θ. ү"与韵母"x，н，л"的交替"撮合"式出现，这正是它与众不同的特点所在。

（4）东部省份或彻辰汗部长调歌：东部省份或彻辰汗部长调歌之曲调节拍活跃、装饰频繁、音域跨度宽阔，"东部省份长调民歌"，一般认为是检验歌者实力和水平的"时政大歌"的标志性代名词。故而，但凡有点天赋和能力的歌者均以演唱东部省份长调歌为尚，由此而成名成家者不在少数。东部省份长调民歌对喀尔喀体系民歌演唱法的形成，产生了不可低估的影响力。因为此种歌唱法所覆盖的面积大而地域广，所以主流之下产生了若干溪流形态的演唱法的现象，也就不足为奇了。如原彻辰汗部之照日格图贝斯旗，现肯特省之嘎拉夏尔苏木附近所推崇的、当地称作"哈拉达尔"的歌唱法便是主流影响之下的溪流。

（5）西部省份或扎萨格图汗部长调歌：所谓西部省份长调歌，实乃西部喀尔喀色彩区长调民歌是也。因其所处地理位置在卫拉特蒙古与中央喀尔喀之间的缘故，沃布苏省辖内的翁都尔……杭盖、宗·杭盖、陶尔贡、查干·海日汗等苏木；克布多省辖内的塔尔毕、庆达穆尼、策策格等苏木；扎布汗省以西；戈壁阿拉泰省等，它们所操语言虽然明显受到卫拉特方言的影响，但其歌唱艺术方面迥然不同，均在秉持着各自的传统习俗，以突出个性为前提条件。

该区域范围内长调歌的基本特点是：可能是受地貌关系的影响，巍峨的崇山峻岭特征明显，音调高昂激越，气势恢宏，突然间做下滑音的洒脱演唱；宽阔舒展式演唱较罕见，乐曲结构性幅度显小，因而基本不会用到"旭仁亥"（Shuranhai——蒙古族长调歌唱法的一种）的技巧技艺。比起其他部落长调歌，西部省份的长调歌音域窄且有律动中的马步颠簸之感。乐曲的移调，离调格式技巧在西部色彩区长调歌中很少应用。通过对此种曲调所饱含的艺术风格和拖腔装饰音的技巧技艺来判断它的属性，其区域色彩的独特性还是显而易见的。

综上所述，蒙古国喀尔喀体系长调歌向来以"艾扎木"（长或超长歌体）长调歌的宽音域、大幅度、宏舒展的"豪华演唱"或庄重表演而著称，以"苏门"（Somon——中歌体长调）和"孛斯日格"（Besreg_ ——短歌体长调）歌体长调为基础。无论是曲式结构，还是演唱方法，乃至艺术风格，通过歌者对传统演唱技法的深刻了解和纯熟把握——旋律音之间大跨度的跳跃或小幅度的级进；节拍节奏的舒缓自由或紧凑有节；音符布局的密集或疏散；声音力度把控的张弛雄浑或轻巧华丽，努古拉、呼古拉，自如放声式的"才如拉（嘎）"、高腔泛音式的"旭仁亥"，拖腔、甩腔、衬腔、抖腔、饰腔，高亢时上扬，低回时下沉等蒙古族传统声乐技巧技法的科学性，无不在长调歌唱大家、蒙古国老一代人民演员、功勋演员 J. 道尔吉达格瓦（1904—1991）、S. 达穆查、N. 诺日布班扎德（1931—2002）等大师名家近乎一个世纪的艺术实践中淋漓尽致的彰显之下，得到充分印证。

其立于声乐艺术科学之林的民族性和独一无二性，必然得到世界公认。

例11："艾扎木"长调歌：《老雁》（歌词略）：

例 12："艾扎木"长调歌:《宇宙的太阳》(歌词略):

例13："艾扎木"长调歌:《漂亮的海骝马》（歌词略）:

Steed of the Tsetsen Khan

例14："苏门"长调歌：《彻辰汗的骏马》（歌词略）：

例 15："苏门"长调歌:《辽阔的草原》(歌词略):

Саруул талбай

Bright Steppe

例 16："孛斯日格"长调歌:《芦苇湖》(歌词略):

Хулст нуур

The Bamboo Lake

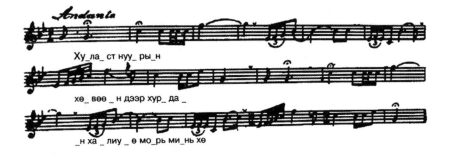

例 17："孛斯日格"长调歌：《清澈的塔米尔》（歌词略）：

二　布里亚特蒙古族长调民歌

布里亚特蒙古族的绝大部分聚居在俄罗斯联邦的布里亚特共和国（约 30 万众）、后贝加尔边疆区和伊尔库兹克州（两地约 20 万众）境内。另有一小部分分别居住在蒙古国的肯特省（4 万余众）及中国内蒙古的呼伦贝尔市（锡尼河）。历史上受所在国度语言环境的影响，俄罗斯境内的布里亚特人所操语言为俄罗斯方言化的布里亚特蒙古语；蒙古国境内的布里亚特人所操语言为喀尔喀方言化的布里亚特蒙古语；中国境内的布里亚特人所操语言为巴尔虎化的布里亚特蒙古语。因此，上述三国境内的布里亚特蒙古族的音乐文化形态，尤其是传统民歌的原生态传承，表现在语言风格、曲调形式、表演特点上，既有"共性"的一面，也有"个性"的特点。

就其歌（曲）体形式而言，不论是何国的布里亚特民歌，与其他地区的蒙古族民歌完全相同，可分为"乌日汀·道"（含"艾扎木"，长歌体）、"苏门"（中歌体）、"孛斯日格"（短歌体）和"宝古尼·道"（即"短调歌"）两大类，在各自的国度内流传。"孛斯日格·乌

日汀·道"居多，"苏门·乌日汀·道"次之，"艾扎木·乌日汀·
道"很少，"宝古尼·道"则多见于各类题材内容和名目的、以群体合
唱形式为主的载歌载舞或"乃日（欢宴）""那达慕（游戏、竞技）"
娱乐活动及庄重礼仪场合的表演。我们把此种歌体形式分类法看作布
里亚特蒙古民歌的"共性"特征所在。

　　根据著名布里亚特歌唱家，呼伦贝尔市歌舞团独唱演员 A. 努玛女
士搜集、整理的俄、蒙、中（内蒙古）三国境内的布里亚特民歌并于
1984 年和 2003 年分别在内蒙古文化出版社和俄罗斯乌兰乌德出版社的
《布里亚特蒙古民歌》所载，对布里亚特蒙古民歌做出如下题材内容的
划分："叙事歌（古老传统歌）""孛力克歌（戒指游戏歌）""讷日戈
历歌（摇摆圆舞歌）""幺浩尔歌（篝火圆舞歌）""爱情歌""历史
歌""诙谐幽默歌""酒歌"和"散歌"九大类；蒙古国音乐人 S. 央
金都勒玛于 2007 年在乌兰巴托首次出版了她所收集编写的布里亚特民
歌集——《旷野的回声》。该歌集以蒙古国境内流传的布里耶特新老民
歌为主，凡百余首之多，分"革命内容类歌曲""抒情类歌曲""传统
婚礼类歌曲""爱情类歌曲""酒歌"和"忧伤惋惜类歌曲"六大类。
我们把此种歌题内容分类法认为是布里亚特蒙古民歌的"个性"内含
所然。

　　布里亚特民歌的"共性"之处，主要体现在它们的"一脉相承"
的传承与传统上，而"个性"之处，往往是见端于"与时俱进"的发
展与创新曲目之中的。

　　俄罗斯布里亚特蒙古族称之为"艾东"的长歌，即是古老传统的
叙事歌。曲调悠扬，节拍自由，段落反复和问答句形式常常出现于旋
律进行中。歌曲段落间一般都用"Ai－e－a"的衬词做锡林郭勒"潮
尔歌"和乌拉特"秀鲁格·道"式的"唱和"（Tvrelge）衔接。"艾"
在布里亚特的萨满信奉里解释为"天门建造者"，"东"含有"水"之
意。布里亚特人唱"艾东"的习俗，其实是在完成着一项非常重要的
古老传统礼仪，即向"天神祈福"的活动。布里亚特蒙古人的此种礼

仪形式,有与元朝宫廷里举办的"策克(马奶)献礼"宴相伴而生的说法。

布里亚特长调歌,多见于"孛力克"题材的歌。如:《圣主的两匹马驹》《乌查(羊背)之歌》《浩契亚希里》《兴安翠鸟》等。

布里亚特蒙古人的"哈踏力"狂歌劲舞表演形式非常著名。所谓"哈踏力",即手舞足蹈,狂歌猛欢的形容。仅从"哈踏力"(ᠬᠠᠲᠠᠷᠢᠶ᠎ᠠ→Hataria)的字面语义上解释,亦可作为马步的形容"颠簸"式舞步来理解。既是一种歌舞表演形式,更是一项凝聚布里亚特人团结友爱的精神和抒发豪情壮志的狂欢活动。现代以来它已发展成为一项布里亚特蒙古人精神生活里所不可或缺的"那达慕"盛会,届时来自世界各地的布里亚特人,身穿节日盛装,云集于俄罗斯布里亚特共和国首府所在地乌兰乌德,参加"哈踏力"活动,欢歌笑语、狂舞劲蹈,不亦乐乎。

例18:《阳光普照》[布里亚特叙事歌,亦称史诗长歌,70—80 段之长,歌词略,曲式属中歌(曲)体长调]:

例19：《高埂之地》［布里亚特叙事歌，亦称史诗长歌，20 段之长，歌词略，曲式属中歌（曲）体长调］：

例20：《金戒指》［布里亚特戒指游戏歌，3 段歌词，略，曲式属中歌（曲）体长调］：

例21：《温暖的太阳》［布里亚特戒指游戏歌，3段歌词，略，曲式属短歌（曲）体长调］：

三 俄罗斯图瓦长调民歌

图瓦人，又叫"索约特人"或"乌梁海人"。有证据显示，现代图瓦人是蒙古人、突厥人、萨摩耶德人的后裔，系乌梁海部的一支。清朝时期唐努山以北的乌梁海称为"唐努乌梁海"，傍阿尔（拉）泰湖泊而居的乌梁海称为"湖之乌梁海"（即平原地带的畜牧业者），依阿尔（拉）泰山西北靠山而居的乌梁海则称为"山之乌梁海"（即山林中的狩猎者）。汉文典籍里记为"都播""都波""秃巴""秃巴思""秃巴""德巴"等，"图瓦"的规范性称谓大约始于20世纪60年代初。图瓦人主要分布在俄罗斯、蒙古国和中国新疆境内。其人口的绝大部分居住在俄罗斯联邦图瓦共和国，其余少部分分别居住在蒙古国科布多省、戈壁阿尔泰省及中国新疆阿拉泰市。图瓦人多数操突厥语，兼有蒙古语、萨摩耶德和克特语。抑或受所在国度地域环境及语境影响，其固有的名词术语使用和语音发声均发生了明显变化。

传统的图瓦民间音乐文化在传承过程中自觉不自觉地打上了与当地文化相融合的烙印。尽管如此，因为"本源因素"占比高，所以"流传过程"中的一系列打磨、重塑，可能会冲刷掉一些枝枝叶叶，但是，对民间音乐原体、原貌、原风格绝对不会造成伤筋动骨的"损伤"，这是通过对图瓦民歌及民间音乐分析研究后得到佐证的。

图瓦民歌的歌题内容比较集中，歌颂、赞美、抒情类题材偏重。歌唱故土，赞美大自然，感恩父母和思恋情人的思想感情热烈、生活气息浓厚的歌词，感人至深，回味无穷。如《哈纳斯之歌》歌中唱道（歌词大意，根据泰万提供的演唱录音资料试译并命名，可能有不准确之处）：

> 高高的阿拉（尔）泰虽然雄伟
> 怎能与碧绿的哈纳斯湖比美，
> 楚楚的阿茹罕虽然动人
> 怎能与尊敬的父母双亲相比。
>
> 虽然大地生长着奇花异草一片
> 但"嘎达里"＊一枝独秀最美丽（＊草本植物名），
> 虽然大家同行一路欢歌笑语
> 可心中挂念的还是家乡故地。

语言生动，朴实无华，内涵丰富，意尽情达，以一气呵成的语言唱词风格抒发了热爱家乡故土的无限情怀。

图瓦长调民歌歌（曲）体，多以蒙古族长调民歌歌体三大划分法的"孛斯日格"，即"短歌体"形式出现，中歌体次之，长歌体较少。

大调式、小调式曲体兼而有之，音域相对显窄，长调乐句舒展、悠长，跨度小，但有时根据歌者情绪变化，演唱过程中将某个乐句或乐段做八度及以上音的"高挑"，然后结合若干婉转装饰技巧后顺势下滑到主音的正常进行。结束句的尾音往往做下滑三度半的收腔处理。图瓦长调歌的演唱法中拖腔、甩腔、自由节拍、倚音装饰和滑音等技巧技法的应用，即普遍又十分讲究。聆听其演唱录音，发现对普遍意义上的"努古拉、呼古拉"的运用很少。实时结合"呼麦"音的乐句反复式收尾演唱是图瓦民歌原生态传承的独树一帜的特点。

根据刚从俄罗斯图瓦共和国考察归来的音乐人哈斯巴根先生介绍，图瓦民歌的现存量有 1300 余首；作为伴奏、独奏或合奏所使用的民族传统乐器主要有：叶克勒（二弦弓拉乐，被认为是马头琴的前身形制乐）、胡尔（类似四胡）、托普·秀尔、打琴（类似扬琴而小）、冒吞·潮尔、口弦和大鼓等。

四 俄罗斯卡尔梅克长调民歌

俄罗斯联邦卡尔梅克共和国的主体居民为卡尔梅克蒙古人，与中国新疆四部卫拉特之土尔扈特蒙古人同源，史称"西蒙古"，操卫拉特蒙古语。17 世纪许从新疆塔日巴哈泰故地迁徙至伏尔加河下游，主要从事农、牧业，兼渔业而生息。18 世纪，不堪白俄的盘剥欺压，逾半数的卡尔梅克人重返中国新疆土尔扈特部族故地，另一半留居俄罗斯未归，称自己为"卡尔梅克"。现代蒙古语读写为"ᠬᠠᠯᠢᠮᠠᠭ→Halimag"。

卡尔梅克最早在 1920 年革命后，建立了俄罗斯卡尔梅克自治区，1935 年成立自治共和国，1943 年自治共和国建制被撤销，1957 年重设自治州，1958 年恢复自治共和国，苏联解体后升格为俄罗斯联邦内的共和国，人口 14 万余，占共和国总人口的 53%。

俄罗斯境内还有一个部落的蒙古人，自称为"阿尔泰卫拉特人"，亦称"西蒙古"，与中国新疆四部卫拉特之准噶尔部蒙古人同源。苏联十月革命后，于 1922 年 6 月 1 日在阿尔泰人的土地上建立了卫拉特自治州，1948 年 1 月 7 日改为戈尔诺—阿尔泰自治州，1992 年改名为俄罗斯联邦阿尔泰共和国。全俄境内共有阿尔泰人约 70000 之众，他们的绝大部分居住在阿尔泰共和国。

　　卡尔梅克人也好，阿尔泰人也罢，因历史渊源和山水相连的缘由，他们的文化习俗，音乐传统、传承，均与"四部卫拉特"有着千丝万缕的密切关系。首先语言是相通的，尽管操着不同方言、语调的卫拉特蒙古语，但历史上就已刻入人心的生产生活实践用语和极富生命力的名词术语的完整保留与沿用，使卫拉特族群间的交流与沟通，可以说基本无障碍。例如《白雪皑皑的山》这首卡尔梅克长调民歌，各地的土尔扈特蒙古人可能基本都会唱，甚至类似题材内容的歌曲，配以地域色彩风格的曲调在当地流传。歌中唱道：

　　　　白雪皑皑山腰间
　　　　雄狮独自在游荡，
　　　　美好时节聚亲朋
　　　　舅爷大人尊为上。

　　　　青松翠柏山腰间
　　　　苍鹰翱翔喜蓝天，
　　　　闲暇时节宴宾客
　　　　舅爷大人礼让先。

　　在我国内蒙古阿拉善的土尔扈特民间也有一首题材内容与之相同的古老民歌在传唱，所不同的是后者以短调歌体形式出现，且歌词有八段之长。开头两段译作如下：

　　　　白雪皑皑的山腰间
　　　　雄狮奔走多么威风，

良友亲朋有幸相聚

美酒甘甜举杯共饮。

西边的清泉潺潺流

滋润着鲜花朵朵开，

挚友发小有缘相会

佳酿醇厚豪情满怀。

对比之下不难看出二者如出一辙，大有异曲同工之美。其歌曲题材内容基本是土尔扈特人文习俗、思想理念的传承，这说明卡尔梅克民歌的"DNA"里流淌着卫拉特之土尔扈特音乐文化"血液"的事实。

卡尔梅克民歌内容丰富，题材广泛，既有历史传统、生活习俗类歌曲，又有抒怀赞誉，眷恋思念类歌曲，托普·秀尔弹唱类歌曲，更是卡尔梅克人的擅长所在。歌词简明，用语生动而精练，感情充沛激扬，长调歌结构短小，一般以四句为一段，每歌二三段不等，超出五段者甚少；形容、比喻、排比、对称、夸张、拟人等文学描写手法在卡尔梅克（含阿尔泰）民歌的字里行间随处可见，不胜枚举。

卡尔梅克长调歌（曲）体，以八个以上呼吸乐句的长曲体"艾扎木·乌日汀·道"为主，曲式结构严谨、幅度大，乐句、乐节层次感分明，起伏跌宕，舒缓优雅。卫拉特长调歌的"纳赫拉噶（ᠮᠮᠮ→Na-hilga)"技巧与乌梁海图瓦式拖腔装饰音的结合运用，往往是衡量卡尔梅克歌者功力的标尺。

在卡尔梅克首府鄂里斯太于 1991 年出版了由 L. N. 策毕柯夫（卡尔梅克人）编辑的《卡尔梅克民歌 100 首》。其中，长调歌 16 首，均为"艾扎木·乌日汀·道"（卡语称 ᠮᠮᠮ[ᠮᠮᠮ] ᠮᠮᠮ→Ut Duu），其余为短调歌（卡语称"ᠮᠮᠮ[ᠮᠮᠮ] ᠮᠮᠮ→Ahar Duu"）、托普·秀尔说唱歌和"来自西伯利亚的歌"等。

第四章

中蒙俄的呼麦与马头琴艺术

呼麦与马头琴是蒙古族传统艺术形式，在中蒙俄三国广泛流传，在世界各地的蒙古族之间的文化交流中担当重要的媒介作用，成为世界各地蒙古族友好往来的标志性符号。

第一节　呼麦艺术的表演流派与传承要点

呼麦，又称浩林潮尔或潮尔，是蒙古族特有的单人多声表演艺术，即一人利用嗓音的低音持续声部产生的泛音，与低音持续声部形成两个以上声部的和声。呼麦既可一人演唱，也可多人演唱，呼麦从 13 世纪产生传承至今，已经有近千年历史，在全世界独一无二。2006 年 5 月 20 日，蒙古族呼麦经国务院批准列入第一批国家级非物质文化遗产名录。2009 年 10 月 1 日，中国蒙古族呼麦成功入选世界非物质文化遗产名录。呼麦主要流传于中国北方的内蒙古和新疆，蒙古国的西部和俄罗斯的图瓦等蒙古族聚居区，是分布在世界各地蒙古族共有的演唱艺术。

一　中蒙俄呼麦艺术表演流派

呼麦是蒙古族最古老的艺术表现形式之一，它的发声方法极为奇特，发声技巧颇有难度，它可以是模仿高山、瀑布、辽阔草原的浑厚有力的持续低音"海日嘎",也可以是演绎优美旋律的"伊斯格热",还可以是泛音与唱词完美结合的"夏哈",而这一切均可以在一个人的身上体现,因此相关学者以"草原音乐活化石""草原艺术瑰宝""一个人的合唱""人声乐器""泛音之巅"等美誉来形容呼麦。

目前,蒙古族呼麦艺术广泛流传于我国内蒙古自治区、新疆阿尔泰地区及蒙古国,俄罗斯图瓦共和国、阿尔泰共和国、卡尔梅克共和国等国家和地区,在新疆阿尔泰地区被称为"浩林楚尔",在蒙古国西部民间,则简称为"楚尔",而在图瓦共和国直接称为 khoomei,它们的发声清脆、自然,民间艺人习惯以图布秀尔、伊克勒等乐器伴奏进行英雄史诗的说书或颂词表演。

在遥远的锡林郭勒,类似呼麦的持续低音表演形式被称为"潮尔"(楚尔的谐音),它主要为特定曲式歌曲铺垫低音的形态出现,与长调民歌共同演绎着盛世草原独有的"潮尔道"歌曲。由于人文、环境、历史、习俗等不断发展和变化,这些地区的呼麦艺术逐渐形成了民间呼麦表演流派、图瓦呼麦表演流派、蒙古呼麦表演流派三大表演风格,并且在对外文化交流的促进下,多国、多地间相互学习借鉴,呼麦的表演技巧越发丰富,创新作品不断涌现,体现出了向好的发展前景。尤其是内蒙古地区 20 世纪 80 年代末开始对呼麦艺术的探索和挖掘,20世纪 90 年代初引进蒙古国呼麦大师进行呼麦人才培养,2000 年初派出留学人员赴蒙古国系统地学习呼麦表演技巧和传承技艺,2000 年末引进图瓦共和国呼麦艺人进行图瓦风格技巧培训至今内蒙古的各个高校相继开设了呼麦专业,不断培养呼麦艺术的新兴人才。作品形式也由此前的"潮尔道"单一的"潮尔"模式发展为吸纳蒙古流派和图瓦流派表演风格技巧的多元曲风,呼麦艺术的保护和发展成果显著。接下来我们详细分析世界呼麦的表演流派和传承要点。

呼麦源自阿尔泰山脉一带的蒙古族乌梁海部,是一门部族文化和区域特色非常浓厚的传统艺术,随着历史发展和各部族间的游牧迁徙,呼麦艺术也随之传播到了更广的范围。在人文环境的变化和市场需求的推动下，艺术家们为原本单纯的民间流派进行了表演技巧和器乐编配双重修饰，加快了曲式风格的发展步骤。

（一）民间流派

民间流派是中国、蒙古国、俄罗斯等多国呼麦表演共有的表演流派。

呼麦是蒙古族先民们与自然界沟通的最直接方式，也是最原始的心灵表达工具，游牧的生活生产习俗能够使牧民们在每个季度、每个月，甚至每周、每日都可以触见新的自然环境，柔情的先民们面对自然界大美景色触景生情，会用这种发声技巧去模仿天地万物间的神奇映象，从而表达对世间万物的敬畏之心，完成"心"与"灵"的完美沟通。在生活中呼麦也可以是一种发声技巧，狩猎时先民们利用这种发声技巧去模仿动物或自然界的某种声音，从而吸引猎物。创造力极强的先民们在唱诵史诗与颂词时将这种发声技巧发挥到极致，用来塑造顽强的英雄、万恶的蟒古思、奔跑的骏马、肥沃的草原、山河美景等人物形象与自然美景，正是这项用声音技巧塑造形象的特点使呼麦延伸出了夏哈、海日嘎、海日哈热、乌伊勒杰、伊斯格热等多种表演技巧。之后在民间艺人们的不断修饰下，逐渐形成了能够用多种发声技巧表演颂词并加以泛音旋律修饰曲目的艺术表现形式，这就是呼麦的民间流派，主要流传于俄罗斯图瓦共和国、卡尔梅克共和国、阿尔泰共和国、蒙古国西部省、我国新疆阿尔泰等国家和地区，代表性曲目有《阿尔泰颂》《叶尼塞河》《江格尔》等。

（二）图瓦流派

图瓦流派是在民间颂词说书形式的基础上，延伸出的表演风格，表演时严格要求气息、和声、配器等因素，表演者多数以三弦图布秀尔或伊克勒、牛皮鼓等乐器进行伴奏。图瓦呼麦的表演技巧丰富多样，技艺高超的表演者可细分60余种表演技巧，近现代作品节奏感强、表现内容丰富，以颂词加技巧修饰的形式进行表演，修饰技巧多用嘴唇和下颚的微妙动作来完成，代表性曲目有《Alash hem》《Eki Attar》

《Kongurei》等。

（三）蒙古流派

蒙古国西部省民间流派的表演艺人们唱诵史诗或颂词时习惯将颂述的每个重要节点或段落结尾的字母进行延长处理，产生一种特殊的泛音效果用来修饰曲目，心巧意灵的民间艺人们发现这种特殊的泛音加以口腔和唇舌的微妙控制可以表演出旋律。1924 年蒙古人民共和国成立后废除了政教合一制度，禁止喇嘛参与政治活动，由于海日嘎呼麦的低音发声特点类似佛教众僧念经时的声音，所以在当时的"蒙古人民共和国"禁止艺人们使用海日嘎呼麦发声技巧进行表演。为了不丢弃这一文化精髓，民间艺术家们特意强化呼麦泛音旋律的表演技巧。因此，民间流派在发展过程中延伸出了可以表演民歌旋律或特定音律的泛音旋律表现形式。由于这种表演风格诞生于蒙古国，经过传承教育传播至世界各地，所以大众普遍称这种以泛音旋律为主的表现形式为"蒙古呼麦"或蒙古流派。蒙古呼麦表演时对气息、力度、音色、音质、音准、调式等要求极高，目前已经发展成具有专业教育体系和评价标准的艺术门类。蒙古呼麦主要以马头琴或两弦图布秀尔等乐器进行伴奏，表演者多数情况下习惯性的以纯技巧表演泛音旋律，近现代作品也有颂词加旋律的表演形式，代表性曲目有《吉祥的阿尔泰颂》《成吉思汗赞》《蒙古人》等。

二　呼麦艺术的传承要点

一直以来，呼麦表演技巧难度和传承方法的特殊性，导致了区域局限的发展困境。而且，除呼麦传承世家和正统学习的艺人以外，多数自学者是以"旁听、模仿"等形式去学习呼麦，所以部分表演者也存在着"技巧、音质"不符的情况。后来人们逐渐意识到传统文化标准化教学的重要性，自 1992 年蒙古国文化艺术大学将呼麦引入课堂教学开始，呼麦传承方式逐渐形成了科学的专业教育体系，并在民间艺人和学者广泛的国际交流活动的促进下有效带动了"中、蒙、俄"三国呼麦艺术的多元发展，极大地提高了传统文化的传承和创新能力。

（一）发声原理

呼麦是在特殊的地域条件和生产、生活方式下产生的，其发声方法、声音特色比较罕见。从声源结构看，不论是图瓦流派还是蒙古流派，都是在民间流派的基础上延伸发展出来的表演风格，因此它们最基础的发声原理是一致的。表演者运用腹部运气技巧，使气息猛烈冲击"受巧力状态下"的声带形成基音。在此基础上，巧妙调节口腔共鸣，强化和集中泛音，发出透明清亮、带有金属声的泛音，获得无比美妙的声音效果。

众所周知，人类发声是气息运动和声带振动所形成的物理现象，呼麦也是如此。"呼麦"在蒙语中的词义为喉部，是由下颚向下四个手指宽的人体器官名称，即喉结部位。在传授呼麦技艺的过程中老师会通过各种方法为学员的喉部和腹部进行施压，从而使学员适应在喉部和腹部特殊力度下的发声，这个过程正是学员由平时的"歌唱模式"蜕变为"呼麦模式"的过程，细心的观众们可以观察到发声时呼麦者的喉部或颈部肌肉会明显突起，变得有力，我们称之为"喉部力度"（Багалзурын Шаха）。呼麦的特殊声音正是在喉部力度作用下变换声带的形状，从而改变声带的常规震动规律，产生基础泛音效果的物理现象。喉部力度的控制可以直接导致呼麦的音质，因此喉部和腹部力度练习是呼麦者每天必行的基础训练。

（二）教学方法

呼麦是蒙古族最原始的多声部泛音艺术，它的表演技巧难度颇高，需要控制气息和喉部力度相互运作，从而使呼麦表演者改变常态化的歌唱与发声习惯，转入喉部的"呼麦模式"进行发声。千百年来蒙古族呼麦艺术主要以"父传子、子传弟"的"家教模式"口头相传，因此呼麦的传承技艺与教学方法极为珍贵。20世纪80年代开始，欧洲有关专家学者借助高科技医学和声学设备将蒙古族呼麦的研究目标从人文、环境、表演形式、表演技巧深入人体发声器官的运作上，后来这些研究成果为我们的传承教学提供了理论依据。

对于初学者来说，民间有诸多入门级的传统训练方法，例如：

在河边，面朝上平躺，丹田运气，储足气息，使头和脚平稳保持在离地四指高的位置，看准一朵云彩，模仿河流的声音进行呼麦发声训练。要求目视云彩直至消散，一直保持发声。

抱着重物进行发声。从山下行至山顶，步行过程中要求腰部直挺、步伐平稳、声音不可颤抖。

在平地上，面朝上平躺，丹田运气，储足气息后让一名成年人站立在自己的腹部上进行发声训练。要求练习过程中不得换气，保持储气位置的力度。

通过以上的反复训练可以使腹部和喉部用力点相互平衡，气息变得平稳有力，为呼麦表演提供雄厚的底气，使音质更加饱满。但是，能够严格按照训练要求坚持下来的学员少之又少，所以民间流传着呼麦的学成率只有10%的说法。为了有效提高学成率，在规定计划内完成教学目标，综合以上案例发现初学者基础训练的最终目标锁定在掌握喉部和腹部力度点的运用技巧上，因此，我们为初学者制定了"腹部力度操"和"元音发声练习"等训练方法，此训练可使初学者迅速有效地掌握喉部和腹部的力度的运用技巧。例如：

腹部力度操：面朝上平躺，四拍子吸气，腹部（丹田）储足气息后进行四四拍子的抬腿运动，一、二拍抬腿，三、四拍归位。要求过程中腿不落地，且不能呼气、换气；肩部放松，严禁用胸腔呼吸；反复进行四次后腿落地，全身放松后方可呼气；抬腿的幅度在5度至45度范围内即可。

"a"元音发声练习：四拍子吸气储至丹田，口腔张到最大，直至颈部肌肉明显突起为止（由下颚带动颈部肌肉），根据个人音色条件选择在小字组 f 至 a 音上进行"a"字母的发声训练。要求发声的音质比平时的声音略具磁性和穿透力，音色保持平稳。

以上列举的只是针对初学者实施的最基础的训练方法，通过训练可有效掌握运气位置、运气方法、腹部和喉部力度点的运用等技能。呼麦的课堂教学包括运气技巧、发声技巧、三元音发声练习、五元音发声练习、泛音捕捉练习、旋律音位练习、泛音音阶练习、泛音旋律练习、咬字练习、松舌练习、颂词练习等多种环节的训练方法，施教者根据学员自身条件合理布置训练任务即可保证这门传统艺术的100%学成率。

民族传统文化传承是任重而道远的历史重任，为了更好地传承和发扬呼麦这一优秀传统文化，我们对民间呼麦艺术的传授方法与存在的弊端展开了针对性的研究，收集民间教学案例，引进科学的教学方法，编写了教材、课程标准、教案，制作了音频、视频教辅资源，通过实践，使千百年来以"口耳相传、口传心授"为主的呼麦艺术形成了专业化的学历教育。我们在学术研究和教学方法方面的创新实践还仅仅是一个开始，在未来将不忘初心、牢记使命，一如既往地致力于探索传统音乐的课题研究和教学实践，使方法与理论更加科学化，分享案例，为社会输送大量优秀的传统艺术表演人才，实现民族传统艺术人才的可持续发展，为社会主义文化强国建设贡献力量。

三　国际交流互鉴的呼麦艺术

呼麦被音乐界誉为天籁之音，其唱法宛如高如登穹之巅，低如下瀚海之底，宽如于大地之边。呼麦被收录到内蒙古音乐网，全国20多个省、自治区，以及美国、日本、法国、澳大利亚等20多个国家的音乐爱好者上网欣赏到了这一独具特色的蒙古族"呼麦"艺术。

音乐理论界泰斗吕骥先生指出："蒙古族有一种一个人同时唱两个声部的歌曲，外人是想象不出来的，我们应该认真学习研究。"内蒙古音协名誉主席莫尔吉胡撰文："浩林·潮尔"音乐是人类最为古老的具有古代文物价值的音乐遗产，是活的音乐化石，是至今发掘发现的一切人种、民族的音乐遗产中最具有科学探索与认识价值的音乐遗产。①

　　随着时代的发展，蒙古族居住的自然环境和生活方式的变化以及外来文化的影响，呼麦艺术的生存和传承面临巨大的挑战。内蒙古艺术研究所所长乔玉光说，随着草原自然生态、生产生活方式发生的巨大变化，草原的文化生态也发生了很大变化，传统文化包括呼麦的生存基础受到冲击，生存发展空间减缩。几十年前，在锡林浩特市和阿巴嘎旗等地的草原，随便到哪一个苏木（乡），甚至嘎查（村），都可以找到在当地有影响的呼麦歌手，在全区有影响的呼麦歌手也不在少数。如今能够承担呼麦传承人重任的歌手已是凤毛麟角。

　　本着弘扬蒙古族优秀文化，传承呼麦演唱艺术，繁荣呼麦艺术事业，促进民族文化大区建设为宗旨，胡格吉勒图先生作为该协会会长、本项目代表性传承人，为呼麦艺术的弘扬和普及做了卓有成效的工作，从 2005 年起开始了他的呼麦传承之旅。胡格吉勒图 1999 年开始拜蒙古国呼麦大师、国际呼麦学会副会长巴特尔·敖都苏荣为师学唱呼麦。按照老师的要求完成了 1200 小时的练习，随后便踏上了推广呼麦的艰辛之路。

　　呼麦艺术家在竭力保留原生态呼麦的同时，也借助蓝调、摇滚等形式，为呼麦融入现代元素，如图瓦共和国蒙古族出现"摇滚呼麦"。事实上，流行元素和民族元素的适当融合，对于呼麦的传承十分有益。有专家建议，国内有条件的音乐院校可以借鉴蒙古国音乐院校的做法，设立呼麦专业，引导学生从理论上和实践上系统地学习呼麦。

　　日前，由内蒙古呼麦协会自筹资金，胡格吉勒图等呼麦传承人演唱录制的首张蒙古族呼麦专辑《天籁之声》出版，专辑遴选了《天驹》《成吉思汗颂》等蒙古族代表性优秀曲目约 30 首。内蒙古呼麦协会秘书长金鹰说，协会成立 3 年来，培养了 200 多名呼麦艺术学生，组建了《蔚蓝之声》呼麦组合，使传唱了 2600 多年历史的蒙古族民歌演唱艺

---

① 参见贺勇《申报"世界非物质文化遗产"蒙古族呼麦向前冲》，《人民日报》（海外版）2009 年 5 月 15 日。

术后继有人。2010 年 5 月，《蔚蓝之声》呼麦组合在首届呼麦国际交流研讨会暨国际呼麦大赛上荣获三等奖，也是我国首次获得呼麦国际大奖。

蒙古国把呼麦称为"国宝"，还创立蒙古国国际呼麦学校，著名呼麦大师门德巴雅尔担任校长，他 2009 毕业于蒙古国国立艺术大学蒙古呼麦专业，2009 年国际呼麦大赛中获得三等奖，2010—2013 年被邀请为我国内蒙古艺术学院第一任呼麦教师、并开办了呼麦专业课程。2010 年进入了内蒙古阿音组合，曾多次参加文化演出活动，2010 年获"蓝色经典—天之蓝"杯第十四届 CCTV 青年歌手大赛原生态组合组优秀奖；2011 年随艺术学院赴北欧四国进行巡演，反响热烈；2012 年，"阿音"组合在内蒙古艺术学院成功举办专场音乐会；2014 年获得首届中国国际呼麦大赛一等奖、二等奖；2015 年获保加利亚世界民族艺术锦标赛组合组金奖；2013 年在蒙古国总统额理布格道尔吉帮助下举办的《以风歌者》为主题的第一届国际呼麦大赛中获得"特等奖"；2013年获得蒙古国政府特别授予的为文化艺术发展和传承做出突出贡献的文化艺术先进工作者奖章和荣誉证书；2015 年保加利亚举行的世界民族音乐艺术赛中获得了独唱金奖；2014 年创建在国际呼麦学院；2016年蒙古国教育文化科技部颁发的"最佳青年教师奖"；2016—2018 年与鄂尔多斯歌舞团合作制作 19 个作品，并对学生、老师进行培训；2019年与内蒙古马头琴歌舞团合作，并对学生、老师进行培训；2019 年与杭锦古如歌艺术团合作做导演，杭锦古如歌艺术团在乌兰巴托亚洲第一届民俗竞标赛中荣获民俗类团体二等奖并且入选第九届世界民俗锦标赛。同时杭锦古如歌艺术团第九届世界民俗锦标赛中荣获金奖。

中国将呼麦列为非物质文化遗产，图瓦人则把呼麦视为民族的魂。几乎所有拥有这种传统唱法的国家，都把呼麦的发掘和研究列入国家艺术重点学科。今天的欧洲已经有了成熟完善的呼麦保护组织，美国也有了"图瓦之家"这样的协会以及呼麦学校。

2009 年 9 月 30 日，被誉为世界音乐界"天籁之音"的中国蒙古族呼麦，在联合国教科文组织保护非物质文化遗产会议批准的 76 个非物质文化遗产项目中，入选世界非物质文化遗产名录。这是继蒙古族长调民歌之后，内蒙古第二个成功入选《人类非物质文化遗产代表作名录》的项目。保护呼麦，对促进蒙古族优秀传统文化的传承与弘扬、维护世界文化多样性具有重要意义。

第二节　中蒙马头琴比较研究

马头琴是蒙古族代表性的传统民间乐器，广泛流传于蒙古国、俄罗斯布里亚特共和国，以及中国内蒙古自治区及辽宁、吉林、黑龙江、新疆、甘肃等地的部分蒙古族聚居区。由于马头琴在蒙古族内部具有部族化传承及跨境分布的特点，马头琴音乐成为世界各地蒙古族传统文化的标志性符号。

一种乐器的产生与发展，往往与特定的社会经济文化形态，音乐时代风格，民族生活环境以及民众的音乐审美意识相联系。跟随蒙古民族各时代的发展与蒙古族游牧文化的逐渐成熟，马头琴从一个古老的乐器走向成熟。因蒙古族部落生活及蒙古人民在世界各地以及全国各地的分散性居住和生活的原因，各地的马头琴演奏方法也有了自己独特的演奏风格，传授方法以及感染力。

一　中、蒙马头琴的产生及历史背景

（一）中蒙马头琴的传说

马头琴是中蒙两国蒙古族共有的乐器，关于马头琴的来历，中蒙两国均在民间流传着传承情节相似、主题相同的民间传说。

1. 中国内蒙古马头琴传说《苏和的小白马》

传说，很久很久以前，在那金色的阿拉腾敖拉山麓，有一个银色的月亮湖。湖畔居住着一个勤劳勇敢、诚实善良的小牧民，名字叫苏

和。他和妈妈过着清贫的生活。

有一天，小苏和出来放牧，在山坡上做了个奇异的梦——看见从天上腾云驾雾飞来一个美丽的姑娘，对他说："我知道你想得到一匹可心的马，我告诉你，北边湖边有一匹白骏马，善良的人哟，你快去把它牵回家吧！"说完只见一道白光，姑娘无影无踪了。苏和"啊"的一声惊醒揉揉眼睛一看，阳光当头。他想起刚才梦里听到的话，站起来不由地向北一看，果然湖边站着一匹小白马，苏和欢快地向它跑去。从此，苏和就有了一个形影不离的伙伴。苏和精心地喂养、调驯小白马，教它练走、练跑。很快，小白马就长成了一匹膘肥体壮、跑起来四蹄生风的骏马。

有一天，苏和到湖边放牧时，不小心踩进沼泽地的一个泉眼越陷越深。白骏马看见后，长嘶一声向主人跑去，咬住主人的袖子往外拖，苏和抱着白骏马的脖子被救了出来。一天夜里，一只野狼冲进了羊圈，苏和急忙挥棒向恶狼打去，恶狼张牙舞爪扑向苏和。这时白骏马一声长嘶挣脱缰绳，扬起前蹄向狼尻去，只听得"嗷"的一声，恶狼脑袋开了花。苏和心里一阵感激，跑过去爱抚地拥着白骏马的头不知说什么才好。

一日，苏和在野外放牧时，远处跑来几个骑士，气喘吁吁地来到苏和跟前说："小兄弟，你能不能帮我们的忙啊？王爷命令我们活捉一只梅花鹿，如果捉不到，我们回去要受惩罚！"听说他们的处境，苏和二话没说，跨上白骏马向山里飞驰而去。不大工夫就追上了梅花鹿，用套马杆将鹿套住了。苏和把鹿交给王府兵后说："兵哥们，按你们的要求，我把梅花鹿帮你们捉来了。可是我有一个要求，你们回去后，可千万别说这只鹿是我骑白骏马给追到的呀！"可是"草原上有一匹能追上飞禽走兽的白骏马"的消息还是不胫而走。王爷听后垂涎三尺，露出了贪婪的笑容。一开春，草原就传开一则消息：在王府驻地要举行草原那达慕大会，各项比赛优胜者都将得到奖赏。另外，还说王爷的女儿要选一个最佳的骑手做女婿。苏和兴高采烈地去参加比赛了。

苏和和白骏马果然得了第一。可王爷的姑娘一看领先的是个贫穷的牧羊娃，她垂头丧气地走了。奸诈狠毒的王爷凶相毕露，他对来领奖的苏和说："赏给你一只羊吧，把你的白骏马给府里留下。"苏和不从，家丁就擒住他拳打脚踢后又五花大绑把他捆了起来，并把苏和的白骏马牵回了王府。王爷得了白骏马后如获至宝，选了个好日子摆酒庆贺。当地富豪官吏都来道喜。王爷得意扬扬，命令家丁把白骏马牵来，他想在众人面前炫耀一番。可王爷刚一跨上马背，白骏马突然向前一跳，向后尥了一蹶子，王爷被吓得尖叫一声倒栽葱跌了下来，摔了个嘴啃泥。白骏马风驰电掣般地飞奔而去。府卫兵倾巢出动，跨上快马，手持弓箭，奋力追赶。可白骏马如箭离弦，兵丁无法追上。于是他们拉开弓，箭"嗖嗖"地向白骏马射去，可是白骏马依然跑得飞快，不久就没了踪影。王府兵丁只好垂头丧气地返回向王爷禀告："白骏马中了数枚毒箭跑了，肯定死在路上了……"王爷只好作罢。一天夜里，一声长长的马嘶划破了寂静的夜空。苏和急忙跑出去一看，是白骏马跑回来了。苏和又惊又喜，借着月光仔细一看，白骏马身中数箭，已经奄奄一息……苏和心如刀绞。白骏马因箭伤过重死在了自己主人的面前。苏和抚摸着白骏马忍不住泪如泉涌。

失去了白骏马后，苏和整天无精打采、伤心欲绝。有一天，他在梦中又见到了白骏马，它说："主人哟，你不要伤心落泪了，你用我的皮、骨、鬃、尾做一把琴吧，让我永远陪在你身边……"于是苏和就按白骏马说的话做了一把琴，在琴杆上端按照白骏马的模样雕刻了一个马头，并起名叫"马头琴"，永远带在身边。每当想起白骏马苏和就拉起马头琴，琴声响彻云霄，好似万马奔腾。

2. 蒙古国马头琴传说《呼和那木吉乐的故事》

很久很久之前，有一位帅小伙，名叫那木吉乐。他有一个好嗓子。据说他唱起歌来小鸟都会嫉妒他，摔跤起来草原上的男人们都会羡慕与嫉妒。

因为小伙子很年轻，当时的政府需要他在西边边界当兵。小伙子到了西边边界，十分想念自己的故乡，每天都会唱歌来表达自己的思念之情。听过他的歌儿的人都很赞赏他，并且给他起了个名字叫呼和那木吉乐。不久他在当地有了名气，后来与当地的一位漂亮姑娘产生了爱情，恋爱了。不久回家的日期到了，呼和那木吉乐也要回自己的家乡了，这时这位美丽善良的姑娘为他准备了一匹骏马，叫卓嫩哈日。

呼和那木吉乐回到了自己的家乡之后，虽然与自己心爱的家人们团聚在一起，但他非常想念远方的爱人，于时他每天晚上骑上卓嫩哈日到西边边界相会心爱的姑娘，每天早晨放着马回到自己的家。

发现呼和那木吉乐的马与众不同，邻居家的坏心眼的姑娘产生了恶意。有一天早晨，呼和那木吉乐刚回到自己家的门口，把马拴在了马营上进到家里的时候，那位姑娘悄悄地过去一看，卓嫩哈日展开自己的飞膀，在那里休息。姑娘从家拿过剪子剪掉了卓嫩哈日的翅膀。没有了翅膀的卓嫩哈日因失血过度而死去了。

自从那天起，失去心爱的马，也见不到自己心上人的呼和那木吉乐伤心透底，身体日渐虚弱，之前的好嗓子也唱不出歌来了。之后，呼和那木吉乐为表达自己对卓嫩哈日的怀念，用它的骨头与皮子做成了马头琴，用它的尾巴做成了琴弦与弓毛，每天用自己的马头琴演奏卓嫩哈日的马叫声与步伐声。从那之后草原上有了马头琴。

（二）中蒙俄马头琴的历史演变

马头琴是蒙古族独具风格的传统乐器。其显著特点就在于立式持琴，将音箱夹于内腿膝盖间，用与琴弦分离的弓子左右运弓。历史上的马头琴曾有过很多的名称，如"赫力胡尔""西纳干胡尔""马尾潮尔"等。现在马头琴的"马头琴"这一名称是因其琴杆顶部雕有马头而得名，也是近代人对它的尊称，久而久之被世人所接受。早先的"马头琴"，除一般的直杆式琴首以外，尚有骷髅，鳄鱼头，龙头雕刻于琴首。在民间马头琴的琴共鸣箱曾也有过不同的形状，比如椭圆形、铁锹形等，琴箱钱面板层用牛皮、羊皮、马皮、蟒蛇皮等。根据有些专家学者的推断，认为"马头琴"是由一件叫作"独弦胡尔"的原始拉弦乐器演变而成。这种"独弦"拉奏乐器目前在蒙古国西北部省份的乌梁海民间和俄罗斯布里亚特共和国、图瓦共和国的蒙古族部落中仍在演奏。至今保留在我国新疆阿尔泰地区及蒙古国部分省份，俄罗斯卡尔梅克共和国、阿尔泰共和国境内的卫拉特蒙古部落民间，很早以前就使用的"叶克勒"，也可以被认作是这种独弦乐器的初期发展形态。可以说之后，在此基础上产生了"西纳干胡尔""绰尔""赫勒胡尔"等。又过了若干年，历史跨入 20 世纪，晚清时期社会结构发生了根本性变化，从前只有皇宫里才能看得到的奏乐现象，此时在各自为政、独统一方的蒙地旗府里也可看到、听到。当时，旗王府乐队的组成人员多为民间优秀乐手和歌手，乐器以马头琴最为突出。比如，曾是苏尼特王府乐队的著名民间马头琴艺术家乌珠穆沁·色、巴拉贡、玛希巴图等就是例证。20 世纪五六十年代以来，针对马头琴的改革研究，创新步伐一刻也未停止过。首开马头琴改革、研制的是 20 世纪 30 年代乌拉特僧格林沁王府乐队演奏图吉仁太供图例的当属著名马头琴演奏家、民族乐器研制奠基人桑都仁先生。步先师之后尘，当代马头琴演奏家齐·宝力高、巴亚尔、白·达瓦、达日玛等也都曾大胆开拓并取得成就。如今的马头琴无论制作工艺还是音质、音量、音色较先前都有了明显改善。由于理论体系的基本确立，在众多乐人的共同努力下，马头琴制作的标准化和演奏的规范化，一直全面提速。有了色拉西、巴拉贡、桑都仁、齐·宝力高、达日玛等老师的努力基础，年青一代琴手在推进马头琴事业的道路上一定会继往开来，大显身手。

（三）马头琴的制作区别

历史上，马头琴的制作都是民间"匠人"自主完成的。他们根据各自的喜好，审美观及对"马头琴"的认知程度，制作了形状、规格、尺寸不同的马头琴。因而，随意性很大，以至于产生了各地区在形制、命名、风格上的很大差异。像"锹头胡尔""勺形胡尔""阿日森胡尔"等，都是这种状况下的产物。共鸣箱从圆形、椭圆形到正方形、长方形、梯形，各种各样，没有统一的定制，选材上各有讲究。20 世纪五六十年代，桑都仁先生率先发起了对马头琴的改革，在制琴师的协助下，先后研制、开发了羊皮、蟒皮蒙面，扩大音箱，增设音孔、音柱，改为铜轴，提高音质，提升音效的各式马头琴，多次的成败后，在年青一代的马头琴手们的共同努力下完成了以"蟒皮蒙面中音马头琴"为专业用琴的改革定制。当时内蒙古制作马头琴的厂家特别少，呼和浩特市民族乐器厂是当时唯一的马头琴生产基地，手工工艺为主，全区各文艺团体演奏家手中的马头琴大都出自此厂。随着改革开放，市场经济意识逐渐深入人心，马头琴制作业也有了发展。琴师、制作室相继诞生。如今这两年，据不完全统计，全区各盟、市专业制琴工作室日益增加，现在有七十余家。无论从数量，还是从技术上都是从前所无法比拟的。

（1）内蒙古现行马头琴材质、规格

选材（木材）：琴杆——桦木、色木、白松；琴轴铜轴木柄，槐木、红木、紫檀木等；指板——乌木；音箱——桦或枫木（边、背），云杉或梧桐木（面）。

蒙面：早先的马头琴以羊或牛犊、马驹、驼羔皮蒙面，现代以蟒皮居多，如今以木面为主；

琴弦：早期马头琴的琴弦原为马尾弦，现为尼龙弦，束而用之；中音马头琴以 3∶4（份）的比例，设每份 40 根，则细弦为：$3 \times 40 = 120$ 根/束，粗弦为：$4 \times 40 = 160$ 根/束。

马头琴的制作方面，我国马头琴为乐团声部的需要，还分为高音马头琴，中音马头琴，次中音马头琴，低音马头琴基本的四种。蒙古国马头琴只分为一种，可以理解为中音马头琴，还有根据大贝斯改革研制的低音马头琴。下面我们以中音马头琴的规格为例进行介绍。

内蒙古中音马头琴尺寸规格：20 世纪 50 年代以后至 1983 年，经过很多人的努力改革与改进，马头琴的形制规格和式样逐渐趋向统一。1983 年段老师和齐·宝力高合作制出梧桐木面中音马头琴后，段廷俊老师制作的马头琴的形制尺寸逐步统一，音高也逐渐定位。

以段老师的中音马头琴尺寸位列：马头琴总长 100 厘米，琴杆长 47 厘米，指板厚度为 4 毫米，琴头长 21 厘米，琴轴长度 9.5 厘米。

琴箱部分：上边宽 18 厘米，下边宽 26.5 厘米，高 32 厘米，总厚度为 7.4 厘米，其中侧板厚 7 厘米，面板厚度略高于 2 毫米，背板厚度约 4 毫米。

上马高度 2 厘米，下马高度 3 厘米，厚度 3 毫米，有效弦长在 53—55 厘米。

（2）蒙古国马头琴尺寸规格

蒙古国马头琴的制作代表人物有蒙古国马头琴制作老师白咖喱扎布先生，是早期蒙古国马头琴乐团成立的时候，指定的制琴师。蒙古国马头琴的制作尺寸总的来说要比内蒙古的琴音响比较大，琴杆比较长的特点。

以白咖喱扎布老师的马头琴尺寸为例：马头琴总长 175 厘米，琴杆长 88 厘米，指板厚度为 4 毫米，琴头长 12—17.5 厘米，琴轴长度：11.5 厘米。

琴箱部分：上边宽 19.5 厘米，下边宽 27 厘米，高 31 厘米，总厚度为 710 厘米，其中侧板厚 10 厘米，面板厚度略高于 3 毫米，背板厚度约 5 毫米。

上马高度 4 厘米，下马高度 4—4.5 厘米，厚度 5 毫米，有效弦长在 63 厘米。

以上数据，是以两家乐器厂的标准为例。因为现在马头琴的制作还未进入真正意义上的统一阶段。所以，不管是在蒙古国还是在中国内蒙古，马头琴的各个厂子的规格与标准，还会有区别，还未达到像小提琴等乐器的标准化与规格化。而且，中、蒙两国马头琴制作的不同也给它们的音色与演奏带来了不同的特点。蒙古国马头琴琴箱大而宽，马子后又高，因此马头琴的音色厚而纯朴，接近大提琴的音色。内蒙古马头琴琴箱小而窄，马子薄又低，因此马头琴的音色比较细尖，接近中提琴、小提琴的音色。受声学共振原理的决定，乐器的共鸣体积越大，所产生的音响就越浑厚、低沉。中、蒙两国的马头琴共鸣箱厚度虽然只相差 2 厘米，但是结合定弦音高等其他因素，就决定了蒙古国马头琴音色低沉、浑厚，我国马头琴音色相对高亢、明亮、有穿透力。

（四）中、蒙马头琴定弦方法的区别

目前传统马头琴的定弦方法可分为三种，如今中、蒙两国普遍流传的马头琴演奏系统都是以反四度定弦为根基的。关于定弦的具体音高，中、蒙两国有着不同的改革、变迁过程，由此确定的不同的定弦音高，直接影响了两国马头琴的音乐风格、表现特性及其作品的旋法，还有马头琴与其他乐器的协奏、独奏，合奏风格等。

蒙古国的马头琴定弦音高在 20 世纪 50 年代便确定为小字组的 f 和降 b，并获得了全国业内人士的认可，很快便在全蒙古国得到推广和普及。但民间演奏法也会用保持四度关系的基础上，根据当时的情况，用不同的音高定弦，还会有五度定弦法等。据资料看，蒙古国传统演奏法层分为五度，混都，察哈尔（卓嫩胡格）等。

我国马头琴定弦音高的变迁过程漫长而又曲折。我国传统马头琴的反四度定弦，在民间的定弦音高基本为小字组 e 和 a。通过 20 世纪 50 年代开始的马头琴乐器改革，马头琴的琴弦、面板和弦轴等可承受的压力增大，于是我国研制出了与传统马头琴相对应的、当时的反四度定弦马头琴，其定弦音高在这一时期确定为小字组 a 和小字一组 d。这一定弦音高从 20 世纪 60 年代至 80 年代末一直都在我国运用。马头琴的这种定弦的优点是它的音高在音调方面与蒙古族传统乐器四胡、三弦、蒙古筝特别融洽，空弦音也与蒙古四胡的空弦音一致，因此在演奏时可以与四胡等乐器保持同一个"认弦标准"，以更多地利用空弦音与泛音为标准，选用最合适的把位。因此，内蒙古马头琴的定弦法的多样化，马头琴演奏家布林老师分为：A. 潮尔定弦潮尔演奏法；（正四度定弦潮尔演奏法）；B. 孛尔只斤定弦图布尔演奏法（反四度定

弦实音演奏法）；C. 孛尔只斤定弦孛依勒鲁特演奏法（反四度定弦泛
音演奏法）；D. 察哈尔定弦孛依勒鲁特演奏法（正五度定弦泛音演奏
法）；E. 额鲁特定弦卓弄演奏法（正四度定卓弄演奏法）。以上被称为
马头琴的三种定弦五种演奏法。三种定弦五种演奏法体系是分别以乐
器定弦法和演奏法两种角度切入对马头琴多种传统流派进行总结和归
纳。马头琴三种定弦分别为正四度、反四度、正五度三种，其中马头
琴"正、反"两种定弦表述是指演奏者右手持琴、左手持弓演奏中，
高音弦处于右手方向时为正，反之为反，四度、五度为音程中纯四度
和纯五度的简称；如今内蒙古地区中音马头琴的定弦音高普为小字组 g
和小字一组 c。

二 中、蒙马头琴演奏法的区别

（一）中、蒙马头琴传统演奏方法的区别

中国马头琴演奏法有两种，一种叫作"实音演奏法"，一种叫作
"泛音演奏法"。所谓的"实音演奏法"，中低音区利用手指与指甲结合
处的凹槽触弦，由里向外"顶奏"，音色浑厚而结实。实音演奏时左手
以食指、中指的指甲根部顶弦；无名指和小指用指肚侧触弦。演奏内
弦时小指从外弦下方穿过用指肚侧触琴弦，无名指则直接从外弦上面
绕过们侧触琴弦。所谓"泛音演奏法"，高音区部位的琴弦与指板距离
较大，手指无法按创指板，左手指从侧面触弦，奏出清亮而美妙的泛
音。演奏泛音时大拇指贴住内弦，主要用食指，中指和无名指的指肚
部位演奏。左手演奏技法主要有顶弦，弹拨音，颤音，滑音，双音，
揉弦等技法。右手技法主要有长弓，短弓，跳弓，连跳弓，顿弓，击
弓，碎弓，抖弓，快弓等。由于中国与蒙古国地区不同，历史背景的
不同，中国马头琴与蒙古国马头琴的传统演奏法也有了很多的不同点。
它们具有各自的特色与演奏方法。内蒙古地区面积较大，分为八个盟
市，由于各个地区的文化与习俗的不同，也导致了内蒙古境内的马头
琴演奏法有着不同的演奏特色与风格。

这几种定弦法的演奏法最终归纳到泛音演奏法。泛音演奏法是马头琴唯有的演奏方法，在马头琴的一个把位当中，演奏一首完整的曲子。这种演奏法一般在传统宫廷音乐"阿斯尔"及长调民歌演奏中常用。

蒙古国马头琴演奏法也大致分为两种。一种为"实音演奏法"，另一种叫作"传统塔塔拉戈"演奏法。"实音演奏法"与内蒙古马头琴的实音演奏法基本差不多，区别在于两者的指法运用不一样。内蒙古的马头琴左手用指一般一、二、四指运用的比较多，但蒙古国马头琴演奏中左手用指一般一、三、四指更多一些。这个现象与两国马头琴的制作，演奏技巧与马头琴前辈老师们的传授有很大的关系。内蒙古的马头琴琴杆短、细，上下马子比蒙古国马头琴的要矮低，音与音之间的距离比较近，所以，运用一、二、四指比较合适，还能达到曲子的速度。但蒙古国的马头琴琴杆儿长，加上上下马子比内蒙古马头琴的高，所以音与音之间的距离也比较远，所以很适合运用一、三、四指去演奏。加上内蒙古的马头琴前辈齐·宝力高、巴雅尔等老师曾经都有过拉小提琴的经验，所以他们在内蒙古马头琴的演奏指法与弓法运用当中，接纳小提琴演奏法比较多。而蒙古国马头琴的前辈格·扎米彦老师曾学习过大提琴专业，所以他在马头琴的演奏方面，接纳大提琴的演奏方法比较多。比如说他的指法、弓法等。所以，中、蒙马头琴的演奏当中自然而然出现了很多的不同之处。

传统演奏方法来说，蒙古国传统演奏法以"塔塔拉戈"演奏方法为主，"塔塔拉戈"演奏特色展现在于它的左手不同的指法运用以及运弓技术上。蒙古国也是一个地域宽广的国家，因此其马头琴民间演奏方法因为地域的不同，"塔塔拉戈"演奏也有了各自的地方特色，分为杜尔伯塔塔拉嘎、巴亚特塔塔拉嘎、霍腾塔塔拉嘎、图尔古特塔塔拉嘎、卓嫩塔塔拉嘎、沃鲁特塔塔拉嘎、乌力杨海塔塔拉嘎等。

（二）中、蒙马头琴教学的发展

中、蒙马头琴传统教学都有着同样的传授方式，从一对一的教学方式至今延展到了专业化教育方式。

改革开放之后，内蒙古马头琴教学和人才培养进入了蓬勃发展的阶段。以内蒙古艺术学校为例，该校于1972年重新开始正常教学工作后，从这时期开始，马头琴的教学逐渐进入内蒙古艺术学校的教学体系中。这些发展，给马头琴的教学带来了很大的进步，马头琴从少数人学习的状态，如今慢慢成了热门乐器，内蒙古很多艺术大学，各地方艺术学院等都开设了马头琴专业课程，为马头琴的发展带来了更宽广的发展前景。2006年开始，内蒙古师范大学设立中国少数民族艺术硕士学位点，下设专业中的"马头琴演奏与理论研究"专业方向是我国第一个马头琴专业的硕士点，学位点负责人是蒙古族音乐史学家呼格吉勒图教授，马头琴专业导师是著名潮尔、马头琴大师布林。从此将马头琴的教学与学科建设延伸扩展到了硕士研究阶段。截至目前已培养出数名马头琴演奏与理论研究硕士生。加上如今内蒙古很多的年轻马头琴教师与演奏员，赴蒙古国读马头琴研究生与博士的数目也逐渐增长，使马头琴的教学达到了精益求精的阶段。

除了马头琴在学校里的专业教学以外，1989年《白音哈尔马头琴高级训练班》是内蒙古马头琴发展史上浓墨重彩的一笔。这次培训班是中国马头琴学会在内蒙古锡林郭勒盟苏尼特右旗白音哈尔苏木举办的一次专门以马头琴群体化为目标的高级强化训练班，也是继《陕坝马头琴训练班》之后的第一次全区规模的马头琴高级培训班。这次培训班由来自全国八省区的27名师生组成，其中专业教师由齐·宝力高担任，指挥韩毅、历史与乐理老师满都夫、后勤老师王登祥。参加此次马头琴培训班的学员们，如今是我们内蒙古马头琴事业当中的顶梁柱。培训后他们在各自的工作岗位上贡献着自己最大的力量，都是如今全中国各地区马头琴演奏和教学的中坚力量。比如说，内蒙古民族艺术剧院民乐团团长叶尔达，首席青格勒等。在这次训练班中内蒙古首次诞生了我国第一个专业马头琴乐团——《野马马头琴乐团》。在这次训练班中，第一次统一了马头琴演奏技术技巧及其个性风格和演奏法，排练出了两个小时的以马头琴齐奏为主的马头琴专场音乐会，于1989年12月26日在北京音乐厅为中国音乐家协会作专场演出，受到高度评价。是他们最终点燃了马头琴艺术群体化的燎原大火。

蒙古国马头琴叫也从一对一的教学方式发展到了正规的教学方式。1937年蒙古国艺术学校成立之后，德·图德布老师担任了马头琴老师，格·扎米彦老师为徒，开始学习了马头琴。1957年蒙古国国立音乐舞蹈学院成立后开设了马头琴系，开始了马头琴专业教学，直到如今培养了众多的马头琴演奏家。后来除了蒙古国国立音乐舞蹈学院以外，蒙古国国立文化艺术大学也设有马头琴专业，为蒙古国马头琴教学与演奏做出了自己的贡献。

蒙古国是一个开放国家，有很多的演奏家与教师，多数都从俄罗斯或西方各个国家留学回来，所以，他们受到西洋音乐教育比较多，教学非常系统化，分类细腻。这让中蒙两国马头琴教学和马头琴的作品诞生有了一定的差异。蒙古国马头琴教学教材以十二平均律为准，他们是固定调概念基础上发展马头琴的教学。他们自从马头琴教学以来，演奏西洋作品也比较多，学校每次的专业考试曲目涉及民间演奏法一曲，练习曲，蒙古创作曲目一曲及西洋作品一曲。这样的教学与考试制度，对演奏员演奏水平，技巧全方位的发展及音乐理论的发展有着很大的帮助。他们的教学非常细腻，每一个专业都会配有专业钢琴伴奏老师，跟着上课，对学生从小培养出音乐合作能力，以及对曲子的分析理解有着更多的帮助。

内蒙古马头琴教学刚成立后，一直用简谱教学，五声音阶首调概念用教学为主。同时，马头琴作品极少，民歌民间演奏法为主，专业马头琴曲子非常少。通过老师们的努力，马头琴作品渐渐增多，内蒙古马头琴作品大概2005年前多数以齐宝力高老师作品为主，其次是演奏达日玛、巴乙拉、李波等老师的作品。专业作曲家的作品很少，马头琴一直在一个缺少作品的状态下发展着。因为，开设马头琴专业也比较晚，所以教学还未能进入系统化。2002年以后，内蒙古艺术学院开始派马头琴专业学员到蒙古国进修学习，之后，慢慢地很多的年轻马头琴演奏员赴蒙古国学习蒙古国马头琴，留学读研之后，蒙古国马头琴作品渐渐进入内蒙古。如今，内蒙古马头琴演员演奏蒙古国作品普遍增多。一般专业学校的马头琴学生都会准备一把内蒙古马头琴，一把蒙古国马头琴，学习曲目。2000 年以来，内蒙古马头琴专业学生们演奏一些国内外经典作品的越来越多，内蒙古的马头琴教学自从2000 年开始慢慢进入到了系统化教学方式，现在用五线谱教学的同时，开设了马头琴多声部教学，以及传统演奏法传承班，内外结合教学，让马头琴的教学慢慢走向成熟。

通过梳理和分析中、蒙两国的马头琴演奏法的过程，并结合问卷调查，希望我们的马头琴事业未来的道路更加辉煌，使马头琴早日成为世界乐器之一，让马头琴走向世界，走向国际。

第 五 章

《蒙古秘史》在世界的传播与研究

《蒙古秘史》（以下简称《秘史》）以编年体记载了成吉思汗家族世系及其兴起，各氏族发展为部落、部落联盟和各部战争，以及成吉思汗在战乱中逐步壮大力量、统一各部、建立蒙古汗国的经过。书中包含反映12、13世纪蒙古族人民游牧、狩猎、手工业等社会状况的丰富资料，涉及当时社会生产力、生产关系、社会组织、政治军事制度、部落战争、风俗习惯以及社会思想等各个方面，是一部记载蒙古族初兴阶段，主要是成吉思汗和窝阔台汗时期历史的重要史籍。《秘史》的语言呈韵散结合体的形式，叙事时多用散文形式，人物对话等多用韵体诗句。作品中包含丰富的口头传说、故事、祝颂歌、赞词、谚语、诗歌、格言等，具有鲜明的文学性特征。此外，《秘史》保留了大量13世纪蒙古语的语言特征，还使用了当时通行于蒙古各部落的诸多方言词汇和突厥语、汉语等外来词汇，成为研究中世纪蒙古语的重要语料库。

《秘史》是一部记述蒙古民族形成、发展、壮大之历程的历史典籍，是蒙古民族现存最早的历史文学长卷。它从1240年成书至今，已阅780多年沧桑，这是一部内涵丰富厚重，充满草原强者气息的书。它以人物传奇和民族崛起，包容着大量社会变迁史、文化风俗史、宗教信仰史和审美精神史的资料，保存了蒙古族及中亚诸民族神话、传说、宗教信念和仪式、故事、寓言、诗歌、格言、谚语的资料。从而以几乎是百科全书的方式，成为非常值得重视的世界人类狩猎游牧文化的一座高峰。

　　由于《秘史》具有如此丰富的研究价值，联合国教科文组织执行委员会于 1989 年 6 月 13 日作出第 131 次会议决议：该作品以其艺术性，美学和韵文的绚烂多彩，语言的丰富优美等独特性，成为蒙古族文学史上呈现出的无与伦比的著作，并已进入世界文学的宝库。《蒙古秘史》作为东方历史、文学的伟大典籍而被珍视，它已成为蒙古和中亚其他国家历史的重要渊源。甄金更是评价其"可谓是一切蒙古史与所有'蒙古学'的总渊源"。①

　　《蒙古秘史》原名为《忙豁仑·纽察·脱察安》，"该书除'元朝秘史'外，还有'元秘史'、'蒙古秘史'两种名称。有线索显示'元秘史'是明初汉字加工本最初的书名"②。《秘史》诞生于 13 世纪，是记述成吉思汗的先祖谱系，他的一生伟业以及蒙古历史与社会风貌的重要著作。《秘史》原文所使用的文字，目前学术界比较一致的观点认为是回鹘体蒙古文，可惜这个原文版本已佚失。明洪武十五年（1382 年），朝廷为培养专业的翻译人员，将其用汉字音写成汉文。该版本除正文由汉字音写外，还有旁译和总译，其中旁译是用汉语语词对译蒙古语词，总译则是对各段内容的概括翻译。目前流行的版本，分为 12 卷本、15 卷本两个系统。这两个系统的版本，总的内容一样，节的划分亦同，只是分卷不同。12 卷是最初的划分，15 卷划分是后来流传过程中出现的。

　　《秘史》的原文，本为蒙元时期宫廷用畏兀儿体蒙古文所修"脱卜赤颜"即"国史"的一部分。"脱卜赤颜"从蒙古汗国时期开始修纂，中间可能一度停止。蒙元时代的皇家史乘"脱卜赤颜"在元廷退出中原迁回蒙古高原后，以某种传抄本或异本的形式在草原上留存下来。而畏兀儿体蒙古文原文的流传情况和汉文 12 卷本的版本流传情况已有前人整理，③ 如图 5—1 和图 5—2 所示。

---

① 甄金：《蒙古秘史学概论》，内蒙古教育出版社 1996 年版，第 1 页。
② 乌兰：《〈元朝秘史〉版本流传考》，《民族研究》2012 年第 1 期。
③ 同上。

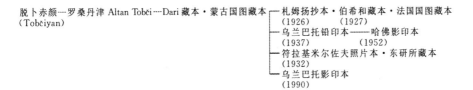

图5—1　畏兀儿体蒙古文原文版《蒙古秘史》流传情况

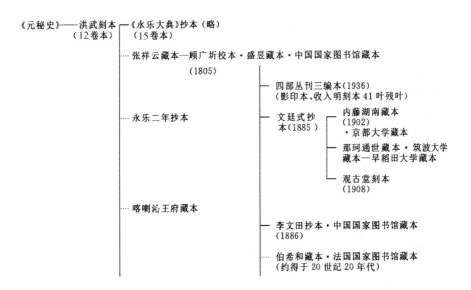

图5—2　汉文十二卷本《蒙古秘史》流传情况

我国关于《秘史》的研究始于明代，而自19世纪60年代俄文版外译出现后，《秘史》引起了国际学术界的关注，形成了相当规模的"秘史学"热潮。一百余年来，国内外许多著名的学者潜心探索，主要在文献学、语言学、历史学和文学等领域进行深入研究。本书将着重对《秘史》的海外传播和研究情况进行梳理。

第一节　《蒙古秘史》的海外翻译

"秘史学"在国际范围内的兴起有赖于文本的对外翻译，随后才有伴随而来的文献学和语言学等方面的研究。

从海外译本的发展阶段来看，始于 19 世纪 60 年代，到 20 世纪有了进一步的发展，一方面，翻译的国别和语言增多，译本的数量增多；另一方面，译本的质量提高，出现了原文转写、拉丁音写，以及评注校勘等形式的版本。具体来说，20 世纪 40 年代，集中出现了一批译注本，且它们的底本大多选择了有音译正文的版本，并依据音译正文进行翻译，基本都附有原文转写。如海涅士的德文译注本《蒙古秘史，1240 年写于客鲁涟河阔迭额岛的一件蒙古文稿》[①]、柯津的俄文译注本《秘密故事，1240 年蒙古编年史》[②]、伯希和的法文译注本《〈元朝秘史〉卷 1—6 转写法译本》[③] 等。20 世纪 70 年代，不同语种的翻译文本增多，如李盖提的匈牙利文译注本《蒙古秘史》[④]、卡鲁津斯基的波兰文译注本《蒙古秘史，13 世纪蒙古编年史》[⑤]、罗依果英文译注《蒙古

---

① ［德］海涅士（Erich Haenisch）：《蒙古秘史，1240 年写于客鲁涟河阔迭额岛的一件蒙古文稿》（Die Geheime Geschichte der Mongolen：Aus Einer Mongolischen Niederschrift des Jahres 1240 von der Insel Kodeê im Kerulen – Fluβ Erstmälig übersetzt und Erläutert），莱比锡，1941 年版。

② ［俄］柯津：《秘密故事，1240 年蒙古编年史》，莫斯科—列宁格勒，1941 年版，1990 年在乌兰乌德再版。

③ ［法］伯希和（Paul Pelliot，1878—1945）：《〈元朝秘史〉卷 1—6 转写法译本》（Histoire Secrète des Mongols，Restitution du Texte Mongol et Traduction Française des Chapitres Ià VI），巴黎：阿德里安一麦松奈夫书店，《伯希和遗著》第 1 卷，1949 年。

④ ［匈］李盖提：《蒙古秘史》，《蒙古语文献丛刊》第 1 种，1971 年。

⑤ ［波兰］卡鲁津斯基（S. Kalzynski）：《蒙古秘史，13 世纪蒙古编年史》（Tajna Historia Mongolow，Anonimova Kronika Monglska z XII w），华沙，1970 年版，2005 年再版。

秘史》① 和小泽重男的日译本《元朝秘史全释》② 与《元朝秘史全释续考》③ 等。20世纪80年代以后，在蒙文和蒙古语转译、还原方面出现了一些译本，尤其是一些卡尔梅克蒙古文、布里亚特蒙古文等转写版本的问世。如达尔瓦耶夫、齐米托夫的多语言版《蒙古秘史，1240年蒙古编年史》④。

从海外译本的流传地域来看，始于欧洲俄文版的翻译，随后在日本及亚洲其他地区，欧洲腹地诸国，以及北美洲等地都有不同语言的译本出现。《蒙古秘史》迄今已经有十余种语言的翻译版本，分别是俄语、日语、德语、法语、英语、捷克语、匈牙利语、土耳其语、波斯语、波兰语、意大利语、韩语、哈萨克语和西班牙语等。如果将各种蒙古文、蒙古语转译（或还原）包括在内的话就更多了，如托忒文、卡尔梅克蒙古文、布里亚特语版本等。但从20世纪50年代起，《蒙古秘史》的英文译本先后涌现，逐渐成为该著作译本最多的西方语种。本书将从现已了解到的情况，对《秘史》的海外流传区域进行划分并概括其译本情况。

一　欧洲译本概况

欧洲诸国对《秘史》的翻译始于俄国，后又从俄、德、法、英等国扩展至匈牙利、保加利亚、意大利等国家。译本的增多及相关研究的发展与当时的政治历史背景以及科学研究的发展是分不开的。一方面，18、19世纪，语言学、历史学、人类学等学科都产生了新的研究方法和学科体系，尤其是比较语言学的兴起对其产生了非常重大的

---

① ［澳大利亚］罗依果：《蒙古秘史》，连载《远东历史研究》（或译《远东史论丛》）（Papers on Far Eastern History），1971—1985年。

② ［日］小泽重男：《元朝秘史全释》，东京：风间书房，1984—1986年版（上册1984年、中册1985年、下册1986年）。

③ ［日］小泽重男：《元朝秘史全释续考》，东京：风间书房，1987—1989年版（上册1987年、中册1988年、下册1989年）。

④ ［俄］达尔瓦耶夫、齐米托夫：《蒙古秘史，1240年蒙古编年史》，埃莉斯塔，1990年版。该书先是拉丁文转写，另有卡尔梅克语译文、俄译文、布里亚特蒙古语译文。

推动作用；另一方面，欧洲列强开始了殖民扩张政策，这促进了他们对东方的历史、文化和语言的研究，也客观上为他们获得文献资料等提供了便利。有些译本或底本就是由传教士、外交官翻译或带回欧洲的。

《蒙古秘史》第一次在欧洲出现译本并为俄国以及欧洲学者所了解是在 1866 年，俄国东正教驻北京传道团团长、大主教帕拉基·卡法罗夫（P. I. Kafarov）在使团的《俄国北京传教会教士著作集》第 4 卷中，发表了《元朝秘史》的俄文译本，该版本以《连筠簃丛书》15 卷总译刻本为底本，且仅有总译部分。"译文的导言部分介绍了《秘史》在中国的起源和转译情况，注释部分对特殊的汉字作了说明和注释。"① 这是现今已知的世界上第一部《蒙古秘史》外文译注本。

虽然仅仅是《秘史》外译的起点，但这个起点已经很高了，"他（卡法罗夫）利用了不少汉文资料，提到孙承泽、万光泰的相关著作，也提到了钱大昕的评论。在多达 660 条的注释中，他使用了《元史》《资治通鉴》《亲征录》《蒙鞑备录》《辍耕录》《蒙古源流》等汉文文献，还利用了波斯文史书《史集》的俄译本"②。

1872 年卡法罗夫设法买到了韩泰华所藏鲍廷博 15 卷本《秘史》，该版本是汉字音写蒙古文的抄本，文中除正文为汉字音写蒙古语外，每个字、词还夹有汉字旁译。他据此翻译了旁译部分，并做了俄文转写本，可惜客死马赛。卡法罗夫获得的手稿，被赠送给了圣彼得堡大学东方系的波兹德涅耶夫教授，后者又将其转赠给该大学图书馆。

1880 年前后，波兹德涅耶夫的《元朝秘史》③ 出版，虽有俄译旁译，蒙文转写和俄文注释等，但"据报道，这个版本为平版印刷，未

---

① ［苏联］H. 雅洪托娃：《俄苏的〈蒙古秘史〉研究》，徐维高译，《蒙古学资料与情报》1989 年第 1 期。

② 乌兰：《〈元朝秘史〉文献学研究史概述》，《蒙古史研究》2013 年第 11 辑。

③ ［俄］波兹德涅耶夫：《元朝秘史》（俄文音写汉字原文第 1—96 节），1880 年。

标出版年月，伯希和认为是 1880 年出版的。罗依果认为是波兹德涅耶夫以自己的名义出版了帕拉基俄文注音旁译本中的一部分"①。后来，给俄国的《秘史》研究带来了重大影响的是柯津的《秘密故事，1240年蒙古编年史》，该书内容包括史料研究、引言，正文译文（以及音写原文第201—519页）、词汇表等。亦邻真评其拉丁"标音并未超过海涅士，同样 ǒ 和 Uü 不分，对明初（汉）字音未能正确标明之处有很多"②。不过，这个译本的出现"给那些对《蒙古秘史》感兴趣而又不熟悉汉字的学者提供了有用的资料，激起了一些学者研究《蒙古秘史》中的蒙古语言的极大兴趣"③。另外还有潘克福的《元朝秘史（蒙古秘史）十五卷本》④ 等。

除俄文译本外，俄国还有不同种类蒙古文译本在俄国或蒙古国出版，如阿·莫·佛扎纳耶夫的《蒙古秘史》⑤（1—56 节）是蒙古文译本，纳木济格夫的《蒙古秘史》⑥ 使用的是布里亚特蒙古文，达尔瓦耶夫、齐米托夫的《蒙古秘史，1240 年蒙古编年史》⑦ 先是拉丁转写，另有卡尔梅克语译文、俄译文、布里亚特蒙古语译文。更有图瓦语版本的《蒙古秘史》⑧ 在西伯利亚出版。

俄文译本的出现给其他国外学者提供了重要的研究资料，一段时

---

① 参见乌兰《〈元朝秘史〉文献学研究史概述》，《蒙古史研究》2013 年第 11 辑。

② 甄金：《蒙古秘史学概论》，内蒙古教育出版社 1996 年版，第 29 页。

③ ［苏联］H. 雅洪托娃：《俄苏的〈蒙古秘史〉研究》，徐维高译，《蒙古学资料与情报》1989 年第 1 期。

④ ［俄］潘克福：《元朝秘史（蒙古秘史）十五卷本》，莫斯科：东方文献出版社影印版 1962 年版。

⑤ ［苏联］阿·莫·佛扎纳耶夫：《蒙古秘史》（1—56 节），圣彼得堡，1897 年。

⑥ ［俄］纳木济格夫：《蒙古秘史》，乌兰乌德，1990 年。2006 年由格·阿吉尔，苏米亚巴特尔等在乌兰巴托重印。

⑦ ［俄］达尔瓦耶夫、齐米托夫：《蒙古秘史，1240 年蒙古编年史》，埃莉斯塔，1990 年版。

⑧ 毕捷克、恩克达赉：《蒙古秘史》，新西伯利亚，2003 年。依照达丁木苏隆现代蒙古语编译本。

间内总译及其俄文本是主要研究材料，直到 20 世纪，直接利用蒙古语原文及其译本才是主流。

俄国之外，欧洲对《蒙古秘史》的译本主要出自法国、德国和英国。

法译本和德译本都出现得稍早一些，在这些版本中，最重要的便是法国伯希和（Paul Pelliot）的《〈元朝秘史〉卷 1—6 转写法译本》和德国海涅士（Erich Haenisch）的《蒙古秘史，1240 年写于客鲁涟河阔迭额岛的一件蒙古文稿》。伯希和的译本是以遗作的名义发表的，卷末还附有译者的序文《元朝秘史的蒙古语原文》。伯希和的《秘史》译本虽只是节译本，但在他所处的时代是一部开拓性的版本，他开创了拉丁音写这种新的译写模式，受到了学界的肯定，后来李盖提的音写本和罗依果的音写索引本基本遵循了伯希和的拉丁音写模式，伊朗的波斯文译本也以此为翻译底本，[①] 该版本"现今依然是一部权威性著作"[②]。海涅士在 20 世纪 30 年代就发表了《元代秘史研究》（莱比锡，1931 年），在 1941 年出版了《秘史》的德译本，由 4 部分构成，分别在 1948 年、1981 年和 1985 年再版。他根据中文复原出了《秘史》蒙文的原文。

海涅士、伯希和完成了《蒙古秘史》蒙古文复原工作，是一项巨大的成果，为当时和当下的人民所珍视。但随着对《秘史》研究的不断深入，后来的学者也指出，"伯希和和海涅什的《秘史》译文以及他们对《秘史》许多地方和词语的解释在很大程度上已显得陈旧了，有一定的不准确之处。这一点，田清波早在 20 世纪 50 年代初就在他对这些译文以及 C. A. 科津译文的评价文章中注意到了"[③]。

---

① ［伊朗］希林（Shirin‑Bayani）：《蒙古秘史》，德黑兰，1950 年。该书是伯希和译注本的波斯语译本。

② ［法］鄂法兰：《法国的蒙古学研究》，耿升（译），《蒙古学信息》1998 年第 1 期。

③ ［苏联］戈尔曼：《西方的蒙古史研究，十三世纪—二十世纪中叶》，陈弘法译，内蒙古教育出版社 1992 年版，第 83 页。

除伯希和的译本外，法国还有埃文（M. D. Even）、鲍伯（R. Pop）的《蒙古秘史，13 世纪蒙古编年史》，[①] 该版本用优美的现代法文翻译，更是首次出现的法文全译本。"这是唯一的一种敢于翻译带有可区别出一种意义的人名和地名（总共有千余个）的译本，以使其故事具有史诗般的雄浑。一种索引和图表可以帮助人们重新找到史学家们所熟悉的地点与人员的名称。"[②]

在德国，海涅士的译本出版以后，著名学者海西希（W. Heissig）分别于 1981 年和 1985 年对海涅士的德译本进行修订。1989 年，陶博（M. Taube）又出版了《蒙古秘史·成吉思汗的起源、生活和兴起》[③]，该版本用现代德语翻译，译文忠实、流畅，可读性强。

英国的《秘史》翻译首推的是韦利（Arthur Waley）的《〈蒙古秘史〉及其他片段》[④]。韦利的节译本是英文译本中的代表作，与众不同的是，他很推崇《秘史》的文学价值，而不认为这是一本具有史料意义的作品。韦利在译本中省略了 282 节中的 98 节，这 98 节正是韦利认为有历史意义的记录，而与故事线无关的内容。他的译本更强调了《秘史》的文学价值以及作为一个纯粹传奇故事的异域情节，目的是给普通读者提供一个精华式的介绍，文中也几乎没有注释。韦利之外，

---

① ［法］埃文（M. D. Even）、鲍伯（R. Pop）：《蒙古秘史，13 世纪蒙古编年史》（Histoire secrète des Mongols. Chronique mongole du XIIIe siècle），法国：加利玛尔出版社1994 年版。

② ［法］鄂法兰：《法国的蒙古学研究》，耿升译，《蒙古学信息》1998 年第1 期。

③ ［德］陶博（M. Taube）：《蒙古秘史·成吉思汗的起源、生活和兴起》（Geheime Geschichte der Mongolen. Herkunft, Leben and Aufstieg Cinggis Qans），莱比锡—魏玛，1989 年。

④ ［英］韦利（Arthur Waley）：《〈蒙古秘史〉及其他片段》（The Secret History of theMongols and Other Pieces），英国：George Allen & Unwin（乔治·艾伦与昂温）出版社1963 年版。

还有鄂嫩（U. Onon）的《成吉思汗的生平〈蒙古秘史〉》①，该书以《成吉思汗，蒙古的黄金史》和《蒙古秘史，成吉思汗的生平和时代》的名字分别再版。鄂嫩的英译本让人惊喜之处在于，这是第一个由蒙古语母语者翻译的英文全译本。他是蒙古族，原籍位于今内蒙古呼伦贝尔市莫力达瓦达斡尔族自治旗，1948 年，随同美国著名学者欧文·拉铁摩尔前往美国定居，1957 年加入美国籍，曾在剑桥大学任职。1963 年，举家迁居英国，在利兹大学任教，主持该大学的蒙古研究工作。因为是蒙古语母语者，鄂嫩的译本中主观性较为突出，评注中的文化倾向较为明显。在表现形式上，鄂嫩译本的附录是"成吉思汗战争艺术"，列举了成吉思汗的十六大军事策略。

除俄、德、法、英几个主要国家外，还有其他国家的一些译本，如表 5—1 所示。

表5—1　　　　　　　　　　部分欧洲国家译本情况

国别	作者	书名	出版社/出处	成书年份	备注
捷克	普哈（或作鲍哈，Pavel Poucha）	《蒙古秘史》	布拉格	1956	第 247 页
匈牙利	李盖提	《蒙古秘史》（匈牙利语译注本）		1962	
匈牙利	李盖提	《蒙古秘史》	布达佩斯：载《蒙古语文献丛刊》第 1 种	1971	第 268 页。拉丁字音写本

----

① ［英］鄂嫩（U. Onon）：《成吉思汗的生平〈蒙古秘史〉》（The History and the Life of Chiggis Khan（The Secret History of the Mongols）），莱顿，1990 年；《成吉思汗，蒙古的黄金史》（Chiggis Khan. The Golden History of the Mongols, revised by S. Bradbury），伦敦，1993 年；《蒙古秘史，成吉思汗的生平和时代》（The Secret History of the Mongols, the Life and Times of Chinggis Khan），萨里，2001 年版。

续表

国别	作者	书名	出版社/出处	成书年份	备注
保加利亚	费多托夫（A. Fedotov）	《蒙古秘史》	索菲亚	1991	
西班牙	阿尔瓦列思	《蒙古秘史》（*EI Libro Secreto de Mongoles*）	巴塞罗那	1985	参照柯立夫的英译本
西班牙	拉米列思	《蒙古秘史，元朝秘史》（*Historia Secreta de los Mongoles，Yuan Chao bi shi，Mongyol - un Niγuča Tobčiγan*）	马德里	2000	
西班牙	特木尔楚伦	《成吉思汗，蒙古秘史》（*Gengis Khan. Historia Secteta de los Mongoles*）	哈瓦那、乌兰巴托	2004	
波兰	卡鲁津斯基（S. Kalzynski）	《蒙古秘史，13 世纪蒙古编年史》（*Tajna Historia Mongolow，Anonimova Kronika Monglska z XII w*）	华沙	1970	2005 年再版

二　亚洲译本概况

　　欧洲虽然是《秘史》外译本的开端，但在亚洲，《秘史》的译本和研究也相当丰富。亚洲对《秘史》的翻译从 20 世纪初的日本开始，20 世纪 80 年代以后，日本学者对《秘史》的翻译也取得了丰硕的成果。当然，蒙古国的学者也是《秘史》译本的积极翻译者和传播者。此外，还有韩国、印度、伊朗和土耳其等国家出现了《秘史》的相应语言译本。

　　整个亚洲对《秘史》的翻译在 20 世纪初只有日文译本，之后直到

80 年代都有不同的日文译本相继出版，成果丰硕。蒙古国的版本主要侧重在蒙古文的还原上，且多用西里尔蒙古文写成。其他国家的译本出现也都相对较晚，如韩国的译本直到 20 世纪 90 年代才问世。这种以日本翻译和研究为主导局面的形成与社会背景不无关系，"蒙古或蒙古人作为与农业地域的日本和中国本部全然不同的游牧—骑马民族之邦，引起日本人的特殊注意，那仅仅是从上世纪末，或者更确切些说，是从日俄战争（1904—1905）时开始的"①。当时，日本开始注意进入亚洲大陆，到 20 世纪 30 年代，日本侵华战争规模扩大，为适应占领和统治中国的需求，日本加强了对蒙古的研究，并且战争客观上给日本学者深入各地调查和获得资料提供了便利。

日本的学者在 20 世纪初对《秘史》进行大量的翻译工作，尤其是 20 世纪 40 年代，其中较好的作品是那珂通世对《元朝秘史》的译注本《成吉思汗实录》②。该书于 1907 年出版，是世界上第一部《元朝秘史》的全译本。那珂通世的译注本所用底本的祖本为顾广圻监抄本（1805 年，又称顾校本），获得底本的过程也颇有些周折。起初是文廷式于 1885 年冬借得顾校本，与李文田各重抄一部。文廷式 1902 年又请人从自己的抄本再抄写一份，送给了内藤湖南。该本现藏日本京都大学人文科学研究所图书馆。内藤湖南得到文廷式捎来的本子后，立即雇人影写一部，送给了那珂通世。

"通世既获此书，思以日本文翻译之，求其与蒙古文正确吻合，遂先从蒙古语、满洲语之辞书中，研究蒙古语文法，及渐熟，乃着手翻译。又调查与此秘史有关系之支那及西洋诸书，且译且注，从事斯业，前后殆三年，至明治三十八年（清光绪三十一年，西 1905），始完成全部十二卷之和解及注释，改此书之原标题，名为《成吉思汗实录》。后草序论，说明《元朝秘史》《元圣武亲征录》与喇失惕（拉

---

① 达力扎布主编：《中国边疆民族研究》第 7 辑，中央民族大学出版社 2013 年版，第 296 页。

② ［日］那珂通世：《成吉思汗实录》，东京：大日本图书株式会社 1907 年版。

施特）·额丁《集史》之来历，及修正秘史蒙古古文音译法等。"①

该书前言部分的"序论"，也属于日本《秘史》研究最早的文献学论著，那珂通世确定了"蒙古秘史"的译名，是日本蒙古学的奠基石。大日本图书 1943 年新版、筑摩书房版又增加了各种索引、文献目录及其他附属文献。

"通世因翻译蒙文《元朝秘史》，遂通晓蒙古语，拟著《蒙古文典》。又因探讨关于蒙古之史料，拟学习俄、德两国语，然终不遂其志，于明治四十一年（清光绪气十四年，西 1908）三月二日，逮以疾卒，时年五十八。"②

那珂通世之后，20 世纪 40 年代，也有日本学者对《秘史》进行了畏兀儿体蒙文的还原工作，如服部四郎、都嘎尔扎布的《蒙文元朝秘史》卷一③和白鸟库吉的《音译蒙文元朝秘史》④。前者以八思巴文本为底本的，后者以叶氏观古堂刻本为底本，以拉丁字对原文进行音译，在音译正文的行右逐词标记转写文字，还对原文进行了一些加工，多有改正、补充之处，开创了新的译写模式，形成了独家译法。同期还有小林高四郎的《蒙古秘史》⑤，该译本相对简单，是便于一般人士理解的，相对易懂的版本。

20 世纪 60 年代日本的《秘史》译本主要是山口修的《成吉思汗实录》⑥和岩村忍的《元朝秘史——成吉思汗实录》⑦，两者都被原山煌

---

① 李孝迁：《近代中国域外汉学评论萃编》，上海古籍出版社 2014 年版，第 373 页。

② 同上书，第 374 页。

③ ［日］服部四郎、都嘎尔扎布：《蒙文元朝秘史》卷 1，文求堂 1939 年版。

④ ［日］白鸟库吉：《音译蒙文元朝秘史》，《东洋文库丛刊》第八，1943 年版。

⑤ ［日］小林高四郎：《蒙古秘史》，东京生活出版社 1941 年版。

⑥ ［日］山口修：《成吉思汗实录》，《世界文献全集》卷 22，东京：筑摩书房，1961 年，第 133—304 页。

⑦ ［日］岩村忍：《元朝秘史——成吉思汗实录》，东京：中央公论出版社 1963 年版。

评价为较为简单的译本。随后的 70 年代，村上正二的《蒙古秘史，成吉思汗故事》（3 册）① 问世，该书是以四部丛刊本《元朝秘史》12 卷本为底本，参照叶德辉本及苏联的潘克福的 15 卷本，从历史学角度对《蒙古秘史》进行了大量的译注。

20 世纪 80 年代是日本《秘史》翻译丰收的时代，其中最重要的是小泽重男的译本出版。他在 20 世纪 80 年代出版的《元朝秘史全释》《元朝秘史全释续考》对后来的《秘史》翻译与研究有重大影响。

在谈及《元朝秘史全释》的出版目的时，小泽重男自己曾说过，"我没有把这部文献作为历史资料或民族学和社会学资料来对待，而是纯粹作为中世纪蒙古语的语言资料来看待的。我始终想从蒙古语言学的角度读完这部文献，连其中的一个词语也不想轻易放过。《元朝秘史》中的蒙古语对研究中世纪蒙古语来说是无与伦比的一大宝库"②。

这也就是为什么《元朝秘史全释》和《元朝秘史全释续考》主要是从语言学角度进行译注的，书中除了有《元朝秘史》的原文和译注之外，还附有《元朝秘史蒙古语辞典》。此外，《元朝秘史全释》上册的特点是，对八思巴字蒙文进行还原。在《元朝秘史全释》下册及《元朝秘史全释续考》中，分别加入了《蒙古秘史》原文的旁译和总译、拉丁字转写等内容。并在《元朝秘史全释》下册，附有三篇论文，《元朝秘史全释续考》中册和下册，分别附有两篇论文。

小泽重男的译注本"成为日本《蒙古秘史》研究史上的金字塔，意味着《蒙古秘史》译注业这一伟大工程的完成"③。

蒙古国的《秘史》译本更准确地说，是指针对历史上保留下来的

---

① ［日］村上正二：《蒙古秘史，成吉思汗故事》全 3 卷，平凡社，分别在 1970 年 5 月，1972 年 4 月，1976 年 8 月出版。

② ［日］小泽重男：《漫谈〈元朝秘史全释〉的出版》，民外兴译，《民族译丛》1989 年第 6 期。

③ 乌云高娃：《日本关于〈蒙古秘史〉的研究状况》，中国中外关系史学会：《中西初识二编——明清之际中国和西方国家的文化交流之二》，2000 年 4 月 1 日。

汉文本的还原本，且多以西里尔蒙古文的形式出现，仅有道尔吉（N. Dorjgotov）、额仁道（Erendo）的译本是英文版，马嘎维亚的译文是哈萨克文版。策·达木丁苏隆是从事这项工作的佼佼者，是蒙古科学委员会研究员、诗人、文学家，他的《蒙古秘史》①译文于1947年首次出版，所参照的文献有十数种，主要以十五卷本的帕·卡法罗夫、柯津等的俄译本，以及罗布桑丹津《黄金史》为主。"这些蒙古文译本中，达木丁苏隆今译本的文字最好，在蒙古人民共和国和内蒙古地区曾广为流传，为在蒙古人中间普及《元朝秘史》做出了贡献。"②除策·达木丁苏隆外，蒙古国的其他译本情况如表5—2所示。

表5—2 蒙古人民共和国部分译本情况

国家	作者	书名	出版社/出处	成书年份	备注
蒙古	查·格·苏米亚巴特	《元朝秘史，蒙古秘史转写》（元朝秘史，*Mongγol – un Niγuča Tobčiyan*，Ycčийнčалиč）	乌兰巴托	1990	西里尔蒙古文，以白鸟库吉《音译蒙文元朝秘史》中的原文为底本
蒙古	沙·嘎丹巴	《〈蒙古秘史〉还原注释》	乌兰巴托：国家出版社	1990	原文部分按《元朝秘史》分行形式还原；注释部分（含691条注释）为西里尔蒙古文
蒙古	达·其林苏达那木	《蒙古秘史》	乌兰巴托	2000	西里尔蒙古文
蒙古	策仁索德诺姆	《蒙古秘史》	乌兰巴托	2000	西里尔蒙古文

---

① ［蒙古］策·达木丁苏隆：《蒙古秘史》，乌兰巴托，1947年。西里尔蒙古文译文，1957年和1976年修订。

② 乌兰：《〈元朝秘史〉文献学研究史概述》，《蒙古史研究》2013年12月31日。

续表

国家	作者	书名	出版社/出处	成书年份	备注
蒙古	舍·帕拉马道尔吉、格·米格玛苏荣	《蒙古秘史》	乌兰巴托	2004	西里尔蒙古文
蒙古	达·普日布道尔吉	《〈蒙古秘史〉新译注》	乌兰巴托	2006	西里尔蒙古文
蒙古	乔玛	《蒙古秘史》	乌兰巴托	2006	
蒙古	道尔吉（N. Dorjgotov）、额仁道（Erendo）	《蒙古秘史》（The Secret History of the Mongols）	乌兰巴托	2006	英文译本，也是为庆祝蒙古帝国成立800周年而出版的
蒙古	马嘎维亚	《蒙古秘史》	乌列盖	1979	哈萨克语译文，依照达木丁苏隆编译本，1998年、2002年先后在阿拉木图、乌兰巴托出版了两版

从 20 世纪 90 年代开始，韩国也出现了《秘史》的韩文译本，有节译本和全译本，虽然一共只有 4 个译本，但也对《秘史》的传播与研究贡献了力量，尤其是语言学领域的研究。它们分别是柳元秀的《蒙古秘史》① 和《蒙古秘史，元朝秘史》②，崔起镐、南相亘（Nam Sang‐gin）、朴元吉（Pak Won‐gil）的《蒙古秘史》（一）③ 以及朴元

---

① ［韩］柳元秀：《蒙古秘史》，首尔，1994 年版。

② ［韩］柳元秀：《蒙古秘史，元朝秘史》，首尔，2004 年版。

③ ［韩］崔起镐、南相亘（Nam Sang‐gin），朴元吉（Pak Won‐gil）：《蒙古秘史》（一），首尔，1997 年。对 1—103 节的原文进行了译注。

吉、金沂宣（Kim Gi‑son）、崔亨源（Cui Hiong‑won）的《蒙古秘史综合研究》①。

在亚洲，除了上述国家外，还有印度、伊朗和土耳其的译本。印度译本的语言为英语，分别是孙维贵（音译，Sun，Wei‑Kwei）的《蒙古秘史》②和《蒙古朝秘史（元朝秘史）》③，前者有穆罕默德·哈必卜的序文，后者则在专名的转写上存在一些问题，漏译了第278节。伊朗的译本是波斯语译文——希林（Shirin‑Bayani）的《蒙古秘史》④，该书以伯希和译注本为底本。土耳其语的译注本则早在1949年就已经出版，是由阿合马·帖木儿（Temir，Ahmed）翻译的《蒙古秘史（1240）》第1卷⑤。

三 北美洲及其他地区译本概况

北美洲和其他地区译本在本文中主要指美国和澳大利亚。一方面，由于社会历史原因，美国的《秘史》研究学者多是移民学者，是伴随着《秘史》研究出现的，另一方面译本语言都是英语。"迄今为止最有影响的《蒙古秘史》英译本当推由哈佛大学出版社出版的柯立夫（F. W. Cleaves）译本了。"⑥

---

① ［韩］朴元吉，金沂宣（Kim Gi‑son），崔亨源（Cui Hiong‑won）：《蒙古秘史综合研究》（Comprehensive Study of the Secret History of the Mongols），首尔，2006年版。全译本。

② ［印度］孙维贵（音译，Sun，Wei‑Kwei）：《蒙古秘史》，《中世纪印度季刊》1950年第54卷第4期，第1—45页。

③ ［印度］孙维贵（音译，Sun，Wei‑Kwei）：《蒙古朝秘史（元朝秘史）》［The Secret History of the Mongol Dynasty（Yüan‑chao‑pi‑shi）］，印度阿利加尔大学历史系丛刊第12种，1957年。

④ ［伊朗］希林（Shirin‑Bayani）：《蒙古秘史》，德黑兰，1950年版。

⑤ ［土耳其］阿合马·帖木儿（Temir Ahmed）：《蒙古秘史（1240）》第1卷［Mogollarn gizli tarihi（Yazılış 1240），I. Tercüme］，安卡拉，1949年。

⑥ 王宏印、邢力：《追寻远逝的草原记忆:〈蒙古秘史〉的复原、转译及传播研究》，《中国翻译》2006年第27卷第6期。

柯立夫的版本是第一个英文全译本，虽然 1956 年完成，1957 年付印，但直到 1982 年才得以付梓出版，该版本应该被视为此类全译本中的开山之作。"他在翻译中始终秉承'经史典籍'观来看待《蒙古秘史》。不同一般的学养视角和'经'式文本观影响着他对翻译策略的选择，使得他诉诸了忠实再现原著风貌的语文学翻译，并且采用西方经典'钦定圣经本'来比附《蒙古秘史》。翻译的效果极富争议。"① "柯立夫本来想翻译两册，其中第一册为译文，第二册则是翻译的评注。但很遗憾的是第二册的计划失败了。"② 尽管如此，柯立夫版的导言和 918 处注释已经展现出该书在同类译本中的重要学术意义，使后来者受益匪浅。

在美国，还有鲍国义（乌恩斯钦）的节译本《〈蒙古秘史〉研究》③，这一版是对《秘史》第 9 卷的翻译并进行了拉丁转写。鲍国义是内蒙古科尔沁人，20 世纪 60 年代初移居美国，曾在华盛顿大学讲授蒙古语文，同时从事蒙古学研究。

20 世纪 80 年代，保罗·卡恩也出版了一本长篇叙事诗体形式的《蒙古秘史：成吉思汗源流》④，主要依据柯立夫的译文改编，但是缺少一些节的内容。

澳大利亚的汉学家罗依果在 1971 年至 1985 年出版了他的译本《蒙古秘史》⑤，主要连载在《远东历史论集》上，并于 2004 年修订，出版

---

① 邢力：《蒙古族典籍翻译研究从〈蒙古秘史〉复原到〈红楼梦〉新译》，大连海事大学出版社 2016 年版，第 60 页。

② 汪雨：《〈蒙古秘史〉英译本深度翻译比较研究》，硕士学位论文，中央民族大学，2017 年，第 9 页。

③ ［美］鲍国义（乌恩斯钦）：《〈蒙古秘史〉研究》(Studies on The Secret History of Mongols) 第 9 卷，《乌拉尔——阿尔泰研究》1965 年第 58 卷。

④ ［美］保罗·卡恩：《蒙古秘史：成吉思汗源流》(The Secret History of the Mongols：The Origin of Chinghis Khan)，旧金山，1984 年版。

⑤ ［澳大利亚］罗依果：《蒙古秘史》(The Secret History of the Mongols)，《远东历史论集》，1971—1985 年。

了《蒙古秘史，13世纪蒙古史诗编年史》。① "罗氏在翻译目的上将自己的翻译定位为流利准确的现代通俗译本。基于此，他一方面采取了大量读者导向的通俗化调控，另一方面又始终坚持译本的学术品格。通俗性与学术性兼容于他的译作当中，达到了相当程度的融合状态。"② 罗依果的译本可被视为最丰富的英译本。

纵观世界上的《秘史》译本，从东亚到西欧，从北美到亚洲，从日语到波斯语再到捷克语、德语、法语、英语等多种语言，《秘史》的魅力已经传播到世界上的诸多角落，为世人了解和认识《蒙古秘史》和蒙古文化起到了重要的推动作用。当然，随之而来的，是《秘史》研究工作的不断展开。

第二节 《蒙古秘史》的海外研究情况

"秘史学"研究始于14世纪，发展于19—20世纪初，盛于20世纪末到21世纪初，如今已成为国际性的专门学科。对《秘史》的关注是源于外界对东方、对蒙古的关注，早期研究更是在学科发展基础上，为了满足殖民扩张政策的需求而展开的。

一 《蒙古秘史》海外研究概说

第二次世界大战结束后，法国、德国、英国都有相应的蒙古学中心或研究机构，开始是以法国为主导，后来，英国的相关研究显示出了强劲的发展势头。这期间一定要提及的是伯希和，不仅他

_____

① ［澳大利亚］罗依果：《蒙古秘史，13世纪蒙古史诗编年史》（The Secret History of the Mongols, a Mongolian Epic Chronicle ofthe Thirteenth Century），莱顿—波士顿，2004年版。

② 邢力：《蒙古族典籍翻译研究从蒙古秘史复原到红楼梦新译》，大连海事大学出版社2016年版，第60页。

自己是研究《秘史》的学界泰斗，他的学生及相关研究几乎影响了整个欧洲一代"秘史学"的发展，如韩百诗、李盖提等，前者整理了伯希和的遗著，开拓了新的研究，后者成为匈牙利蒙古学的奠基人。伯希和的影响甚至因为他的学生柯立夫，而延伸到了北美洲。

另外，在第二次世界大战期间，一些德国的学者为躲避迫害，逃往了英国、中国和美国，在英国和中国的一些学者后来也辗转去往美国，仅有海涅士一人留到战后，其间也受到过警告。这就使得德国的《秘史》研究，乃至蒙古学研究近乎崩溃，同时也促进了其他国家，尤其是美国的相关研究蓬勃发展。正是借着相对和平、稳定、优渥的环境，美国吸引了诸多"秘史学"学者，如札奇斯钦、鄂嫩，比利时的田清波，苏联的鲍培等，他们在美国一些蒙古学研究中心发表了一批有分量的研究成果。到20世纪90年代，美国的相关研究已经在某些方面超越了欧洲的学者。

就亚洲而言，日本的研究成果显著，在处于昭和时代并与第二次世界大战同时结束的第二个时期内，对内陆亚洲的研究构成当时日本民族学的一个最重要领域。战后，日本学者着力对以往传统的东方学研究、战争期间所收集的资料及社会人类学新理论进行综合工作。《秘史》研究正是他们当时研究中的重要部分。

纵观海外关于《蒙古秘史》的早期研究，20世纪初的研究重心主要集中在对《秘史》进行大量的翻译工作上，这才诞生了上述诸多译本。在一些译本的序言或附录中出现了对《秘史》成书年代、作者以及版本等内容的考证，书中还有一定的评注，这些都是早期文献学范畴的研究内容。随着研究的深入，研究方向主要集中在文献学、语言学、历史学、文学等几个方面。

其中，文献学的相关研究涉及了《秘史》的标题、作者、原文和版本源流、校勘，本书的写作目的、背景、时间、地点和意义等方面。许多海外译本的翻译过程就是校勘过程，上文已做梳理，就不再赘言了。海外《蒙古秘史》语言学方面的研究，主要有两个方面，一方面，对《秘史》所反映的中世纪蒙古语语言面貌进行研究，这方面日本学者成果颇多。另一方面，从训诂学、语法分析、语音复原等方面对《蒙古秘史》进行研究。主要成就以欧美学者为主。

历史学的研究则是将《秘史》作为蒙元史的重要史料进行分析，并与《黄金史》等进行比较研究等。文学学者则关注《秘史》的文学性特征，它的史诗性，其中的传说、故事、诗歌等都是学者们关注的对象。当然，《秘史》作为一部百科全书式的作品必然可以有更丰富的研究视角，但上述几个方面是"秘史学"的主要考察范畴，下文就按照地域及学科区分来对《秘史》研究的概况进行梳理。

二 欧洲研究概况

在上述的历史背景下，欧洲的《秘史》研究伴随着翻译过程开始起步。后期既有文献学的研究，也有语言学和历史学，乃至社会学等学科相关研究，并主要集中在俄国、法国、德国和英国等国家。欧洲《秘史》研究中首屈一指的学者有法国的伯希和及他的学生韩百诗、李盖提，德国的海涅士，英国的韦利，比利时的田清波等人，他们的研究及成果对后世学者产生了重要影响。"总的来说，伯希和、海涅士和田清波将这种研究变成资产阶级蒙古学中的一个特殊而独立的史料学学科过程中，树立了一个重要的里程碑。"① 接下来本书将从学科的角度对欧洲的《秘史》研究概况进行简要整理。

（一）文献学

欧洲的文献学中关于版本与源流的分析研究最早见于译本中，俄国的卡法罗夫的《元朝秘史》已经在导言部分介绍了《秘史》在中国的起源和转译情况，注释部分对特殊的汉字做了说明和注

① ［苏联］戈尔曼（Гольман, Марк, Исаакович）:《西方的蒙古史研究·十三世纪—二十世纪中叶》，陈弘法译，内蒙古教育出版社 1992 年版，第 83 页。

释。后来，波兹德涅耶夫写了一篇题为《论古代蒙古历史巨著〈元朝秘史〉》① 的论文，载于《俄国考古学会报告》，文中介绍了卡法罗夫收藏的抄本。1962 年，潘克福在《元朝秘史（蒙古秘史）十五卷本》② 的前言中回顾了不同《元朝秘史》版本的流传情况。法国的伯希和的《〈蒙古秘史〉蒙文原文的两处脱文》③ 和德国学者 M. 陶博（M. Taube）的《〈蒙古秘史〉的一种不知名版本》④ 也在这方面进行了探讨。此外，伯希和的学生韩百诗也沿袭了其师的研究，发表了文章《〈元朝秘史〉伯希和转写、法译本告读者书》，这是当 1949 年整理出版伯希和《元朝秘史》遗著时，作为“小序”编入的。鲍登（Bawden, C. R）的《蒙古编年史〈阿拉坦·脱卜赤〉》⑤ 译注也属文献学的研究范畴。

关于《秘史》的书名，潘克福认为最初的“成吉思汗的根源”是《秘史》真正的名字，而“元朝秘史”的名字是中国的官员后来添加的。伯希和在《〈元朝秘史〉的蒙古文标题》⑥ 中也论述过此类问题。至于成书年代的问题，德国学者德费尔在《〈蒙古秘史〉成书年代考》⑦ 中进行了考证。另外，英国的韦利也在 20 世纪 60 年代发表了

---

① ［俄］波兹德涅耶夫（ПоАнееВ, A. M.）：《论古代蒙古历史巨著〈元朝秘史〉》，《帝俄考古学会通讯》1884 年第 10 卷 3—6 期，第 248—259 页。

② ［俄］潘克福（В. Панкпратов, L. N.）：《元朝秘史（蒙古秘史）十五卷本》，莫斯科：东方文献出版社影印版 1962 年版。

③ ［法］保罗·伯希和（Paul Pelliot）：《〈蒙古秘史〉蒙文原文的两处脱文》（法文），《亚洲论丛》第 1 卷，第 1—2 分册，1940—1941 年。

④ ［德］M. 陶博（M. Taube）：《〈蒙古秘史〉的一种不知名版本》，L. 拉特曼编：《亚洲：过去与现在》，1947 年，第 459—471 页。

⑤ 鲍登（Bawden, C. R）：《蒙古编年史〈阿拉坦·脱卜赤〉》，威巴登，1955 年。

⑥ ［法］保罗·伯希和（Paul Pelliot）：《〈元朝秘史〉的蒙古文标题》（法文），《通报》1931 年第 14 期。

⑦ ［德］德费尔（Gerhardt Doerfer）：《〈蒙古秘史〉成书年代考》，《德国东方学会学报（ZDMG）》1963 年第 113 卷 1 期，第 87—111 页。

《〈元朝秘史〉札记》① 和《〈蒙古秘史〉及其他论文》②。

（二）语言学

语言学研究方面，词汇、语音、语法等成为重点。1939 年，著名德国学者海涅士编著了《蒙古秘史辞典》③，"该词典在每个词条下面都注明该词出现的各个节次，但是根据额尔登泰和乌云达赉两位学者的考证发现词典中有语音标错、词汇断错、杜撰词汇等错讹之处"④。再加上他的德文译注本本身对《秘史》的复原和许多词语的解释，使得他成为当时《秘史》语言学研究者中非常重要的一位学者。海涅士出生在一个普鲁士官僚家庭。1899 年，他进入柏林大学，学习中文、蒙文、满文；1903 年，以研究蒙古历史的论文得到博士学位。他与中国的缘分不只在蒙文和中文的学习领域，而且曾有过一段直接了解中国的机缘：1904 年他曾在武汉新军营任德文教官，为时 7 年，直至辛亥革命后回到德国。这些经历都为他的《秘史》研究奠定了基础。鲍培（N. Poppe,）的论文《蒙古方体字语言与〈元朝秘史〉》⑤ 也是对《秘史》词汇和语言的研究。

同时代的柯津对《秘史》的转写、俄文译文和词汇对照表"是苏联《秘史》研究的转折点"⑥。书中提出了一个重要的议题，"在 13 世

---

① ［英］韦利：《〈元朝秘史〉札记》，《东方和非洲学院学报》1960 年第 23 卷，第 523—529 页。

② ［英］韦利：《〈蒙古秘史〉及其他论文》，伦敦，1963 年。

③ ［德］海涅士（Haenisch, E. ）编著：《蒙古秘史辞典》，莱比锡，1939 年版。

④ 王宇：《〈蒙古秘史〉总译新词研究》，硕士学位论文，内蒙古大学，2017 年，第 4 页。

⑤ 鲍培（Poppe, N）：《蒙古方体字语言与〈元朝秘史〉》，《大亚细亚》新集 1944 年第 1 卷，第 97—115 页。虽然鲍培后来去了美国，但 1923—1948 年，在苏联—德国—蒙古国等国之间进行了学术考察、工作调动、蒙古学研究和教学等工作，所以此篇论文归入欧洲研究类。

⑥ ［苏联］H. 雅洪托娃：《俄苏的〈蒙古秘史〉研究》，徐维高译，《蒙古学资料与情报》1989 年第 1 期。

纪，汉字作为一种与蒙古文字并存的字体在蒙古人中间使用，因此他怀疑是否存在过用畏兀儿字书写的《秘史》的蒙古文原本"①。这激起了一些俄国学者研究《秘史》中蒙古语言的极大兴趣。柯津自己就写了两篇论文《论动词的后缀"т"》和《论蒙古语复数形式》。其他学者也在语言学领域内展开了研究，如 M. 奥尔洛夫斯卡娅论述了《秘史》分词问题，普尔布耶夫重点研究了蒙古语短语单位，而哈莫诺夫则关注了《蒙古秘史》语言中的词汇成分问题，H. 格拉巴的《〈蒙古秘史〉位置格的词》和 1999 年巴德玛耶娃的《通过对比〈蒙古秘史〉和布里亚特语中的例证分析中世纪蒙古语态的体系》② 则更加细致地对《秘史》中的语料进行了分支研究。

（三）历史与文学研究

在历史与文学艺术层面，扎姆察朗诺在他的《17 世纪蒙古编年史》中探讨了《秘史》和《罗·黄金史》之间的关系问题。符拉基米尔佐夫教授对《秘史》给予了高度的评价，在文学方面他指出，《蒙古秘史》引起了人们极大的兴趣，它给成吉思汗及其战友们写作了长篇的叙事诗篇，是精心结构的一部伟大的英雄史诗。俄国的另一位东方学家巴托尔德教授也提到，《秘史》不仅具有史料价值，更有很高的艺术价值，是古代蒙古族英雄史诗的典范。在《秘史》的艺术价值方面，柯津也表达过观点，他认为《秘史》是一部纯粹的文学作品，因为书中存在着大量的诗歌内容。还有哈莫诺夫等分析了《秘史》与布里亚特民间传说间的关系，涅克柳多夫研究了《秘史》的史诗特征。在匈牙利，拉斯洛·劳林茨的《〈蒙古秘史〉中的历史叙事诗》（1975）和乌-科·卡塔林的《与〈蒙古秘史〉相类似的南西伯利亚民族学事例》

---

① ［苏联］H. 雅洪托娃：《俄苏的〈蒙古秘史〉研究》，徐维高译，《蒙古学资料与情报》1989 年第 1 期。

② ［俄］Ю. Д. 巴德玛耶娃（Ю. Д. Бадмаева）：《通过对比〈蒙古秘史〉和布里亚特语中的例证分析中世纪蒙古语态的体系》，俄罗斯科学院西伯利亚分院布里亚特科学研究中心编：《蒙古语历史发展》，1999 年。

（1970）也从文学的角度进行了研究。

（四）其他研究

法国的马克思主义史学家勒格朗以"成吉思汗传"（据《秘史》记载）为研究社会关系等级的一种例证，发表了《人物的历史类别与模式——成吉思汗》① 一文。他以马克思主义的观点，研究了蒙古人民政权的开始阶段。玛丽－莉丝·贝发（Marie－Lise Beffa）从观念史、历史人类学角度提出了不少创见。她本为语言学家、数学家、蒙古学家和突厥学家，精通汉语，她一方面参加了由阿玛咏夫人发起的蒙古研究中心的集体研究项目，即有关高地亚洲的礼仪活动、史诗等研究；另一方面继续释读《秘史》，尤其是通过民族学视角开展解读。在论文《〈蒙古秘史〉中的"腾格里"（天）的概念》② 中，她革命性地推翻了认为"长生天"是成吉思汗的合法性之源的旧理论，指出"'长生天'的观念不存在于《蒙古秘史》中，天对于当时蒙古世界的政治进程没有任何影响"③。

俄国还有关于沙斯契娜的《秘史》的人种学研究和"成吉思汗的描述"，也有《秘史》研究的综述性文章，如 H. 蒙库耶夫和 H. 雅洪托娃分别于 1979 年和 1989 年写了综述性的文章。后者梳理了从 1866 年开始到 1988 年俄苏关于《蒙古秘史》的研究情况。从《蒙古秘史》最初的搜集整理、翻译，到以此为基础的研究研究情况，涵盖了历史研究、语言研究、文学研究、人种学研究等诸多方面。

---

① ［法］勒格朗：《人物的历史类别与模式——成吉思汗》，《思想》1982 年第 228 卷。

② ［法］玛丽－莉丝·贝发（Marie－Lise Beffa）：《〈蒙古秘史〉中的"腾格里"（天）的概念》，《蒙古和西伯利亚研究》1993 年第 24 卷，第 215—236 页。

③ ［法］鄂法兰：《法国的蒙古学研究》，耿升译，《蒙古学信息》1998 年第 1 期。

三　亚洲研究概况

亚洲的研究情况与译本情况一致，以日本为主，其他国家为辅。当时的国际背景是，"20 世纪 30 年代大规模侵华战争爆发后，适应占领和统治中国的需要，进一步加强了满蒙史和辽金元史研究（吸取所谓'异民族统治中国'的经验）。日本对东北、华北（包括内蒙古）广大地区的占领又使其学者有条件深入各地进行调查，获得了更多资料"①。1945 年第二次世界大战中日本人的投降，对整个蒙古研究史也产生了重大的影响。日本诞生了那珂通世、白鸟库吉、小泽重男等一批著名学者。"至少到第二次世界大战以前，日本专治蒙古和中亚历史的学者，都直接或间接地受到那珂通世和白鸟库吉研究的影响。"② 蒙古国和韩国的研究侧重文献考证和语言研究，日本与韩国还有一些历史研究，所以总体来看亚洲的《秘史》研究也集中在文献学、语言学和历史学等方面。

（一）文献学

在文本译注之外，20 世纪 50 年代曾出现过一次对《秘史》文献研究的小高潮。小林高四郎、植村清二、榎一雄、普尔列（或作培尔列，ПзРлээ，Х.）等人对《秘史》的不同版本以及版本间关系问题、成书时间、作者和书名、文本内容考证等问题展开了研究，到 20 世纪 80 年代更有小泽重男等加入相关研究，并取得了丰硕的成果。

首先，对《秘史》进行的文献目录研究基本以日本学者为主，其中最早的是榎一雄。他撰写的《〈元朝秘史〉关系文献简目》③（1943）

---

① 王禹浪、程功：《海外蒙古学研究述略》，《哈尔滨学院学报》2013 年第 1 期。

② 达力扎布主编：《中国边疆民族研究》第 7 辑，中央民族大学出版社 2013 年版，第 296 页。

③ ［日］榎一雄：《元朝秘史关系文献简目》，附录于那珂通世的《成吉思汗实录》，1943 年。

和《增订〈元朝秘史〉关系文献简目》①（1951）梳理了相关研究文献
之间的关系，前者是附录与那珂通世的《成吉思汗实录》（1943）的，
后者则载于《东洋学报》卷33第3、4期。类似的还有原山煌的《元
朝秘史有关文献目录》②，同样是做文献目录的整理工作，到1978年
时，原山煌在其所编的《〈元朝秘史〉有关文献目录》中收录的中西
文、日文、蒙文及俄文有关《元朝秘史》研究论著、书评、介绍等目
录（包括译本、音写复原本、书评）已达360余种。

其次，文献学专著方面最有影响力的要数小林高四郎的《〈元朝秘
史〉研究》③和小泽重男的《元朝秘史》④了。小林高四郎的书是第一
部《秘史》研究的文献学专著，更是日本早期在"秘史学"领域产生
世界影响力的著作。全书由序和11章正文构成，分析了《秘史》与
《圣武亲征录》等史料的关系，《秘史》的书名、成书年代、作者以及
汉字音写、汉译底本等问题，"考证了《元史》所记载的'国史''国
书脱卜赤颜''蒙古脱卜赤颜'等几个名词与《秘史》之关系，对陈
垣、金井保三的某些推测提出质疑等，多所创见"⑤，是从语言学和历
史学等不同角度对文献进行考察。虽说小林高四郎的著作是一部文献
学专著，但其中涉及的学科与研究方法已远超文献学的范畴，是一部
为后世所敬仰的著作。

小泽重男的《元朝秘史》由序言和9章正文组成，根据前人的研
究，总结各方观点，就《秘史》的书名、作者、成书年代、汉译年代
以及版本等问题进行了探讨，并指出对《秘史》的原书名的研究是首
要问题，而对《秘史》的旁译和总译研究是今后主要的研究对象。

---

① ［日］榎一雄：《增订〈元朝秘史〉关系文献简目》，《东洋学报》1951年卷33第
3、4期。

② ［日］原山煌：《元朝秘史有关文献目录》，日本蒙古学会（东京），1978年。

③ ［日］小林高四郎：《〈元朝秘史〉研究》，日本学术振兴会，1954年版。

④ ［日］小泽重男：《元朝秘史》，岩波书店1994年版。

⑤ 白·特木尔巴根：《〈蒙古秘史〉文献版本考》，北京大学出版社2014年版，第
15页。

再次，其他文献学的研究主要围绕着书名、成书年代等问题展开。如小林高四郎认为《秘史》的原名应该是"成吉思汗皇帝的根源"，小泽重男则认为原书没有书名，所谓的"忙豁仑纽察脱察安"是后人加上去的。

至于成书年代的问题，历来是学界中争议较大的内容。那珂通世、岩村忍、服部四郎等人持 1240 年的观点，植村清二和小林高四郎则认为是 1228 年。1931 年，植村清二在《〈元朝秘史〉小记》[①] 中又提出了《秘史》的正卷卷 1 至卷 10 是 1228 年写成的，续卷卷 1 和卷 2 是 1257 年完成的这一观点。小林高四郎根据多年的研究，在《元朝秘史研究》中进行了总结，基本上持 1228 年说。小泽重男又提出续卷卷一、卷二是 1252 年写成的新观点。村上正二和冈田英弘[②]则持 1324 年说的观点。

最后，关于版本及相关考证的问题，日本的原山煌发表了《评村上正二〈蒙古秘史〉译注本》[③] 和《论〈元朝秘史〉十五卷本——对陆心源旧藏本的研讨》[④]，蒙古国的普尔列（或作培尔列，ПэРлээ，X.）用西里尔蒙古文发表了《〈蒙古秘史〉地名、河名考》（科学、高等教育委员会出版社 1957 年版）和《〈秘史〉中保留的若干法律条文》[⑤]。此外，蒙古国的策·道格苏伦也做过《秘史》地名考的相关研究。韩国的南相亘、柳元洙的《杭盖省与〈蒙古秘史〉中的某些地方》[⑥] 和朴

① ［日］植村清二：《〈元朝秘史〉小记》，《东方学》1955 年第 10 卷。

② ［日］冈田英弘（Okada, H.）：《〈蒙古秘史〉的成立》，《东洋学报》1985 年第 66 卷。

③ ［日］原山煌：《评村上正二〈蒙古秘史〉译注本》，《东洋史研究》1976 年第 35 卷第 4 期，第 135—142 页。

④ ［日］原山煌：《论〈元朝秘史〉十五卷本——对陆心源旧藏本的研讨》，《东洋史研究》1983 年第 42 卷第 1 期。

⑤ ［蒙古］普尔列（或作培尔列，ПэРлээ，X.）：《蒙古学》1961 年第 3 卷第 14 期，第 24—41 页。

⑥ ［韩］南相亘、柳元洙：《杭盖省与〈蒙古秘史〉中的某些地方》，韩国蒙古合作研究协会、蒙古国科学院：《韩蒙合作研究》第 2 卷。

元吉的《关于〈蒙古秘史〉中有关的忙格秃·乞颜与汪古儿关系的研究》① 也进行过相关的文献学研究。

（二）语言学

亚洲的《秘史》语言学研究重在对中世纪蒙古语语言的研究，包括词汇、语法等问题。这方面日本学者成果颇多，以小泽重男为最。"他在东京外国语大学时，以《蒙古秘史》作为学习蒙古语的教科书，四十多年来一直从事对《蒙古秘史》的语言学方面的研究。"② 小泽重男对《元朝秘史》研究的语言学专著主要有《古代日本语与中世蒙古语若干单词比较研究》③ 和《元朝秘史蒙古语语法讲义》④。前者附有《〈元朝秘史〉蒙古语语汇索引》，后者附有《元朝秘史蒙古语辞典》，由动词论、实词论、虚词论、语法论四部分组成。

此外，小泽重男的《中世纪蒙古语诸形态研究》，是他的博士学位论文。该书以四部丛刊本、叶德辉本为主，参考了小林高四郎和伯希和的《秘史》译注，山村七郎的契丹文研究成果和鲍培、服部四郎、符拉基米尔佐夫、韩百诗等人的古代蒙古语研究成果。"该书突出特点是，概括阐述了蒙古语的历史、系统及其相关语言的关系，重点分析和研究了中世纪蒙古语，特别是《秘史》蒙古语的动词词尾体系，提出了'指上形、指下形'概念，对中世纪蒙古语的动词词尾体系进行了深入细致的分析。"⑤ 小泽重男还有《秘史》语言学研究的论文 20 多篇。他对《蒙古秘史》的语言学研究成果丰富，且有学理深度，为研

---

① ［韩］朴元吉：《关于〈蒙古秘史〉中有关的忙格秃·乞颜与汪古儿关系的研究》，韩国蒙古学研究协会：《蒙古学研究》1994 年第 2 卷。

② 乌云高娃：《日本关于〈蒙古秘史〉的研究状况》，中国中外关系史学会：《中西初识二编——明清之际中国和西方国家的文化交流之二》，2000 年 4 月 1 日。

③ ［日］小泽重男：《古代日本语与中世蒙古语若干单词比较研究》，东京：风间书房，1968 年版。

④ ［日］小泽重男：《元朝秘史蒙古语语法讲义》，东京：风间书房，1993 年版。

⑤ 白秋：《〈元朝秘史〉动词研究》，硕士学位论文，沈阳师范大学，2017 年，第 4 页。

读《蒙古秘史》及中世纪蒙古语提供了便利条件。

服部四郎在《〈元朝秘史〉中标写蒙古语的汉字之研究》[①] 中，首先考察了汉字的读音，然后从音韵学角度，对如何以汉字标写中世蒙古语进行了研究。山川英彦则研究了《秘史》中的语法问题（《〈元朝秘史〉总译语法札记》，1976 年）。佐藤喜之在 1993 年到 2009 年，发表了一系列文章专门探讨《秘史》中的一些词汇和翻译问题，如《〈元朝秘史〉、〈华夷译语〉总译的"么道"》《关于〈元朝秘史〉总译文末的"有"》《〈元朝秘史〉蒙古语全词汇、语尾索引》和《〈元朝秘史〉蒙古语汉字音译、意译汉语对照词汇》。

韩国现代对《蒙古秘史》的研究以语言学为主，其中金芳汉于 1957 年发表的《〈元朝秘史〉蒙古语研究——试探其文法体》一文，分析了"夺格助词"的几个特征；1957 年的《关于蒙古语 i 的用法——以所谓 accusatives actoris 为中心》一文，认为《元朝秘史》《蒙语老乞大》中"i"的用法，在书面语中是见不到的主语表示法，与韩国语主格词"ei"是同样的来源。

至于韩国的金贵达发表的《关于〈蒙古秘史〉中的成吉思汗研究·第一部分》[②] 和《关于〈蒙古秘史〉中的成吉思汗研究·第二部分》[③]，都属于历史学范畴的研究了。

四 北美洲及其他地区研究概况

北美洲及其他地区主要指美国和澳大利亚，这些地区对《秘史》的研究起步相对较晚，尤其是美国的研究，是随着第二次世界大战及战后移民的涌入而兴起的。"特别是四十年代末，老资格的比利时蒙古

---

① ［日］服部四郎：《〈元朝秘史〉中标写蒙古语的汉字之研究》，东京：龙文书局1946 年版。

② ［韩］金贵达：《关于〈蒙古秘史〉中的成吉思汗研究·第一部分》，《史学志》1971 年第 3 卷。

③ ［韩］金贵达：《关于〈蒙古秘史〉中的成吉思汗研究·第二部分》，《大丘史学》1972 年第 3 卷。

学家田清波神父（A. Mostaert，1881—1971）和前苏联蒙古学家鲍培（N. Poppe，1897—1992）先后移居美国，对美国的蒙古学研究推动很大。"[1] 同时，随着越来越多外国移民的涌入，美国的人口结构发生了变化，对少数族裔的关注也被提上日程，人们对外国文化从单纯的个人兴趣开始转变为专业化、系统化的研究。澳大利亚的《秘史》研究者主要是罗依果，而加拿大的《秘史》研究已知的则只有很少量会议的论文。研究的重点也集中在文献学和语言学方面。

（一）文献学

北美洲和澳大利亚的《秘史》文献学研究多围绕《秘史》的版本流传、成书年代等议题。除柯立夫的《秘史》英译本导言和罗依果的译本中都谈到了文献学的相关问题外，还有其他学者从文献学角度展开研究。

如早年移居美国的老一辈学者洪煨莲（Hung. William），他的《〈蒙古秘史〉源流考》[2] 考证《蒙古秘史》的版本流传情况，也有黄时鉴汉译研究等。其版本目录学的深厚根基，对《蒙古秘史》与相关史料的相互关系进行缜密考察，无疑是这方面的权威之作。

鲍培（N. Poppe）是美国经历坎坷的大学者。他在 1897 年生于俄国驻天津大使秘书长家庭，其父母是当时受高等教育的俄国著名外交家和通晓汉、满、蒙、俄、德等多种语言文字的人类学家和东方学家。他在蒙古语言、文学及元代八思巴字蒙文文献研究等方面卓有成就，1949 年赴美移居后发表了不少蒙古学方面的论文，尤其是在《蒙古秘史》中的古典蒙古语和八思巴字文献、布里雅特语言文化研究等方面做出了很大贡献。

---

① 德力格尔：《美国蒙古学研究概况》；内蒙古社会科学院：《蒙古学年鉴（2005）》。

② ［美］洪煨莲（或译洪业，Hung, William）：《〈蒙古秘史〉源流考》（The Transmission of eht Book Known as the Secret History of the Mongols），《哈佛亚洲学报》（HJAS）1951 年第 14 卷。（中译本《〈蒙古秘史〉的版本流传》为张乃骏译，载《蒙古学资料与情报》，1984 年。）

比利时的学者田清波（Monstaert）于 1948 年定居华盛顿附近，同柯立夫有密切的合作关系，曾协助从事蒙古史籍的编刊和伊尔汗信件的研究，还发表过《〈蒙古秘史〉的几种译本》（1953）、《〈蒙古秘史〉第十四章节的说明》（1956）等重要文章。

克吕格尔（J. R. Krueger），生于 1927 年，是著名蒙古学家，他的主要成绩是在蒙古语言、文献和卫拉特蒙古研究方面，发表了《〈蒙古秘史〉的年代学与书志学》。①

罗依果（Igor de Rachewiltz）是当代世界著名的蒙古学及元史学家。他于 1929 年 4 月 11 日出生在意大利罗马，1949 年入罗马大学学习法律、亚洲史以及汉语和蒙古语，1951 年毕业，1952 年入那不勒斯东方语言大学学习汉语、日本语以及其他专业，1955 年毕业，此间同时在外交部机关（档案部）兼职工作，1956 年赴澳大利亚国立大学远东历史系学习亚洲史博士课程，1960 年毕业，后留澳大利亚国立大学任教。"他介绍自己的主要研究方向为：13、14 世纪汉·蒙政治、文化史，东西方之间的政治文化交流（侧重于 13、14 世纪），汉·蒙语文学等。"②

在《关于〈蒙古秘史〉中的一些基本问题》③和《关于〈元朝秘史〉的成书年代》④中，罗依果提出了自己对《秘史》成书年代和作者的一些观点，通过利用《圣武亲征录》和《金史》等文献的考证，他在《蒙古秘史成书年代问题述评》（1966）中指出，《秘史》的早期本应该包括第 1—268 节，其题名或为《成吉思汗之源流》。至于窝阔台以后的史事，是后来增补的。《秘史》的作者是一位不为人知的蒙

①　［美］克吕格尔（J. R. Krueger）：《〈蒙古秘史〉的年代学与书志学》，《蒙古学会学报》1966 年第 5 期。

②　乌兰：《罗依果先生简介及著作目录》，《蒙古学信息》1996 年第 3 期。

③　［澳大利亚］罗依果：《关于〈蒙古秘史〉中的一些基本问题》，瞿大风译，《蒙古学信息》1998 年第 4 期。

④　［澳大利亚］罗依果：《关于〈元朝秘史〉的成书年代》，《华裔学志》1965 年第 24 卷。

古人。

1972 年出版的《〈元朝秘史〉词汇索引》①（由原文拉丁转写和词汇索引两部分构成）是罗依果在学界首先使用电脑分析、处理蒙文史籍所取得的成果，在这方面他是当之无愧的开拓者。

（二）语言学

田清波（Monstaert）也在词汇等方面进行了研究，他自 1949 年至 1952 年，连续发表了几篇关于《秘史》的文章，主要针对词汇解释并讨论相关的问题。1953 年，哈佛燕京学社将其系列论文汇总成册——《关于〈蒙古秘史〉的若干片段》②。全书包括对《元朝秘史》63 处原文（涉及 148 个节）所作的词解、研究，脚注达 245 处之多。作为一名基督教的神父和国际天主教移民委员会成员，1906—1925 年，他曾到鄂尔多斯传教，一住就是二十多年，精通蒙语及蒙古事务；后在北京天主教会工作，1948 年定居华盛顿附近。数十年中，他撰写了大量关于研究蒙古语言、部族和文献的著作与论文。

另一位语言学研究学者是约翰·查尔兹·斯垂特（J. Street），他生于 1930 年，作为著名蒙古学家，主要研究蒙古语言学。他的博士学位论文《〈蒙古秘史〉语言研究》（1955），从语音学、形态音位学、句法、形态学四个方面对中世纪的蒙古语进行了研究。此外他还写了《关于〈蒙古秘史〉各抄本中的 14 世纪蒙古文的标点符号》，以及《蒙古秘史》与中世纪蒙古语词汇及其语法特点研究方面的论文丛书，古代日语中的阿尔泰语言研究等方面的论著等。

① ［澳大利亚］罗依果：《蒙古秘史索引》（Index to the Secret History of the Mongols），美国：卢布明顿，印第安纳大学出版社 1972 年版。

② ［比利时］田清波（Monstaert）：《关于〈蒙古秘史〉的若干片段》（Sur Quelques Passages de L'Histoire Secrète des Mongols），哈佛燕京学社编：《哈佛亚洲学报》（HJAS）1950 年第 13 卷，第 285—361 页，1951 年第 14 卷，第 329—403 页，1952 年第 15 卷，第 285—407 页。单行本在美国马萨诸塞州坎布里奇出版，共 407 页。2010 年，"田清波蒙古学中心"在乌兰巴托出版了该书的基里尔蒙古文译本（Антоон Мостаэрт，Монголын Нууч Товчооны Эарим Кэсċийн Тухай）。

罗依果在《秘史》的语言研究方面也有涉及，如《关于〈元朝秘史〉第 254 节中的词组 Ċul ulja'ur（？ =Ċol Oljaúr）》（《F. W. 柯立夫纪念论文集》，《土耳其学杂志》1985 年第 9 期）和《〈元朝秘史〉第 70 节中的词组 Qajaru Inerü》（达菲纳《印—中—藏 z. 佩特克纪念论文集》，《东方学》1996 年第 9 卷）。

（三）其他研究

扎奇斯琴（Jagchid Sechen），本是内蒙古人，1972 年受聘于美国杨伯翰大学。扎奇斯琴移居美国后，继续从事蒙古学研究和内蒙古自治运动史研究，1988 年出版的英文版《蒙古学研究论集》中收入了他历年发表的关于蒙古地区商业的形式、《蒙古秘史》等的论文，如《研究〈蒙古秘史〉和〈黄金史〉中的蒙古人的价值观和道德观》（1977）和《〈蒙古秘史〉新译注释》（1978）。穆斯（L. Moses）是印第安纳大学蒙古学者，主要讲授和研究 13—20 世纪内亚历史、蒙古学及《蒙古秘史》的专题课程和科研课题。

第三节 "秘史学"学术活动及组织机构

"秘史学"的发展已走过百余年的岁月，为了学术的进一步交流，也为推动"秘史学"的研究，学界举办过一些相关的学术活动。在这些学术活动中，我们可以一窥"秘史学"研究的重点及方向。下文将已知的相关国际学术活动和学术机构进行简要介绍。相信随着"蒙古学"和"秘史学"的热潮，国际学术活动和组织机构肯定还有许多，本书必不能穷尽，仅简介以供参考。

一 20 世纪 80 年代至 90 年代末

1988 年 8 月 30 日至 9 月 5 日，由内蒙古师范大学主持的"《蒙古秘史》国际学术研讨会"在呼和浩特市召开。来自中国、苏联、蒙古国、捷克斯洛伐克、匈牙利、保加利亚、美国、加拿大、日本9个国家的70多名专家、学者出席了会议，大会也收到了91篇学术论文。

8月31日至9月2日上午，会议分为语言、文学、历史三个分会进行了学术讨论。语言部分学者发言，主要从语言、意义、语法、词汇、修辞等多方面进行了研究，其中海外研究涉及了《蒙古秘史》中的一些谚语的学术问题（美国的杭锦·官布扎布教授）。

文学分会场对《蒙古秘史》的文学性、意义、形象、艺术、诗歌特征、美学观点及《秘史》的作者、创作文字、版本等方面进行了探讨，从文学、美学、民俗学、文献学、宗教诸角度进行两两深入细致的研究。其中外国学者的研究有，论《蒙古秘史》的文学性（保加利亚的 A. 费多托夫教授），《秘史》与民间传说（芬兰的 P. 阿尔托教授），关于《秘史》的成德功译文（苏联的乌斯宾斯基）。

历史分会场是从《蒙古秘史》的名称由来，为什么称之为《秘史》，《蒙古秘史》的性质、价值、复原、作者、写作年代等基本问题开始，直至依据《秘史》所记载的史料对13世纪蒙古历史上的重大事件、氏族、部落的演变、蒙古族的起源、哲学、科技、医学、武器、民俗、伦理、历史地名等众多方面进行了研究。《如"万民之主"成吉思汗在〈蒙古秘史〉中的形象特征》（加拿大的 W. 罗伯特），《作为成吉思汗历史纪实的〈蒙古秘史〉的可靠性》（日本的村上正二），《中世纪蒙古战争中的创伤、其性质及治疗》（加拿大的 C. 索菲亚）等。

"这次《蒙古秘史》国际学术讨论会足以表明'秘史学'研究已进入了新的历史发展时期。首届《蒙古秘史》国际学术讨论会的召开标志着为'秘史学'研究的新的征途揭开了序幕。"①

二 20世纪90年代至今

1990年，为纪念《蒙古秘史》成书750周年举行的国际学术研

---

① 索亚：《〈蒙古秘史〉研究的新进展——记首届〈蒙古秘史〉国际学术讨论会》，《内蒙古师范大学学报》（哲学社会科学版）1988年第4期。

讨会于 8 月 14 日至 16 日在蒙古人民共和国首都乌兰巴托召开。参加
这次研讨会的有中国、蒙古国、日本、朝鲜、印度、伊朗、土耳其、
苏联、德国、保加利亚、法国、捷克斯洛伐克、意大利、匈牙利、英
国、加拿大、澳大利亚、美国等 24 个国家、地区的 115 名代表。他
们中有在《秘史》研究方面做出重大贡献的知名学者，如蒙古国的
旦巴、中国的巴稚尔、澳大利亚的罗依果、日本的小泽重男、德国的
瓦·海西希等著名学者，也有初露才华的中青年学者、研究人员及研
究生。

开幕大会上，国际蒙古学会理事长、院士 III. 比拉作了题为《〈蒙
古秘史〉是一部历史和书面文化的文献巨著》的学术报告。会议分为
语言文学、历史哲学、文化艺术三个分会场进行讨论。本次大会上，
学者们提交的论文除了传统领域之外，还涉及了《秘史》的民族、民
俗、宗教、法律、美学、军事等方面的研究成果。一些报告引起了文
学研究者的浓厚兴趣，例如《秘史》中的史诗母题（［德］瓦·海西
希）、《秘史》与萨满教诸问题（仁钦道尔吉）、《秘史》的文学性质
（贺西格陶克陶）、《秘史》中神话之来源（呼日勒沙）等。

2001 年，由内蒙古师范大学主持召开的《蒙古秘史》与蒙古文化
国际学术研讨会于 8 月 2 日至 6 日在呼和浩特市召开。这次国际学术研
讨会共收到学术论文 160 余篇，经专家组评审，在会议上正式宣读或书
面交流的学术论文达 144 篇之多，参加本次学术会议的有中国、蒙古
国、俄罗斯、日本、德国、意大利、美国 7 个国家的 142 名蒙古学专家
学者。

这次学术研讨会共分语言、文学、历史、综合 4 个组进行了分会讨
论。与会学者们在《蒙古秘史》汉文转写语音规则，《蒙古秘史》词汇
的文化语言学研究，古代蒙古游牧文化及社会制度，蒙古民俗文化、
音乐舞蹈、游牧文化和环境保护等多种学术领域进行了探讨。一些论
文重点讨论了《蒙古秘史》的文化根源与民间文学的关系，以及《蒙
古秘史》对后期蒙古族文学的各种影响。其中国外学者的研究，如莲

见治雄教授（日本）的《蒙古民间文学的意义》、杜拉姆教授（蒙古国）的《腾格尔信仰与翁滚信仰的矛盾》等论文引起了与会学者的广泛关注。

2016 年 11 月 9—10 日，"蒙古族源与蒙古秘史国际学术研讨会"在呼伦贝尔学院召开。蒙古国考古协会会长、成吉思汗大学校长拉哈巴苏荣，蒙古国著名《蒙古秘史》研究专家、地理学家苏赫巴特尔，蒙古国考古协会研究员孟和巴图及呼伦贝尔市相关专家、学者出席研讨会。拉哈巴苏荣和苏赫巴特尔分别就蒙古国匈奴墓葬考古研究、成吉思汗历史研究和蒙古国《蒙古秘史》研究考证情况进行了详细介绍。与会的专家、学者从历史、地理、人物和文化等领域就蒙古之源研究进行了交流和讨论。

2018 年 9 月 15 日至 17 日，内蒙古大学首届《蒙古秘史》国际研讨会在赤峰市巴林左旗举行。同时，内蒙古大学《蒙古秘史》研究中心于研讨会召开期间举行揭牌仪式。本次研讨会由内蒙古大学主办、巴林左旗人民政府协办。

参加此次学术研讨会的有美国宾夕法尼亚大学、俄罗斯科学院、蒙古国科学院、蒙古国国立大学、蒙古国乌兰巴托大学、蒙古国师范大学、蒙古国佛教文化研究中心、日本早稻田大学、日本东京外国语大学、韩国成吉思汗研究中心、台湾海洋大学、北京大学、中国社会科学院、中央民族大学、中山大学、南京大学、吉林大学、长春师范大学、西北民族大学、内蒙古大学、内蒙古师范大学、内蒙古农业大学、内蒙古财经大学、内蒙古民族大学、呼和浩特民族学院、赤峰学院等高校的专家学者及出版社、新闻媒体等社会各界人士近 200 人，发表了 100 余篇精彩的高水平学术论文。与会专家学者用蒙古语、汉语和英语围绕《蒙古秘史》语言与文学研究、《蒙古秘史》历史与文化研究、《蒙古秘史》文献与版本研究、《蒙古秘史》同时期其他文献研究 4 个主题研讨交流了各自最新研究成果和思想认识。

在专门的"秘史学"学术会议之外，许多"秘史学"的相关研究和学术活动是在"国际蒙古学家大会"大的蒙古学研究背景下展开的。国际蒙古学联合会于 1992 年 8 月 11 日举行，由国际蒙古学联合会（前身即蒙古学协会）主办，蒙古国科学院协办，在蒙古国首都乌兰巴托举行。出席联合会的代表，来自世界五大洲的 20 个国家和地区，共 200 多人。会议由联合会代主席、日本学者小泽重男教授主持，决定五年为一届。1992 年 7 月 1 日，正当世界首届游牧民族作家大会于《蒙古秘史》成书地会盟之际，8 月 11 日，蒙古学联合会（即第六届蒙古学协会）紧接着又在乌兰巴托召开。会议期间，国际蒙古学联合会，向有重大贡献的海西希（德国）、锡林迪布（蒙古国）、罗依果（澳大利亚）、宋采夫（俄罗斯）、蔡美彪（中国）、鲍登（英国）、卡拉（匈牙利）、札奇斯钦（美国）、村上正二（日本）、阿尔托（芬兰）10 位学者颁发了荣誉会员证书。

　　综观《蒙古秘史》的海外传播与研究，或许最初是始于对东方、对蒙古的好奇，或许仅仅是一份俄译本引发了关注，但随着对《秘史》的关注与研究的增多，学者们从对《秘史》的书名与作者、成书年代、版本等的研究开始，逐步延伸到了语言、历史、文学，乃至风俗、社会学、军事、宗教等方面。相信随着研究成果的不断深入，研究领域的不断扩大，这本百科全书式的《蒙古秘史》会带给我们更多的惊喜，学者们对《蒙古秘史》的研究也将使它迸发更大的光彩。

结　语

　　以往的《秘史》文学研究侧重点在于其文学性、传说学、美学、人物形象为主的内部研究。① 2001 年的《〈蒙古秘史〉及蒙古文化国际

---

　　① 巴·苏和：《20 世纪中国的〈蒙古秘史〉文学研究概述》，《民族文学研究》2002 年第 2 期；曲钊志：《近十五年〈蒙古秘史〉文学性研究综述》，《艺术品鉴》2015 年第 8 期。

会议》① 之文学分会的主要讨论话题集中于以下几点：（1）《秘史》的文学特征；（2）《秘史》及民间文学、关于萨满教的记述；（3）现当代文学研究和术语体系等。显然，大家关注的研究点或研究视野一直在以传统的研究方法和视野为主，换言之，以往的研究及综合性会议只关注本部分中所分析的第二内容——文本研究，而忽略《秘史》的属性、《秘史》与当下盛行的西方文论之间的碰撞等学术问题。如同本文中分析的"全盛—审美研究、文化批评、比较研究"等。其实有一部分学者已关注古代典籍与现代性理论的碰撞，这一点也是《秘史》文学研究的新增长点。《秘史》的研究趋向应是"将今论古"，以新的研究视角入手解读其义，包括文学、哲学、宗教等各个领域。

---

① 莫·浩斯、武·娜仁：《我校召开〈蒙古秘史〉与蒙古文化国际学术研讨会》，《内蒙古师范大学学报》（蒙古文版）2001 年第 3 期。

第 六 章

"一带一路"视野下的
蒙古族文学

在和平、发展、开放、合作、共赢的时代主题下，2013 年习近平主席在出访中亚和东南亚国家期间提出共建"丝绸之路经济带"和"21 世纪海上丝绸之路"，即"一带一路"倡议，赋予了古老的丝绸之路崭新的时代内涵。"一带一路"话语体系逐步构建起来，2015 年 3 月 28 日，习近平主席在博鳌亚洲论坛 2015 年年会上发表主旨演讲强调："'一带一路'建设秉持的是共商、共建、共享原则，不是封闭的，而是开放包容的；不是中国一家的独奏，而是沿线国家的合唱。"① 2016 年 4 月 29 日，习近平总书记在中共中央政治局第三十一次集体学习时强调："在新的历史条件下，我们提出'一带一路'倡议，就是要继承和发扬丝绸之路精神，把我国发展同沿线国家发展结合起来，把中国梦同沿线各国人民的梦想结合起来，赋予古代丝绸之路以全新的时代内涵。"② 2017 年 5 月 14 日，习近平主席在"一带一路"国际合作高峰论坛开幕式上发表了题为"携手推进'一带一路'建设"的主旨演讲，系统回顾了古丝绸之路文明交流互鉴史，总结了"一带一路"取得的积极进展，概括了和平合作、开放包容、互学互鉴、互利共赢的丝路

---

① 习近平：《迈向命运共同体开创亚洲新未来——在博鳌亚洲论坛 2015 年年会上的主旨演讲》，《人民日报》2015 年 3 月 29 日，第 2 版。

② 习近平：《习近平谈"一带一路"》，中央文献出版社 2018 年版，第 104 页。

精神，提出了建设和平、繁荣、开放、创新、文明的丝绸之路，为"一带一路"建设提供了指引。

　　"一带一路"倡议植根于丝绸之路的历史土壤，有着丰富的历史内涵和文化意蕴，在中华多民族文学精神的辉映、浸润下，推动了蒙古族文学的发展。探讨"一带一路"视野下的蒙古族文学主要从三个维度入手。首先是历史维度。作为古丝绸之路的重要国家，中国倡导的"一带一路"与古丝绸之路一脉相承，而蒙古族文学与古丝绸之路沿线国家文学的交往与交融，古已有之，甚至可以追溯到公元以前。其次是制度维度。"一带一路"倡议的价值取向、目标诉求不仅蕴含未来蒙古族文学如何走向世界、如何实现跨文明传播的可能途径，更可以为蒙古族当代文学转型和发展提供借鉴。最后是价值维度。"一带一路"倡议秉承共商共建共享原则，将丰富多彩的中华民族文化进一步融合和发扬光大，增进中华民族文化认同和国家认同，在各民族之间形成一种相互依存、相互信任和相互帮助的紧密关系，真正打造一个休戚相关、互利共赢的中华民族命运共同体。①

第一节　丝绸之路与蒙古族民间文学

　　古代的丝绸之路不仅仅是商贸交通的运输走廊，更是东西方文化交流、文明接触的重要纽带。古代丝绸之路有着丰富的历史内涵和文化意蕴，成为不同文明交流、互鉴和融合最生动的符号化象征。今天，国家提出丝绸之路经济带的建设，也强调建设文明、文化传播的历史观问题。② 游牧民族一直在丝绸之路沿线以及相关文明地带活动，连接

---

　　①　刘永强：《"一带一路"视野下的中华民族文化认同》，《法制与社会》2017 年第 5 期。

　　②　陈岗龙：《论游牧文明在东方文化史上的作用》，《内蒙古社会科学》（汉文版）2014 年第 6 期。

着不同文明并传播着自己的思想和文化。以地理辐射范围来看，草原丝绸之路的主体线路是由中原地区向北越过古阴山（今大青山）、燕山一带的长城沿线，西北穿越蒙古高原、南俄草原、中亚西北部，直达地中海北陆的欧洲地区。①

一 中蒙俄流传的《格斯尔》与《江格尔》

史诗作为一种重要的文化资源，已经成为有史诗传统的国家和民族之间争相挖掘和着力建构的重要命题。② "蒙古族英雄史诗（或蒙古语族人民的英雄史诗）分布于中、俄、蒙三国的蒙古语族人民中。"③ 基本归纳为三大体系（布里亚特体系、卫拉特体系、喀尔喀—巴尔虎体系）及其七个流传中心（布里亚特、卡尔梅克、西蒙古卫拉特、我国新疆等地区卫拉特、喀尔喀、巴尔虎和扎鲁特—科尔沁）。尽管各国、各部族、各地区的史诗有所不同，都具有一定的部族特征和地域特征，但由于其共同的起源和发展规律，至今在题材、体裁、情节、结构、人物、艺术手法和程式等方面都保留着一定的共性。④ 以蒙古族英雄史诗《格斯尔》为例，它是蒙古族人民在长期的生活、生产过程中创作的富有艺术性的一部长篇英雄史诗，以独特的说唱形式讲述了格斯尔巴特尔斩妖降魔、重建家园的神话传说。《格斯尔》广泛分布于我国北方和蒙古国、俄罗斯以及喜马拉雅山以南的印度、巴基斯坦、尼泊尔、不丹等国家和周边地区。千百年来，在中国北方和周边各国各民族中广泛传播，相互交融，渗透到了这一带各民族社会生活的各个方面。可以说，格斯尔是中国北方和欧亚地区最具代表性的文化遗产，是各国在漫长的文化交流和融合过程中创造出来的共同的文化财

① 王大方：《论草原丝绸之路》，《前沿》2005 年第 9 期。

② 陈岗龙：《〈江格尔〉史诗在蒙古国：从文学经典到国家文化资源》，《内蒙古师范大学学报》（哲学社会科学版）2011 年第 1 期。

③ 仁钦道尔吉：《蒙古英雄史诗源流中国史诗研究》，内蒙古大学出版社 2001 年版，序言第 1 页。

④ 同上。

富。《格斯尔》的流传有口传式和书面式两种方式，相对而言，口头流传的形式更为丰富多彩，更具有活力和特色，但还是书面流传形式占据着主导地位。口传形式流传即格斯尔奇说唱的《格斯尔》史诗和蟒古思故事等。在内蒙古草原上广泛流传的有《格斯尔可汗传》《十方圣主格斯尔可汗严惩金角蟒古斯》《格斯尔如意宝石平定罪恶的魔王》《格斯尔博格达镇压十三头蟒古斯》，以及《博格达格斯尔可汗传》等有关格斯尔的史诗和故事。在布里亚特人聚居的地区也流传着《阿拜·格斯尔》等有关格斯尔的民间口头史诗。在青海流传着《格斯尔传》《扎拉布·套胡尔汗》《神鸟降落》《阿尔齐什迪格斯尔台吉》《阿木耐格斯尔博格达》《格斯尔的儿子——阿拜元敦和阿拜班禅》《十四岁阿木耐格斯尔博格达和十三岁阿拜昂钦英雄》《七岁多尔基彻辰汗》等。以书面形式流传的蒙古"格斯尔"版本有十几种。手抄本有北京隆福寺本、乌素图召本、鄂尔多斯本、诺木其哈敦本、札雅本、岭·格斯尔、策旺本、卫拉特托忒蒙古文本等。木刻本有北京木刻本。影印本有蒙古《格斯尔》，铅印本有《十方圣主格斯尔可汗传》《格斯尔可汗传》《格斯尔传》等。

中国与欧亚格斯尔文化带见证了北方草原丝绸之路的民族交往和文化交流，而蒙古国对《江格尔》史诗的搜集整理和创编经历了一个从零散片段到完整史诗、从转写和翻译介绍卡尔梅克《江格尔》到搜集记录本土《江格尔》，最后到创编《蒙古江格尔》的过程。1956年9月10日内蒙古人民出版社出版的十三章本《江格尔》的序言谈道：

> 江格尔的故事是卫拉特的伟大的文学作品，是他们为全体蒙古民族文化宝库贡献的璀璨明珠。我们希望不管是卫拉特、杜尔伯特、喀尔喀、喀喇沁、察哈尔各个部族的蒙古人都来阅读这部文学作品，所以出版了这部史诗。江格尔的故事除了在卡尔梅克、杜尔伯特、土尔扈特广泛流行外，在其他蒙古部族中也有相当的流传。譬如说，在喀尔喀蒙古东部地区的玛塔特戈壁有一个能够

讲述江格尔故事的故事家叫作丹津·达日嘉，罗布桑扎木苏记录了他讲述的《江格尔》中的两章，交给蒙古科学院收藏。①

2006年，蒙古国在乌兰巴托出版了由著名诗人唐古特·嘎拉桑创编的两卷本《蒙古江格尔》，共24章。时任蒙古国总统那木巴尔·恩赫巴亚尔为其写了序言，称："我们应该像崇敬《蒙古秘史》一样崇敬《蒙古江格尔》。"唐古特·嘎拉桑创编的《蒙古江格尔》构思严谨，用江格尔成长和奋斗的人生主线把故事串联起来，其中主要的一些章节是卡尔梅克和新疆的《江格尔》中也普遍有的核心章节。由此也可以看出，唐古特·嘎拉桑的《蒙古江格尔》实际上还是在综合了卡尔梅克《江格尔》、新疆《江格尔》和蒙古国本土搜集记录的《江格尔》各章的基础上精心构思和再加工而形成的。②

二　蟒古思故事

蟒古思故事是蒙古族艺人以"朝尔"（马头琴）或"胡尔"（说书艺人的低音四胡）说唱英雄故事的一种口头艺术形式。它是使用韵文或韵散结合的形式说唱，吸收与消化本子故事、佛教神话传说等许多相对独立的口头文学样式，在蒙古族游牧文化，汉族农耕文化以及藏传佛教文化互动、碰撞与共进的历史大背景下形成的一种史诗样式。③蟒古思故事的最初形态的起源与喀尔喀、巴尔虎地区的短篇史诗《锡林嘎拉珠巴图尔》和《巴彦宝鲁德老人的三个儿子》有着密切关联，在形成与发展过程中吸收和消化了神话、赞词、谚语等许多相对独立的民间文学样式。蒙古族原始的和后来的神话在蟒古思故事中得到了进一步的发展和系统化，而且不仅仅是以插话的形式插入蟒古思故事

---

① B. A. 法夫尔斯基：《江格尔传》，内蒙古人民出版社1958年版，第10—11页。

② 陈岗龙：《〈江格尔〉史诗在蒙古国：从文学经典到国家文化资源》，《内蒙古师范大学学报》（哲学社会科学版）2011年第1期。

③ 冯文开：《陈岗龙〈蟒古斯故事论〉述评》，《民族文学研究》2018年第1期。

的叙事当中，而是在整体上构成了蟒古思故事"天神下凡人间降魔除妖"的深层神话主题。[①]

藏传佛教的护法神信仰在蒙古族民间的本土化和世俗化过程中渗透到民间口传叙事中，与蟒古思故事的传统相结合和交融，逐渐形成了以班丹拉姆女神和嘛哈噶剌神为主要代表的佛教护法神镇压蟒古思的"说教史诗"，并影响到东部蒙古蟒古思故事的叙事和内容。[②]

民间故事与蒙古族史诗中蟒古思从形象到功能的差异，体现出民间文学中不同的演述方式带来的叙事内容、叙事风格的差异，而其形象与功能的相同之处，表现出民间叙事共同的文化心理，具有重要的文化意义。在民间故事与史诗的蟒古思形象中，具有两个尤其值得注意的共同点，一是蟒古思的多头特征，二是蟒古思的抢劫与掠夺。蟒古思的这两个特点在民间故事和英雄史诗中都普遍存在。

乌日古木勒在《蒙古突厥史诗人生仪礼原型》中指出：

> 英雄征服恶魔蟒古思是蒙古族史诗的重要主题……蒙古族史诗中出现的蟒古思最重要的特征是长着多头，一般头数为十五、二十五、三十五、九十五个。蟒古思的头数越多，其力量就越强大。蒙古族史诗中蟒古思的主要功能有两个：一是吃人和牲畜，二是抢夺英雄的妻子、牲畜和属民。[③]

鄂尔多斯地区流传的关于蟒古思死亡的民间故事与当地的英雄史诗中蟒古思被英雄杀死具有较大差异。如前所述，在民间故事中大多数蟒古思的结局是死于英雄的箭（剑、刀）之下，且英雄往往还要焚烧蟒古思的尸骨和武器等（有的还被埋入洞穴）。然而，在鄂尔多斯地

---

① 陈岗龙：《蟒古思故事论》，北京师范大学出版社 2003 年版，第 310 页。

② 同上书，第 240 页。

③ 乌日古木勒：《蒙古突厥史诗人生仪礼原型》，民族出版社 2007 年版，第 137—138 页。

区流传的诸多英雄史诗，很少出现对蟒古思的尸体进行焚烧处理的情节，如《阿拉腾嘎鲁海可汗》的众多异文中，较为一致地描绘了英雄如此打败蟒古思："那根银针，就是蟒古思的命脉，英雄向银针劈砍，蟒古思顿时昏厥瘫倒下来，英雄把银针折断抛扔，蟒古思心不再跳动，呜呼哀哉！"①

除此之外，英雄史诗中的女性蟒古思形象也经常出现。"蒙古族史诗和英雄故事中经常出现英雄征服女妖的母题。卫拉特蒙古族史诗中经常描述，英雄去遥远的异乡完成艰巨任务的途中遇见女妖，英雄在坐骑或长辈的提醒下，识破女妖的阴谋，杀死女妖。卫拉特蒙古族史诗和英雄故事中经常出现的女妖是铜嘴兽腿女妖。铜嘴兽腿女妖经常变成手捧盛满美味佳肴的盘子的美女诱惑身负重任出征的英雄。"②

蒙古族民间故事中的"蟒古思"与英雄史诗的相似性表明了这些民间故事多是由英雄史诗演变而成，较好地保留了史诗蟒古思形象的是具有独特类型特征的"英雄故事"，在这些故事中，英雄史诗的故事情节和叙事技巧在散文体叙事中不断被简省，但多头、抢劫与被焚这三个基本母题都较好地保留在民间故事中，"蟒古思艺术形象的产生、发展分为三个阶段——纯自然属性的初级阶段、自然和社会属性的发展阶段、社会属性的完善阶段；并具有代表残暴势力的特殊形象、内在本质和外表的统一形象、典型环境中的典型形象、具有美学意义的艺术形象等四个方面的艺术特点"③。从英雄史诗中蟒古思形象的特征而言，较为符合其发展，但从民间故事来看，"三个阶段"的说法则不能道出蟒古思在民间故事中的发展情况。蒙古族民间故事中蟒古思的形象特征有较为鲜明的聚合性，即一部分是与英雄史诗密切相关的蒙

---

① 赵文工等译编：《鄂尔多斯史诗》，内蒙古大学出版社 2011 年版。

② 乌日古木勒：《蒙古突厥史诗人生仪礼原型》，民族出版社 2007 年版，第 137—138 页。

③ 扎格尔：《简析蒙古文学中的蟒古思形象》，《内蒙古师范大学学报》1990 年第1 期。

古族英雄故事中的蟒古思；另一部分是结合其他故事类型而形成的具有蒙古族特征的民间故事，蟒古思既具有史诗中的特征、功能，同时又是在不同民族文化间交叉、融合的阶段性产物。还有一部分是在与其他地域、民族和国家的同类型故事中取代了"妖怪"角色而承担了"妖怪"的角色功能的蟒古思，这类故事中的蟒古思已经逐渐被"去妖魔化"，成为"对手""傻瓜""祸害"等的代言词。蟒古思形象的聚合性是蒙古族民间文化交流的结果，其选择和形成的过程有待进一步研究。

三 蒙古族本子故事

蒙古族本子故事与蒙古族传统说唱文学中的英雄史诗相对而言，以中原地区故事占绝大多数，其中包括中原地区历朝的治乱和战争故事、忠奸相争的故事、神魔斗法故事和公案类故事，如《三国演义》《封神演义》《西游记》《水浒传》《隋唐演义》等，深受蒙古族人民的喜爱。"这些讲述内地故事的作品，自然不会由蒙古族艺人凭空想象出来，而只能是源于对其他已经流传的本子故事的仿作或者在了解内地同类作品的基础上仿作。"①

其中，"说唐五传"是最受近代蒙古民众欢迎的说唱本子故事。据传，清代卓索图盟土默特左旗（今辽宁省阜新蒙古族自治县）瑞应寺喇嘛恩和特古斯创作了这些本子故事新作。所谓"说唐五传"包括《苦喜传》六十回、《全家福》六十回、《尚尧传》九十回、《傻僻传》一百二十回、《羌胡传》一百九十九回。这些作品的主要材料来源于清代中原地区盛行的小说和评书《说唐前传》《说唐后传》《说唐三传》以及《封神演义》《三侠五义》和《隋唐演义》等诸多历史演义小说和公案小说。这些深受蒙古民众喜爱的本子故事和故事本子"那既庞大而又简洁清晰的结构和脉络，那庄重、严肃、不事诙谐的故事内容

---

① 扎拉嘎编：《比较文学：文学平行本质的比较研究——清代蒙汉文学关系论稿》，内蒙古教育出版社 2003 年版，第 132—133 页。

和叙述方式，那对英雄的崇敬和以国家、群体利益为重的精神，包括那些一再出现的充满神秘感的斗法情节，以及同一主题经过反复结构故事而不断深化，从而形成小说群落形态，都深深印记着蒙古族英雄史诗的胎记"①。与蒙古族传统的英雄史诗相比较，近代新兴起的"五传"等本子故事则在艺术审美上明显呈现出"由虚向实"及"去神化、贵人事"的新取向，清晰昭示着近代蒙古族社会的变迁烙印。

"五传"是在借鉴了汉族古典小说原著及其蒙译本的题材及形式等方面特征的基础上以蒙古文化为底蕴加工而成的，是蒙汉文化相融合的结晶。"五传"中的人物性格是"蒙古式"的，体现着蒙古族的审美理想、价值取向和行为方式。"'五传'描写的是唐代故事，但是由于作者对内地历史、文化及社会生活的不很熟悉，就难免带上自己生活环境的蒙古文化痕迹。唐朝皇帝与属臣之间的关系，便是明显的例证。"② 另外，"五传"所体现出的粗线条的叙述方式及情节处理上的一再重复，以及对英雄的崇拜和以征战故事为主线的题材，都显示出蒙古族英雄史诗的痕迹。本子故事中大量的汉语音译词汇的运用，说明由于蒙汉杂居时间的不断延续和蒙汉兼通之人的逐渐增多，已经有大量汉语词汇渗入日常蒙语交流之中。蒙古族历史悠久的说唱文学传统，特别是说唱英雄史诗的传统，为本子故事提供了艺术前提和深厚的群众基础。无论在内涵还是在说唱过程中，本子故事都体现出蒙汉文化交流的印迹。

对于近代蒙古族本子故事的兴起渊源，俄罗斯学者李福清在其《书本故事与口头文学的联系》中曾谈道："从18世纪到20世纪，在现今中国的辽宁省和内蒙古一带显然还形成了一种特殊的口头叙事文学。当地将这种广泛流传的说书文学称为'本生乌力格尔'，即'书

① 张炯等主编：《中华文学通史第五卷近现代文学编》，华艺出版社1997年版，第659页。

② 荣苏赫、赵永铣：《蒙古族文学史第三卷》，内蒙古人民出版社2002年版，第227页。

面故事'。这种文学以翻译过来的汉文小说题材为内容。它是两种不同传统的奇妙结合:一种是源于汉族口头说书的远东章回小说传统;另一种是高度发展的纯属于蒙古人的史诗传统。拉着胡琴的说书人按照自己的需要对翻译过来的作品进行改编,突出描述草原蒙古人所喜爱的骏马和骑士,极力采用传统的史诗手法和民族曲调。这样,久而久之,两种原本不大相同的文化经过一个复杂的过程,终于结合在一起了。"① 近代蒙古本子故事的繁荣盛行不仅仅是"汉族口头说书传统与蒙古人的史诗传统相互结合"的文学现象,更是蒙古族文学、文化的传统积淀、族群生存、生活的现实语境以及民族文化选择、吸收的机动能力相互交融的立体体现。②

从文化传统而论,本子故事的繁荣继承并注解了蒙古书面文学与民间口传文学之间历史悠久的亲缘关系。从肇端于13世纪的《蒙古秘史》、复兴于17世纪的《黄金史》和《蒙古源流》直到突起于19世纪的《青史演义》,纵观整个蒙古族文学的发展史络,其创作态度上"民间文学与书面文学互通不排异,史学与文学互融不排斥;审美意识上雅俗不对立,贵贱不对峙,没有阳春白雪与下里巴人泾渭分明的门槛隔阂"③。从民族文化的交融上来看,本子故事的繁荣展示并证明了蒙古族文化对其他民族、地域文化的吸收和创造能力。创作者们的创作态度以蒙古族固有审美趣味为主旨,在多元文化交融的环境中注重民族文化的主体性思维定式及创作能动性的展现。

蒙古族民间文学作为一个多层结构的复杂系统,每一层次都蕴含着新的理论生机。④ 其中,"历久弥新、经久不衰的主题、人物形象与故事情节。一个民族起源的神话、传说、史诗等民间文学作品的创作

---

① Б. 李福清:《书本故事与口头文学的联系》,学文译,《蒙古学资料与情报》1990年第1期。

② 包红梅:《内蒙古近代农耕化与社会审美文化变迁——以近代蒙古族民间文学为例》,《内蒙古民族大学学报》(社会科学版) 2015年第4期。

③ 同上。

④ 巴·苏和:《解读中国蒙古文学学术史》,《民族文学研究》2008年第4期。

与形成，绝不是一朝一夕的事，每一部作品都凝聚着一个民族的集体智慧，是民众公认的民族文化之根"①。对蒙古族民间文学"活态性"的重新认识需要从传统的"书面文本"研究转向以口头表演为中心的"活态文本"研究。这不仅是激活蒙古族民间文学研究的重要途径，还是蒙古族民间文学研究体系的学术生长点。

丝绸之路经济带不仅仅是一条经济带，更是一条众多民族杂处、多种宗教交织、不同文明交融的文化带。中华文明、印度文明、阿拉伯文明和欧洲文明形成了丝绸之路的四个极点，本土为基、多元并尊的交往模式，既保持了沿线不同文明体系的个性，又在不同文明内部创造了新的文化元素，生发出新的力量。正是不同文明体系之间相互接触、相互依托，互不压制、互不取代，彼此尊重、彼此借鉴，使得人类不同文明在并立中会通、在呼应中共荣，它实现了世界几大宗教和代表性文化圈的交流、沟通，形成了存异并弘的文化生态和多姿多彩的文化胜景。

第二节　蒙古族文学的交流互鉴

2014 年 3 月 27 日，习近平主席造访联合国教科文组织巴黎总部，在其演讲中提出了"文明交流互鉴"这一重要思想："文明因交流而多彩，文明因互鉴而丰富。文明交流互鉴，是推动人类文明进步和世界和平发展的重要动力。"② 一个民族的文学，它总是要通过种种渠道和方式，直接或间接地与其他民族文学产生多种多样的联系或思想题材交流，或艺术形式借鉴，或创作方法影响，或文学思潮承袭……③

---

① 汪立珍：《口头传统与族源研究探析》，《社会科学家》2018 年第 1 期。

② 习近平：《在联合国教科文组织总部的演讲》，《人民日报》2014 年 3 月 28 日，第 3 版。

③ 钱念孙：《文学横向发展论》，上海文艺出版社 1989 年版，第 157 页。

一 蒙古族古代文学

13 世纪之前，蒙古族古代文学的基本文体如祝赞词、训谕诗、民歌等韵文类和神话、传说、史诗、故事等叙事类文学体裁均已形成，其民族文学特色已趋鲜明。蒙古族民间文学源远流长，它既是蒙古族先民精神生活的形象写照，又是蒙古族书面文学滋生繁衍的土壤。

诞生于 13 世纪初的《蒙古秘史》作为成吉思汗黄金家族的第一部史书，虽为史籍，其行文风格却不是史家实录式的，而是文人描述式的风格。由于当时的蒙古族还没有撰写史书的任何经验，已处于高度繁荣的蒙古族民间文学作品自然成为《蒙古秘史》作者可供借鉴和利用的现成资料，祝赞词、格言警句、民歌、史诗性描写以及神话传说故事等民间文学形式在《蒙古秘史》中随处可见。当然，《蒙古秘史》作者并未简单地移植或利用现成的民间文学作品，而是经过了选择、增改等再创作过程。

元代之后至 19 世纪初的蒙古族文人大体可分为两大类，一为以罗桑丹津、萨刚彻辰为代表的史家文人，一为以掫吉翰节儿、耶喜班觉、莫日根葛根、察哈尔格西为代表的僧家文人。明、清时期的蒙古族史家文人在撰写《黄金史》《蒙古源流》等著作时很少有可供借鉴利用的实录性史料，窝阔台汗之前的历史基本上依据了《蒙古秘史》，其后的历史事件大都变得"故事化"，尤其是被视作文学作品的独立篇章如《征服三百泰赤兀惕人的传说》《孤儿传》《箭筒士阿尔嘎聪的传说》等，大都源于民间创作或以历史传说故事为题材而创作，只有少量的诗作（如跋诗等）属于纯文人创作。也就是说，蒙古族史家文人的创作基本上还是沿袭了《蒙古秘史》的创作风格与方法，民间文学作品仍为文人创作的主要素材。①

---

① 孟克吉雅：《蒙古族文学的发展及其民间文学与书面文学的关系》，《内蒙古社会科学》（汉文版）2002 年第 5 期。

二 蒙古族文学与印、藏文学

蒙古族文学早期受印度、西藏文化影响较深。"印度、西藏的世俗文学经常随着佛学著作和经文注释传入蒙古。"[1] 蒙古书面文学作品从产生至今已经历 7 个世纪，其间一直从广泛的文学交流中汲取着营养。如蒙文《五卷书》的流传，《五卷书》是古代寓言故事集，在印度有很多传本，其主旨主要宣传婆罗门教的"正道论"，即广义的统治论，既包括治国方法和策略，也包括处世经验和道德规范。在叙事结构和文体上分别采用大故事套小故事及散文和诗歌相结合的方式。自古以来，《五卷书》不仅在印度国内广为流传，而且通过 6 世纪的巴列维语中古波斯语译本《卡里来和笛木乃》周游世界。[2]《卡里来和笛木乃》译本译为蒙古文后，在蒙古族地区广为流传。

印度史诗《罗摩衍那》意味"罗摩的游行"或"罗摩传"，以罗摩和悉多悲欢离合故事为主线，描写印度古代宫廷内部和列国之间的斗争。这部史诗塑造了一系列符合印度古代封建伦理道德规范的理想人物。表现《罗摩衍那》故事情节的《善说宝藏》注解小说、《水晶鉴》注解小说、图布丹·拉布津巴小说、托忒文《积善皇帝传》、《耳饰》注解小说等在蒙古地区广为流传。

13 世纪，西藏学者萨迦班第达·贡嘎坚赞（1182—1251）写成了《格言宝库》（又称《苏布喜地》《善说宝藏》）。《萨迦格言》是藏族地区最为著名，影响较大，流传较广的格言诗。其内容多宣扬封建伦理、佛教教义和处世哲学。萨迦班第达·贡嘎坚赞曾于 1247 年到内地凉州与蒙古汗王阔端会晤。[3]《萨迦格言》先后多次被译成蒙古文，在蒙古族地区广为流传。其中 13 世纪索诺木卡拉的蒙文《萨迩格言》，17 世

---

① 申屠榕:《〈蒙古文学关系史〉简介》,《蒙古学资料与情报》1984 年第 3 期。

② 季羡林、刘安武编:《东方文学名著题解》,中国青年出版社 1989 年版,第 173 页。

③ 毛星主编:《中国少数民族文学》上,湖南人民出版社 1983 年版,第 494 页。

纪卫拉特人萨迦班第达·纳穆海加木查的蒙文《萨迦格言》，18 世纪苏尼特人丹森却德尔的蒙文《萨迦格言》、乌拉特人莫尔根·格根·罗桑丹毕扎拉森的蒙文《萨迦格言》、察哈尔人罗桑楚鲁腾的蒙文《萨迦格言》，19 世纪布里亚特人诺木特·仁钦的蒙文《萨迦格言》等译本较有影响。①

三 蒙古族文学与汉族文学

到了清代，当时对内蒙古地区奉行轻徭薄赋的休养生息政策，"农耕与游牧二元文化交融"在一定程度上改写了草原丝路人口流动性的特色。清代北部草原城市兴起，草原游牧民族由单纯的游牧生活向半农半牧生活转型。由于草原丝绸之路的流动性与多样性特质，蒙古族文学自身也得到了不同寻常的推动与促进，为蒙古族文学提供了独特的生命体验，迎来了蒙古族文学发展的新高峰。19 世纪上半叶蒙古族文学家哈斯宝依据清代嘉庆、道光年间流行的程伟元乾隆辛亥年刻本程甲本，用规范蒙古文翻译《红楼梦》，把一百二十回节译成四十回，每回后面都写了批语，还作了一篇《序》、一篇《读法》和一篇《节录》，画了十一幅十二钗正册画像。其译本题名为《新译红楼梦》或曰《小红楼梦》。《红楼梦》以及汉族其他古典文学《三国演义》《水浒传》的翻译，推动了蒙古族小说创作的发展。②

这种交流借鉴还体现在清代蒙古族诗歌创作上，呈现为诗歌表现方式的多维化，以蒙古族诗人三多为例，他生长杭城，热爱江南，后至京师，诗作中表达的大抵是对都市生活的观感。晚清时他北上来到漠南蒙古地区任职，蒙古地域的语言与风俗赋予了他的诗作以新意。他在诗作中频频引满蒙俚语入诗，并对诗中所涉民俗、民族语言加以

---

① 《善说宝藏》，内蒙古人民出版社 1989 年版，第 59—65 页；转引自巴·苏和《论蒙古族文学中的外来文学影响》，《民族文学研究》1996 年第 3 期。

② 巴·苏和：《论蒙古族文学中的外来文学影响》，《民族文学研究》1996 年第 3 期。

标注。如其《归绥得冬雪次尖义韵》二诗："白凤群飞坠羽纤，大青山上朔风严。精明积玉欺和璧，皎洁堆池夺塞盐（蒙盐产于池）。沙亥无尘即珠履（沙亥，蒙言鞋也），板申不夜况华檐（板申，蒙言房屋。《明史》作板升，此间作板申）。铁衣冷著犹东望，极目觚棱第几尖。"① 诗人在所引蒙语后加注释，不仅说明他注意到了阅诗者的语言接受度，而且随着诗歌的传播，对于蒙古语言文化也起到了传播作用。三多在诗词创作中引入民族语言，与京师的文坛风貌有很大关联。彼时京城流行《竹枝词》，嘉庆二十二年（1817 年）满洲旗人得硕亭所作《草珠一串》刊行，内中就有将满蒙语嵌入竹枝词的做法，如"奶茶有铺独京华，乳酪（奶茶铺所卖，惟乳酪可食，其余为茶曰奶茶，以油面奶皮为茶曰面茶，熬茶曰喀拉茶）如冰浸齿牙。名唤喀拉颜色黑（拉读平声，蒙古语），一文钱买一杯茶"②。同时期的"子弟书""牌子曲""岔曲儿"等广泛流行于民间的曲艺形式中，类似的用法也很多。

其诗作亦可体现当时蒙汉交融的文化图景，以"板申"为例，为在草原地区建立的农业或者半农业的聚落，是指城邑中的聚落和房屋。"这样的变迁说明游牧民族逐水草而居、常常大规模迁徙的生活方式就此改变，游牧文明与农耕文明在草原丝路上有机结合，从而在一定程度上改写了草原丝路人口流动性的特色。"③ 归化城作为北疆商业中心，是多民族文人留下笔墨最多的地方。三多诗歌《次和厚卿归化秋感八首》其五则云："夺人真个要先声，策垦宽严似用兵。席卷八荒空绝塞，笔摇五岳况长城。增辉库克和屯色，占牧乌兰察布盟。怪底将军能决胜，运筹帷幄尽良平。"④ 这首诗主要描写归化城及其邻近

① 三多：《可园诗钞》卷5，《清代诗文集汇编》第729 册，第624 页。

② 潘超、丘良任、孙忠铨等主编：《中华竹枝词全编一》，北京出版社2007 年版，第146 页。

③ 米彦青：《清代草原丝绸之路诗歌文学的特质》，《民族文学研究》2017 年第5 期。

④ 三多：《可园诗钞》卷5，《清代诗文集汇编》第792 册，第623 页。

的乌兰察布盟的生产生活以及发展屯田和畜牧业给两地带来的重要影响。

四 蒙古族文学体裁的多样化

蒙古族文学一方面不断继承革新本民族固有传统体裁，另一方面积极地有选择地吸收了外来文学体裁。如蒙古族训谕诗体裁借鉴和吸收印、藏文学中的训谕诗创作传统，如罗桑普仁莱的《二伦训戒》和《金钗》、伊喜巴拉珠尔的《杜鹃之声》、罗桑楚鲁腾的《酒的利弊论》、阿格旺丹德尔·拉仁巴的《人伦之喜》等。蒙古族翻译家在《入菩提道本愿经》（梵文《菩萨行经》）、《五部护法》（梵文《班萨日格其》）等许多翻译著作末尾都加写跋言诗。莫尔根·贷钦·台吉（14世纪）、咱雅·道尼德布（18世纪）、咱雅·班第达·纳木海加木查（1599—1662）以及17—18世纪《甘珠尔》《丹珠尔》的蒙译师撰写的跋言诗充分显示着蒙古族文学中跋言诗的繁荣和发展，至此，跋言诗逐渐发展为中世纪蒙古族文学中独有的文学体裁。

19世纪初在蒙古族地区寓言诗体裁非常流行，并形成了专门撰写寓言诗的作家群。伊喜桑布的《孤黄羊羔之谈》、贡布道尔基的《老母牛的委屈话》、桑德克的《养狗之话》《春天融化时的雪之话》等，都是这一体裁的代表作。这些寓言诗体裁的形成，与印度《五卷书》寓言故事在蒙古族地区广泛流传有关。近代蒙古族文学家尹湛纳希学习汉族章回小说体裁，谱写了蒙古族文学章回小说、长篇历史小说体裁的新篇章，丰富了蒙古族文学的体裁。尹湛纳希创作《青史演义》《一层楼》及《泣红亭》时，积极地有创造性地借鉴和吸收了汉族章回小说、长篇历史小说体裁的写法和技法。①

① 巴·苏和：《论蒙古族文学中的外来文学影响》，《民族文学研究》1996年第3期。

第三节 蒙古族当代文学的发展演变
与时代转型

蒙古族书面文学作品从产生至今的 700 多年来，先后受到印度民间故事、传说，西藏文学，蒙译本《红楼梦》《三国演义》《水浒传》《镜花缘》等的影响，并相继出现了训谕诗体、跋言诗体（中世纪蒙古文学中独有的文学体裁）、寓言诗体、传记体、绝句体、评点体（文学评论的最初题材）、杂文体等种类繁多的文学样式。这些演进都属于以蒙古族文化为主体进行的文化自我演进的过程。

1947 年 5 月，内蒙古自治区的建立，"实现了内蒙古地区蒙古民族各阶层人民多年来渴望统一与自治的愿望，标志着蒙古民族在政治上得到了彻底的解放，极大地鼓舞了各族人民团结一致，共求解放的革命热情"①。为蒙古族当代文学的发展奠定了基础。诗人纳·赛音朝克图满腔热情地写出了赞美家乡、歌唱新生活的诗篇《沙源，我的故乡》，对蒙古族文学具有承前启后的作用。布赫的秧歌剧《送公粮》、云照光的小歌剧《鱼水情》、罗如玛吉德的报告文学《爱国妇女白依玛》、宝音达来的散文《翻身后的两位老人》、玛拉沁夫的话剧《参军去》、敖德斯尔的歌剧《酒》等开拓性作品，在当时都有一定的影响。额尔敦陶克陶的《七月一日》、杜古尔苏荣的《我们的骏马》和《起来，内蒙古的儿女》、特·达木林整理的《送子出征歌》等诗作，歌颂了蒙古族人民对党的一片深情和对新社会的由衷向往，散发出强烈的时代气息。从自治区成立到中华人民共和国成立期间的蒙古族文学作品，尽管在艺术上尚未成熟，但其开拓性意义不可忽视，是蒙古族当代文学的重要组成部分。

---

① 孙迪：《乌兰夫与内蒙古自治区的成立》，《紫光阁》2017 年第 4 期。

中华人民共和国成立后，蒙古族文学在中国文坛异军突起，优秀作品不断涌现。作为"在场者"亲历了民族国家的构建。他们的文学创作被纳入民族国家话语的总体规范之中。玛拉沁夫的小说《科尔沁草原的人们》于1952年发表后，在全国产生轰动效应。内蒙古当代文学的第一部中篇小说《金色的兴安岭》（朋斯克）于1953年发表后，立即出版了单行本，并被译成英、法、日、德等多种文字向国外介绍。蒙古文第一部中篇小说——敖德斯尔的《草原之子》在1953年《内蒙古日报》连载后，乌兰巴托国家出版社出版了单行本。纳·赛音朝克图出版的第一部汉文诗集《幸福和友谊》之后，广泛受到国内外读者的赞誉。巴·布林贝赫的抒情短诗《心与乳》一发表，立刻引起极大反响，不久被译成汉文发表在《人民文学》上。在党的"百花齐放、百家争鸣"方针鼓舞下，出现一大批优秀作品，如长篇小说《茫茫的草原》（上册）、《草原烽火》、《红路》、《西拉木伦河的波涛》（上册）；中篇小说《路》《故事的乌塔》《蒙古小八路》《撒满珍珠的草原》《春到草原》；短篇小说《阿力玛斯之歌》《花的草原》《新生活的光辉》《小白马的故事》《井边上》；诗歌《狂欢之歌》《蓝色软缎的"特尔力克"》《生命的礼花》《阳光下的孩子》《白鹿的故事》；戏剧电影《金鹰》《巴图仓一家》《草原晨曲》《鄂尔多斯风暴》等。改革开放之后，蒙古族文学创作崛起，出现诗歌《命运之马》《春天的觉醒》《光的赞歌》《献给绿叶的歌》《心灵的报春花》《蝈蝈之歌》《草原珍珠》《苏米娅》等；长篇小说《姑娘与强盗》《严冬》《呼伦河畔》《牧民的后代》《风雪察哈尔》《嘎达梅林》《戈壁回想曲》《乌拉特人》《动荡的鄂尔多斯》等；短篇小说《活佛的故事》《蓝幽幽的峡谷》《驼铃》《蓝色的阿尔善河》等优秀作品。①

一 蒙古族当代文学的书写向度

"一带一路"是中国面对新的政治秩序、经济秩序、文化秩序而提

---

① 策·杰尔嘎拉：《蒙古族文学五十年》，《民族文学》1997年第5期。

出来的重要倡议，为国内不同民族的交流以及同国外的文化交流，设计了美好的蓝图。"一带一路"背景下，中国作家如何以文学的方式讲述中国故事，又如何凭借优秀的文学翻译使文化的传播和交流"落地"，是摆在当今多民族作家、翻译家面前的时代使命和课题。

"文化作为一个系统，它的形成不是一种力量的塑造，而是各种不同力量最终'妥协、交易而达成的'，这即是说，文化不是一个被动凝固的事实，而是一个发展变动的过程。"① 这在蒙古族当代文学之中体现为一种渐变式的文化"认同感"的书写，作家们不是机械地接受文学或历史的遗产，而是通过书写积极创造和改变着文化自身。最终，经由文本所显现的文化即是一种"妥协、交易而达成的"合力的结果。这种对于文化的记忆和建构实际上是一种对于自我族群文化身份的理解：是将身份视作一种"生产"，一种集体的真正自我，作为"共有的历史经验和共有的文化符码"，"这种经验和符码给作为'一个民族'的我们提供在实际历史变幻莫测的分化和沉浮之下一个稳定的，不变的和连续的指涉和意义框架"。②

对本民族历史的深度关切是蒙古族文学的典型态度。"文学成为蒙古族精神的某种献词或证词。文学不仅还原了历史，文学还为历史把脉，为历史诊断，形成一个衔接比较完整的动态的、充满活性且随时可以对世俗生活进行反制的记忆链。"③ 历史叙事并不是历史本身，而是一种关于过去的著述，对于历史的书写，"在崇高与悲壮的美学之外，开启了情感、身体、欲望等被压抑的个人化美学"④。其中，对于地方性、族群性话语的凸显成为一种"观看"少数民族文学及其文化

---

① 周宪：《文化表征与文化研究》，上海人民出版社 2015 年版，导论第 4—5 页。

② 罗钢、刘象愚主编：《文化研究读本》，中国社会科学出版社 2000 年版，第209 页。

③ 那仁居格：《蒙古族文学的价值生成——〈新时期中国少数民族文学作品选集〉（蒙古族卷）评析》，《青海社会科学》2019 年第 5 期。

④ 刘大先：《新世纪少数民族文学历史叙事的方式及其问题——以藏彝走廊作家为中心的讨论》，《中国文学批评》2018 年第 2 期。

记忆的有效途径。可以说，蒙古族当代文学的文本建构还是遵循着以家族、民间、欲望、生活为其主要书写对象的基本模式，但是由于历史的纵深感与迁徙记忆的重构，使之产生迥异的美学特性。

民族历史题材兴起于 20 世纪 80 年代，其持续不衰的根本原因是当下蒙古族对民族文化身份的焦虑，以及重塑民族辉煌的渴望。① 其创作较为注重"历史底本"，尤其是涉及民族兴衰的重要历史事件与人物时，少有欲望化、娱乐化以消费历史为主旨的戏仿类作品；同时，蒙古族历史题材文学创作多以民族发展进程中具有重要意义的人物为主人公（诸如铁木真、忽必烈等），力求全面地展现某一历史时期蒙古族社会生活的风貌。而以蒙元时期女性历史人物（如阿拉海别吉、察必皇后、满都海斯琴等）为主人公的作品，不仅大众接受度颇高，广泛流传，而且催生和推动了同类题材的绘画、音乐等艺术形式的创作。②

如满都海斯琴在历史上因其卓越的历史功绩和德行被尊称为"赛因哈屯"。她生于 1447 年，曾嫁蒙古大汗成吉思汗 12 世孙满都伦为哈屯（夫人），育有两女。1479 年满都伦逝世后，满都海斯琴按蒙古族收继婚习俗转嫁黄金家族仅存的嫡裔——七岁的巴图蒙克。③ 在蒙古族当代文学中，关于她的相关创作数量多、题材广，如苏尤格的《满都海斯琴之歌》（诗歌）；宝阿茹娜、白乙拉其格的《满都海斯琴》（戏剧）；肖勇的《满都海斯琴》（小说）等，均获得重要奖项。④

新时期以来，由全球化及现代性所引发的一体化文化的纵深推进，

---

① 哈申高娃：《蒙古族历史题材长篇小说与蒙古人的历史意识》，博士学位论文，内蒙古大学，2010 年。

② 乔以钢、包天花：《"被发明的传统"：当代蒙古族文学的蒙元女杰想象》，《文艺争鸣》2014 年第 3 期。

③ 同上。

④ 苏尤格的《满都海斯琴之歌》获内蒙古自治区 1957—1980 年文学创作评奖三等奖；宝阿茹娜、白乙拉其格的《满都海斯琴》获文化部"文华"新剧目奖、第六届中国艺术节金奖、全国"五个一"工程奖；肖勇的《满都海斯琴》入围 2011 年中国少数民族"多日纳"文学奖。

蒙古族传统的生产生活方式不断发生变异。世代生活的草原变得支离破碎、传统的游牧转场生活无以为继,急速发展的城镇化进程对世居地的河川山乡的改造、抛弃,市场经济、消费文化的冲击之下日益浮躁的人心,传统文化与现代文化所引发的代际冲突,民族文化现代转型中的得失等问题都是蒙古族作家不得不面对的文化现实。

蒙古族作家赛音楚嘎、海泉、满都麦、乌力吉布林、力格登、桑杰道尔吉、海勒根那、娜仁高娃、乌兰格日勒等在不同层面上进行了现代性的小说实践。"蒙古文小说开始偏离它的传统轨道,不再以意义重大的社会政治主题、曲折起伏的故事情节、精雕细刻的英雄形象为唯一的美学理想。……其总的趋向还是相当清楚的:由单纯'再现'向'再现'与'表现'相结合而过渡。"① 象征主义、意识流、超现实主义、存在主义、荒诞派戏剧、魔幻现实主义等都为蒙古族文学"自我探索"赢得了巨大的表现空间。对现代性的多重理解以及蒙古族作家独特的生命体验、文化认知和个人偏爱,使得蒙古族文学的现代表述中带有独特的民族色调。在蒙古族当代文学的书写中,我们能够看到对于民族文化的想象性再现强加给分散和破碎的日常经验一个具有指向性意义的象征。这一切指向的都是对于"一个存在于两者之间的地区,一个双方可以相互接触的地区,一个群体间的断裂有所弥合的地区"② 的书写。

阿云嘎在谈到他的长篇小说《有声的戈壁》时表示:"……这些问题要从历史发展的视角、从全人类命运的视角、从民族文化传统的视角、从人的本性的视角、从人与自然的关系的视角来看待。"③ 文本中隐含的焦虑感成为蒙古族当代文学话语的重要表征。如《山雨欲来》

---

① 包斯钦:《论新时期蒙古文小说情节结构》,《内蒙古社会科学》(文史哲版)1987年第6期。

② [美]迈克尔·赫茨菲尔德:《人类学:文化和社会领域中的理论实践》,刘珩等译,华夏出版社2009年版,第159页。

③ 包斯钦:《新时期蒙古语文学思潮论》,《内蒙古社会科学》(汉文版)2009年第4期。

（乌兰格日勒）、《怪诞胡日格岱》（也译作《癫狂的人》，乌力吉布林）中丹布拉的噩梦、胡日格岱所遭遇的鬼魅以及由此引发的一连串变态心理与行为，在貌似不合情理的荒诞之下，古老民族的焦虑与控诉跃然纸上。值得一提的是，乌力吉布林的创作颇具形式的激情，也不回避影响的焦虑，曾直言受卡夫卡、博尔赫斯、卡彭铁尔、昆德拉等人的影响，并尝试用超验主义来对"存在进行思考"，将民族的宗教意识、传统文化和现代派技巧紧密结合，用变异的手法展示了急剧变化的时代之中的各种精神病象。①

　　布仁特古斯的长篇小说《大地的恩泽》叙述了合作化、公社化的年代中文化生态、生命序列产生变异的故事。浑身长着厚厚的绒毛、两条过膝长臂、酷似巨鸟的人物迪瓦，隔着时空与变成大甲壳虫的格里高利（卡夫卡的《变形记》中的主人公）遥相呼应，貌似荒诞失真的情节表层之下蕴含着更为深刻的逻辑真实，寓言体式与瑰丽的想象，也构成了一个时代的病态隐喻，增加了作品表现的广度与深度。② 如果说，驴、狗、巨鸟……在构建草原风味独特性的同时，用荒诞而充满戏剧性的"变异"袒露了人性的堕落，以及对现代性弊端进行了毫不留情的讽刺和揭露，那么，郭雪波在《银狐》中反其道而行之。小说中的珊梅貌似过着幸福的生活，却由于不能生育而承受着丈夫的厌恶和村民的欺辱，最后她只能选择由银狐带着逃离人类与沙漠为伴，故事的情节看似荒诞，但珊梅的苦难集中地体现了自然环境的恶化对人类生存造成的威胁，并由此转化为人类的精神危机。再加上现代文明导致人类信仰的缺失，人因精神上的无所依托难以得到安全感，从而加速人类的"异化"。郭雪波在《大漠魂》中反思："就是我们这些两条腿的人，把黄沙这魔鬼从地底下释放了出来，没办法收回去了，不

---

　　① 王妍：《焦虑与蜕变：当代蒙古族文学的现代性追求》，《前沿》2018 年第 5 期。

　　② 包斯钦：《中国蒙古语文学与现代主义、后现代主义》，《民族文学研究》2005 年第 4 期。

知道这是前人的悲剧，还是后人的悲剧。"①

二　中蒙当代作家的地域书写

"一带一路"背景下的少数民族文学，面临两种转换。其一是向内转，重新审视本地域的历史传统和现实经验，寻找和发现其与"一带一路"的内在联系，从而在题材、主题、人物风格等方面进行新的创作。其二是向外转，这包括作品要有国际视野，也包括作品要走出国门。在这两种转换中，向内转主要是对作家创作的要求，向外转的任务主要由翻译家完成。②

全球化是一个以经济全球一体化③为核心，囊括不同国家、不同民族、不同地区在政治、文化、科技、军事、生活方式、意识形态、价值观念等多方面多层次、多领域的相互联系、相互影响的多元概念。它既是社会经济、实践政治命题，也是思想文化命题。作为一种新的文化观念，全球化外在的趋同性特征包裹了其内隐的逐异性特征。20世纪80年代以来，随着各种文化思潮涌入，全球一体化进程中的中国面临着新的挑战。在文学领域，牧场、田野、草原、村庄等乡土地域景观逐渐为酒吧、迪厅、咖啡屋等光怪陆离的都市景观所取代。伴随文化一元化及归属感的缺失而来的身份危机强化了作家们对于地域身份和本土环境的关注。

早在20世纪50年代初，以玛拉沁夫的《科尔沁草原的人们》《茫茫的草原》等为发端，一系列以草原为作品背景和发生地的作品带着清新、明朗、质朴、浓郁的草原气息登上了当代中国文学的舞台。半个多世纪过去了，浩瀚、广阔的草原失去了往日的喧嚣，身处城市化、

---

① 郭雪波：《大漠魂》，中国青年出版社2009年版，第198页。

② 王珍：《"一带一路"战略为民族文学带来发展新机遇》，《中国民族报》2017年6月30日。

③ 1985年，美国经济学家T.莱维首次使用"全球化"一词来指商品、服务、资本、技术等在世界性相关领域中的扩散，即"商品市场"的全球一体化。

工业化不断发展的现代社会，个体对地方独特地域文化的追求和珍视愈加强烈。作家在书写中将自己对本民族文化的深层情感转化为对某种语言形式的探求，"作为象征秩序功能的语言，是以压抑本能的内驱力、以及与母亲之间浑然一体的关系为代价建立起来的"，作家们试图在创作中"重新激活这个受到压抑的、本能的、母性的元素"。[①] 发现蒙古，首先是对蒙古自然景观直观体验。蒙古族诗人席慕蓉《父亲的草原母亲的河》中吟唱："父亲曾经形容那草原的清香/让他在天涯海角也从不能相忘/母亲总爱描摹那大河浩荡/奔流在蒙古高原我遥远的家乡。"[②]

　　自 20 世纪 80 年代开始，蒙古族的文学中就出现了很多表现城市生活的小说，但总体成就不高，到了 20 世纪 90 年代，蒙古族城市文学开始迅猛发展。在城市文化的碰撞与融合中，蒙古族文化自有的平衡结构遇到现代文化的强大冲击，文化的生存空间被挤压。蒙古族文学在书写城市时有更深的现代性焦虑：一方面，城市的拥挤、喧嚣、物化的生活环境改变着蒙古人；另一方面，在文化的碰撞与融合中，民族传统文化与城市的现代文明之间的地位并不是平等的关系，民族文化的生存空间被挤压、变形，使得他们感到苦痛、失落与迷茫，他们对民族身份的认同更为强烈和迫切。如白涛在诗作中表达的对长期生活在都市的蒙古人俨然已经忘掉民族之本的担忧，"啃着面包喝着矿泉水，渐渐/和马蹄、歌声、膻汗味儿产生出距离……目光被水泥墙阻隔/脚步开始轻盈，听见有人准谈论北方家乡或者草原池好像与自己无关……慢慢想不起母亲的故乡洋油和奶水的湿痕/还隐约印在胸襟……"[③]。同样的思考向度，在色·乌力吉巴雅尔《最后的酒馆》中

[①]　［美］朱迪斯·巴特勒：《性别麻烦：女性主义与身份的颠覆》，宋素凤译，上海三联书店 2009 年版，第 111 页。

[②]　席慕蓉：《父亲的草原母亲的河》，《中国民族》2007 年第 8 期。

[③]　白涛：《都市蒙古人》，《长调与短歌——一个当代蒙古人的草原诗想》，作家出版社 2012 年版，第 127—128 页。

亦有所表达。齐·莫尔根的《都市纪事》，虽然没有使用直接与民族有关的意象，但是在他笔下所着重描写的"十字街"、属于现代性的"孤独""医院"等事物和场景背后，其实隐藏着一个与都市形成对比的隐在远方空间，这一空间指向的是草原。①

蒙古国城市小说亦分享着同样的焦虑，多围绕现代人的生活方式遭遇冲击、城市生活空间的受挤压、新的职业要求及生存困惑等展开书写。普·巴雅尔赛罕（蒙古国）的《百年》《比猴子还瘦》以纳顺、德力戈的男性触觉和意识流动为主线，这些男性一改传统蒙古族小说中健壮、豪迈的形象，而是在语言的娓娓道来中流露出精神与肉体的双重孱弱。萎靡的主人公在某种意义上成了城市的缩影。"纳顺在医院长廊里勉强走着。动作稍微快一些就会感到体力不支，站立不稳，心跳加快，头晕目眩，耳鸣。心脏不正常地剧烈跳动，仿佛现在就要从嘴里跳出来似的。"②

在蒙古国新生代女作家罗·乌力吉特古斯的《女人》里，以第一人称"我"讲述打胎前后女性的心理活动，凸显女性在精神上的矛盾与焦灼，这种焦灼一方面是城市生活的压力，另一方面与女性现代化的职业需求相关。与此相呼应，蒙古族女作家黄薇的《演出到此结束》《流浪的日子》似乎走得更远，作品都以爱情为叙事载体，且总有着两男两女的角色设置。经过一系列的情感错位与纠缠，最终的结果却是难得善终——出走、失踪、死亡、疯狂，总是这些爱情的最后归宿。文本中充斥着城市日常生活的细节，但正是这些细节蕴含了城市女性所遭遇的折磨，并将现代人内心隐秘的危机慢慢地展露出来：那些因自觉丧失民族归属感而不断陷于反省与忏悔中的"城市蒙古人"，总是

---

① 范云晶：《坚守与变通——新时期蒙古族诗歌"民族性"的多样化表述》，《民族文学研究》2018 年第 2 期。

② 敖福全编译：《蒙古国当代优秀短篇小说选》，内蒙古文化出版社 2015 年版，第 201 页。

选择"以婚姻或肉体结合的方式来表明自己的民族归属"。①

新时期以来,由全球化及现代性所引发的一体化文化的纵深推进,蒙古族传统的生产生活方式不断发生变异。世代生活的草原变得支离破碎、传统的游牧转场生活无以为继,急速发展的城镇化进程对世居地的河川山乡的改造、抛弃,市场经济、消费文化的冲击日之下日益浮躁的人心,传统文化与现代文化所引发的代际冲突,民族文化现代转型中的得失等问题都是蒙古族作家不得不面对的文化现实。他们具有敏锐的文化忧患和自省意识,他们在文学书写中通过那些已经消失了或者正在消失着的本土景观的审美再现,以文学虚构的方式建构文化记忆连续性。他们对草原等地域景观的重复书写与强调,使此类景观成了一个反复出现的文学意象,形成了文学地域书写中的象征性景观。

如斯日古楞的诗歌《家是草原》点明了草原作为双重家园的特殊内涵:

> 我的辽阔无垠的草原……/你是英雄汉不动容的极至/我们灵魂的家园……/家在草原/家是草原/雄浑的每一座山峰/都是我们生命的积淀/奇美的每一条河流/都是我们爱欲的情结②

诗歌中连续运用"家在草原"和"家是草原"构成递进关系的肯定句式,对于草原和家的关系进行梳理。蒙古族作家们所面临的都市体验与"本土"情感、文化的冲突,引起了他们对于自身身份的重新思考与界定,并尝试在与他者的区别和比较之中建构起自己的文化身份。因此,为化解创作主体的心理焦虑、找到文化情感的归属,寻找一种全新的意义阐释方式就成为文学创作的主要目的。

蒙古族"80后"作家木琼尔、照日格图、陈萨日娜、郭金达、苏

---

① 黄薇:《自省小说的反省意识:传统与现实的冲突》,《草原》1996年第6期。
② 斯日古楞:《斯日古楞诗选》,内蒙古人民出版社2005年版,第157—158页。

笑嫣、赵吉雅、扎·哈达、周静、欧其尔加甫·台文、呼·布和满都拉、桑杰……"80后"的萌芽、叛逆、感伤、多元在他们的作品中均有体现，母女之间不可抹去的代沟（《雏凤清声》），秋日的感怀（《我在秋天洗涤着思绪》），情感的纠葛与无奈（《我的女老板》），掩不住倾诉的欲望（《羁不住的心》）……这些作品如影随形地表现出全球化和都市化带来的文化趋同，也从容地保留着自己民族独有的文化脉络，草原、库布其沙漠、辽河、牧人，那些并没有淡去的风景带着蒙古民族的骨感。①

三 蒙古族当代文学的"寻根"隐喻

20世纪末文化寻根②意识的崛起，在政治和文化的多重关系中带动了文艺领域的诸多实践，唤起对艺术本体的自觉关注。这一思潮的出现与当时的社会背景有密切关系，它与弘扬民族文化的国家意志与引进西方现代主义的文学思潮巧妙结合在一起。蒙古族文学创作领域的"文化寻根"始于民族身份认同意识的觉醒，涌现出郭雪波、黄雁、海日寒等具有"寻根"倾向的蒙古族作家。他们在作品中自觉建构族群文化，反思现代性的危机，直面"我们试图去参考这种结构，不料却成为邯郸学步；我们试图去解放自己，却又发现着实无处可去"③的现实处境，推动着"寻根"主题在文学领域的纵深与发展。

所谓"文化寻根"，是指人类对其祖先、族群、国家、语言、宗教等基础文化结构进行追根溯源的一种认同与追思。20世纪末以来中国

① 叶梅：《80后，蒙古族新一代文学话语》，《民族文学》2010年第4期。

② 所谓"文化寻根"意识，大致包括以下三个方面：其一，在文学美学意义上对民族文化资料的重新认识与阐释，发掘其积极向上的文化内核；其二，以现代人感受世界的方式去领略古代文化遗风，寻找激发生命能量的源泉；其三，对当代社会生活中所存在的丑陋的文化因素的继续批判，如对民族文化心理的深入挖掘。具体论述参见陈思和主编《中国当代文学史教程》（第二版），复旦大学出版社2018年版，第277页。

③ 刘文祥：《"一带一路"视野下中国文学发展论纲》，《江西社会科学》2020年第3期。

文学的"文化寻根"就是根植于中华民族的多元文化,包括多元的各民族文化,运用文学的形式书写中华多元文化,促进中华传统文化的伟大复兴,推动中国特色社会主义文化的建构。[①]"一带一路"视野提示我们从文明史的角度来看待蒙古族文学中的"寻根"隐喻。对文化的分析是一种探求意义的解释科学,走向世界更应该关注在多大程度上完成了对自我的重新解释和发掘。

阿云嘎的《草原的老房子》《半圆的月亮》《草原人在菜市场》、满都麦的《绿松石》、陈萨日娜的《向阳的等待》、扎·哈达的《我的女老板》等作品中也在不同程度上将草原蒙古人与外来者相对比,以蒙古族的淳朴、真诚之美来批判外来者的贪婪及对金钱的执迷。当整个文化生态被新技术革命和新媒体改变冲击时,他们担忧自身的历史被外化和斩断,借助文学空间的构建,这些被"淹没和改写"的历史也得以返回。郭雪波在他的长篇小说《乌妮格家族》中,借珊梅、老银狐、白尔泰这些被侮辱、被损害的人,在人兽之间的对抗与对比之中,批判了现代人的人面兽心,最终他们远离尘世在大漠深处中找寻到灵魂的归宿。

对蒙古族作家而言,草原不是一个普通的地理空间意义上的名词,而是具有象征意义的精神原乡,它更多指向民族习俗、民族精神、民族文化的继承,成了蒙古族文学多元文化书写中的一个符号、一种象征。海日寒在《尹湛纳希》(二)中写道:"我把它/挂在故乡的拴马桩上/好让高原漂泊的灵魂/看到希望。"斯琴夫《草原的味道》(外二首)中则更为直白地表达了"打开那尘埃落定的记忆画夹时/扑面而来的是一种渗透到心灵的香味!/那将是我故乡的风和云的味道"。

21世纪以来,出现了主题较"寻根"而言更为混杂的作品,其文本内核在改编后变为一种"民族寓言"的文本呈现。乌力吉布林的《青色的萨力恒》《六十棵榆树》等都是意象化的、"寻找主题"的小

---

① 杨红:《论中华传统文化复兴与少数民族文学的"文化寻根"》,《民族文学研究》2018年第3期。

说。温都苏（《青色的萨力恒》）在他人的嘲笑、饿狼的追击、盗马贼的威胁、疾病的困扰之中，他坚定地行走在茫茫的草原上，寻找着自己心爱的马萨力恒·呼和，守护着美好的心灵世界。《六十棵榆树》也是一部关于"寻找"的故事，岗巴在层层困难中寻找信仰及美好向往的化身"六十棵榆树"，虽然与温都苏的寻马一样都没有完美的结局，但主人公克服困难坚韧寻找的过程本身就是意义。①

蒙古族作家们一再塑造这样一种执着的追寻者形象，正是体现了作者对于生命的回溯以及对美好世界及精神故乡的追求和向往。在对个体存在、身份认同、血脉等的问诘与确证方面，黄薇的"文化自省小说"颇具代表性，主要以在城市/原乡、现代/传统间辗转的"城市蒙古人"之复杂心态及寻根渴望为书写对象。② 《演出到此结束》与《血缘》这两篇作品体现出了较为典型的"自省小说"的特征：主人公均为生长在城市中的蒙古族女性知识分子，"血缘和血脉始终都在使他们本能地向'草原'靠拢……固执地强调自己的族籍族属，突出和夸大心理及精神的异质性特征；越是发现与同族的疏离和陌生，他们就越是以婚姻或肉体结合的方式来表明自己的民族归属"，且"性格都显得有些乖戾和阴郁……多少有点自虐和强迫症的倾向"。③

《血缘》中的女主人公"无根"，作为一个生长在城市中的蒙汉混血儿，她的存在本身就构成了隐喻——在两种血缘及文化之间辗转、迷失、分裂的状态。她那难以索解的矛盾与痛苦，无时不忘的反省与忏悔，如影随形的焦虑、恐惧和绝望在这篇充满了命运、暗示、潜意识的小说文本之中表现得淋漓尽致。当面对这样的现实情境时，作家们试图在文本中以一种独特的方式注入一个民族的言说，文本中女性的在场，对民族自我的族群身份认同有着重要影响，在很大程度上主

① 王妍：《焦虑与蜕变：当代蒙古族文学的现代性追求》，《前沿》2018 年第 5 期。

② 白薇、王冰冰：《"寻根"女性的梦魇——蒙古族女作家黄薇小说论》，《北方民族大学学报》（哲学社会科学版）2011 年第 6 期。

③ 黄薇：《自省小说的反省意识：传统与现实的冲突》，《草原》1996 年第 6 期。

导了其族群意识的强弱。"女性",特别是"母亲"对族群身份及其认同变迁的形塑,以及作为族群与自然的沟通者,她们身上所具有的善良、智慧、奉献等人性光辉的书写,诠释了"女性"作为"象征和再现的开端,是欲望、记忆、神话的无限更新的源泉"。①

全球资本主义的冲击改变了生产方式和劳动力结构,对于情感的书写成为近年来文学书写的关键词。既有的理论难以帮助我们有效面对和剖析今天变化之中的世界。现代社会中越来越完备的全球体制已经把所有的可能性都封闭了,情感——作为一个不可预期的、不可掌控的状态存续于文学之中,并以幽灵的方式出没于不断返归的空间。在对蒙古族当代文学中既有精神家园、现实家园和城乡现实空间的书写中,情感尝试被作为一种现代文明的救赎,当把情感作为元素纳入文学的思考中时,我们就会发现原先的文本显现出完全不同的面貌,其内部存续着新的裂隙和充满可能性的空间。

在固化的民族指认与想象面前,洞悉灵魂、探索人心,都是蒙古族作家们需要审视和直面的问题。社会与文化都是不断向前行进的,不存在脱离历史的纯粹的民族性与生存状态,运用恰当的现代化表述方式不但不会有损蒙古族文化的纯粹性,反而有益于参与、推动民族精神和文化的重构、整合。在这个意义上,直面和书写蒙古族当下的生活无疑是一个意义深远的重大命题。

四 蒙古族当代文学的生态主题

新时期蒙古族作家在全球生态危机的背景下,继承民族文化中的生态智慧,他们用关爱草原、关爱生命的目光,用自己的心灵抒写着草原、大漠、生灵以及带着青草和沙土味的蒙古人的故事,向读者揭示了人与自然的伦理关系,进而深入探讨了生态失衡的各种原因。

在长篇小说《大漠魂》《狼孩》《沙狐》《银狐》等十余部作品中,

---

① 罗钢、刘象愚主编:《文化研究读本》,中国社会科学出版社 2000 年版,第 213 页。

郭雪波叩问人类生存价值，直击生态危机根本，呼唤人与自然和谐。他在对草原生命方面的探索可谓匠心独运，特别是对动物的描写，既写出兽性，又写出人性，体现出对生命的理解尊重，对自然的敬重和敬畏。

在郭雪波的小说创作中，所有的人物活动都是围绕着沙地展开的。一望无际的沙坨隔绝了都市的繁华，使人与人之间的关系变得简单而纯粹。《沙葬》里原卉的丈夫白海葬身沙海，《大漠魂》中老双阳的家被沙坨无情吞没。作者独具匠心的安排，意在揭示人类肆无忌惮地蹂躏自然，同时人类也接受自然更加猛烈更加残酷的报复。不管是老沙头（《沙狐》），还是老郑头（《苍鹰》），抑或神秘的云灯喇嘛与白海（《沙葬》），还有秃顶伯（《空谷》），这些人都与沙漠有着说不清、道不明的爱恨纠葛。他们用自己的一生同沙漠抗争，对沙漠的"恨"深入骨髓，进而化作一曲悲壮的生命之歌。同时，他们也无限地依恋沙漠，都不约而同地对沙漠怀有一种敬畏之心。正如云灯喇嘛所说："我们作为万物之灵的人，比它们高明的人，更应该带领它们一块躲过这个共同的灾难，停止仇恨和杀戮，找出一条一块儿活下去的出路。"①

在郭雪波的小说中，既有人与自然的冲突，也有人性与兽性的冲突。如在小说《沙狼》中，作者讲述了金嘎达老汉年轻时带领村子里的人灭杀沙漠里的狼。在这之后，仅存的一只母狼叼走了金嘎达的外孙并养育了他，使他的外孙变成了一个狼孩。小狼孩被找回后，在人类母亲的细心照顾下似乎懵懵懂懂地意识到了什么，并试图适应人类的生活。但在人们自以为小狼孩人性复苏之际，母狼的几声嗥叫却让人类所有的努力付诸东流。郭雪波的小说将人性与兽性放在更为客观的角度进行对照，试图在冲突中寻找人与自然的出路。

作为一个在牧区长大的作家，郭雪波的作品自然流露出尊重自然、敬畏自然的思想。小说《大漠魂》中的主人公荷叶姐与老双阳，一为"列钦"的继承者，一为"孛"的"沙比"。"列钦"和"孛"均为萨

---

① 郭雪波：《沙葬》，中国青年出版社 2009 年版，第 202 页。

满教的两个不同教派,其中男为"孛",女为"列钦",二者都是萨满教的法师。郭雪波基于日益严峻的生态危机,认识到原始宗教信仰的衰落导致人欲的不断膨胀,而现代文明的进步则加剧了人类的贪婪。① 小说《沙葬》中云灯喇嘛一生守护诺干·苏模庙。寺庙承载着人们的记忆,为乡民的信仰表达提供了场域,带来了洁净和祥和。"传说和景观共同构成了民众的记忆影像,他们共同确定,强化文化身份的同时,也逐步形成文化共同体的记忆。"② 当"视觉表象化篡位为社会本体基础"③ 时,诺干·苏模庙——作为一种地域和文化景观成为社会秩序与文化认同的基础。但是在现代化的语境之中,原有的社会运行机制和社会结构已经被改变,原本的信仰和世界观受到了极大的冲击。寺庙的变化作为社会发展演进的棱镜,也关涉个体生命观、世界观和地方认同,这不仅是民间信仰和日常生活的集中呈现,而且是一种可以与神圣情感之间"形成一种相互回应、相互印证的共鸣"④ 的地方。然而,这一切都在被打破,进而重组。对于物质生活发展历史的叙述,是一种流动着的状态,通过突破各种权力话语的制约和经济的约束而四处蔓延。"在人类的内在生命中,有着某些真实的,极为复杂的生命感受。它们相互交织在一起,不断地改变着趋向、强弱和形态;它们毫无规律地时而流动,时而凝止,时而爆发,时而消失……所有这些交融为一体不可分割的主观现实就组成了我们称之为'内在生命'的东西。"⑤

---

① 张子程、周燕:《冲突·回归·探索——蒙古族作家郭雪波生态小说评析》,《民族文学研究》2015 年第 3 期。

② 毛巧晖:《民间传说与文化景观的叙事互构——以嫘祖传说为中心》,《贵州民族大学学报》(哲学社会科学版) 2018 年第 3 期。

③ [法] 居伊·德波:《景观社会》,张新木译,南京大学出版社 2017 年版,第12 页。

④ 王子涵:《 "神圣空间"的理论建构与文化表征》,《文化遗产》2018 年第 6 期。

⑤ [美] 苏珊·朗格:《情感与形式》,刘大基等译,中国社会科学出版社 1986 年版,译者前言第 6 页。

　　郭雪波在《大漠魂》中大量使用安代舞曲颂词，如"从北海牵来雨龙，从东海舀来甘泽。从西洋唤来河婆，从南洋引来云朵，驱除旱魃！驱除旱魃！祭沙！祭沙！啊，'安代'！村民们跟着他地动山摇地呼喊：把山梁的水引下来哟，唱它个一百天！把甸子上的水引上来哟，唱它个五十天！驱除旱魃！驱除旱魃！祭沙！祭沙！啊，'安代'！"①《大漠魂》中的这段"安代"唱词让我们看到蒙古族先人将自然视为神明，寄希望于神明，认为神明是不可以轻易亵渎的，可以帮助人们消灾除魔；我们也可透过这些文字感受到那份流淌在血液中的人与自然之间息息相关的默契与虔诚。郭雪波的小说中宿命轮回式的结局意在提醒人们：人类既要遵守法律和道德，还要遵守自然之法，不能肆意妄为断送其他物种的生命。自然是所有生物共同的家园，如果人类为了自己过得舒适而掠杀其他生命，破坏其生存环境，最终伤害的是人类自己，人与自然万物要想和谐共生，关键在于人类要学会善待自然。②

　　出生于乌兰察布草原的蒙古族作家满都麦的创作也始终贯穿着自然与人类关系的文化建构，对自然有着"亲人般的关注"。草原的荒漠化是满都麦生态文学的主题之一。满都麦的小说充斥大量意象和原型，"那种原型丛集、意象叠嶂、穿透一般叙述规制、体现着生态主义终极理念的建构方式"③。作者在《老苍头》中，把色音桑斯勒山描绘成这块得天独厚的风水宝地向来一派升平景象。别处变幻莫测的冬春时节这里却平平静静，冷风黑雪似乎也躲躲闪闪，五类牲畜凭借丰腴的草场长得膘肥体壮。乡间牧人不知何为疾病，都活得寿长健康。街坊邻里丰衣足食，毡包里时时飘出欢歌笑语。由于乳汁中无人染指，马群

---

　　①　郭雪波：《大漠魂》，中国青年出版社 2009 年版，第 101 页。

　　②　张子程、周燕：《冲突·回归·探索——蒙古族作家郭雪波生态小说评析》，《民族文学研究》2015 年第 3 期。

　　③　马明奎：《少数民族文学生态文本叙事性研究——以满都麦小说为例》，《中央民族大学学报》（哲学社会科学版）2013 年第 6 期。

里无人偷杆,人们心灵从未笼罩黑影而纯洁、善良、质朴,没有污染醒醌而高尚。盘羊、岩羊、山狍、野鹿等各种野兽栖息跳跃,给这片美丽的草原增添了灵气和风光,带来了活力和神奇。它们非水清草嫩不栖,一副骄矜之态。锦鸡布谷等各种珍禽异鸟,迷恋这旖旎风光,争春和鸣,次第登场,神气活现。①

另外,满都麦在其《四耳狼与猎人》《碧野深处》《瑞兆之源》《马嘶·狗吠·人泣》《人与狼》等诸多作品中大力渲染的人与动物的关系,人与自然之间的神秘的、情感的生命感应;马、狗、羊、狼、鹿以及那些珍禽异兽的灵性、人性等,昭示着"天人和谐"的生态哲学。具体地说,其中不仅包含着自然万物和谐统一的大生态系统的内容,而且包含着把它视为人的自然本源,人只有与它保持和谐的关系才能生存发展等内容。在当时的历史条件下,正是这种思想意识对人与自然的高度统一和谐起到了能动作用。② 他的笔下,景物、动物和蒙古人是和谐的。他所描绘的天、地、人是蒙古族整个民族对生存空间的诗意守望,是一种以"天人和谐"思想为核心的游牧生态哲学的艺术体现。③

短篇小说《圣火》是一首草原牧女圣洁爱情的颂歌。一位美丽的蒙古族少女在那辽阔的杭盖草原上,蜿蜒的呼呼鸽河畔,在那三鼎石的圣火旁,邂逅了自己的心上人。他们在短暂的相聚后又匆忙分离。从此,少女就在这圣火旁等待她的心上人,一直到她变成白发苍苍的老人。④ 小说的结尾处,作者用了一段相当优美的文字书写她的胸怀:

---

① 满都麦:《满都麦小说选》,作家出版社 1999 年版,第 213 页。

② 苏尤格:《天人和谐生态哲学——论满都麦生态小说的哲学渊源》,《内蒙古师范大学学报》(哲学社会科学版) 2006 年第 3 期。

③ 马晓华:《自然与人的神性感应——满都麦与普里什文生态文学的比较研究》,《内蒙古师范大学学报》2007 年第 1 期。

④ 何镇邦:《杭盖草原的牧歌——序〈满都麦小说选〉》,《满都麦小说选》,作家出版社 1999 年版,序言第 3 页。

她多么希望他或许有一天倏然而至，每当她来这儿，如果遇上青黄不接的春天，便在口袋里装满肉干和奶酪；如果遇上花儿都要燥热的夏天，便带上熟透了的马奶酒；如果遇上充实丰腴的秋季，便备一席丰盛的美味野餐；如果遇上寒风凛冽的严冬，便揣上些可口耐饱的奶食品。①

蒙古族少女情感经历的书写，恰恰是作者对其族群信仰的自我审视，在现代化冲击的现实情境之中，人们还能否恪守信仰内在的虔诚性？内在精神的消失，我们可以看到各种交流方式"传递着人们的资本想象"，社会的转型，必然有导致文化转型的变异因素产生，但传统并没有真正的消失，人们精神之中的地域文化性格并没有根本转变，其中的集体记忆、地方文化仪式与象征意义在当今社会依旧能够在变幻莫测的历史情境之中为我们提供一个稳定不变的意义框架。

《四耳狼与猎人》里，猎人巴拉丹救活过一只被他剪成四耳的狼崽。这只狼崽成了狼的首领后，救了处于危难中的巴拉丹。这个故事强化着万物有灵的观念，强化着人与自然之间的灵性相通、情感相近的生命事实。但是，把这种神秘推向神圣的却是巴拉丹发自内心的对于存在意义和价值的领悟："唉，能有几个人懂得大千世界上的生灵万物相互依存的千丝万缕的联系呢?！不过我开始明白了狼不是人类的天敌这个简单道理。在这片土地上，最危险的敌人不是狼，而是像瞎子嘎拉桑和瘸子海达布和歪手巴拉丹这样终身以杀生为业的猎人。"②

这里发出感叹的不仅仅是巴拉丹个人，而是现代人类那些以肆虐和掠夺为荣耀的现代人的整体价值反思：就像人类在把别样的人类作为假想敌常常提醒着自己的嗜杀恶欲一样，人类也常常把自然作为假想敌以求证自己早已恶劣无遮的本性。满都麦从工业文明和消费文化无可阻挡地弥漫整个世界这一语境出发，对传统文化内在生机的枯萎

---

① 《满都麦小说选》，作家出版社 1999 年版，第 160 页。
② 《四耳狼与猎人》，《满都麦小说选》，作家出版社 1999 年版，第 289 页。

以及人性恶欲膨胀的历史必然做出深刻反思,从而完成了他的生态美学意义的传统重建:首先是自然生态环境的保护,这是一个不言而喻的前提。其次是人的良知和道德的修复。满都麦表达了深刻的、不断的人性忏悔,这种忏悔本质上是一种人与自然的生命情感关联和诗意融渗关系的修复,一种世界幕后情景的神圣领悟和神秘体验,一种爱意点燃和诗性生发基础上的人类心理和灵魂的生态化。[①]

蒙古族文学以反映人与自然关系为主题的文学创作,大体分为两个阶段发展:一是古代到近代蒙古族文学创作主要以敬畏大自然、赞美大自然为主题,以大自然来表现人的内心世界,表现蒙古草原大自然的朴实无华之美。二是现当代蒙古族文学主要寄托了人类对大自然亲人般的关怀,关注人与大自然的命运,揭露出社会的矛盾与悲剧。一方面,通过展示人与自然的和谐关系及其营造的美景佳境激起人们热爱自然、保护生态的意识;另一方面,通过描述人与自然相互对立及其造成的生态危机,唤起人们的生态忧患和生态保护意识。[②]

第四节 "一带一路"视野下蒙古族文学的发展前景

"各民族人民在吸取和学习其他民族民间文学时的大胆创造精神。他们不是机械抄袭或模仿别人的东西,而是根据自己民族人民的理想愿望、特有的生活习惯、传统的艺术形式去加工改造,故事中的语言、人物形象、自然景物、社会风俗的描绘带有鲜明的民族特色。"[③] 在长

---

① 马明奎:《试论满都麦小说传统重建理路中的生态美学意义》,《民族文学研究》2004 年第 4 期。

② 巴·苏和、特日乐:《论蒙古族文学的大自然及生态主题》,《中南民族大学学报》(人文社会科学版) 2012 年第 5 期。

③ 钟敬文主编:《民间文学概论》,上海文艺出版社 1980 年版,第 115 页。

期的发展过程中，蒙古族文学不仅形成了独特的民族性，也呈现出了鲜明的开放性和深博的丰富性。在中国，这种丰富性不仅体现在独特的民族生活内涵和民族审美情趣上，也体现在它与多民族文化相互融汇而形成的多元性内涵上。事实证明，蒙古族文学不是孤立成长的，也不是在封闭的环境中发展起来的，而是在多民族文化的相互碰撞、相互影响、相互交融中产生和发展起来的。蒙古族早先以游牧为主的生活方式，由于生活时空的广阔，它与周围多个民族都发生过或深或浅、或亲或疏的关系，其文学自然也不例外。粗略的眼光看，蒙古族文学在历史上就与西亚文学、俄罗斯文学和西方文学等产生过这样或那样的关系，而蒙古族文学与汉族文学和一些兄弟民族文学的内在关系更是显而易见的。蒙古族文学的原生性，再加上由民族文化融汇而形成的丰富性，就给蒙古族文学的比较研究提供了广阔的舞台。①

一　蒙古族文学的主体精神

"在具有普泛性指向的全球化语境下，经济形态、生活方式的一体化。"② 在使不同文化之间变得趋同的同时，也让人意识到保持民族文化多样性的重要性。有论者指出："虽然在许多场合全球化经常被人们看作等同于西方化，但实际上，人们常常忽视了全球化的另一个方面，也即全球化在文化和政治上说来始终热切地寻求拥抱现代性。"③ 我们可以看到，当现代性进入文学的领域被言说，文学实际上是在消解这种"单一现代性"的神话。这在蒙古族当代文学中尤为突出，其文化书写上的全球化与现代化色彩同时也意味着一种文化形式上的本土化建构，在本土语境中重新界定和描绘全球化，寻求民族自我认同，保

---

① 陈岗龙、额尔敦哈达主编，北京大学蒙古学研究中心、中国蒙古族文学学会、北京大学东方文学研究中心编：《奶茶与咖啡——东西方文化对话语境下的蒙古文学与比较文学》，民族出版社 2005 年版，第 4 页。

② 杨洋：《大文学视野下的少数民族文学》，《当代文坛》2018 年第 3 期。

③ 王宁：《全球化进程中的中国文化与文学发展走向》，《清华大学学报》（哲学社会科学版）2018 年第 2 期。

持民族文化个性。

在"一带一路"视野下重新审视蒙古族当代文学生成的多元文化语境、趋向及文本审美形态,其文学向度、叙事隐喻,以及民间文学与书面文学文本之间呈现出的文化意义上的互文,对维护中华文化的多样性具有极其重要的意义。蒙古族当代文学开掘民族文化传统与民间文学资源,完成了文化因素的文学性转换并形成具有民族、地域、性别差异性的美学价值,实现了蒙古族传统文化的传承,为中华文化的复兴做出了贡献,同时采用文学的形式致力于将蒙古族文学研究与全球化进程相结合,使文学书写逐渐呈现出一种超民族性的趋势。

在"一带一路"视野下讨论蒙古族文学的发展,不是一种情感的假想,也不是一种图解政治的策略。这既是一种基于蒙古族文学交流史的考虑,也是蒙古族文学走向世界的一种有效方式。蒙古族的文化叙事与文学景观,重在本地域"我者"叙事的建构与形成,通过确认自身如何作为一个独立的文化景观而存续,应对主体可能存在的精神匮乏和现代世界随时可能迸发的精神危机。蒙古族文学对本土文明的坚守,对西方现代性的抗拒延宕,越来越被视为一种珍贵的生存姿态,正是那些曾经被看作落后、保守的生活,逐渐产生出一种清晰的反面结构和超历史的意义。因为"一带一路"沿线还保留着比较丰富的古代甚至是原始社会的文化生活景观,这些文化标本在当下写作中被视为极其重要的,也被视为人类走出各种中心主义窠臼的出路。寻找本土文化资源并做出新的阐释,是未来"一带一路"文学尤其是蒙古族文学书写中应该做的。在当下的很多蒙古族文学作品中,我们也能够发现越来越多的作家开始有了这种超越空间、国家的视野。可以预见的是,通过"一带一路"倡议,会让蒙古族文学更加多元开放,"一带一路"沿线国家存在着某种精神上的共同性,依靠着土地、宗族、血缘、信仰、等级等得以维持。

二 中蒙文学的交流传播

2016年1月21日习近平总书记在阿拉伯国家联盟总部发表重要演

讲时强调："'一带一路'建设，倡导不同民族、不同文化要'交而通'，而不是'交而恶'，彼此要多拆墙、少筑墙，把对话当作'黄金法则'用起来，大家一起做有来有往的邻居。"① 通过"一带一路"倡议，会让蒙古族文学更加多元开放，在推进"一带一路"建设、实现文学引领的过程中，首先需要做的是跨文化交际和跨语际传播。

在"一带一路"倡议指导下，民族地区文艺界也加快了"走出去"的步伐。据蒙古族著名翻译家哈达奇·刚介绍，内蒙古这几年连续在蒙古国举办"内蒙古周"。依托这一平台，国内文学作品被译成蒙古国文字，在蒙古国出版发行。内蒙古文学翻译家协会与蒙古国翻译协会也建立了合作关系，经常举办交流活动。近几年来，蒙古国的部分经典作品被译介到了国内，如哈森翻译了《巴·拉哈巴苏荣诗选》《蒙古国文学经典——诗歌卷》等作品；照日格图翻译了《蒙古国文学经典·小说卷》；敖福全翻译了《蒙古国当代优秀短篇小说选》等。

"现在的问题是，蒙古国使用的是斯拉夫蒙古文，语言习惯发生了很大改变。比如，我们说的'经济'一词，在蒙古国的意思是'工业'。"中国国际广播电台蒙古文室主任格日勒图说。他建议国家能够资助一些翻译家，将一些反映现当代中国的文学作品翻译成蒙古文，满足蒙古国受众想要了解中国的愿望。哈达奇·刚建议，建立一个跨境民族文学走廊，设立"一带一路"文学奖项。"我们通过搭建文学的交流合作平台，将周边国家作家凝聚在一起，不仅让'一带一路'倡议在多民族文学交流中落实成具体的行动，而且为实现'一带一路'沿线国家民心相通，作出我们的积极贡献。"②

对于蒙古族文学的研究视角也需要从"文学史上的'一带一路'"向"'一带一路'文学史"转变，强化此方面的课题研究、加快"'一

① 习近平：《共同开创中阿关系的美好未来——在阿拉伯国家联盟总部的演讲》，《人民日报》2016 年 1 月 22 日，第 3 版。

② 王珍：《"一带一路"战略为民族文学带来发展新机遇》，《中国民族报》2017 年 6 月 30 日。

带一路'文学史"的编撰也十分迫切。蒙古族文学还需要从本土资源出发，深度地发掘，树立宽广的视野和共通的价值观念，不应该故步自封，唯其如此才能获得长足的发展。"一带一路"建设策略的制定具有深远意义，作为文化历史悠久与文化多元性的聚合所在，蒙古族文学有着迫切加强文化和民族文化相互跨越对话的需求。面对"一带一路"构想的文化建设，蒙古族文学的发展到了一个新的阶段。在"一带一路"建设策略推动下，蒙古族文化精神和多样化的鲜活创作会更加凸显在世界文学之林中。

古代丝绸之路告诉我们，不同种族、不同信仰、不同文化背景的国家完全可以共享和平，共同发展，共享繁荣。不同文明的交流互鉴是推动人类社会进步的动力，是维护世界和平的重要纽带。新的历史时代，"一带一路"建设推进使沿线各国经济、政治等领域的交流与合作不断扩大和深入，各国资金、技术、人员、信息与货物的跨国流动大大加快，各国文化相互碰撞，加速融合，多元文化交往加深，各国人民对其他国家及其民族、商品等的认知、理解和认同不断深化，塑造了沿线各国人民对"一带一路"共同身份的认知，夯实了共建"一带一路"的社会根基。

在当前丝绸之路文化产业带建立和多元文化背景下，国家应充分利用丝绸之路这条文化传播带，发挥文化交流区位和人文优势，坚持实施文化"走出去"战略，积极对外传播史诗，以充分激活现代文化引领的"丝绸之路经济带"共建动力，与"丝绸之路经济带"沿线各国实现文明互鉴、合作发展，形成"美人之美、美美与共、天下大同"的发展格局。

第五节　中蒙俄"熊儿子"故事
比较研究

熊崇拜的地域有美洲的阿拉斯加、亚洲的贝加尔湖、中国的黑龙江、日本北部岛屿等气候比较寒冷、森林密布的地区。表现人与熊成亲的神话、传说在我国维吾尔、哈萨克、吉尔吉斯、塔塔尔蒙古、鄂温克、达斡尔等北方民族中广泛流传。长久以来，人与熊成亲的故事由自愿成亲母题演变成强迫性成亲母题，而且在世界各民族神话传说中人类给熊注入了天神、图腾、保护神、家族部落的圣母、祖先、凡间的主人，以及人与兽类的结合体、医治者、萨满的助手等多种形象。我们在中国，俄罗斯联邦布里亚特共和国、卡尔梅克共和国收集到的《熊儿子》故事表述人了解自身的长处和优越性后，不再相信野兽祖先，开始与禽兽斗争并获得胜利的故事。其故事的情节结构、母题元素极为相似。

"熊与人成亲"故事用 AT 分类法来看，与《301 寻找失踪的公主》故事相似。这个故事在俄罗斯联邦布里亚特共和国、卡尔梅克共和国及我国新疆、内蒙古等地区流传。现在我们手里已经找到布里亚特版本《熊儿子》，卡尔梅克版本《熊儿子阿拉巴图哈日》，新疆版本《熊英雄》三个版本的故事。

一 布里亚特《熊儿子》故事情节及基本母题类型

下面我们来看布里亚特版《熊儿子》：

很早以前有兄弟俩，他俩各自都有一个女儿。

在一个秋天的晚上，堂姐妹俩出去与同伴玩耍后回来在家门口的勒勒车上睡着了。半夜熊来后连车带人拉走了。在路上，一个姑娘醒来，悄悄地下车跑回了家。另一个姑娘被拽到洞里成了熊的媳妇。一年后，女孩有了身孕，生了一个儿子。儿子迅速长大并力大无穷，有一天杀死熊父亲后跟母亲来到了姥姥姥爷家里。

在姥姥姥爷家的时候，熊儿子非常无聊，就请示母亲想去看看世界。母亲嘱咐说："出门在外多与好朋友相识，希望有收获有成就！"有一天，熊儿子在路上结识了萨布代莫日根、巴布代莫日根、哈布代巴特尔，成为十年的安达，二十年的盟友，他们继续前行一起生活。

第一天，萨布代莫日根留下来煮肉做饭，其他人去打猎。但等他们打完猎回来时饭还没有好，而且萨布代莫日根还被打得鼻青脸肿的。接下来的几天轮班做饭的人都是那样，也没有人说清原因。当熊儿子轮班做饭肉煮好后，突然有一个长着一尺长胡子、一丈高圆脸的老头进来把肉全吃掉了。熊儿子与老头扭打后，把他压在哈那（蒙古包墙）下面。等兄弟们回来出去看的时候老头已经不见了踪影，只留下了一扎胡子在风中飘摇。随后四位跟随老头留下的脚印追过去，发现他钻进了地洞里。三个兄弟留在上面，熊儿子钻进洞里，到了下界。

熊儿子到了下界遇见了老头的姑娘，以给老头治病为由将老头烧死在炉子里，继续前行。在杨树下，熊儿子解救了被妖魔抓住的凤凰的女儿，镇压了妖魔。凤凰非常高兴，与熊儿子结拜安达盟友，送他去上界。

熊儿子到上界继续前行，遇到奥日楞宝格达汗的军队与额尔们汗的军队大战。额尔们汗的军队失利，损失惨重。熊儿子助力额尔们可汗的军队，帮助他们取得了胜利。额尔们可汗高兴，问他要什么？熊儿子说："我想要您的阿拉坦琪琪格姑娘！"可汗同意了。

额尔们可汗敲打金色大鼓召集民众，大铁缸里装满酒，大盘子里盛满肉，大办婚宴。最后，熊儿子成为可汗的驸马，与琪琪格姑娘幸福地生活。

该故事中出现的主要母题有：（1）动物的报恩——凤凰为替它消灭大敌的熊儿子报恩，送他去上界。（2）非凡的巴特尔——人与熊结合出来的熊儿子力大无穷，有非凡的能力。（3）迅速成长——熊儿子日夜迅速长大。（4）结拜兄弟的母题中有立誓结拜兄弟和比武结拜兄弟。

二 《熊儿子》故事在不同地区的传播

下面我们来看《熊儿子》故事在俄罗斯联邦卡尔梅克、布里亚特等不同的地区演变的情况。这里我们了解一下俄罗斯联邦卡尔梅克版的《熊儿子阿拉巴图哈日》故事情节：

在很早很早以前，阿拉坦劳崇可汗的臣子有个姑娘，一家三口生活。

姑娘长到十五岁时阿尔斯楞汗来给儿子芒赖莫日根求婚，姑娘不同意，与心爱的人准备私奔时不小心被熊抓住了，圈在洞里，生了个儿子。儿子迅速长大，有一天杀掉了熊父亲后与母亲来到姥姥姥爷家里。

姥爷给他起名叫熊儿子阿拉巴图哈日。熊儿子在姥爷家寂寞难耐，说出去看看世界，路上遇见山的儿子阿古领海，耳朵的儿子乞和努海，水的儿子傲领海等，比武后结拜为兄弟，生活在一起了。

有一天，熊儿子在煮肉的时候进来一位老巫婆吃光了肉。阿拉巴图哈日知道她是妖婆，于是跟她搏斗，把她挂在树上，等待三个弟弟的归来。这时妖婆滴着血逃跑了。四个男儿顺着血印追到一个洞口。阿拉巴图哈日用牛皮做了细细的拴绳，一头给了三位弟弟，说我拽绳子时你们就拉我上来，说完进入洞里，到了下界。

阿拉巴图哈日走着走着，遇见了被妖婆绑架的上界德勒布图可汗的女儿。从公主那里得知，妖婆的魂魄是：在芦苇荡里的野猪肚内的铁盒里的三头小野猪仔。于是，他去杀掉野猪，取出铁盒子杀掉了妖婆的魂魄，镇压了妖婆，解救了可汗的女儿和跟她一样被绑架的女孩们。可汗的女儿出洞前把左手无名指的戒指送给了阿拉巴图哈日。

阿拉巴图哈日领着她们来到洞口，拉了拉绳子，让女孩们依次上去。三个弟弟抓着拴绳的一头，等姑娘们都上来后，当哥哥上来时切断了拴绳。阿拉巴图哈日重重掉在石头上摔碎了胯骨。躺着的时候看到公老鼠咬来草根给受伤的母老鼠吃，母老鼠立马病好了。阿拉巴图哈日也学着吃后病痊愈了。

阿拉巴图哈日继续在下界前行，解救了要被黄蟒吃的凤凰女。凤凰为了报恩将他送到上界。

阿拉巴图哈日来到德勒贝特可汗的家乡，正赶上可汗招待解救公主的三位英雄的盛宴。声称被公主看上的那一位英雄将会成为可汗的驸马。公主在众人中间看到了阿拉巴图哈日,与他以戒指相认,告诉父王真正救他的英雄是阿拉巴图哈日。

阿拉巴图哈日与公主结婚,接回姥姥姥爷和母亲,从此在家乡远近闻名,备受尊重。

该故事中出现的主要母题如下:

(1)感恩的动物——凤凰为替它消灭大敌的熊儿子报恩,送他去上界。(2)非凡的巴特尔——人与熊结合后出生的熊儿子力大无穷,有非凡的能力。(3)迅速成长——熊儿子日夜迅速长大。(4)立誓结拜兄弟,成为十年的安达,二十年的盟友。(5)扔进洞里——兄弟互相残害扔进地洞。(6)身外的灵魂——妖婆的灵魂在芦苇荡里的野猪身体里,熊儿子找到并歼灭妖婆。(7)解救——熊儿子镇压蟒古思,解救被蟒古思压迫或抓到的人。

我国新疆蒙古族版《熊巴特尔(英雄)》:

在很久以前,可汗的几个孩子在玩耍时其中有个姑娘被狗熊抓走了。熊圈在洞里不让出来,整天舔她,她身上长满了毛。过了一段时间这个姑娘生了一个儿子。儿子长到三岁时拿来大石头砸扁了狗熊的脑袋,与母亲回到可汗姥爷的家里。

可汗看到女儿活着回来就举行盛宴,并希望外孙成为巴特尔,起名叫"熊巴特尔(英雄)"。特意给他做了五十匹马才能拽动的俄罗斯四轮车,又给他做了一个铁锤子。

熊巴特尔在姥爷家很无聊,决定去闯荡世界。走着走着,他遇见两位力大无比的巴特尔。他们互相比武后结拜为兄弟,生活在一起。

熊巴特尔娶了个漂亮的老婆。另外两个兄弟因贪色于他媳妇,把熊巴特尔推进了地缝里。

掉进地缝里的熊巴特尔来到了蟒古思的王宫。蟒古思与熊巴特尔搏斗,熊巴特尔好不容易战胜大蟒古思,这时蟒古思夫人的肚子里蹦出小蟒古思与他搏斗,熊巴特尔歼灭了小蟒古思。

　　再往前走，遇到了老头老太太，熊巴特当了他们的义子，帮他们种地，镇压了一直以来吓唬他们的两只老虎。接着，他继续寻找能去上界的路途。

　　熊巴特尔走着走着，爬上高高的桦树，解救了要被毒蛇吃掉的凤凰女。凤凰为了报恩送他到了上界。

　　到了上界后回到家，两个兄弟看到熊巴特尔回来了没脸见他，变成了野猪钻进芦苇荡里跑得无影无踪了。那两个兄弟变成了公猪和母猪，野猪由他们演变而来。后来，熊巴特尔当了可汗，与妻子幸福地生活在了一起。

　　这故事中出现的主要母题有如下：

　　（1）感恩的动物——凤凰为替它消灭大敌的熊巴特尔报恩，送他去上界。（2）非凡的巴特尔——人与熊结合出来的熊儿子力大无穷，有非凡的能力。（3）迅速成长——熊儿子日夜迅速长大。（4）比武结拜兄弟。（5）扔进洞里——兄弟互相残害扔进地洞。（6）受到惩罚——把熊儿子推进地缝的两个兄弟最后变成了野猪，后来世界上才有了猪。

　　我们对上述同一个母题"熊儿子"三篇异文进行分析，发现它们具有如下共同情节：

　　（1）很久以前熊抓走一个姑娘并生孩子，他俩出生的孩子力大无穷，有一天熊孩子杀掉熊父亲回到姥姥家。

　　（2）熊儿子在姥姥家非常郁闷，决定闯荡世界，路上遇到了几位巴特尔结拜为兄弟一起生活。

　　（3）熊儿子到下界战胜蟒古思。

　　（4）在下界继续前行，到一棵/三棵杨树/桦树下救了要被妖怪/大蟒蛇吃的凤凰女，凤凰报恩并结为安答送他去上界。

　　（5）回到上界后，找到心上人，过上幸福的生活。

　　上述五种情节是三篇异文中经常讲的情节，也就是说，上述五种故事情节，不仅是原型母题，而且是具有稳定性的母题。但是因不同地域的讲述者说的,从而在有些情节上出现了大大小小的差异。

上述三篇异文的故事情节也有各自独特的特点:

布里亚特版《熊儿子》下面简称为 A,卡尔梅克版的《熊儿子阿拉巴图哈日》下面简称为 B,我国新疆蒙古族版《熊巴特尔(英雄)》简称为 C。

(1)布里亚特版《熊儿子》与卡尔梅克版的《熊儿子阿拉巴图哈日》中,熊儿子与三个英雄结拜为安达,生活在一起。在熊儿子煮肉的轮班上,一个老头/女巫进来吃肉,熊儿子与他们搏斗并夹在哈那的底下/挂在树上的时候,妖怪滴着血逃跑,哥几个顺着血印追随到一个洞口,到达下界。新疆版《熊巴特尔(英雄)》中,熊儿子娶到一个漂亮的媳妇时两个兄弟起色心,把熊儿子推进地缝。

(2)布里亚特版《熊儿子》中,三个兄弟没有伤害熊儿子。卡尔梅克版的《熊儿子阿拉巴图哈日》中,其三兄弟解救姑娘后切断绳子把熊儿子扔在洞里。新疆版《熊巴特尔(英雄)》中,两个哥哥将他推进地缝,企图杀害熊儿子。

(3)布里亚特版《熊儿子》中,熊儿子在凤凰的帮助下到达了上界。在奥日楞可汗与额日们可汗的战斗中,熊儿子效力于额日们可汗,镇压了敌人,娶了额日们可汗的女儿,继承了汗位,成为名扬天下的可汗。卡尔梅克版的《熊儿子阿拉巴图哈日》中,熊儿子到了下界,解救了被妖婆偷窃的德勒布图可汗的女儿,与她成亲,当上了可汗,过上了幸福生活。新疆版《熊巴特尔(英雄)》中,与一位美丽的女子结婚。

从以上述故事情节来看,同一个故事在不同的区域传承演说时都与当地社会生产、生活习俗、信仰有着密切关系。为了符合适应当地民族民俗等相关问题,会出现一些独特的亚型母题增减。但故事情节的基本框架特别稳定。

我们现有的除布里亚特、卡尔梅克异文以外,突厥人中也有《熊儿子》的故事:《熊孩儿》《熊耳朵》《熊大力》等。这些变体除了有丰富多彩的亚型母题之外，仍然传承基本的原型母题。如：

Ⅰ 在很早以前，熊把一个姑娘带到洞里，当媳妇，生了一个儿子。他们生的儿子力大无穷，杀死熊父亲后到姥姥家里生活。

Ⅱ 熊儿子在姥爷家特别郁闷无聊，想去闯荡世界。途中结拜兄弟，与他们一起生活。

Ⅲ 熊儿子到下界后与蟒古思搏斗，打败蟒古思。

Ⅳ 继续走到三棵杨树/桦树下解救要被蟒蛇吃的凤凰女镇压蟒蛇。凤凰报恩送他去上界，成为安达。

Ⅴ 到达上界后找到心上人，成为可汗，幸福的生活等类似的五个稳定的故事情节高频率地出现。

从现有的这些异文可以看到，在哈萨克流传的熊故事中，熊爸爸变成熊妈妈，其他故事情节基本都一样。从而得之，同一个故事在世界各地流传时，在基本的故事情节基础上会有所亚型的增减，但其核心部分会适应当地环境而留存下来。

由此可见，同一个故事在同一个民族或不同民族，或世界各地流传时保留着世界性故事特征的同时，富有了民族性与地域性的特征。例如，俄罗斯联邦布里亚特版《熊儿子》与卡尔梅克版的《熊儿子阿拉巴图哈日》中，熊儿子与三位巴特尔结拜兄弟，生活在一起，在熊儿子轮班煮肉时进来一个长胡子的圆脸老头/女巫进来吃肉，熊儿子与他们搏斗，将其压在哈那下面/挂在树权上的时候妖怪滴血逃跑，哥几个追随到地洞口（下界）。我国新疆版《熊巴特尔（英雄）》中，熊儿子与一位美丽的女子结婚。两个哥哥心生色心，把弟弟推进地缝。所以，新疆蒙古族版《熊巴特尔（英雄）》中讲述的此情节为特定地点特有的亚型母题。第二个情节在俄罗斯布里亚特版《熊儿子》中以转折性情节讲述所以是该区域的亚型母题。我们所说的亚型，是在同一个故事的变体中不被重复的特有的故事情节。例如：《熊儿子》的故事，在各地的变体中哥哥迫害熊儿子扔进洞里的话，俄罗斯联邦布里亚特版《熊儿子》中，哥哥没有把弟弟扔在洞里，这种情节就是在稳定的叙述中增加的亚型。第三种情节就是卡尔梅克版的《熊儿子阿拉巴图哈日》中,阿拉布图哈日解救被妖婆抓住的公主后当可汗,这种叙述只有在这个故事中被讲述。而且这一情节具有世界性特征。进一步明确讲的话,从《熊儿子》故事的传承与演变中可以了解到,有世界性特征的故事在不同的国家和地域流传过程中为了适应当地的生活特点,会出现一些亚型的增减。但其稳定的故事原型及部分稳定的母题不会丢失。

虽然没有找到与熊有关的蒙古族起源故事,但是一些传说与图腾崇拜有明显关联。有关熊图腾崇拜的传说在鄂温克、鄂伦春、达斡尔等民族中有所流传。传说中把人与动物的结合视为纯洁神圣不可忤逆的,随之出现了一系列与之相关的忌讳,礼节。鄂伦春人猎杀熊后会说,"不是故意的,是枪走火了",进行一系列的祭祀仪式。对这些民族来说,熊是神圣不可侵犯的原因在于古代时人的生产力低下,力量单薄,熊体大、凶猛,不足以猎杀。所以,惧怕熊而产生敬畏之心。后期随着社会的发展,人们的熊崇拜和图腾意识逐渐淡化,狩猎技能有所提高,开始捕杀熊,从而逐渐产生了赞美人类智慧与力量、把人类与动物区分开的神话故事。

第七章

《马可波罗行纪》中的蒙古族文化

　　《马可波罗行纪》（简称《行纪》）是 13 世纪意大利著名的旅行家马可·波罗口述，通晓法文的比萨作家鲁思梯谦（Rusticiano）整理并撰写的行纪类文学作品，又名《东方见闻录》。作为西方人口述和撰写的《马可波罗行纪》内容丰富多彩，记录了亚美尼亚、波斯、印度、鞑靼等世界多种民族的宗教信仰、风俗习惯、文化范式及地理环境的独特性，对忽必烈汗在位的中国元代大城市的繁荣、蒙古族文化的深厚底蕴进行深刻而详细的描绘，毫不掩饰地把元代社会历史文化的繁荣展现给读者，特别详细记述和描绘了元代人口密度集中的杭州、泉州等城市，在经济贸易方面同西方等外界频繁友好的交流往来。《马可波罗行纪》在早期由罗马到中国、由中国到罗马的东西方文化交流通道上具有重要的现实意义和社会价值，在当今我国"一带一路"倡议实施中也发挥着重要的参考与借鉴作用。

第一节　《马可波罗行纪》研究与
"一带一路"

　　本研究选取的研究文本是冯承钧译注的《马可波罗行纪》，冯承钧是元史研究专家，译著了诸多蒙古史论著，例如《蒙古多桑史》，他对蒙古史的研究做出了突出贡献。作为一流的翻译家，他通晓英文、法文、蒙古文、阿拉伯文、波斯文、梵文、比利时文，此版本在参考沙海昂版本的基础上去粗取精，形成了一部经典的译注版《马可波罗行纪》。

根据此版本，《马可波罗行纪》的内容主要包括 4 卷，第 1 卷内容是波罗兄弟二人携马可·波罗往返元朝的大致经过，主体内容是对地中海沿岸至元上都的途经国家和地区的记录。除了纪实性记录，还有一些所经地区的传说故事，即马可·波罗道听途说的传奇故事。第 2 卷记录了忽必烈及元朝的都城、节日，以及游历中国西南地区及东南沿海地区、南亚及东南亚国家的所见所闻。第 3 卷记录了日本、越南、印度及环绕印度洋沿岸的岛屿、非洲东部地区。第 4 卷主要内容是蒙古宗王之间的战争。

由于《马可波罗行纪》具有史料特征，并且以纪实性为主，近年来，关于《马可波罗行纪》的相关研究著作、论文主要阐述其史料价值。《马可波罗行纪》大部分是观赏名胜古迹、游览名山大川的借景抒情之作。由于《马可波罗行纪》是记录口述的作品，对《马可波罗行纪》的文学研究寥寥无几。

作为行纪类文学作品的《马可波罗行纪》是西方人从他们的视角观察、记录的元代中国蒙古人形象和西方人对蒙古人的印象，尽管充满了文学性，但其历史性、真实性不容忽视。在我国实施"一带一路"倡议的国际大背景下，我们从全球史的角度出发，置身于中西迥然不同的时代背景对《马可波罗行纪》中记录的中国蒙古族早期与西方文化交流中的蒙古人形象等诸多问题进行深入比较研究，将对我国"一带一路"倡议的实施发挥重要的借鉴与参照作用。研究《马可波罗行纪》中的蒙古族文化有利于内蒙古在"一带一路"建设中找准定位、发挥独特的现实作用。内蒙古地处中蒙俄和欧洲重要交通要道，不仅是我国向东北亚开放的重要窗口，也是通向中亚欧洲的要道，更可以作为我国向世界各国传播中华民族文化的重要媒介。

2013 年 9—10 月，中国国家主席习近平在出访中亚和东南亚国家期间，先后提出共建"丝绸之路经济带"和"21世纪海上丝绸之路"的重大倡议，引发国际社会的高度关注。"一带一路"借用古代丝绸之路的历史符号，高举和平发展的旗帜，加强与沿线国家的经济合作伙伴关系，共同打造政治互信、经济融合、文化包容的利益共同体、命运共同体和责任共同体。2015年3月28日，国家发改委、外交部、商务部联合发布了《推动共建丝绸之路经济带和21世纪海上丝绸之路的愿景与行动》。

丝绸之路经济带所包含的沿线国家与马可·波罗往返的路线大致相同，马可·波罗来中国的路线经过地中海，波斯湾沿岸，叙利亚，亚美尼亚，伊拉克，伊朗，阿富汗，哈萨克斯坦，塔吉克斯坦，中国新疆、甘肃、北京（大都）。1292年夏天，马可·波罗通过护送蒙古公主阔阔真到伊朗的机会，踏上了返回故乡的路。从大都（北京）出发，经过济南、扬州、上海、杭州、福州、泉州、南海、马六甲海峡、孟加拉湾、保克海峡、阿拉伯海、波斯湾，从波斯湾北上直到君士坦丁堡。这个路线与"一带一路"的南线吻合，南线的主要城市包括泉州、福州、广州、海口、海南、河内、吉隆坡、雅加达、科伦坡、加尔各答、内罗毕、雅典、威尼斯。13世纪60年代的元朝疆域辽阔，领土范围东到太平洋，北抵北冰洋，西至地中海沿岸，南至南海，横跨亚欧大陆，被公认为是世界历史上版图最大的国家。

基于《马可波罗行纪》记叙的内容，本研究对于我国内蒙古自治区在东西方实施"一带一路"倡议具有如下现实意义和理论价值：

（1）本研究可以在一定程度上为"一带一路"上的民族互通、互识提供积极有利的材料。

（2）从比较文学的形象学方法研究马可·波罗眼中的蒙古族文化，可以加强"一带一路"沿线国家之间的民族认同、增强跨境民族的沟通与交流。

第二节 传播蒙古族文化的意大利
旅行家马可·波罗

本节主要研究《马可波罗行纪》产生的时代背景、文学风格，及元代文化对马可·波罗产生的影响。从马可·波罗的艺术形象入手，并阐述马可·波罗作为西方"注视者"对元代蒙古族文化的态度。参照13世纪的欧洲历史环境，解读西方人对蒙古人产生的"前理解"以及西方人产生积极的"社会集体想象"的原因。同时，论述《马可波罗行纪》的真实性。《马可波罗行纪》是马可·波罗口述，鲁思梯谦笔录的行纪类文学作品，为此本节试图分析鲁思梯谦的写作风格对《马可波罗行纪》产生的影响，并探讨《马可波罗行纪》中的魔幻现实主义色彩、史诗特点及成书过程。

一 会讲蒙古语的马可·波罗

（一）马可·波罗眼中的东方和西方

在西方人眼中，马可·波罗具有东方人的特质。在东方人眼中，马可·波罗具有西方人的容貌。因此，马可·波罗是作为兼具东西方国度风格的异国者，这种角色身份在一定程度上弱化了马可·波罗作为西方人的色彩。这是由元代的地缘政治所决定。在历史上，13世纪的元朝横跨亚欧大陆。在蒙古西征中，曾经扩张至欧洲。欧洲人对蒙古人的认知并非只是天马行空的想象，他们深知蒙古人是骁勇善战的民族。在世界历史的长河中，马可·波罗引发了西方人的元代历史叙事和话语的形成。在21世纪的当下，日本研究者杉山正明将元朝描述成一个横跨亚欧大陆的朝代，他重新界定了元朝在历史中的角色。而这种历史叙事的源头可以追溯到13世纪马可·波罗时代的历史环境，因为马可·波罗来到中国的时代正是元朝前所未有的强盛时期。《马可波罗行纪》是西方人马可·波罗基于元朝政权的"主体地位"的叙事，甚至是对"蒙古时代"的叙事。在马可·波罗的叙事中，东方和西方的界限十分笼统，并难以做出十分确凿的划分，似乎东方和西方是作为一个整体的存在。因此，在以马可·波罗为代表的西方人眼中，蒙古人是散布在亚欧大陆上既远又近的游牧民族。因为在欧洲人眼中，蒙古人的分布之广，象征了蒙古人并不是遥远无比的"他者"，而是与欧洲大陆似乎相邻的"他者"，尽管13世纪元朝的政治中心在遥远的东方。

（二）他者眼中的马可·波罗

1. 具有蒙古人特征的马可·波罗形象

公元19世纪达拉·古赛佩绘制了铜版画《马可·波罗肖像》，这幅作品现收藏于意大利威尼斯科雷尔博物馆，描绘了身着水手装束的马可·波罗形象。在绘画形象中，马可·波罗蓄有胡须。当然，其中融入了公元19世纪人们对这位探险家的想象。欧洲人对蒙古人的想象离不开自身文化，1754年佚名绘画作品《着蒙古装的马可·波罗》同样收藏于意大利威尼斯科雷尔博物馆。画中的马可·波罗形象恰好标志了欧洲文化与元代文化的碰撞，画中马可·波罗家族徽章是两个骑士盾牌的标志，而马可·波罗身着红色开襟长袍，头戴尖帽，同样蓄有长须，脚穿红鞋。左手执长弓，背箭囊，右手握腰间弯刀。这融入了18世纪欧洲人对于蒙古武士的想象。追溯13、14世纪欧洲绘画作品，其中蒙古人往往头戴尖帽、蓄有分叉胡须、并以披头散发的形象出现。服饰以圆领、脚蹬长靴为标志，西方绘画作品中的蒙古人形象更为直观。在西方人眼中，蒙古人的特点之一是爱留胡须。有一个马可·波罗归乡的逸闻趣事流传颇广，当马可·波罗返回家乡威尼斯的故居时，无论他如何解释，左邻右舍的亲友全都认不出他，在迫不得已之下，他当场剃掉胡子以恢复真面貌，这才使人们相信是马可·波罗本人。由这个故事，可以推测马可·波罗本人所展现出的蒙古人特质，对于久别重逢的故人来说，马可·波罗是异族，身着奇装异服、夹着陌生口音，其身上的种种特点都与周围环境格格不入。因此，在某种程度上，马可·波罗是蒙古形象的化身。

2. 会讲蒙古语的马可·波罗

事实上，马可·波罗降生在意大利威尼斯的一个富商家庭，其父亲与叔父辗转于东西方的贸易通道上，在一次去往东方的路上马可·波罗随行。从遥远的威尼斯不远万里来到古老神秘的东方大国。那时的中国正值元世祖忽必烈执政时期，马可·波罗在中国旅居17年，经著名的历史学家杨志玖先生详细考证，马可·波罗1291年离开中国，于1295年衣锦还乡。

当马可·波罗初到元朝廷时，忽必烈询问马可·波罗是何人，《行纪》记载："其父尼古剌答曰：'是为我子，汗之臣仆。'大汗曰：'他来甚好。'"① 马可·波罗深受忽必烈的垂青和喜爱，马可·波罗聪明伶俐的人物形象在《行纪》中有所记载：

> 尼古剌君之子马可，嗣后熟习鞑靼的风俗语言，以及他们的书法，同他们的战术，精炼至不可思议。他人甚聪明，凡事皆能理会，大汗欲重用之。②

马可·波罗擅长蒙古语，并在战术上有所造诣，可见他是一个敏而好学的人。因此，忽必烈任命马可·波罗在扬州担任总督，扬州是元朝重要的城市，《行纪》记载，"马可·波罗阁下，曾奉大汗命，在此城治理亘三整年"③。在元朝期间，马可·波罗数次向忽必烈提及返乡的愿望，但忽必烈迟迟不愿让他归乡。最终，马可·波罗借由护送阔阔真公主出嫁的机会，抵达波斯后便踏上了归乡的路。《行纪》记

---

① ［意］马可波罗：《马可波罗行纪》，冯承钧译，东方出版社2011年版，第26页。

② 同上书，第27页。

③ 同上书，第351页。

载，"吾人若无此良好机缘，殆恐永远难回本国"①。另外，《行纪》中记载了马可·波罗的父亲尼可罗和叔叔马菲奥用计攻下襄阳府的战功，并使马可·波罗家族在忽必烈汗和朝臣心中信誉倍增。

因此，在"他者"眼中，马可·波罗是富有智慧、善于谋划的人物形象。马可·波罗家族受到了异国统治者的善遇，因此，基于个人浓厚情感色彩的《马可波罗行纪》在言说蒙古形象的同时，无形中流露出马可·波罗对元朝的肯定和赞赏之情。因而，在"他者"眼中，马可·波罗是功勋卓著的人物形象。

3. 传播蒙古族文化的马可·波罗

马可·波罗返回故乡威尼斯后，参加了威尼斯与热那亚城的海战，并在海战中担任舰长，威尼斯最终战败，马可·波罗锒铛入狱。幸运的是，马可·波罗在狱中结识了法国小说家鲁思梯谦，在他笔录之下，《马可波罗行纪》诞生，欧洲人将其命名为"东方见闻录""百万之书""奇迹之书"。不同的书名反映了《行纪》在欧洲人眼中的传奇色彩。书中记录的事物更令读者无比憧憬，马可·波罗从东方带回了无数的奇珍异宝，传说包括"马可·波罗面条"、风筝、口琴等，他一夜之间成了威尼斯的富豪。马可·波罗一生徘徊于迥然不同的文化之间，他既懂得波斯语、蒙古语、突厥语，还略通土耳其语和阿拉伯语。因此，他可以一目了然地通过比较来审视文化之间的差异性。徜徉在不同的文化之中，马可·波罗并非将东方和西方视为非此即彼的"二元对立"的文化。对于异国的态度，马可·波罗相对"狂热"而言，更适合用"亲善"来描述。马可·波罗对蒙古族文化的评价是建立在马可·波罗的社会身份基础上，马可·波罗对异国情调的叙事与他个人所处的境遇密切相关。在《马可波罗行纪》中，更多的是体现于马可·波罗客观的叙事视角和蒙古形象的充分描述上。他并非将欧洲文化置于蒙古文化之下，或将欧洲文化放在至高无上的位置，而是以一

---

① ［意］马可波罗：《马可波罗行纪》，冯承钧译，东方出版社 2011 年版，第550 页。

个商人、旅行者的身份向读者展示了一个异国文化的现实及与自身文化的差异。《马可波罗行纪》通过平铺直叙的方式和纪实性的语言，向欧洲读者展现了观望者"马可·波罗"眼中的蒙古形象及审美视角。

二 《马可波罗行纪》的产生

（一）《马可波罗行纪》产生的时代背景

1. 十字军东征接近尾声

从读者接受层面来看，《马可波罗行纪》与同时期的行纪相比，具有更加广泛的传播力和影响力。这源于深厚的历史根源，十字军东征是中世纪天主教会的一个重要历史事件，由于"圣城"耶路撒冷被侵占，朝圣者遭受到前所未有的阻拦，并遭受巴勒斯坦回教统治者的欺凌。因此，罗马天主教皇前后发动多次十字军东征，渴望用战争恢复圣地，然而十字军最终以失败收场。虽然未能达到目的，十字军东征却带来了文化的碰撞和交流。海上探险得以发展，地中海区域的航运和贸易雨后春笋般地活跃起来，马可·波罗时代正是承前启后的繁荣时期，此时浩浩荡荡的十字军东征即将结束。

然而，13 世纪的元兵西征和元朝建立使西方人产生了扑朔迷离的情绪，除了对蒙古铁骑的敬畏之情，还给他们留下了深刻的恐怖印象，对西方的上层贵族和教士阶级而言，这种感受更为深刻。

马可·波罗家族作为欧洲的富商阶层，也同样对蒙古人怀有先畏后敬的复杂心理。直到十字军东征希望渺茫，欧洲教会才意识到与蒙古人结盟的必要性。他们有共同的目标，在这样的特殊时代背景之下，《马可波罗行纪》一经问世便家喻户晓，并且对后来的文学作品产生了深远影响。《曼德维尔游记》的诞生就是在《马可波罗行纪》的影响下，通过描写丰富的奇思妙想和虚构的故事情节，建构了西方人想象中的蒙古形象。

2. 文艺复兴前夕

马可·波罗时代是欧洲临近中世纪的转折时期，中世界教会的黑暗使西方人向往自由的国度并在精神世界中寻求慰藉、找寻出路。此时，意大利的文艺复兴正悄然萌芽，《马可波罗行纪》扮演了重要的角色，它搭建了美好集体想象和绮丽东方世界之间的桥梁，《马可波罗行纪》所呈现的东方世界重新点燃了欧洲人的猎奇心，《行纪》中光怪陆离的事物引发了欧洲人关于东方社会的集体想象。这促进了《马可波罗行纪》的传播和闻名，尽管《行纪》中的叙事缺少跌宕起伏和引人入胜的故事情节，但《马可波罗行纪》依然获得了欧洲人的狂热与共鸣。

马可·波罗影响了欧洲的社会集体想象。他以个人的东方见闻为欧洲人的集体想象构筑了象牙塔。"马可·波罗热"现象反映了欧洲人对东方的好奇和寻觅。《行纪》中记录的东方世界给欧洲人带来了希望，可能是财富梦，亦可能是种种美轮美奂的梦想，而这种梦想在现实生活中难以想象和延伸。在文艺复兴的历史条件下，《马可波罗行纪》带给欧洲人的更多的是幻想和希望，元朝的强盛和繁荣的社会景象使西方人产生积极想象。

（二）马可·波罗时代的行纪文学

法国行纪《柏朗嘉宾蒙古行纪》《鲁布鲁克东行纪》与《马可波罗行纪》的诞生时间大致相仿，然而，这两个行纪中的蒙古形象是参照自身的社会文化和话语塑造的蒙古形象。因此，这些行纪是夹杂着意识形态色彩的叙事，这种意识形态不仅体现在人物形象的描述中，还体现在政治和宗教叙事上。在马可·波罗出生之前，教皇就派神父柏朗嘉宾探视元朝。在《柏朗嘉宾蒙古行纪》中，作者竭尽全力地将蒙古人描述成是暴力、丑陋的民族。其实，这种有意图的叙事是为了煽动罗马教廷对蒙古人发动战争。

柏朗嘉宾努力使教廷相信蒙古人的意图是西征。因此，文本中的蒙古人形象叙事自相矛盾。

《马可波罗行纪》的形象叙事中，消极的蒙古形象渐渐转变成马可·波罗口中似乎遥不可及的理想形象，继而西方人对蒙古形象的想象过程中形成了一种乌托邦心态。乌托邦心态的产生象征了欧洲人对《马可波罗行纪》的追捧和狂热。从此，西方人对蒙古形象的惊鸿一瞥令其更加着迷于东方"仙都"。

（三）《马可波罗行纪》的真实性与非真实性

1. 真实性

《马可波罗行纪》的真实性体现于口述者的回忆叙事视角中，《行纪》记载，"凡此诸事，间有非彼目睹者，则闻之于确实可信之人。所以吾人之所征引，所见者著明所见，所闻者著明所闻，庶使本书确实，毫无虚伪"。毋庸置疑，鲁思梯谦以真切之词阐明了《行纪》的真实性，并强调即使是非亲眼看到的叙述也是真实可信的。在马可·波罗病危之际，有人要求他纠正夸张的叙述。但马可·波罗认为，在他看见的奇迹之中，他所叙述的还不到一半。因此，笔者认为仅依据凭空想象或捕风捉影的故事是很难将《行纪》写得如此真实。虽有一些瑕疵，但并不能否认《马可波罗行纪》的真实叙事和客观描述。

《马可波罗行纪》的真实性体现于时间的准确性，书中记载："纪元一二五五年时，东鞑靼君主名称旭烈兀者，是今大汗之弟，曾率大军进攻报达，夺据之"[1]，戈尔迭认为蒙古人攻占巴格达的时间是1258年。史籍记载，1257年蒙古军驻波斯统帅拜住从阿塞拜疆前来觐见旭烈兀，然而备受责备，是因他继任绰儿马浑的职位后，未能继续征服新的国家，拜住禀报自己已经尽力而为，征服了很多周边小国家，只有报达兵力强盛，难以攻克。可见，《马可波罗行纪》中记载的关于进攻报达的叙述是比较真实的。

---

① ［意］马可波罗：《马可波罗行纪》，冯承钧译，东方出版社 2011 年版，第46 页。

《马可波罗行纪》的真实性还体现于蒙古人信仰的客观记录。忽必烈信仰的宗教是藏传佛教，《马可波罗行纪》中客观叙述了忽必烈任命八思巴为最高的宗教领袖和藏区的军政首脑。尽管马可·波罗信仰天主教，仍然真实地记录了蒙古人不愿"改宗"的事实，马可·波罗关于宗教的叙述如下，"然大汗有时露其承认基督教为最真最良之教之意。……彼既以基督教为最良，缘何不皈依此教，而为基督教徒钦？"①以上叙事体现了马可·波罗的传教士形象。

2. 非真实性

《马可波罗行纪》的非真实性体现于个别叙事情节的虚构和人物的虚构。

《马可波罗行纪》中长老约翰这个人物是虚构的，马可·波罗误认为长老约翰是真实存在的历史人物。然而，《马可波罗行纪》中的长老约翰的故事折射出了西方传教士的精神层面，关于长老约翰的传说有错综复杂的说法。在《马可波罗行纪》中讲述了长老约翰的三个故事。

第一则故事，蒙古人一直向长老约翰纳贡称臣，后来长老约翰发现蒙古人的实力与日俱增，从而全力以赴地击破蒙古人的力量。无奈之下蒙古人陆续向北方迁徙。为了增加族群的力量，不再向长老约翰纳贡称臣，族人希望选举首领，由此成吉思汗被选举为王。在成吉思汗的带领下，部落变得十分强大。此时成吉思汗企图扩张领土，于是觐见长老约翰，并要求娶他女儿为妻。长老约翰果断拒绝，并用话语使他蒙羞受辱。成吉思汗大发雷霆，发兵前来大战。最后，长老约翰阵亡，成吉思汗大获全胜。

第二则故事，成吉思汗战胜长老约翰后，在大汗的统治下，其后代仍然治理这个地方，由乔治王公及长老约翰的第四代君主统治。这些地方被欧洲人称为戈格和马戈格。

---

① ［意］马可波罗：《马可波罗行纪》，冯承钧译，东方出版社 2011 年版，第196 页。

第三则故事，是黄金王与长老约翰的传说。黄金王作为长老约翰的封臣但背叛了他，长老约翰便派出忠臣投奔黄金王，并假装为黄金王效劳。后来获得黄金王信任后将其俘虏。长老约翰在羞辱他之后，命他看管家畜。两年之后将黄金王放回故国，从此黄金王愿俯首称臣。

到 17 世纪末，随着全球化的发展和地理知识的渐趋丰盛，西方人彻底意识到长老约翰是个不存在的虚构人物。然而，《马可波罗行纪》提到的长老约翰，作为人物故事演变的一部分，则反映了 13 世纪欧洲人的东方观，同时折射出西方人的社会心理层面，这是社会集体想象的结果。

根据《鲁布鲁克东行纪》所述，长老约翰仅仅是流传的人物故事，而没有肯定确有其人。实际上，《马可波罗行纪》中提到的长老约翰就是《鲁布鲁克东行纪》中的"王罕"。马可·波罗误将"王罕"看作"长老约翰"。同时，鲁布鲁克提到约翰王有个兄弟，即"王罕"。因此，《马可波罗行纪》中的长老约翰这个人物形象是虚构的。根本不存在长老约翰这个人物。但长老约翰的传说在某种程度上反映了西方人精神世界的演变。

（四）《马可波罗行纪》对欧洲的影响

《马可波罗行纪》中的蒙古形象令欧洲人产生了主观臆想。在"马可·波罗热"的时代背景下，欧洲人开始寻求新航路的开辟，西方人梦寐以求的梦想将要实现。欧洲的航海事业不断发展，葡萄牙迅速成为海上强国。亨利王子是葡萄牙初期最著名的航海家，当时很多欧洲航海家都受到《马可波罗行纪》的影响，亨利就是其中之一。毋庸置疑，《马可波罗行纪》激发了欧洲人对中国及蒙古族文化的认识和想象，拓宽了欧洲人的视野。

众多航海家读了《马可波罗行纪》后醍醐灌顶。《行纪》问世之前，欧洲人对世界的认识仅限于欧洲、地中海沿岸地区。阅读《马可波罗行纪》后，欧洲人对中国的蒙古社会产生了一定的认识。他们认为东方一定有丰富的香料和黄金。著名的航海探险家哥伦布、迪亚士、达伽马、麦哲伦都曾先后拜读过《马可波罗行纪》，并对其坚信不疑。哥伦布曾在《马可波罗行纪》的空白处做满了笔记，这使他满怀信心地探险航行，后来他带着西班牙国王给中国皇帝的一封信，开启了探寻东方的航海之旅。当大西洋的海风将他吹到北美洲时，他仍然执着地认为他到达的地方是中国，但哥伦布发现的是另一个新大陆。然而，他的目标一直是马可·波罗所讲述的东方。可见，《马可波罗行纪》与欧洲开启殖民时代有千丝万缕的联系。

《马可波罗行纪》的蒙古形象对欧洲人产生了深远影响。蒙古人对于13世纪的欧洲而言，既是敌人，同时也是盟友、拯救者。但从《马可波罗行纪》中可以看出欧洲人对蒙古人的积极想象，所有的同时期行纪构成了由想象组成的矛盾统一体，其中夹杂着恐慌、怯懦、盼望等复杂情绪。

天主教广泛传播的时间与蒙古崛起的时间相接近，异国文化不可避免地会发生碰撞和交流。忽必烈在外交方面的宽容态度，促进了东西方文化的交流。欧洲人开始逐渐改变以往对蒙古人恐惧和敌对的态度。《马可波罗行纪》中的蒙古形象消解了以往的"撒旦"形象，西方人开始从一个新的视角诠释蒙古人。

第三节 《马可波罗行纪》中的蒙古族形象描写

本节主要研究《马可波罗行纪》的叙事特点及文学风格，作为纪实性文学，《马可波罗行纪》的虚构性大大减弱，体现了文本的艺术真实。本节从文学的审美性角度，分析《马可波罗行纪》的叙事特点及叙事手法，以便更好地欣赏《行纪》中的蒙古族形象的美学意蕴。

一 《马可波罗行纪》中的蒙古人形象

(一) 叙事视角

《马可波罗行纪》是法国小说家鲁思梯谦执笔记录的行纪文学，虽然在马可·波罗口述下完成，不免有个人色彩附着其中。不论是先于《马可波罗行纪》的其他行纪，还是17、18世纪西方人塑造的东方"黄祸"形象中，西方社会集体想象往往是将蒙古人视为"黄祸"的鼻祖。《马可波罗行纪》对于蒙古形象的描写是正面而又积极的。

马可·波罗的口述和鲁思梯谦的笔录产生了文本层面的矛盾和差异性，这种文本层面的矛盾和差异性体现在叙事视角的不稳定性上。在冯承钧译著的《马可波罗行纪》中，叙事主体是"马可·波罗阁下"的第三人称叙事。但在细节文本中，第一人称与第三人称的交叉叙事揭示了文本的矛盾性："兹吾人更向北方及东北方远行三日"①，"盖我言之无论如何诚实，皆不足取信于人也"②，"教皇若曾派遣可能宣传吾辈宗教之人，大汗必已为基督教徒，盖其颇有此意，此事之无可疑者也"③。如上叙事视角在《行纪》中是十分罕见的，《行纪》中主要以第三人称叙述为主，如"此种事变经过之时，马可·波罗阁下适在其地"④。因此，鲁思梯谦作为《行纪》的撰写者，难免会在执笔之时为《行纪》精心谋篇布局，因而文本结构的重新排序必然会产生某种新的意义，从而会产生文本的矛盾感。这种文本的矛盾感既可以更好地揭开马可·波罗真实的内心世界，又可以发现鲁思梯谦作为13世纪代表西方的聆听者中的一员，是在何种程度上产生了先入为主的蒙古人

---

① ［意］马可波罗：《马可波罗行纪》，冯承钧译，东方出版社2011年版，第173页。

② 同上书，第241页。

③ 同上书，第197页。

④ 同上书，第218页。

幻想。

(二) 叙事的非连贯性

《马可波罗行纪》包罗万象,马可·波罗试图将东方世界的所有奇迹都纳入其中。因此,所有的叙述都轻描淡写,叙述也不是很详细。因此,作品的内容所涉及的广度要远远大于深度。然而,马可·波罗以一个异国者的眼光从一个新的视角叙述了忽必烈汗的形象。与其他过度强调军事和制度的行纪风格不同,马可·波罗倾向于微观叙事,例如,对外表形象和日常生活的描述。尽管《行纪》不乏作为行纪本身应有的一些特点,然而缺点也不言而喻。

首先,与其他行纪相比,《马可波罗行纪》似乎缺少一定的内容和作为行纪本应具备的详细性、参考性以及丰富性。从《行纪》的准确性角度分析,根据马可·波罗的往返路线并不能十分确定其途经的详细城市和地点,马可·波罗在行纪中提到但未去过的地方应该包括非洲东南面的马达加斯加岛、桑给巴尔、阿比西尼亚(埃塞俄比亚的古名)、亚丁(今也门的城市)。《行纪》中经常提及城市之间的距离,例如相隔多少里路,要走多少天,并提出一些旅行建议,"于是又入别一沙漠,亘四日程"①,"骑行三日,不见人烟,不得饮食,所以行人必须携带所需之物"②。

其次,关于一些地方的描述并不是自己耳闻目睹的亲身经历,而是通过转述道听途说的故事记录下来。关于他所到过的国家及那些地方的产品和贸易活动,他没有提到与其他欧洲商人的任何关系,他的描述深入浅出,不太确切,"此地别无他事足述"③,"兹置此州不言"④,"此外

---

① [意] 马可波罗:《马可波罗行纪》,冯承钧译,东方出版社 2011 年版,第 73 页。

② 同上书,第 87 页。

③ 同上书,第 321 页。

④ 同上书,第 323 页。

无足言者，兹置此州不言"①，"此外别无足述"②"此外无足述者"③。在每个所见所闻的叙事当中，作者很少表达具有鲜明个人色彩的见解，而是完成描述后直接跳跃到下一个叙述中。有时叙事缺乏生动性和形象性，对于细节的描述不够充分，叙事节奏平缓，缺乏起伏跌宕的情节。然而，在《鲁布鲁克东行纪》和《柏朗嘉宾蒙古行纪》中，对细节的描述相对充分而又细腻。

最后，鲁思梯谦将蒙古鞑靼宗王的战争叙述集中在《行纪》的最后一部分，没有将战争事件分散于往返途中的叙述当中，因为西亚部分战争人物及事件属于马可·波罗往返途中所发生的战争事件。从这个角度分析，马可·波罗的口述和鲁思梯谦的笔录之间可能会产生文本的矛盾性。

综上所述，马可·波罗的叙述缺乏连贯性，在叙述的过程中表现出断断续续、东鳞西爪的特点。马可·波罗注重叙述商品和交易方面的细节，例如对纸币的观察，"此币用树皮作之，树即蚕食其叶作丝之桑树。此树甚众，诸地皆满。人取树干及外面粗皮间之白细皮，旋以此薄如纸之皮制成黑色"④。正因为马可·波罗在叙事中倾向议论，所以叙事的非连贯性更加突出。因此叙事的非连贯特征是《马可波罗行纪》的显著特点。

（三）纪实性

从《马可波罗行纪》的纪实性上看，行纪的叙事是"实"与"虚"的相结合，但以"实"为主，表现了文学的纪实性。马可·波罗的双重视角可以审视截然不同的文化，这种注视者与参与者的双重视角显然更加公平和客观。其中，不能忽略马可·波罗在蒙古宫廷中扮演的角色及其影响因素。但毫无疑问，马可·波罗去往东方的目的纯粹、清

① ［意］马可波罗：《马可波罗行纪》，冯承钧译，东方出版社2011年版，第327页。
② 同上书，第333页。
③ 同上书，第339页。
④ 同上书，第243页。

晰，就是随叔父去追逐财富梦想，并完成忽必烈的使命。并且波罗兄
弟在去往东方的途中毫无计划，是误打误撞地到达了元大都，"使臣看
见此物搠齐亚城的弟兄二人，颇以为异。因为他们在此国中，从未见
过拉丁人。遂语此二人曰：'君等若信我言，将必享大名而跻高位。'
他们答云，愿从其言"①。

从《马可波罗行纪》的语言色彩上看，语言并无过多修饰铺陈，
词句之间透出朴实无华的基调。这与骑士文学的浮夸言语比较显得相
形见绌，行纪的叙事风格与鲁思梯谦所擅长的骑士文学创作风格截然
不同。因此，可以推断鲁思梯谦的笔录在很大程度上还原了马可·波
罗的口述，笔录者发挥的个人想象空间微乎其微。马可·波罗作为开
启东方之旅的第一人，行纪的纪实性难以用强烈的文学性去替代。作
为异国者的马可·波罗对蒙古人的描述更加接近真实与客观。

从《马可波罗行纪》的叙事情节上看，关于尼可罗和马菲奥完成
忽必烈使命的情节纪实性十分强烈，马可·波罗之父尼可罗和叔叔马
菲奥受命于忽必烈，赴耶路撒冷取回圣暮灯和教皇复信，并携马可·
波罗一同觐见忽必烈，波罗兄弟奉忽必烈的旨意顺利完成使命。有条
不紊的叙事阐明了《行纪》的真实性和客观性，《行纪》附着的具有鲜
明个人色彩的言语和见解加深了《行纪》的纪实性特点，《行纪》将所
见所闻用自然而然的回忆方式记录下来。《行纪》中的一些纪实性的叙
事可能是马可·波罗将道听途说的事件口述于鲁思梯谦。诸如，波罗
兄弟二人自君士坦丁堡出发后的部分历程、行纪中的逸闻趣事、蒙古
人战争场面。

二 《马可波罗行纪》中的异国神话与传说

(一) "尾巴人"和"狗头人身"

在文学风格上，《马可波罗行纪》富有鲜明的魔幻现实主义色彩。

---

① ［意］马可波罗：《马可波罗行纪》，冯承钧译，东方出版社 2011 年版，第 10 页。

其中记载了形形色色、光怪陆离的景物,尤其对南亚地区的描写颇具魔幻现实主义色彩。马可·波罗在南巫里国发现了长有尾巴的人,且像狗尾巴却不长毛,"巫里国有生尾之人,尾长至少有一掌而无毛。此种人居在山中,与野人无异,其尾巨如犬尾"①。除《行纪》中的记载,在非洲、印度洋各岛和中国时常有尾巴人的传说。在中古时期的欧洲,常常涉及英国人短尾巴的传说,但现实中并没有人捕获过。另外,《马可波罗行纪》中记载了案加马难岛中"狗头人身"的形象,"此案加马难岛民皆有头类狗,牙眼亦然,其面纯类番犬"。② 在中世纪欧洲流行的故事中,亚历山大东征时征服了奇形怪状的种族,其中就有"狗头人身"的赛诺瑟法人。这种魔幻现实主义的叙述强烈地满足了欧洲人对东方的奇异想象,使想象能够在闭目塞听的世界里顺利进行。西方人想象有另一个奇特的世界,那里打破了所有禁忌。面对严酷黑暗的教会,想象与幻想生根发芽。"尾巴人"和"狗头人身"的人类形象在不同地域和不同文化环境中反复出现。实际上,这个现象揭示了人类共同的、普遍一致的深层无意识心理结构。

魔幻现实主义叙事渲染了《行纪》的神奇色彩。除了狗头人传说和防火石棉,魔幻现实主义神奇叙事还包括忽鲁模思城的热风、巴拉香王国可以治病的"空气"、可燃烧的黑色石块儿、鲁克鸟的传说以及对非洲人的描述。例如,对非洲人的描述如下:

> 其人长大肥硕,然长与肥不相称。其长大类似巨人,其力强可载四人负载之物,可兼五人之食。体皆黑色,裸无衣服,仅遮其丑处而已。卷发黑如胡椒。口大,鼻端上曲,唇厚,眼大而红,俨如鬼魔,丑恶之甚,世上可怖之物,似无逾于此者。

马可·波罗经常盲目地相信奇迹和传说,但是他具有个人独特的

---

① [意]马可波罗:《马可波罗行纪》,冯承钧译,东方出版社 2011 年版,第 427 页。
② 同上书,第 433 页。

想法。马可·波罗在叙事中游离于现实和传说之间，这是《行纪》魔幻现实主义色彩的体现。在叙述钦赤塔拉斯城的特色之处时，马可·波罗提到一种具有防火作用的石棉，大多产自印度，因其可燃性和不可消耗性，将石棉织成布匹投入火中也不会燃烧，因此常被用作灯芯，"已而洗之，尽去其土，仅余类似羊毛之线，织之为布。布成，色不甚白。置于火中炼之，取出毛白如雪。每次布污，即置火中使其色白"。作者在多处运用陌生化手法为读者提供了独特的艺术欣赏视角，通过陌生化的叙述使读者产生新鲜感。书中记载了很多奇迹传说，即难以置信的传奇故事，这些传奇故事都具备超自然的现象。因此，《马可波罗行纪》又被称为《奇迹之书》。

在《马可波罗行纪》中，与基督教相关的奇迹包括格卢查拉特湖的传说、独眼补鞋匠祈祷移走大山的传说、拜火教起源的传说、圣约翰教堂里的神奇柱石、圣托马斯的传奇故事等。这些神奇故事显示了基督教的神秘力量。通过与其他宗教的衡量和比较来反映宗教之间的博弈及宗教权力关系，这些传说都以基督耶稣显灵为主题，同时以基督教实现最终胜利为主题，关于基督显灵的叙述在《行纪》文本中频繁出现，叙述情节十分引人入胜、亦真亦幻。

非基督教奇迹包括卡闹纳斯人的妖法和咒语、克什米尔的幻术、罗布镇沙漠的幽灵、汗八里城占星学家的法术、西藏巫师以及以特贝思、凯斯密尔、巴克西为派别的佛教术士等。通过比较和分析《马可波罗行纪》中基督教和非基督教神奇故事之间的重要区别，是神发挥力量的表现形式不同。基督教神奇故事似乎是神直接显灵，相比之下，非基督教神奇故事时常由"人"引发神的力量，促使神显灵。显然，在《行纪》的叙事中，似乎非基督教的神奇故事缺乏某种"神圣"性。马可·波罗对元朝地域的佛教信仰是以猎奇的态度加以叙事。因此，在宗教方面，马可·波罗并未"入乡随俗"。

《马可波罗行纪》还塑造了人物神话，人物神话包括亚历山大的"铁门关"、山老的传说、长老约翰的传说、锡兰岛释迦牟尼的传说。

（二）骑士文化与蒙古骑兵

《马可波罗行纪》是一部具有骑士文学特色的行纪，马可波罗讲述了他在东方的个人冒险经历，经历了许多艰难险阻，终于到达了目的地。《行纪》时常借助于奇幻的现象展开叙事，除此之外，《行纪》的战争叙事主要围绕正义感为主题，战争往往以冒险行动为叙事情节。例如，以少量骑兵攻克庞大的敌军、趁君主外出征战之际擢掇权威的冒险叙事。蒙古骑兵都拥护君主，忠诚、勇敢、富有正义感是蒙古骑兵所体现的优良品质，爱国主义和英雄主义是蒙古骑兵的主要精神特质。

马可·波罗时代处于法国骑士文学开始盛行时期，骑士文化是这个时代的标志，"骑士"一词不难理解，即骑在马上的士兵。为皇室和贵族服务，因此骑士阶层具有无上荣耀，其本身也是贵族阶级。尤其随着十字军东征的结束，骑士的地位越来越显赫。骑士光环是骑士文学流行的重要因素。因此，鲁思梯谦在写《马可波罗行纪》时，或多或少留下了骑士文学的创作思维和叙述方式，将骑士冒险、浪漫小说和宫廷恋爱的传统叙事特点延续到《马可波罗行纪》中，鲁思梯谦将马可·波罗的口述视为可以言说的奇迹。在《行纪》的引言中写道："阅览此书之诸皇帝、国王、公爵、侯爵、骑尉、男爵，欲知世界各地之真相，可取此书读之。"① 这里的"骑尉"指骑士，这样开门见山的笔法和诚挚邀请的口吻呈现了马可·波罗的冒险旅程，可见鲁思梯谦擅长创作骑士文学的传统风格。在骑士文学中，对话是重要特征，《行纪》的开篇之词便是向读者以对话的方式展开文本的叙述。《马可波罗行纪》所呈现的蒙古人物形象似乎都具备了骑士精神，如公正、怜悯、谦卑、荣誉、牺牲、英勇、灵性和诚实。

鲁思梯谦是一位法国作家，他用法语写的另外一部作品是《梅柳杜斯》，《梅柳杜斯》的写作传统对《马可波罗行纪》的创作风格产生

---

① ［意］马可波罗：《马可波罗行纪》，冯承钧译，东方出版社 2011 年版，第 3 页。

了巨大冲击。《梅柳杜斯》是用法文和法式意大利文写成的散文体故事简本，主要内容是亚瑟王的父亲及亚瑟王时期的其他英雄。

《梅柳杜斯》开创了骑士文学的风格。13、14 世纪，意大利的散文和诗歌大部分以查理曼大帝的追随者、骑士或亚瑟王、宫廷贵妇与骑士作为主题。

（三）口头叙事与书面书写

《马可波罗行纪》中很多内容是以概述的方式呈现于读者。马可·波罗并非在往返的过程中时时刻刻记录所见所闻，而是在漫长的经历后以回忆的方式展现给读者，并由笔录者记录口述。因此，追忆许久的记忆必然会有所遗忘而导致文本的片段性和平铺直叙的特点。而程式化的叙事会增强文本的连贯性，在中世纪散文史诗中，故意欺骗读者所撰之书是口述而成的现象比比皆是，以证明故事情节的自然发生或新鲜感。然而，《马可波罗行纪》是记录口述形成的行纪。因此，口头文学特点脱颖而出。

在《马可波罗行纪》的宣战词中，蒙古吟游诗人的口头文学特点以片段性的叙述方式映现出来。在鲁思梯谦笔录下，与其说马可·波罗是一个叙述亚洲之行的商人，倒不如把他看作一个讲故事的口述者。阿尔伯特·贝茨·洛德曾在《故事的歌手》中写道，"在相同格律条件下为表达一种特定的基本观念而经常使用的词组，它是用惯了的词，短语和句子。具有重复性和稳定性"[①]。从程式化叙事以及叙述顺序的角度而言，在战争对峙状态下的宣战词中，口头传统的程式化特征十分明显，壮烈之战的叙事特点也淋漓尽致地呈现出来：

> 诸君应知我与兄阿八哈为同父子，我曾助之侵略现有之一切土地州郡，则我兄旧有之物，义应兄终弟及。阿鲁浑故为我兄之

---

① ［美］阿尔伯特·贝茨·洛德：《故事的歌手》，尹虎彬译，中华书局 2004 年版，第 4 页。

子，容有人主张其应袭父地。然我以为此意不公，缘我父终身治理此国，君等之所知也，父死义应由我终身治理；况父在生时，我应有国之半，而曾因柔弱让与钦。今我言如此，请君等共同防卫吾人之权利以拒阿鲁浑，俾国土仍属吾辈众人所有，盖我所欲者仅为荣誉，而一切土地州郡并权柄利益，概归君等得之也。此外别无他言，盖我之君等侠义贤明，爱好公道，必将为有利于众人之福利与光荣也。① ——阿合马

兄弟友朋齐听我言，汝曹皆知吾辈在诸大战中战胜敌人，诸敌且强于此敌也。况且理在我方，曲在彼方，汝曹尤应自信此战必胜，盖脱脱非我主，不能召我赴衙向他人服罪也。我今求汝曹各尽其职，使世人皆知吾曹善战，而使吾曹与吾曹之后裔永为人所畏慑，此外别无他言也。② ——那海

马可·波罗作为口述者，而鲁思梯谦作为书写者，这使口头和书面之间的界限变得模糊不清。尽管马可·波罗与真正意义上的"歌手"存在差距，但与传统的史诗"歌手"的共同点体现在记忆力方面，并通过"口述"的方式叙事，而不是通过书写的方式。宣战词的程式化的叙述语言十分明晰，无论是在词汇段落的表述上，还是思维逻辑的演绎中都可以看出史诗的程式化表达迹象。阿尔伯特·贝茨·洛德对口头史诗歌加以悉心细致的界定，"口头史诗歌包括以程式或程式化的表达手段来构建一行诗或半行诗，包括运用主题来构建一部史诗歌"③。而《行纪》中的宣战词表现了同一主题的多种形式，《马可波罗行纪》中多次出现鼓舞士兵昂扬斗志的主题，重复出现的主题促进了文本口

---

① ［意］马可波罗：《马可波罗行纪》，冯承钧译，东方出版社 2011 年版，第 513 页。
② 同上书，第 547 页。
③ ［美］阿尔伯特·贝茨·洛德：《故事的歌手》，尹虎彬译，中华书局 2004 年版，第 4 页。

头性的确立。不可置疑，马可·波罗的口述或多或少映射了口头诗人的一些特点。程式化的叙述有助于提供一种围绕"战斗"主题而形成的氛围，这种氛围是与围绕程式的氛围相呼应的。然而，马可·波罗是否真正受到口头史诗的影响无从可知。但就文本的特点而言，《马可波罗行纪》中的史诗风格可能是受到中世纪史诗的影响，例如，马可·波罗受到蒙古吟游诗人的影响并受到了耳濡目染的熏陶。

《行纪》的内容在不断变化，但程式却一成不变。因此，宣战词的程式大同小异，具有相同的意义。一个主题运用多套词语表达。《马可波罗行纪》中的宣战词体现了史诗叙事者的基本思维方法，即相似点和对立面。相似思维表现在正义宣战理由的反复以及将敌人叙述成十恶不赦的形象，对立思维表现在敌对双方的正义与非正义之分。其中，最能体现史诗特点的是主题的反复出现。由此，"宣战词"可以视为一个"主题群"，而这个"主题群"映射了同室操戈的蒙古人形象。相反，同仇敌忾的蒙古军队形象从另一个角度呈现出来，蒙古人的战争立场和目标明确，而且蒙古将士都十分能言善辩，威严的军队形象构成一幅史诗画面。

蒙古族经典史诗《江格尔》的产生年代众说纷纭，根据《行纪》宣战词的史诗特点为依据，马可·波罗可能受到蒙古族民间口头史诗的影响。因此，从这个角度分析，《江格尔》的产生可能早于13世纪。《马可波罗行纪》的口传史诗特点在宣战词的叙述中与其他段落文本的叙述相比相形见绌。除了受到蒙古吟游诗人的影响，马可·波罗可能就是口头表演的忠实爱好者。因为在同时期的中古时代，欧洲的史诗极为盛行。流传之广、影响之大的作品有西班牙史诗《熙德之歌》、法国的英雄史诗《罗兰之歌》、德国英雄史诗《尼伯龙根之歌》、俄罗斯英雄史诗《伊戈尔远征记》等，其中不乏浩浩荡荡的骑士们迎战时此起彼伏的画面叙述。而《马可波罗行纪》的宣战词是战争的一个部分，即战争前的宣战仪式。而这个仪式的叙述在文本的布局中错落有致的紧密排列，如同史诗般的叙事节奏使读者不厌其烦地接受相同的程式叙事。

第四节 《马可波罗行纪》中的
蒙古人性格

一 宽容大度

在《马可波罗行纪》中，宽容大度的蒙古人形象主要表现于对宗教的尊重。在中世纪神权统治前夕，13 世纪的宗教环境并不乐观。浩浩荡荡的十字军东征接近尾声，迎来的却是神权统治的"黑暗时期"。《马可波罗行纪》却为西方宗教带来片刻曙光。相比之下，元代统治阶层对宗教难以置信的"宽容"，使"耶路撒冷"的圣战自惭形秽。马可·波罗在《行纪》中提到在复活节之际，大汗召见基督教徒携带《圣经》与在场的大臣一起焚香膜拜。对于回教徒和犹太教徒的主要节日同样以礼相待，有人问其如此敬奉的原因。忽必烈说：

> 全世界所崇奉之预言人有四，基督教徒谓其天主是耶稣基督，回教徒谓是摩诃末，犹太教徒谓是摩西，偶像教徒谓其第一神是释迦牟尼。我对于兹四人，皆致敬礼，由是其中在天居高位而最真实者受我崇奉，求其默佑。①

由此可见，《马可波罗行纪》中描绘的元朝社会是一个宽容、开放、豁达、宁静、祥和的国度。马可·波罗同时又提到忽必烈会有意无意流露出对基督教的偏爱，曾说基督教是最真实，并且是最好的宗教，因为基督教义不会让人勉为其难地做有瑕疵的事情，并且予以最高评价。他并不希望基督教徒将十字架立在他面前，认为耶稣曾受辱

---

① ［意］马可波罗：《马可波罗行纪》，冯承钧译，东方出版社 2011 年版，第196 页。

于此。尽管基督教受到一定的庇护，然而事实上，忽必烈及其部下仍然信仰佛教。基督教深受庇护在一定程度上是由于忽必烈的母亲唆鲁禾帖尼及"黄金家族"的成员对基督教十分虔诚。据《马可波罗行纪》记载，马可·马菲奥奉忽必烈之命从教皇那里携圣幕灯油便是忽必烈母亲的愿望。因此，蒙古统治阶层的权力不是建立在宗教或神权统治的基础上，蒙古人的信仰可以是丰富多彩的。而反观基督教文化，具有十分强大的整合作用，其教徒往往是大部分民众，同时教皇有着至高无上的权力。元朝统治者在宗教方面是兼收并蓄的态度，统治阶层倾向于佛教是一个显著特点，但对其他宗教并不排斥。因而，在马可·波罗看来，忽必烈在宗教事务上依然执着坚守宽容大度的精神。他不仅在政务上推贤举善，而且在世俗事务中甄奇录异。显然，在元朝，佛教与基督教在力量权衡中，佛教处于相对而言的优势地位。忽必烈对于佛教多重教派持兼容并包的态度。包括以特贝思和凯斯密尔为代表的施法术的佛教群体、巴克西教派都得到忽必烈汗的相应支持。

"和平的社会"形象在《马可波罗行纪》中被反复书写，在马可·波罗眼中，元朝的昼夜都很安全。蒙古人接受不同的文化并对其加以吸纳和包容。13 世纪，元朝没有刻意消灭弱势文化来巩固文化霸权的统治地位，而是对不同的文化采取多元化的政策。《马可波罗行纪》中记载了元朝不同地域的风俗习惯和文化特征，乃至不同的文化信仰。被欧洲天主教排斥的聂斯脱利派教徒在中国福建一带发展成景教，景教徒从西至东的亡命生涯至此结束。这个结局就是一个很好的例证。

二　温柔敦厚

在《马可波罗行纪》中，鞑靼妇女是温柔敦厚的典型形象：

> "妇女为其夫作一切应作之事，如买卖及家务之事皆属之"，"妇女对其夫驯良忠顺，为其分内应为诸事"。

蒙古人相信灵魂不灭，并且灵魂会根据生前的善恶投胎转世。因此蒙古人彼此之间态度谦恭，彬彬有礼。《马可波罗行纪》中讲述，元朝军队进攻缅甸都城时，有人禀告忽必烈汗，城中的金塔和银塔是为了虔诚地纪念国王而建立的，忽必烈便下令不准人们侵犯：

> 大汗知其王建此为死后安灵之所，命彼等切勿毁坏，保存如故，由是世界之鞑靼无敢手触死者之物者。①。

蒙古人进攻占巴大国时，国王年事已高，不能亲自统帅士兵奔赴沙场。国王眼看国土将遭到攻占，并希冀拯救国土和人民，便派使者求和，并愿意用象和沉香每年进贡一次。《行纪》中记载，"大汗闻言悯之，乃命其男爵率其部众离去此国，往侵他国"②。因此，在《马可波罗行纪》中，蒙古人好善嫉恶的精神铸就了温柔敦厚的蒙古人形象。

三 正直勇敢

蒙古人疾恶如仇的形象——乃颜的叛乱。这是令人毛骨悚然的一场恶战，双方互相厮杀难以定夺胜负。尽管如此，忽必烈汗仍然在角逐中战败对方。而忽必烈处死乃颜的方法别具一格。他命人把乃颜裹在毛毯之间，然后猛烈地摇晃，直到气绝身亡为止。其实，在这一点上，可以看出蒙古人对于背叛者的痛恶以及惩罚方式的严酷。另外，这种刑罚的目的象征着蒙古人激浊扬清的精神形象，蒙古人认为不应该让太阳和空气看到皇室的人流血，皇室的血是神圣高贵的，不能溅落在地上，与泥土相混而受污染。因此，忽必烈对乃颜的刑罚体现了蒙古人正直的精神形象。

蒙古人正直勇敢的形象——成吉思汗与长老约翰的天德之战。成

---

① ［意］马可波罗：《马可波罗行纪》，冯承钧译，东方出版社 2011 年版，第 320 页。

② 同上书，第 417 页。

吉思汗在战争前，曾被长老约翰羞辱一番：

> 汝主缘何如此无礼，敢求娶吾女为妻。彼应知彼为我之奴仆。可归告汝主，我宁焚杀吾女，而不畀之为妻。论理我当处汝主死，以为叛逆不忠者戒。①

成吉思汗听了使者的回复，大发雷霆，"不报此从来未受之大辱，枉为部主"。当成吉思汗听闻长老约翰的言辞时，"心腹膨胀，愤懑几至于裂"②，便立刻筹备军队，亲自统帅士兵浩浩荡荡地侵入长老约翰的国境。最终攻破了长老约翰的阵线，消灭了敌军。长老约翰阵亡。因此，马可·波罗口述的蒙古人是正直勇敢的化身。

蒙古人赋有一种与生俱来的正直勇敢的精神。蒙古人的精神形象淋漓尽致地体现在马可·波罗对人物形象的刻画上。

第五节 《马可波罗行纪》中的民俗文化

本节论述了《马可波罗行纪》中的蒙古族文化形象，从隐喻视角阐述蒙古族仪式文化、瓷器文化。另外，还分析了《马可波罗行纪》中的城市形象和气候形象。深入地分析蒙古族形象在异国情境中是如何被建构的。如果隐喻是用来构建形象的，那么《马可波罗行纪》本身就是一个巨大的隐喻，它隐喻着新航路的开辟、全球化的开始以及东西方的交流。相对于宏观隐喻，《马可波罗行纪》中的微观隐喻同样象征着丰富的意义，对文化的隐喻分析可以更好地理解《马可波罗行

---

① ［意］马可波罗：《马可波罗行纪》，冯承钧译，东方出版社 2011 年版，第144 页。

② 同上书，第148 页。

纪》中的蒙古族文化形象。

一 蒙古族仪式文化

（一）祭神仪式

《马可波罗行纪》中的种种仪式是符号化的隐喻。《行纪》中的仪式隐喻着13世纪人们的精神结构和精神信仰。在科学没有发展的时代，蒙古人坚持着朴素的唯心主义价值观，并用仪式的方式演绎出了惊人的精神力量和信仰。虽然与文字语言相比，仪式的"语言"是浓缩至极，甚至是空洞乏力，但仪式意义的疏放恰恰形成了隐喻的文本。因此，仪式是《马可波罗行纪》的隐喻功能。深入解读马可·波罗眼中的"仪式"所象征的意义，可以更深入地研究蒙古形象。这些不同地域文化中的仪式展现了不同的族群认同叙事。其中，马可·波罗记录了蒙古人的仪式。这些仪式不约而同地表现了仪式所具有的神圣性和世俗性，同时也展现了《马可波罗行纪》中的不同地域的风俗习惯及意识形态。《马可波罗行纪》中记载的仪式大致可以分为四类，即祭神仪式、祭奠仪式、庆典仪式、巫术仪式。

马可·波罗对不同地区的祭神仪式尤为关注。他提到蒙古人的神是"纳赤该"，是掌管大地的神：

> 彼等有神，名称纳赤该，谓是地神，而保佑其子女、牲畜、田麦者，大受敬礼。各置一神于家，用毡同布制作神像，并制神妻神子之像，位神妻于神左，神子之像全与神同。食时取肥肉涂神及神妻神子之口，已而取肉羹散之家门外，谓神及神之家属由是得食。

其实，若从文本的浅层意义解读，马可·波罗感兴趣的不仅仅是祭神仪式的宗教特征，还有节庆本身的特色，例如，感受祭神仪式所营造出的神秘和神圣气氛，或是观望神圣礼仪的表演和展示，"设若有一人犯罪，被判死刑，其人若云愿为某神之牺牲而自杀，官辄许之"。其中隐约象征了"牺牲者"与"神"之间的神秘关系。

《行纪》中记载了祭神仪式："大燃灯火，焚数种香，熟祭肉，置于偶像前。已而散之各处，谓其偶像可以取之，惟意所欲。"从祭神仪式的记载中，可以看到蒙古人信仰浓厚的特点。祭神仪式常常伴随的是"牺牲"，而"替罪羊"隐喻着人间的暴力在牺牲品上得到了转移。根据科塞的冲突理论分析，牺牲品是"安全阀"机制下的必然结果。因此，"牺牲品"在祭神仪式中发挥的作用不言而喻。同时，蒙古人在祭神仪式中，通过奉献"牺牲品"来向神祈求庇佑和保护以及神的恩赐。在一定程度上，马可·波罗描述的蒙古人祭神仪式映射了元朝的社会现实状况，即鞑靼宗王之间的战争纷乱和冲突。而战乱和冲突为蒙古政权的巩固发挥了重要作用。蒙古人在祭神仪式中则扮演着"整合冲突"的角色，起到了"安全阀"的作用。

另外，马可·波罗对古代印度的祭神仪式也略有叙述，"男女偶像皆有侍女，乃信仰此偶像之父母所献。某寺庙之僧众对于偶像举行庆贺之时，则召集一切献女。诸女既至，在神前歌舞，已而献馔神前。久之撤馔，谓偶像食毕，乃自食之。每年如是数次，诸女迄于婚后始止"。在对印度的祭神仪式叙事中，"牺牲"的色彩较蒙古人的祭神仪式大大减弱。在蒙古人的祭神仪式中，仪式隐喻着神的存在。同时，祭神仪式也隐喻着蒙古人对信仰的执着。

（二）祭奠仪式

马可·波罗记录了不同地区的祭奠仪式。印度地区的仪式如下：

> 国王若死，依俗应焚尸，焚时，诸侍臣皆自投火而死。据云彼等随侍于生前，应亦随侍于死后。

忽鲁模思地区的祭奠仪式如下：

居民有死者,盖有鱼油涂之,则持大服,盖悲泣亘四年也。在此期内,亲友邻人会聚,举行丧礼,大号大哭,至少每日一次。

这些祭奠仪式都是以"灵魂到达彼岸"作为一个前提条件。因此马可·波罗记载的祭奠仪式既超越了民族或族群的界限,又使不同民族在认知体系方面产生共鸣。同时,族群仪式与族群认同的相关性非常密切。所以仪式主题的相似性使文化纷纭的世界读者都可以在《马可波罗行纪》中得到文化认同感。继而"殉葬""哭丧"成为《行纪》祭奠仪式中的一个文化主题。而"殉葬"在南宋地区被一些文化符号所替代:

富贵人死,一切亲属男女,皆衣粗服,随遗体赴焚尸之所。行时作乐,高声祷告偶像,及至,掷不少纸绘之仆婢、马驼、金银、布帛于火焚之。彼等自信以为用此方法,死者在彼世可获人畜、金银、绸绢。焚尸既毕,复作乐,诸人皆唱言,死者灵魂将受偶像接待,重生彼世。

以上是对杭州地区的祭奠仪式记载。而在《行纪》同时期的文化记载中,蒙古可汗的祭奠仪式却仍然以真实的"殉葬"为主题,"盖彼等确信凡被杀者皆往事其主于彼世。对于马匹亦然,盖君主死时,彼等杀其所乘良马,俾其在彼世乘骑。蒙哥汗死时,在道杀所见之人二万有余,其事非虚也"。总之,《马可波罗行纪》中的记载的种种仪式通过最大限度地描述,包括神灵、巫术等超自然能力所产生的权力和权威而形成了文本的鲜明特色。《行纪》给读者带来不容置疑的叙事模式和难以抗拒的吸引力。与此同时,文本的趣味性和娱乐性大大增强。

(三)节日仪式

在蒙古人的传统习俗中,"白色"是吉利的象征,同时"白色"也形成了代表蒙古习俗的符号。马可·波罗对 13 世纪蒙古人的节日这样记载，"是日依俗大汗及其一切臣民皆衣白袍，至使男女老少衣皆白色，盖其似以白衣为吉服，所以元旦服之，俾此新年全年获福"。如今蒙古人将新年称为"白节"，使自古的传统延续至今。在《马可波罗行纪》中也将蒙古人的新年称为"白节"，因此，马可·波罗对蒙古人的新年描述得十分准确，不仅体现在节日仪式的符号化准确表述，还详细记录了节日仪式的内容。

二 瓷器文化形象

（一）"马可·波罗"罐

在《马可波罗行纪》中记载，"并知此刺桐城附近有一别城，名称迪云州，制造碗及瓷器，既多且美"[①]。迪云州即指德化。另外，《行纪》专门叙述了德化白瓷及其烧造的过程，"制磁之法，先在石矿取一种土，暴之风雨太阳之下三四十年。其土在此时间中成为细土，然后可造上述器皿，上加以色，随意所欲。旋置窑中烧之。先人积土，只有子侄可用。此城之中磁市甚多，物搦齐亚钱一枚，不难购取八盘"。据考证，"马可·波罗罐"就是德化窑烧造的一种青白釉瓷罐。中国的陶瓷也向西方传播。而西方商人在利益的驱使下，纷纷仿制陶瓷，以便满足西方人获得"东方优质产品"的美好幻想。然而在仿制陶瓷初期，并不能烧出真正的瓷，只能烧陶。并模仿中国的青花瓷，绘制青花图案。从宋元开始，德化窑通过丝绸之路将瓷器和技术传播到欧洲各国，为全球瓷器文化谱写了光辉的篇章。

（二）青花瓷的模仿

在《马可波罗行纪》中，"他者"的蒙古形象的塑造是建立在蒙古形象的完美想象的基础上。不论《行纪》中的蒙古形象是否真

---

① ［意］马可波罗：《马可波罗行纪》，冯承钧译，东方出版社 2011 年版，第 393 页。

实，马可·波罗塑造的蒙古形象的确是"乌托邦"式的完美形象。对于未去过东方的西方人而言，纯粹想象中的蒙古形象是毫无瑕疵的。而曾置身于蒙古现实社会当中的马可·波罗为什么依然将蒙古人描述得如此圆满？其实，这反映了马可·波罗对蒙古文化的高度肯定。马可·波罗从个人角度塑造蒙古人形象的同时，也迎合了欧洲读者的口味。继而塑造"完美无瑕"的蒙古人形象成为欧洲人的乐趣。"马可·波罗热"势不可挡地成为一种现象。与此同时，欧洲人对蒙古文化十分迷恋，元青花的模仿与继承是一个经典案例。欧洲人对蒙元时期的瓷器外观形态试图模仿和重塑，为什么全世界都认为元青花是东方的经典象征？正是因为西方对青花瓷的模仿和塑造始于元代。

蒙古人热爱白色和蓝色，在蒙古人信仰的原始宗教中，蓝色象征天，白色象征善。这充分体现了蒙古人的审美特点。西方人用钴在陶器和白色黏土表面进行装饰，然后涂上透明的釉料，形成真正的蓝色花朵效果。瓷器的模仿逐渐由无意识的模仿转变为有意识的模仿。如果你看欧洲的青花瓷，就好像看到了元代的青花瓷。即使有烧制温度和材料的限制，对陶工来说，模仿梦幻般的青花瓷仍然是一项有意义的尝试。显然，元代的安宁和平的社会形象为另一个世界带来了执着和梦幻，也可以说是开启另一种新模式的文化交流。

三 城市形象和气候形象

（一）城市形象

1. 扬州

马可·波罗讲述的元朝城市形象文教昌明、井然有序。《马可波罗行纪》中的扬州是一个举足轻重的要地，主要以工商贸易为业，并且是一个制造兵器的重镇，"制造骑尉战士之武装甚多，盖在此城及其附近属地之中驻有君主之戍兵甚众也"①。居民以佛教为宗教信仰。其实，当地居民除了信仰佛教，还有一些聂斯托利派教徒，但马可·波罗并未提及。马可·波罗离开中国35年后，修士鄂多立克到过扬州，曾看见方济各派的一所修道院和聂斯托利派的礼拜堂。扬州处于如今"一带一路"的东部中心位置，南连杭州、宁波、泉州、广州，经南海、印度可通向欧洲。北京（元大都）通往西方的两条路线：北京、长安、广州；北京、洛阳、汴京、扬州、明州、泉州、广州。由此可见，扬州是元代的中西文化交流的重镇。

2. 元大都

马可·波罗记录了元大都。他用充满赞誉的词句，描绘了元大都的优美壮观。马可·波罗的眼中的元大都是繁华无比的大都市，仅仅城墙就令马可·波罗叹为观止，"周围有二十四哩，其形正方，由是每方各有六哩。环以土墙，墙根厚十步，然愈高愈削，墙头仅厚三步，遍筑女墙，女墙色白，墙高十步"。城中的宫殿更是金碧辉煌、光彩夺目，"宫顶甚高，宫墙及房壁满涂金银，并绘龙、兽、鸟、骑士、形像及其他数物于其上"。此外，马可·波罗记录了元大都的人们络绎不绝地穿梭于大街小巷之中，呈现出人口密集的都市景象，"全城共有十二城门，并附有十二城郭，城郭之中鱼龙混杂，形形色色"。汗八里城在马可·波罗眼中更像是一座"世界贸易之都"，"郭中所居者，有各地来往之外国人，或来入贡方物，或来售货宫中"。可见，13世纪的元大都已然闻名于世。18世纪的英国浪漫主义诗人柯勒律治在诗歌《忽必烈汗》中融入了对蒙古宫殿的想象：

忽必烈汗在上都造建/富丽堂皇的穹顶宫殿：伴有圣河阿尔佛/穿过深不可测的岩洞/一直流入无光之海/方圆十里的沃土/有城墙和堡垒环绕：绚烂的花园，蜿蜒的溪流/繁花绽放，枝头芬

① ［意］马可波罗：《马可波罗行纪》，冯承钧译，东方出版社2011年版，第351页。

芳/树林像山峦一样古老/环拥阳光照耀的草地/啊，那鬼斧神工的巨壑/沿着浓密的雪松向青山倾斜。[①]

这首诗是一首梦幻诗，诗人将梦境中想象的蒙古宫殿转化在诗歌的创作中，在诗人的想象世界里，蒙古宫殿犹如身临其境的安乐殿堂，可见，西方人对元大都的想象充满神圣、壮丽、深邃、宁静、祥和的景象。

3. 杭州

马可·波罗记录了杭州。他津津乐道地讲述了蒙古人管理城市的种种措施、杭州城市的地理景观，建筑和湖光景色，乃至当地的风土民情。并赞叹宏伟的宫殿和富丽堂皇的装饰。马可·波罗提到忽必烈派遣使臣统计杭州人口数目时，用到了"秃满"一词。另外，在叙述税收时也用"秃满"一词，"曾奉大汗命审查此蛮子第九部地之收入，除上述之盐课总额不计外，共达金二百一十秃满，值金色干一千四百七十万，收入之巨，向所未闻"。在蒙古语中，"秃满"译为"万"。而马可·波罗将音译词直接口述给笔录者的语言行为说明马可·波罗的确会使用蒙古语，因为他并非用第一语言口述给鲁思梯谦。因人口数量巨大，马可·波罗叙述南宋都城杭州的文本中对种种所见所闻常常用难以用数字衡量的言语来形容数目的庞大："城中有大市十所，沿街小市无数，尚未计焉""城中有商贾甚众，颇富足，贸易之巨，无人能言其数""种种食物甚丰，野味如獐鹿、花鹿、野兔、家兔，禽类如鹧鸪、野鸡、家鸡之属甚众，鸭、鹅之多，尤不可胜计"。此外，马可·波罗还描述了南宋的文教昌明，称"蛮子省"是东方世界众所周知的最宏伟和最富裕的地区，被号称"法克佛"的君主所统治，它的权利和财富胜过除大汗以外其他一切君主。马可·波罗记录了宋度宗曾实行仁政，深得民心："国王尚有别事足以著录者，当其骑而出，经

---

① 黍黎释译。

行城市时，若见某家房舍过小，辄询其故，如答者谓物主过贫，无资使房屋高大，国王立出资，命将其屋扩大而美饰之，俾与他屋相等。"因此，马可·波罗对于杭州的印象是赞赏有加的。

4. 泉州

马可·波罗记录了泉州。马可·波罗称剌桐（泉州）是世界上最大的港口之一，并认为剌桐风光秀丽，民性和善。剌桐最为闻名的是文身，该城的文身技师名扬海外，有许多文身爱好者慕名而来，甚至当时有很多印度人前来文身。而另一个城市德化城因瓷器而闻名。对于这些城市，马可·波罗最关注的就是城市各大港口的商品税收和商品价值。例如，马可·波罗曾记录了苏州城的生姜，"此城附近山中饶有大黄，并有姜，其数之多，物搦齐亚钱一枚可购六十磅"①。而在德化城，一个威尼斯银币能买到八个瓷杯。因此，马可·波罗游历沿海城市时，更多的是以商人的视角审视城市景象和特点。同时，元代的税收令马可·波罗叹为观止，并在叙述每个游历的城市时频繁强调税收现象："大汗每年征收种种赋税之巨，笔难尽述。其中财富之广，而大汗获利之大，闻此说而未见此事者，必不信其有之"；"大汗在此城警戒甚严者，盖因其为蛮子地域都城，并因其殷富，而征收之商税甚巨，其额之巨，仅闻其说而未见其事者绝不信之"；"第一为盐课，收入甚巨。每年收入总数合金色千五百六十万，每金色千值一佛罗铃有奇，其合银之巨可知也"。马可·波罗在杭州地区曾任税收官员，因其对于杭州管辖的境内税收情况了如指掌。

（二）气候形象

自然灾害对人类的挑战不可避免。关于极端气候的自然现象在《马可波罗行纪》而有所记载，"如是骑行多日，抵于阿美尼亚之剌牙思，计在途有三年矣。因为气候不时，或遇风雪，或遇暴雨，兼因沿

---

① ［意］马可波罗：《马可波罗行纪》，冯承钧译，东方出版社2011年版，第368页。

途河水漫溢，所以耽搁如是之久"①。马可·波罗在护送阔阔真公主远达波斯的途中由于气候的原因而延长了返乡时间。再如，马可·波罗在《行纪》中提到的一些地方气候异常炎热，忽鲁模思城的热风，使人呼吸困难、窒息而死，"夏季数有热风，自沙漠来至平原。其热度之大，不知防御者遭之必死。所以居民一觉热风之至，即入水中，仅露其首，俟风过再出"②。热风甚至使攻击这个城市的敌人受热风袭击不战而败。相反，有些地方气候十分酷寒，《行纪》中提到了起儿漫国的气候，令人冷得难以忍受，即便穿多件衣服也无济于事，"自起儿漫城至此坡，冬季酷寒，几莫能御"③。忽必烈派遣波罗兄弟二人为教皇的专使，到达小亚美尼亚来亚苏斯港时已经花费了三年时间，恶劣的自然环境使他们寸步难行。因此，马可·波罗对极端气候的描述展现了13 世纪的人们面对自然的勇气以及顽强的生存意志。

西方人视域下的元朝是始终作为"他者"而存在的，西方的蒙古形象是一面镜子，有助于西方更加完善和了解自身的文化。同时，通过《马可波罗行纪》的问世和传播，蒙古人的良好形象日渐呈现在世人面前。蒙古形象在《行纪》中的记录接近客观、真实，并不会使接受者产生误读和误判，尤其不会产生无意识的文化误读。马可·波罗以自身的在场文化言说"他者"文化。与此同时，蒙古文化得到西方的崇尚和积极想象。尽管蒙古人被"他者"化，然而这是异国形象必然形成的结果。欧洲人通过阅读《马可波罗行纪》，改变了以往对蒙古人的"刻板印象"，不再认为蒙古人是野蛮的民族。《马可波罗行纪》中包罗万象的东方为西方人所心往神驰。这些千奇百怪的事物不断地被想象，渐渐地成为西方人心中的"海市蜃楼"。

《行纪》中的蒙古人形象充满斗争精神，却又不乏温文尔雅的民族性情。在马可·波罗眼中，忽必烈是刚正不阿、秉公无私的王者形象。

---

① ［意］马可波罗：《马可波罗行纪》，冯承钧译，东方出版社 2011 年版，第 17 页。
② 同上书，第 69 页。
③ 同上书，第 63 页。

而蒙古战士是勇猛果敢、视死如归的化身。这些都令西方人产生积极的想象，东方犹如可望而不可即的世外桃源。法国学者亨利·巴柔曾强调"作为他者定义的载体，套话是陈述集体知识的一个最小单位，它希望在任何历史时刻都有效。套话不是多义的，相反，它却具有高度的多语境性，任何时刻都可使用"①。《马可波罗行纪》中的蒙古人形象是"战无不克"的，而蒙古人的威武形象一直延续至今。这表现了"套话"的无限性和反复可使用性。马可·波罗以亲善的基本态度将元朝文化置于世界文明的中心，促进了文明之间的对话和交流。

13 世纪的元朝繁盛一时，与元朝前所未有的强盛背景相比之下，西方历经的是混战状态。英法之间的长期对峙、德国诸侯的割据，阻碍了欧洲前进的脚步。在元朝版图不断扩大的历史背景下，《马可波罗行纪》形象生动地呈现了蒙古人的政治形象、经济形象、军事形象和文化形象，这些具体形象综合地展现了蒙古人形象。蒙古人的伊斯兰化及蒙古鞑靼宗王之间的战争展现了蒙古人的多面性，这在一定程度上象征了现实"他者"和想象"他者"之间的差距。蒙古人的军事形象在《行纪》中清晰明了，马可·波罗运用大量篇幅和笔墨描写了蒙古人的战争场面。作为王朝战争的知情者，马可·波罗将所见所闻娓娓道来。对于非亲眼见到 13 世纪东方世界的人而言，马可·波罗的确有十足的话语权，即对东方的话语权。

无论《马可波罗行纪》是否与历史真实相吻合，或马可·波罗是否确凿无疑地保持了客观的叙述态度，这些都无关紧要。重要的是《行纪》本身所带来前所未有的巨大影响。如约翰·霍布森所言："直到 1291 年他们都一直依赖于由中东穆斯林人、此后由埃及人所设定的条款和条件。但事实上，最后意大利与中东以及后来的埃及之间的贸易联系最重要的作用，就是这些商业路线成为诸多重要的东方资源组合向西传播、滋润落后的西方的途径之一。这些资源组合使得各种

---

① 孟华：《比较文学形象学》，北京大学出版社 2001 年版，第 186 页。

'意大利人'的经济和航海革命成为可能,他们本来没有理由以此而闻名。"① 而1291年正是马可·波罗离华时间。因此,《马可波罗行纪》在基督教世界商业化的过程中起了十分重要的作用,西方开始向世界积极传播蒙古族文化。马可·波罗作为意大利人,使西方发现了东方。

---

① [英]约翰·霍布森:《西方文明的东方起源》,孙建党译,山东画报出版社2009年版,第107页。

附 件 一

四部卫拉特及其乌日汀·道概述

一　四部卫拉特概述

（一）卫拉特的由来与兴起

卫拉特，是蒙古语"Oyirad"的汉语音译。蒙元时期以斡亦剌、猥剌、外剌、外剌台、外剌歹、斡亦剌惕等不同译名见于汉文史籍。明与北元时期，汉译为"瓦剌"，清代汉译"厄鲁特""额鲁特"或"卫拉特"。由于明清时期主要分布在蒙古高原的西部，故又称其为"西蒙古"，现今一般称为"卫拉特"。[①]

"斡亦剌惕"的最早含义比较普遍的解释有两种：一种含有蒙古语"卫拉"（Oyir－a）、"近亲者""邻近者""同盟者"的含义；另一种含有"林中百姓""林中人"之意。学界普遍认为，后一种说法比较可信，但前一种也有很大参考价值。[②]

作为蒙古族部落的一支"斡亦剌惕"的形成年代较远，其先民最早居于叶尼塞河八条支流广阔地区（简称"八河地区"），人数众多，分支若干，名称各异，主要以采集和狩猎为生，因他们的居住地多森林，故被称为"林中百姓"。13世纪初归附成吉思汗。帝国建立初，率部投降的斡亦剌惕首领忽都合别乞领有四千户，后来发展为四万户，自此自称"杜尔本"，也就是"四万户蒙古"之意。

---

① 曹永年等撰：《蒙古民族通史》第3卷，内蒙古大学出版社2002年版。
② 张体先：《土尔扈特部落史》，当代中国出版社1999年版，第1、2页。

斡亦剌惕与成吉思汗家族有世婚关系，在蒙古帝国中一直享有
"亲视诸王"的特殊地位。从此，"他们便与其他蒙古部众形成一统，
使'卫拉特'蒙古文化元素与统一的蒙古文化紧密地联系在了一起。
换言之，他们的内心深处被以部落氏族文化形式为中心的价值观所吸
引"①。元代，斡亦剌惕人开始南下，定居于阿尔泰山麓至色楞格河下
游的广阔草原的西北部，并改狩猎经济为畜牧经济，兼营部分农业。
15 世纪中叶瓦剌蒙古崛起，绰罗斯·也先（1407—1454）继承祖父马
哈木和父亲脱欢两代创建的基业，在统一西蒙古的基础上，继续向西
东南三面出击扩张。向西收复哈密、沙州、罕东、赤斤等明朝嘉峪关
"西四卫"，巩固了西蒙古后方基地；向东征服"兀良哈三卫"，"东极
海滨，以侵女真"；向南于 1449 年（明正统十四年）大举入侵明朝大
同、宣府、辽东、甘肃，并于土木堡②大战中俘虏明英宗，史称"土木
之变"③；同年 10 月兵临皇城北京，由此威震大漠南北，长城内外，终
于篡夺黄金家族蒙古大汗皇位。于 1453 年（明景泰四年）建立瓦剌蒙
古人统治的蒙古汗国极盛之时，势力范围东抵朝鲜，西越阿尔泰山至
楚河，北起西伯利亚（包括贝加尔湖），南临长城，对中国乃至世界东
方的历史产生了不可忽视的影响。

1454 年（景泰五年），正当也先踌躇满志，准备大举征服明朝的一
场大规模战争之时，由来已久的内部冲突爆发，也先被杀。其死后，
瓦剌中衰，蒙古草原再次分崩离析。④

（二）四部卫拉特联盟及其性质与兴衰

四部卫拉特，系指和硕特、准噶尔、杜尔伯特、土尔扈特四部蒙

---

① 《卫拉特部族史》，额尔敦毕力格、图嘎译，民族出版社 2011 年版。

② 土木堡是位于河北省张家口市怀来县境内的一个城堡，坐落于居庸关至大同长城
一线的内侧，是长城防御系统的重要组成部分。

③ "土木之变"，亦称土木堡之变，指明英宗朱祁镇不顾权臣劝阻仓促"御驾亲征"
而兵败之事变。

④ 曹永年等撰：《蒙古民族通史》第 3 卷，内蒙古大学出版社 2012 年版，第 147、
148 页。

古的联盟组织。也先汗去世之后，强盛一时的西蒙古瓦剌顷刻分崩离析，迅速衰败，连续遭受东蒙古和近邻哈萨克的袭击。因而消除内部矛盾，联合对敌，保证瓦剌部所属各部自身安全和生存，已是大势所趋、迫在眉睫，故此瓦剌的和硕特、准噶尔、杜尔伯特、土尔扈特四部联盟应运而生。

明末清初，瓦剌各部最后归并为和硕特、准噶尔、杜尔伯特、土尔扈特四大部，以及附牧于杜尔伯特的辉特部。其牧地，西北不断向额尔齐斯河中游、鄂毕河以及哈萨克草原移动，西南向伊犁河流域推进，东南向青海迁徙。

联盟后的四部卫拉特，不仅共同联军先后战胜了喀尔喀和乌梁海、东蒙古、哈萨克等强大邻邦的多次袭击，而且远征西藏，多次挫败沙俄分裂和入侵阴谋……同时在长期联合过程中，通过不定期会盟，协商推选盟主、统一宗教信仰、制定《喀尔喀—卫拉特法典》，以及联名向清朝奉表进贡以表示归属等一系列内政外交重大问题，对于有效地抵御外敌，保证生存，维护四部联盟秩序，消除内忧外患，发展游牧经济，以及促进与中原地区政治和经济交往等均起到了重大作用。所以，经过一个多世纪的时间，到 16 世纪中叶，卫拉特四部已逐渐发展成为一个统一强大、民主团结，具有政治军事、宗教信仰、行政统辖等多方面性质和功能的成熟而完善的联盟组织。

1671 年后，由于准噶尔部首领噶尔丹野心膨胀，实行兼并卫拉特兄弟盟邦的政策，戕杀四部卫拉特盟主鄂齐尔图汗（和硕特汗国固始汗之子），篡夺盟主汗位，从而导致卫拉特四部这一封建民主联盟的衰败和崩溃。

（三）和硕特部

"和硕特"一词源自"先锋"（Hoxouq）或者"克什克"（Hixig）；亦有"勇敢者""多个不同部落构成的部族"等诸多源说。

和硕特部初始在额尔济斯河①上游一带游牧，卫拉特四部联盟形成后，鉴于和硕特部"黄金家族分支"的特殊地位，其首领哈尼诺颜洪果儿（哈萨尔十八世孙）及其长子拜巴噶斯先后为卫拉特四部初始盟主。② 拜巴噶斯遇害后，其三弟固始汗（1582—1656），继任和硕特部首领和卫拉特盟主。固始汗一生以大智大勇而闻名遐迩，深受西藏格鲁派三世东科尔活佛嘉瓦嘉措③（1588—1639）和喀尔喀部上层领袖的信任和赏识，共赠"大国师"称号；1636 年秋冬之际，在格鲁派支持下率兵万余东进青海，大败喀尔喀却图汗数万部众；1641 年年底，应格鲁派领袖班禅四世和达赖五世之请进军西藏，摧毁了格鲁派最后的仇敌第司藏巴政权④；1642 年（崇德七年）宣布和硕特汗国成立，在拉萨成功推行政教合一的行政体制；1646 年（顺治三年），固始汗与卫拉特各部首领二十二人联名奉表贡，从而将卫拉特四部和青藏高原正式归入清朝主权版图。由此，清廷命固始汗统辖卫拉特诸部，并承认其为和硕特汗国。1653 年（顺治十年），受封为"遵行文义敏慧固始汗"（"固始汗"称号，源于"国师汗"音转）。以上固始汗诸多重大举措和清廷正确怀柔安抚政策，使固始汗及其后裔得以在青藏高原进行长达 75 年的汗王统治，从而使明末以来青藏地区的战乱割据状态走向安定统一，并加强了西北各民族（尤其是蒙藏民族）之间的政治、文化、经济联系、交融和发展，对于巩固青藏高原地方稳定和维护祖

---

① 额尔济斯河是我国唯一一条自东向西流动的跨国河流，发源于新疆富蕴县阿尔泰山南坡，向西北流入哈萨克斯坦后，再流经俄罗斯先后向东北和西北方向蜿蜒迤逦流入北冰洋的河流。所以也是我国唯一一属于北冰洋水系的河流。

② 曹永年等撰：《蒙古民族通史》第 3 卷，内蒙古大学出版社 2012 年版。

③ 嘉瓦嘉措，西宁东科尔寺主持。据《安多政教史》记载：1615 年，迎请以四世达赖喇嘛身份赴卫特四部传教，并劝说卫拉特四部盟主拜巴噶斯皈依格鲁派，因而在卫拉特四部享有崇高威望。

④ 第司藏巴政权（1618—1642 年），明末清初在西藏兴起的地方政权，支持噶玛噶举、止贡、萨迦等教派，以武力压制格鲁派。

国统一做出了重大贡献并产生了深远影响。①

1656 年固始汗病故后，其长子鄂齐尔即位和硕特汗国可汗，但由于五世达赖为了提高自己在世间的权力，便间接地削弱了鄂齐尔图汗的实力，继而又被准噶尔部首领噶尔丹篡夺卫拉特四部盟主的地位，和硕特汗国自此衰落。1717 年准噶尔汗国攻入拉萨，和硕特汗国亡。

1949 年至今，和硕特蒙古主要分布于我国新疆（巴音郭勒蒙古族自治州和硕县、伊犁哈萨克自治州和布克赛尔蒙古自治县等）、青海（海西蒙古族藏族自治州等）、甘肃肃北蒙古族自治县、内蒙古阿拉善盟及蒙古国西部科布多省，俄罗斯联邦卡尔梅克共和国（伏尔加河流域）等地区。

（四）准噶尔部

"准噶尔"，是两个不同蒙语语意单词的结合体。"准"（Zuun），"左"之意；"噶尔"（Gar），"翼"或"部"之意。"准噶尔"部出自绰罗斯·也先汗后裔，"绰罗斯"为该部首领家族的姓氏，故常以"绰罗斯"为部落代称。

准噶尔部原游牧于天山东部、柏克河和希拉乌拉山一带，后来以伊犁为中心，与卫拉特其他三部一起，生息繁衍于天山以南一带。17世纪30年代，巴图尔珲台吉即位准噶尔部首领，他高瞻远瞩，励精图治，如，1638 年在博克塞里（今博克赛尔蒙古自治县）建城；1640 年倡导并参与制定《喀尔喀—卫拉特法典》；连续两次击退沙俄侵略，迫使与其建立贸易关系；1648 年，以"托沁"文字作为准噶尔的统一文字……从而提升了巴图尔珲台吉本人和准噶尔部的影响。

1671 年（康熙十年），巴图尔珲第六子噶尔丹（1644—1697）即位，六年后战胜了卫拉特盟主鄂齐尔图汗，夺得卫拉特四部盟主之位，逐步把卫拉特松散的民主联盟改变为集权的独裁统治，并于 1678 年（康熙十七年）建立准噶尔汗国，由此改变了卫拉特与清朝四十余年的

---

① 参见《蒙古和硕特部的起源与演变》，和硕县人民政府网，2016 年 8 月 8 日。

主从关系。为进一步实现其割据西北、征服大漠南北蒙古诸部的政治野心，先后出兵南疆，占领叶尔羌汗国，吞并漠北喀尔喀诸部，征服哈萨克汗国，灭叶尔羌汗国，从而称雄西域，控制了整个青藏高原。继而又在沙俄的怂恿支持下，多次进攻漠北喀尔喀蒙古，挑战清廷。1688 年大举进攻土谢图汗，迫使喀尔喀蒙古诸部南迁。1690 年（康熙二十九年）6 月，噶尔丹再次进攻喀尔喀蒙古，并借口追击土谢图汗余众而突破清朝边界，于锡林郭勒草原乌珠穆沁乌尔会河击溃阻截的清军，继而长驱直入，发动乌兰布通（今内蒙古克什克腾旗境内）之战，威震京师[1]。但在此次战役中噶尔丹遭到清军重创而逃回科伦多，由此使清廷获得有利时机，积极而充分备战。1696 年（康熙三十五年）4 月到次年 2 月，康熙连续两次御驾亲征，讨伐噶尔丹，历时十个月之久，最终彻底击消灭噶尔丹，使其在逃亡途中重病身亡。其后，噶尔丹侄子策妄阿拉布坦继任，继续与清廷角逐抗衡，1716 年清廷出兵西藏。1755 年（乾隆二十年），清廷趁准噶尔内乱之机出兵伊犁。1760 年冬天，准噶尔汗国灭亡。

（五）杜尔伯特部

杜尔伯特，蒙古语。"杜尔伯"（durubo），"四"之意；"特"是复数。清朝的杜尔伯特部有东西两部，东部的杜尔伯特属科尔沁蒙古分支，西部杜尔伯特部是清卫拉特蒙古四部之一。

关于杜尔伯特蒙古部之渊源，历史上众说不一，莫衷一是。

源说之一：源于黄金家族始祖朵奔篾儿干妻子阿阑豁阿[2]哈屯的第一任丈夫杜尔伯特。

源说之二：源于朵奔篾儿干的哥哥都蛙锁豁儿的四个儿子，因

---

[1]　威震北京，因乌兰布通距京师仅 700 里，时"京师戒严，引起清廷的慌乱"（引自《蒙古民族通史》第 4 卷，第 136 页）。

[2]　阿阑豁阿，出自豁罗喇思部，生于公元 10 世纪，朵奔篾儿干和她的第八代孙合不勒为蒙古第一位大汗，第十二代孙即是成吉思汗。缔造了蒙古民族、尼伦氏族和孛儿只斤家族。在黄金家族中享有"三贤圣母"之一的盛誉。

离开斡难河（今蒙古国鄂嫩河）东移呼伦贝尔草原，故称"朵儿边"氏。朵儿边又称朵儿别、朵鲁班、多礼伯、秃里不带、杜尔伯特等。

源说之三：源于大兴安岭以东的嫩科尔沁部。嫩科尔沁下分科尔沁、扎赉特、郭尔罗斯、杜尔伯特等四部十旗左右翼。其中杜尔伯特首领是爱那嘎，故爱那嘎应为杜尔伯特部始祖。

源说之四：准噶尔同宗说。近些年，部分蒙古族学者依据明清时期蒙汉文献研究，认为卫拉特杜尔伯特与准噶尔同宗，均系绰罗斯·也先后裔。其中，准噶尔始祖应是也先次子阿失帖木之孙（克舍之子）养罕；杜尔伯特始祖是克舍之侄儿孛罗汗（阿失帖木之孙，克舍三弟阿力古多之子）。以时间推算，是15世纪七八十年代之事。[1]

关于第三、四之说，不论是起源于嫩科尔沁杜尔伯特部（大约在1425年以后），还是起源于卫拉特蒙古杜尔伯特部（比前者晚五六十年），都有不同的详尽考证，但却未涉及二者之间的渊源关系。如果说，二者"毫无关系"，那么，同一国家（中国）、同一文化区域（北方草原文化区域[2]）、同一名称（杜尔伯特）的两个蒙古竟然同名不同祖，这无疑令人费解，也不符合常理。而第一、二"源说"虽然指明了杜尔伯特的共同祖先，但又缺乏可信的充分考证。故此，笔者认为，追根溯源，关于两个杜尔布特蒙古部的共同始祖问题，尚有待蒙古族史学家们更进一步探究。

史载，卫拉特杜尔伯特部原居于准噶尔盆地北部额尔济斯河一带。

随着准噶尔部势力的不断扩大，卫拉特联盟内部矛盾日益尖锐。为摆脱联盟内部草场之争和准噶尔的强权控制、挤压，土尔扈特部于

---

① 那顺达来：《卫拉特杜尔伯特起源考》，《内蒙古师范大学学报》2013年第1期。

② 北方草原文化区域，包括东起兴安岭，西至天山，长城以南，黄河上下，横跨东北、西北和华北北部，包括渤海湾、山东半岛及京津地区。这是一条以草原森林绿洲和高原丘陵大漠为主的广阔狭长地带，属蒙古利亚种华北型为主的人类圈，以阿尔泰语系为主的各民族的部落联盟文化区域。

1628 年远走伏尔加河流域，而杜尔伯特部由于与准噶尔部同宗同源而勉强留在原地。但是，自 1745 年准噶尔部汗位之纷争以后，杜尔伯特部饱受战乱之苦。为争取本部生存，杜尔伯特部首领"三车凌"[①] 于 1753 年（乾隆十八年）毅然率其所属三千七百多户万余部众，挣脱了准噶尔部的控制而迁入内地，投归清廷，得到乾隆帝清政府的热烈欢迎、妥善安置和大加封赏，分别封"三车凌"为亲王、郡王、贝勒等爵位，并赐车凌亲王双俸和杜尔伯特汗号。杜尔伯特部之义举和清廷英明的安抚政策，产生了广泛而巨大的影响，使卫拉特蒙古各部纷纷内附。杜尔伯特蒙古部为清政府稳定西北边疆，维护祖国统一事业，做出了积极贡献。

（六）土尔扈特部

土尔扈特，蒙古语（tougud）汉译名称，由"护卫军"演变而来。因土尔扈特先祖王罕家族中的一些人曾充任成吉思汗护卫而得名。王罕是一个古老的蒙古部落——克列亦惕（keryed）的酋长。"克列亦惕"（现发音为"克列特"），有"包围""警卫"之意，原为土尔扈特部落的一个姓氏，之后发展为与成吉思汗孛儿只斤氏旗鼓相当的一个氏族。"土尔扈特"一词由"克列亦惕"一词演化而来，二者古蒙文的词根都有"强大""强盛"之意。

史载，公元 7 世纪起，克列亦惕蒙古就与蒙古室韦等部落生活在我国北方的额尔古纳河两岸的森林中，当游牧于肯特山和杭爱山之间广袤草原之时，已成为一个"人口众多的部落"。[②] 公元 10 世纪，以"克列亦惕"古称出现于蒙汉文典籍文献记载中。11 世纪迁牧于叶尼塞河上游一带，后定牧于额尔齐斯河和伊犁河流域。11 世纪中叶为契丹辽国统治。12 世纪金朝女真统治时期，与成吉思汗统领的蒙古室韦同时强盛起来。1203 年，败于蒙古室韦部落，首领王罕被杀，余部为躲避

---

① 三车凌，杜尔伯特部的三位首领，即车凌、车凌乌巴什、车凌蒙克。

② 内蒙古自治区蒙语文史研究所编：《蒙古族简史》，内蒙古人民出版社 1977 年版，第 3 页。

追杀，连续西迁，最后与斡亦剌惕余部先后迁到叶尼塞河"八河之地"①。后因参加拥立阿里不哥②在哈喇和林称汗失败而迁徙到察合台汗国境内。1305 年（元大德九年），土尔扈特部和斡亦剌惕部在海都③父子反对元朝的拉锯战中毅然退出，并以实际行动加入了忽必烈的统一事业斗争。1360 年（元至正二十年）又为维护东西察合台汗国统一做出贡献。元朝末年，朱元璋率领农民起义，土尔扈特部也参加了风起云涌的新疆农牧民起义，推翻了察合台汗国。15 世纪初，明朝依靠土尔扈特部支持，一时稳定了东西蒙古，随之正式确立了土尔扈特部的臣属关系。1426 年（宣德元年），克列亦惕部为迅速崛起的斡亦剌惕（瓦剌）部征服。1437 年，瓦剌部太师脱欢将其更名为土尔扈特。

　　四部卫拉特联盟建立后，土尔扈特部更为渴望安定统一，厌恶内讧，因而始终从大局和团结愿望出发，尽力忍让。但噶尔丹夺得卫拉特四部盟主之位后，采取一系列背离卫拉特法典的倒行逆施政策。为避免与兄弟部落因放牧草场紧张而引起纷争，1628 年（明崇祯元年）土尔扈特部首领和鄂尔勒克依然率所部五万余帐，辗转迁徙，万里跋涉，最后到额济勒河下游放牧，并在那里建立起独立自主的土尔扈特汗国，并始终与祖国和卫拉特兄弟部落保持联系。1771 年（清乾隆三十六年）他们不堪沙皇俄国强征压迫和掠夺，在渥巴锡汗率领下冲破沙俄围追阻截，历尽千难万险，重返祖国。"在此后的二百余年间，土尔扈特人身居新疆，为开发边疆，保卫边疆，前赴后继，艰苦创业。这一切在中华民族的奋斗史上，在我们统一多民族国家发展史上均留下了可歌可泣的辉煌篇章。土尔扈特人为了追求自由、向往故土、热

---

① "八河之地"，叶尼塞河上游，古秃马惕部驻地，有八条河在这里流出汇成谦河。

② 阿里不哥，成吉思汗第四子拖雷之幼子，蒙哥、忽必烈、旭烈兀之弟。

③ 海都，成吉思汗子窝阔台之孙，窝阔台汗国的实际创立者。忽必烈建立元朝后，海都以窝阔台后裔应是正统大汗继承人为由自立为大汗，并扶植其子笃哇为察合台汗国之汗，建立了窝阔台、察合台两汗国联盟，连年对元朝统治区发动战争。

爱故乡、反对侵略、不惜殉身的英雄行为，今天更是激励人们为创造美好生活而奋进的可贵精神遗产。"①

二 卫拉特乌日汀·道

四部卫拉特疆土辽阔，地理位置特殊，平原、丘陵、山川、戈壁柴达木，江河、森林、沙漠，动、植物，草原牧场，民俗民风，方言语境、宗教信仰等自然和人文资源极其丰富，几乎是应有尽有。该地区的诸多文化艺术形态和音乐现象都还保留着原生状态。得天独厚的自然滋养，一枝独秀的文化"土壤"，如高山流水般的妙音绝响，辽阔奔放的草原气息，色彩斑斓，格外引人入胜。那些源自阿尔泰山脉、鄂毕河流域、唐努乌梁海祖先的"浩林·潮尔""冒顿·潮尔""叶克勒·潮尔""托布秀尔"，以及乌日汀·道、包古尼哆（道）等极具纯度的原生态音乐传统和遗存就是鲜活的例证。

卫拉特人及其蒙古民歌在今天主要分布于：内蒙古的阿拉善额济纳和呼伦贝尔鄂温克旗；新疆博尔塔拉、巴音郭楞、和布克赛尔、阿尔泰、杜尔搏勒斤、塔尔巴哈台，阿尔山等十多个市、州、县；青海的海西、河南、海晏、祁连等州县；甘肃的肃北；黑龙江的杜尔伯特；蒙古国的科布多、阿尔泰、乌布苏、布拉干等省。在这广袤的大地上，流传、回响着题材丰富的"卫拉特"民歌。无论是婚宴、聚会，还是晚会、演出比赛等各种场合，时时处处都能欣赏得到卫拉特歌手们在尽显美妙动听的歌喉。

近年来，随着对卫拉特历史文化的深入研究，卫拉特的民间音乐文化也愈来愈引起众研究者的注目。针对"卫拉特民歌"的专题论坛、赛事逐渐增多。当地或者其他地区的专家学者通过采访民歌手以及整理、录制他们演唱的歌曲、音乐，拯救了一批有历史价值和深远意义的民歌资料。尤其把原汁原味的一部分民歌，以乡土歌手的歌喉、演

① 张体先：《土尔扈特部落史》，当代中国出版社1999年版，序言。

唱技巧和风格制作了 CD、DVD，永久保留了下来。

在此我们应该特别感谢：《肃北蒙古民歌集》的整理者楚·却扎布、劳·红宾；《博尔塔拉蒙古长调集》编委会；《和布克赛尔民歌集》的编者昭日格台；《阿尔山蒙古民歌选》的总编阿力雅；《呼伦贝尔斡亦剌惕民歌集》的整理者扎嘎玛德·森格；《青海蒙古民歌集》的搜集整理者策仁巴拉、贡热格玛；《新疆卫拉特叙事歌》的编辑者那·巴桑；《肃北蒙古人的"祝辞"集》的搜集整理者斯·都布沁、朝伦、山希；《额济纳土尔扈特长调》《阿拉善和硕特史诗歌》的主编勒·巴达玛、巴达拉胡、陶·额尔德尼巴图；专题论著《卫拉特蒙古民歌研究》的作者额尔敦毕力格、桂兰等众多的"无名英雄"。感谢他们在这项伟大的事业性"工程"中所做出的无私奉献。

清政府强化盟旗制度，虽然把蒙古人划分到不同的地域分散居住，但是未能阻隔漠南、漠北蒙古各部族之间的文化联系和往来。各地方的卫拉特蒙古人在其古老文化传统的基础上，依循自己的发展脉络一直延续至今，从未间断。其中，卫拉特乌日汀·道以其独特的音乐风格，薪火相传，传遍蒙古高原，并留下了不可磨灭的历史印记，不管在任何地方的卫拉特群娱活动，只要侧耳聆听，特色分明的"卫拉特"乌日汀·道风格清晰可辨。

下面对各地卫拉特乌日汀·道音乐形态分别加以分析。

在蒙古族传统音乐形态中，有一种共性化、模式化的核心特征，那就是自由性的"对仗原则"贯穿于所有蒙古族民歌体裁之中，而且因体裁和风格的不同而又呈现出个性化的特征。这一点几乎已经得到蒙古族音乐学界的普遍认同。而这种自由性"对仗原则"，在腔词关系、句式落音呼应关系、句幅结构、拖腔、调式调性等方面体现得更为鲜明而普遍。因此，本书将根据卫拉特乌日汀·道音乐形态实际情况，主要放在腔词关系、曲体句式及其落音关系、句幅结构、调式调性等音乐逻辑诸方面加以分析。

（一）新疆博尔塔拉乌日汀·道

现今新疆蒙古族，主要分布于巴音郭楞、博尔塔拉两个蒙古族自治州、和布克赛尔蒙古自治县，以及伊犁、塔城、阿勒泰等地区。主要由土尔扈特、和硕特、厄鲁特、察哈尔、喀尔喀、乌梁亥等部后裔组成。

博尔塔拉①蒙古自治州，简称"博州"，古有"西来之异境，世外之灵壤"之美誉。位于新疆维吾尔自治区西北边缘，东部与塔城地区相连，南部与伊犁哈萨克自治州相毗邻，北部与哈萨克斯坦共和国接壤，边界长达 380 千米，有"中国西部第一门户"之称。全州总面积 24896 平方千米，博乐市为自治州首府。自治区辖博乐市、精河县、温泉县和阿拉山口市以及赛里木湖风景名胜区，新疆生产建设兵团农五师及其所属 11 个团场分布于境内。自治州内聚居着 35 个民族，人口超过万人的有蒙古族、汉族、维吾尔族、哈萨克族、回族五个民族。其中蒙古族人口约 2.4 万人，约占新疆蒙古族总人口（蒙古族 18.5 万）的 13%。主要是卫拉特蒙古土尔扈特部默门图一支和察哈尔蒙古八旗兵的后裔。

境内的博尔塔拉河是博尔塔拉自治州最大的一条河流，也是新疆一条著名的内陆河。发源于空郭罗鄂博山的别洪林达坂，向东流经温泉县、博乐市后，在精河县境内接纳大河沿子河，后折向北偏东方向，注入艾比湖。全长 252 千米，流域面积 15928 平方千米。博尔塔拉蒙古人世世代代在博尔塔拉河流域放牧生息，创造着生生不息的蒙古族乌日汀·道音乐文化。

由新疆人民出版社出版的《博尔塔拉长调歌集》大概是新疆卫拉特蒙古民歌有谱读物的首部专著。它由"尊辈之歌""父母之歌""兄嫂之歌""姐弟之歌""亲朋之歌""恋人之歌""思乡之歌"和"他类歌"组成。《库克套亥之源》便是选自该集的"思乡之歌"。

---

① 博尔塔拉，蒙古语，意为"银色的草原"。

谱例1

库克套亥之源

新疆博尔塔拉民歌

歌词节选：库克套亥之源，布谷鸟在鸣唱；因为有慈父关爱，我们才幸福安康。

这是一首流行在新疆博尔塔拉的蒙古族中型体乌日汀·道，以歌颂伟大父爱为内容，由三段排比式结构歌词构成。

蒙古族乌日汀·道歌词，或以单句、或以两句置于旋律之下，抑扬顿挫，贴切自如。一般情况下，歌词虽以蒙语音阶结构规律和地方用语发音特点做"间断"式演唱处理，但词意表达是在其完整性秋毫无损的状况下进行的。乌日汀·道"词少，音多，腔长"的共同特点，在词曲中同样显露无遗。各种花腔，装饰音，诺古拉，尤其是卫拉特民歌所特有的演唱技巧"纳赫拉嘎"（nahilag）[1]，一般都出现在拖腔运行过程中。

---

[1] "纳赫拉嘎"，为优雅的曲线式润腔"诺古拉"，是卫拉特乌日汀·道所特有的演唱法。

运用五度相生调式体系分析乌日汀·道，我们就不难看出，《库克套亥之源》属于"D 宫—A 徵"的同宫调式交替。全曲分为上下对仗的两个乐句，每个乐句又各自有两个分句，由此构成 A（ab）B（cd）的曲体结构。

乌日汀·道音乐的句式落音呼应关系多以四五度正格、变格呼应为主、同韵呼应和色彩性呼应为辅。本曲 A 乐句之 a 分句起始，主音 do（d^1宫）就以连续同音强势频繁出现，间以高八度 do（d^1宫）的一次呼应，从而凸显出其宫调式特征；而 a 分句结尾却新颖别致的通过 la（b 羽）及其富有支撑意义的 relado（$e^1 - b - d^1$）的过渡，落音于带前倚音 mi（f^1）的 re（e^1）上。b 分句则依靠宫调式主音 do（d^2和 d^1）以及宫调式特征音 mi（f^1和 f）在拍节上的重要位置连续出现，最后平稳地落音于主音 do（d^1宫）上，从而构成 A 乐句 a - b 分句"商—宫"的色彩呼应。B 乐句完整的调式骨架音（sol \ do \ re）形成了徵调式的核心，强化了徵调式的稳定性，其 c - d 两个分句分别落音于 re（e^1商）和 sol（a 徵），构成"商—徵"的四度正格功能呼应。由此，上下两个大乐句的落音 do（d^1宫）和 sol（a 徵），构成稳定的五度变格功能呼应。

本曲旋律最大特点之一是：同音反复和级进连用的平稳进行，与四、五、六和七、八、九、十度跳进不止的跌宕起伏，交替转换，再加上疏密有致的"散板"节奏，灵巧多样的前后倚音和富有特色的甩音装饰，从而形成绵延起伏、逶迤流畅、婀娜多姿，以及深沉壮阔的旋律风格。此外，段落间多用短促换气的八分休止符，乐句间多由调式骨架音 do 或首或尾或首尾兼顾地"顶针式"链接等，显示出该曲旋法的另一特点。

（二）新疆博尔塔拉温泉乌日汀·道

温泉县隶属维吾尔自治区博尔塔拉自治州，位于新疆西北部，博尔塔拉河上游河谷地带，天山西段北麓、准噶尔盆地西缘，因境内有多处温泉而得名，主要有汉族、维吾尔族、哈萨克族、蒙古族、回族等19个民族，其中汉族人口占61.1%，聚居蒙古族较多。

温泉县蒙古族历史悠久，1762年始蒙古人就游牧生息在这片土地上，并产生了一代又一代富有艺术天赋、出类拔萃的民间歌手——哈瓦、诺日布、阿里巴尔、普日拜、阿拉泰、乌兰乌恒、巴赛、哈·巴音德力格、赞高等。如此底蕴带来的是温泉卫拉特民歌"香火"的生机勃勃和旺盛延续。《黄岩上的雄鹰》是温泉县乌日汀·道经典曲目之一。

谱例2

黄岩上的雄鹰

新疆温泉县卫拉特民歌

歌词节选：黄岩上的雄鹰哟，寓言传说般神奇；寺庙礼佛的众僧哟，顶礼膜拜袈裟衣。

这是一首针对寺庙僧人虔诚礼佛的宗教信仰类歌曲。

完整歌词后拖腔进行部分的"额"（e）、"噢"（o）、"吧"（ba）

等蒙语衬词的应用十分讲究。温泉县卫拉特民歌的韵味之彰显，衬词始终发挥着积极作用。

蒙古族民歌中，以羽调式、徵调式最为多见，宫调式次之，商调式较少见，角调式属罕见。《黄岩上的雄鹰》这首乌日汀哆，属少见但却十分典型而又别致的降 E 商调式。其鲜明特征是：（1）具有完全的调式骨架音羽和徵（la 和 sol）。（2）主音商（re）上下大二度（mi、do）并存，其中 mi 是主音上方邻级的徵类色彩音，do 是主音下方邻级的羽类色彩音。也就是说，商调式具有徵羽类兼备的混合色彩音，从而使商调式显示出阴阳平衡的中性特点。（3）在谱例第 3 行第 5、6 拍主音与两类混合色彩音转位进行（do↘mi↘re），更清晰显示出商调式性格。(4) 谱例第 1 行最后一拍包括倚音装饰的"do↘la↗mi↘re"四个音符的短小音调中，包含了商调式的主音（re）、属音（la）和上下大二度混合色彩音（mi 和 do），从而强化了商调式的稳定性。

该曲为"A（ab）B（cd）+附加乐句"的曲体形式。其中 A 乐句的 a 和 b 分句，分别落音于 e^2 和 e^1，构成相距八度的"商—商"同韵呼应关系；B 乐句的 c 和 d 分句分别落音于 d^1 和 e^2，构成相距九度的"宫—商"的色彩呼应关系。由此 A 和 B 乐句的落音为 e^1 - e^2 先低后高的"商—商"的同韵呼应关系，但后者似乎还不够稳定，所以，最后附加乐句又以落音 e^1（商）补充呼应而结束全曲。

该曲的旋律发展手法很有特点，如"前短后长"的短小特性节奏动机（包括"前 16 后延长"的一拍子节奏与多样的前倚音跳进装饰本音）"紧锣密鼓"地贯穿全曲，极富冲击力，不仅推动着旋律有序地繁衍发展，而且生动而逼真地描绘出"黄岩上的雄鹰"时而从山崖扶摇直上，展翅翱翔、上下翻飞、搏击长空，时而从云端俯视山川、迅疾俯冲，掠山过海、剪翅低翔的矫健强悍形象。以如此的音乐手法表达对佛教的信仰和僧人的崇敬，可从侧面反映出佛教在蒙古人精神生活中的崇高地位。

全曲结束于八分附点音符的主音 re（降 E 商）音上之后，迅速下甩到短小后置装饰音 sol↗do↘la 戛然而止，独特别致而富有韵味。

（三）新疆和布克赛尔乌日汀·道

和布克赛尔蒙古自治县属于新疆伊犁哈萨克自治州[①]，位于新疆准噶尔盆地西北部边缘，隶属塔城地区[②]。这里水草丰茂，历史悠久，曾是准噶尔汗国的统治中心，塔城地区则为准噶尔汗国核心地带。

史载，旧土尔扈特蒙古部游牧于以霍伯克萨里（今和布克赛尔）为中心的地带，东至布伦托海，西至察罕鄂博，北到额尔齐斯河，南止纳林河一带。清中期，东归清廷的新土尔扈特部族又在这里定居、繁衍生息。

和布克赛尔蒙古自治县由蒙古族、汉族、哈萨克族等19个民族组成，具备良好的地缘和资源优势，文化底蕴丰厚，这里是举世闻名的蒙古族英雄史诗《江格尔》的故乡；不但有史诗《江格尔》的传唱，还有精美绝伦的浩林潮尔（呼麦）、冒顿潮尔（胡笳），蒙古族最为古老弓弦乐器"叶克勒·潮尔"（马头琴前身）、弹拨乐器"托布秀尔·潮尔"，以及独具特色的萨吾尔登舞蹈等民间传统艺术的世代传承。而这里的乌日汀·道艺术，在保留蒙古族共同传统文化的同时，也形成了自己独特的音乐风格。

截至目前，和布克赛尔县已有"江格尔""蒙古族祝赞词""蒙古族长调民歌"三项国家级非物质文化遗产；有"新疆蒙古族托布秀尔音乐""新疆蒙古族奶酒酿造技艺"等8项自治区级非物质文化遗产及地、县两级非物质文化遗产40余项。

---

① 伊犁哈萨克自治州辖塔城地区、阿勒泰地区及州直八县二市。自治州内有新疆兵团农四师、七师、九师、十师四个师。自治州行政级别为副省级。

② 塔城地区，位于伊犁哈萨克自治州的中部，辖塔城市、额敏县、裕民县、托里县、乌苏市、沙湾县、和布克赛尔蒙古自治县五县二市。与哈萨克斯坦共和国接壤，边境线长546千米。

谱例 3

宝林嘎尔的灌木丛

新疆和布克赛尔民歌

歌词节选：宝林嘎尔的灌木丛，是博尔塔拉的风景；白发苍苍的母亲，是我的思念和崇敬。

这首乌日汀·道属于中型曲体，为六声音阶（变宫先后出现于 A 乐句前倚音和 B 乐句三连音），商调式异宫转换，这在卫拉特乌日汀·道中，比较少见。全曲是一对二词曲建构关系的典型"牧歌体"，即四句体一段歌词需两个相同旋律的短小乐段重复演唱完成，其实是在强调它的"触景生情"的歌唱性和抒情性。

该曲的异宫转换，是由 D 商调式转为 G 商调式，即转换了主音位置（转调性）。两个重复小乐段由完全相同的 A（ab）B（cd）的两个大乐句四个小乐句构成。A 乐句开始，两个带有四度前倚音的 sol 和 re 的五度上跳，已显示出本曲的商调式性格；一个变宫前倚音（si），则显示出本曲为六声音阶。a－b 分句句幅前短后长（5∶10 拍），属乌日汀哆牧歌体典型上下句式结构。a－b 分句落音为 A 羽—D 商，是四度正格功能呼应关系。B 乐句的 c 和 d 两个分句的落音均为 G 商，为同韵呼应关系。其中 c 分句前 10 拍可视为调式转换的过渡，其旋律骨架音 A 羽⤢D 商⤢G 徵既可为 D 商调式的 la⤢re⤢sol 功能音，也是转调后 G

商调式的 mi↗la↗re 的装饰先现。而 c 分句结尾的 "rere doremi re dore"（包括装饰音）中清角音的出现（尽管是前倚音），已经显示出该曲的第一变凡，而且这一短小音型是下五度 G 商调式主音 re（g¹商）上下大二度徵类色彩音 mi（a¹角）和羽类色彩音 do（f¹宫）的混合运用，进一步显示出 G 商调式性格特征，由此稳定地转换为 G 商调式。B 乐句之 d 分句所以能稳定地在 G 商调式中进行并结束，一是由于 do（F 宫）音反复在强拍上出现；二是结束音依然是主音 re（g¹商）上下大二度混合色彩音的运用，突出了 G 商调式的中性色彩。此外。过渡旋律段骨架音 A 羽↗D 商↗G 徵，以 G 商调式的 mi↗la↗re 的唱名再现，加强了 B 乐句的首尾呼应。

全曲旋律走向细腻、复杂而又不失高雅，大方，是一首激情满怀、抒情色彩浓烈而百听不厌的"家乡美景"的"母亲恩情"的盛赞之歌。两个重复乐段最后均在带前倚音的八分音符上戛然而止，给人以余音缭绕，思念不止之感。

（四）新疆准噶尔乌日汀·道

"准噶尔"这一地域名称，源于准格尔盆地古老的准噶尔蒙古部。准噶尔盆地位于新疆北部，西北为准噶尔界山，东北为阿尔泰山，南部为北天山，是一个略呈三角形的封闭式内陆盆地，曾是威震西北，成为清帝国西北最大边患的准噶尔汗国之腹地。1760 年冬天，准噶尔汗国灭亡，"准格尔蒙古部"的名称随之在历史上消失，但"准噶尔"的地区之名却保留下来。

清朝是我国历史上最后一个中央集权的封建王朝。为建立巩固的西北边疆，清朝平定了蒙古准噶尔部的叛乱后，将战后余生的一少部分准噶尔人组成"厄鲁特营"，部署在伊犁和塔城。其余大量准噶尔部民众被分散于喀尔喀、呼图克沁、土默特等蒙古诸部。也有一部分被编入察哈尔八旗，成为清军的作战力量。1762 年、1763 年连续两年，清廷于又将察哈尔官兵调至伊犁。1771 年，土尔扈特回归祖国后，清廷将由渥巴锡汗率领的原旧土尔扈特部安置在喀喇沙尔（今焉者）以北的裕勒都斯山、塔尔巴哈台的和博客萨里（今和布克赛尔）、库尔哈剌乌苏（今乌苏）、济尔哈朗和精河一带。由色楞率领的新土尔扈特安置在阿勒泰一带。同时将与土尔扈特一起回归的和硕特蒙古安置在博斯腾湖畔。统一新疆后，清廷改变了以往的"因俗而治"的藩部管理模式，设立行省，推行郡县制度，实行与内地划一的边疆政策，随后于1884年建立新疆省，为推进新疆经济的开发，清廷陆续从东北各省抽调满、锡伯、索伦（包括达斡尔）、察哈尔蒙古，乃至汉族（禄营）等各族官兵数万人携带家眷进疆。在长期的共同劳动、生活过程中，这些民族之间相互接触交往、混杂交融，乃至融合。

由上可知，现今准噶尔地区称谓虽存，准噶尔部蒙古人则大部分被分散、流失到蒙古高原大漠南北，或流亡到异国他乡。只有少部分被编入"厄鲁特营"的准噶尔人在伊犁和塔城留下了厄鲁特后裔。下面这首准噶尔部民歌是18世纪中叶准噶尔汗国灭亡之前的一首古老的乌日汀·道。能够流传下来，实为难得而弥足珍贵。

谱例4

天边的云彩

新疆准噶尔部民歌

歌词大意：天边云端能看到的，是高高的杭盖与希里；我心永远思念着的，是慈祥的阿爸和额吉。

这首歌曲产生的故事是："准噶尔的'诺彦'（王爷）名叫索努巴特尔。有人预谋加害，特地准备了一席酒宴给他发出邀请。索努的姐姐得知了这个阴谋，于是情绪紧张地唱出了这首乌日汀·道，以戳穿阴谋，告示天下。"①

就其词曲结合而言，极其别致。上下两个乐句之下，安置四句为一段的歌词，但一遍曲只能唱一句歌词。就是说，要述唱四遍曲方可完成一整段的歌词内容。如此建构词曲结构，也算将乌日汀·道"腔多词少"的特点发挥得淋漓尽致，实属罕见之列。

就音调逻辑分析，该曲为 E 商调式。全曲由 A（ab）B（cc`）短小四句式构成。A 乐句之 a–b 分句均落音于 do（$d^1$ 宫），是同韵呼应关系。B 乐句之 c–c`分句，实际是同一旋律句的变化重复，落音分别为 do（d^1 宫）—re（e^1 商），构成前后二度的色彩性呼应。由此，A 和 B 乐句的句幅前短后长，落音呼应关系亦是 do（d^1 宫）—re（e^1 商）的二度色彩性呼应关系，这在商调式中较少见。

该曲旋法也极为简洁，令人叹服。特别是下乐句仅 18 拍，相重复的音调就占 14 拍，但仍然起伏跌宕，绵延顺畅，既没有重复单调之感，又不失古朴典雅，从容大气之风。本曲甩、抛、回旋式唱腔技巧运用自如。紧扣主题思绪的半终止似的结束法，给人留有回味的空间。

（五）青海"德都"乌日汀·道

青海"德都"，系指青海蒙古族，约在 13 世纪 20 年代进入青海。关于"德都"一词，高·策仁道尔吉在其论文中通过三个方面的解释做出归纳："一、根据地势情形有'高'的含义；二、佛之圣地（指青海塔尔寺）为上的含义；三、取'德都'泛指'西蒙古'之概念。在藏、蒙典籍里有将'西方'视作'德都'的说法。"以下，是现"德都"蒙古部中流传的一首厄鲁特、和硕特乌日汀·道《在圣主的身边》。

---

① 纳·巴桑编：《新疆卫拉特蒙古叙事歌》，内蒙古科技出版社 1999 年版。

谱例 5

在圣主的身边

青海厄鲁特、和硕特民歌

歌词节选：在汗主的身边，各显本领共享欢宴。汗主至高无上，政体永固福禄齐天。

《在圣主的身边》属历史题材的"乃日"（盛宴）歌，"长型歌体"的"艾扎木·乌日汀·道"，旋律进行绵长恢宏，抒发情怀的"音乐性"特点贯穿始终，展示出"阳调"宫调式的豪迈气势。从这首歌里我们可以窥得"德都蒙古"之厄鲁特"寻巴特"①式下滑音风格的巧妙运用与其所处大自然地貌特点的结合堪称"天衣无缝"。

这是一首"词少腔长""一词多音"的典型例证。以呼吸点为乐句的长短，每句的起头音下方安有一、二、三个词不等，还有连贯唱出一个歌词后，余下的衬腔均用蒙古语元音"a、e、i、o、u"等口腔发音状态最为理想的音韵来衔接。

该曲为 F 宫单一调式，但结构庞大，洋洋洒洒，长达 90 余拍，这在乌日汀·道中属于罕见之列。

从词曲结构方面来说，该曲为"词曲异构"，即一段词需要唱两遍曲才能完成，属于变化重复的"牧歌体"。

从曲体结构方面分析，全曲为重复的两个乐段，每个乐段各有上下对仗的乐句及其分句，如此构成 A（ab）B（cd）—A^1（a^{1}b^1）B^1（c^{1}d^1）的两个重复乐段四大乐句八个分句的长大曲体。

从乐句与分句落音呼应关系来看，第一乐段 A 乐句 a 分句落音为 sol（c^{2}徵），b 分句落音于上扬下甩的 do（f^2），构成"徵—宫"的四度正格功能呼应关系；而 B 乐句之 c 分句落音于不太稳定的高音区切分音 do（f^2），d 分句则落于低八度三拍子半的长音 do（f^1），构成"宫—宫"的高低同韵呼应关系。由此，A 和 B 两大乐句落音自然也是 do（f^2）—do（f^1）高低同韵呼应关系。

第二乐段的变化重复，虽然在旋律上和节奏上有局部微小变化和展开，但乐句和分句的落音关系均与第一乐段完全相同。

---

① "寻巴特"，蒙古语，下潜之意。比喻歌曲演唱时的"下滑音"状态。

此外，该曲运用了一些特性音调贯穿、音调重复等多种旋律发展手法。如：（1）A乐句a分句的句首特性音调sol↗doremiremisollasol·，先后在B乐句之c分句、第二乐段的A之a`、B之c的句首变化重复，从而贯穿全曲，并成为识别四个分句的首要标志。（2）A乐句a分句句中的特性音调solladoredoredo↘la先后在a分句句中高八度变化重复，其后又在B乐句之d分句原位重复；而这些变化重复和原位重复又在第二乐段得以完全再现，从而成为又一特性贯穿音调。以上特性音调贯穿除了成为辨别句式的标志外，更重要的是加强了全曲长大曲体及其绵延不断旋律的统一性。

（六）甘肃"肃北"厄鲁特乌日汀·道

如前所述，厄鲁特（额鲁特）是清代卫拉特蒙古人的汉译别称，但这里的厄鲁特蒙古人则是专指1760年（乾隆二十五年）准噶尔汗国灭亡后的原准噶尔部众，他们惧怕清廷的围剿追杀，不再敢用准噶尔部名称，遂改为"厄鲁特"称谓。这些"厄鲁特蒙古人"，后来主要分散于中国新疆西北部的伊犁州以及内蒙古西部的阿拉善、青海、甘肃肃北和东北部的呼伦贝尔大草原。此外，蒙古国科布多省、色楞格省、乌布苏省也有不少厄鲁特蒙古人；俄罗斯的阿尔泰自治共和国的阿尔泰蒙古人也是厄鲁特蒙古的一部分。故，现代厄鲁特人基本是古代准噶尔蒙古人的后裔。

厄鲁特蒙古人的民间文化及教育发达，在西部以民歌众多著称。厄鲁特蒙古人普遍善于弹奏蒙古族传统潮尔类弹拨乐器——托布秀尔，乐器所发出的音律动听，声调清脆，犹如大自然的流水之音。托布秀尔可用于《江格尔》史诗伴唱和西部蒙古民间舞蹈"萨吾尔登"。

"雪山卫拉特"是肃北蒙古人的美称。

在笔者的采访中，肃北蒙古族自治县乌日汀·道传承人巴图孟和的长兄，退休干部吉木彦，向笔者介绍了肃北乌日汀·道的一些知识："肃北民歌以它的曲调特点分为'斯尔登'（即'马鬃山'）和'希日嘎拉吉'（即'盐池湾'）两大风格流派。'斯尔登'类型的歌，曲调

悠长而音域宽广，十分动听，能原汁原味地唱出这类歌的代表性人物
是我弟弟巴图孟和等人；而'希日嘎拉吉'类型的歌，曲调相比之下
要短小一些，相当于你们说的'短长调'吧，以'短顿音'作收尾是
它的特点。我熟悉的，演唱这类歌曲的代表性歌手叫博音娜。'希日嘎
拉吉'是在我们肃北生长的一种草本植物，春天开花时整个草原、山
谷被一片黄色所覆盖。'希日嘎拉吉'既是花名又是地名。肃北民歌中
有一首著名的《十二个祝福》的说唱型乌日汀·道。能唱这首乌日
汀·道的民歌手仅剩都布勤和山希等屈指可数的几个人。他们被邀请
到肃北当地和区内外各种礼仪场合，参加表演、赛事活动等，展示技
艺并多次获奖。听老人们说，我们肃北地区共有 101 首传统民歌在民间
流传。"

谱例 6

富饶的穆立德之源

肃北厄鲁特民歌

　　歌词节选：嗡！富饶的穆立德之源，置身其中感到骄傲；"诺彦"①虽然还年轻，待若上宾才是道。

　　肃北民歌固有的"游牧韵律"十分浓郁，旋律高潮部分犹如祁连山的起伏跌宕，曲调构成给人以新颖别致的感觉。《富饶的穆立德之源》属"雅歌"范畴，有尊客饮宴色彩。

　　在五声调式的阴阳色彩对比中，宫调式和角调式是两个最为极端的调式：按"五度相生"规律，宫调式主音（do）以外的其他四个音级全部在属方向向上依次五度相生（do↗sol↗re↗la↗mi），从而"阳刚之气"最旺，故称"阳调"。角调式主音（mi）以外的其他四个音级则全部在下属方向向下依次五度相生（mi↘la↘re↘sol↘do），从而"阴柔之气"最浓，故称"阴调"。徵调式除主音（sol）外，有三个音级在属方向依次五度相生（sol↗re↗la↗mi）；另外一个音级（do）以五度相生于主音（sol）之下（sol↘do），从而阳刚多于阴柔，故以"亚阳调"称之。羽调式则相反，在主音（la）属音方向只有一个五度相生音级（sol↗re），而在下属方向却有三个音级依次五度相生（la↘re↘sol↘do）从而阴柔多于"阳刚"，故以"亚阴调"称之；商调式由于属方向和下属方向各有两个音级（re↗la↗mi 和 re↘sol↘do），属于"阴阳均衡"，故以"中性调"称之。

　　《富饶的穆立德之源》是一首中型歌体乌日汀·道。属阴性的 B 角调式，这在蒙古族民歌中为罕见。角调式由于缺少了一个功能音（属音 si）而增加了一个羽类色彩音（do，角调式的独有的特征音），从而使角调式成为五声调式中特别富有色彩性的调式。而这首角调式乌日汀·道所以特殊还在于：一般角调式歌曲的特征音（do），多依赖于主音下方的下属音（la）而较少依赖主音上方的大二度音 re。可是在该曲中出现 19 次的特征音 do（G 宫），除 4 次同音反复外，其余 15 次全部进行到 re（A 商），而没有一次进行到 la（E 羽），故独特

----

①　"诺彦"，蒙古语，官员之意。

而弥足珍贵。

本曲属于"词曲异构"的牧歌体。全曲为 A（ab）A¹（a¹b¹）句式结构，A¹乐段是 A 乐段的变化重复，故称其为变化重复的"词曲异构"。

该曲 A 乐段之 a 分句一开始，旋律就开始运用"宽折型'诺古拉'"式演唱技巧两次徐缓上行级进，刚触摸到 re（a²）的高位音后，便以两拍的 16 分音组"阶梯式"迂回下行，最后突然低八度下落于全曲最低音 la（e¹）而结束 a 乐句；其后 b 分句旋律又两次迂回级进上升，最后结束在似不稳定的 mi（b¹）的落音上，上下两个分句形成角调式的五度变格落音呼应。

（七）阿拉善和硕特乌日汀·道

1686 年（清康熙二十五年），卫拉特和硕特部鄂齐尔图汗被准噶尔部首领噶尔丹击败。1677 年，顾实汗孙和罗里①率和硕特余部庐帐万余东移，途经青海大草滩，最后到达阿拉善地区。1697 年（康熙三十六年），设旗编佐，正式设置阿拉善和硕特旗。1961 年分阿拉善左、右两旗。

"阿拉善和硕特史诗歌，额济纳土尔扈特乌日汀·道歌节奏自由，从曲调和演唱技巧的角度来说宽广舒缓、悦耳动听，有多种风格各异的装饰音，充满朝气蓬勃，积极向上的情调是他们的共同特点。"②

---

① 和罗里，阿优喜巴彦阿布海之长子，鄂齐尔图汗之侄，号额尔和吉农。
② 鲁·巴德玛总编：《阿拉善蒙古民族歌集——和硕特夏司特尔民歌》，内蒙古人民出版社 2008 年版。

谱例7

遥远的和布克赛尔

阿拉善和硕特民歌

歌词节选：遥远的和布克赛尔，两匹褐色马在逗留；想起亲爱的小妹你，备好那双骑寻故土。

这是一首远离故乡的男子思念情人的"爱情类"民歌。主要流传在阿拉善额济纳旗土尔扈特蒙古部落民间。由四个乐句构成，每个乐句的起音拍子下置一个单元歌词，句尾处携后缀词的衬腔加装饰音的完成曲。

这是一首描写爱情的史诗乌日汀·道，F 羽调式，两个乐句上下对仗的短型歌体形式。全曲句式结构为 A（ab）B（cd）。A 乐句之 a 分句通过反复强调的主音 la（f^1羽）表现出稳定的羽调式特性，但结束音落在属音 mi（c^1角）上。而 A 乐句之 b 分句的结尾以四度上跳到高八度 La（f^2羽），形成与 a 分句高十一度的正格功能落音呼应。其后，在呼吸处约停留 1/4 拍后立即大幅度下跳到十一度的属音 mi（c^1角）而进入 B 乐句 c 分句，经过下行级进和短暂低音区徘徊后，突然由切分后的下属音 re（$^\flat$b）七度上跳和三度级进，最后稳定于两拍半的 mi 音（c^2角）上，成为 c 分句的落音。进而，以其 16 音符的双甩音 solla 再次达到该曲顶点音 la 而又突然十一度大跳下落 mi（c^1角）音进入结尾

（d 分句），经过 miredo 的徐缓下行级进后又八度上跳到 do（a—a¹），最后落于主音 la（f¹ 羽），与 c 分句落音 mi 形成四度正格功能呼应关系而结束全曲。如此，A 和 B 乐句的句式落音必然是 mi（c² 角）—la 音（f¹ 羽）的四度正格功能呼应关系。

该曲音调平稳徐缓与大起大落相结合，既跌宕起伏又留有遐想空间，表现心荡神驰，充满深沉自信之情怀。

（八）阿拉善"额济纳"① 土尔扈特乌日汀·道

回归清廷的土尔扈特蒙古部落，分新旧两部，旧部"土尔扈特"居住于足日都斯、乎日喀拉乌苏一带，新部"土尔扈特"居住于库布图西南一带。此外，内蒙古阿拉善盟的额济纳和甘肃省西部县域也有一部分土尔扈特人。

谱例 8

科布多的大树

阿拉善土尔扈特民歌

《科布多的大树》属短型曲体（besereg）思乡歌，在额济纳土尔扈特蒙古人中享有"希望之歌"之誉。歌体虽短，但音乐形态特征独特

---

① "额济纳"，旗名，位于内蒙古自治区最西端，境内多为无人居住的沙漠区域。额济纳与马可·波罗元朝时记录的"亦集乃"同义，国外一些历史研究专家称其为匈奴最早的首都。在土尔扈特蒙古语中，"额济纳"有"先祖之地"的含义。

鲜明。主要有三：

其一，上下对仗原则下的三句式结构。本曲由三句式构成，需用三口气唱完一个乐段，由此自然生成 a－b－c 三个分句。可是，本曲歌词为四句式，依据"词曲异构"的"一对二"词曲关系，四句歌词要唱两遍才能完成。就是说，每两句歌词就形成了一个唱段。本曲第二句歌词，由于词中和词尾都有拖腔而使歌腔句幅较长，需要两口气才能唱完，相应的下乐句随之分为两个分句。由此，全曲形成 A（a）—B（b－c）句式结构。

其二，词少腔长的歌腔形态。此特点以 B 乐句更为突出，短短的一句歌词"布谷鸟在歌唱"，其歌腔长达两个分句 23 拍。这主要是由乐句词尾拖腔所致，其中"百灵鸟儿"（b 分句）末节词尾"儿"的拖腔（b 分句第 3 拍首音 do 开始）长达 8 拍；而"在歌唱"（c 分句）末节词尾"唱"的拖腔（c 分句带前倚音的 3 拍长音 do 开始）竟达 11 拍。

其三，鲜明的徵调式特点。此曲徵调式的阳刚色彩贯穿始终，A（a）乐句开头在中音区起句的旋律，包含着 re（属音）sho（主音）do（下属音）等徵调式骨架核心音，所以首先明确了徵调式的性格；其次，绵延起伏上行级进到 do（$\flat b^1$ 宫）之后，又突然六度下跳，以 mi re do 音型，使 A 乐句落音于低八度 do（$\flat b$ 宫），进一步显现出徵调式稳定性；B 乐句 c 分句本来结束在歌词"在歌唱"的末尾音节"唱"的 3 拍长音 do（$\flat b^1$ 宫）上，但似乎还不够稳定，故随着其拖腔游移至 do－la－sol（$\flat b^1$－g^1－f^1），最后落音于延长的 3 拍主音 sol（f^1 徵）上，从而构成 A 和 B 上下乐句"宫—徵"（do－shol）的五度变格落音呼应关系。

（九）呼伦贝尔厄鲁特乌日汀·道

呼伦贝尔厄鲁特部落位于内蒙古呼伦贝尔草原鄂温克旗境内。

1731 年（雍正九年），清廷在与准噶尔汗国和通淖尔①大战之后，将一部分归顺的厄鲁特人迁往呼伦贝尔，游牧于今锡尼河南、伊敏河东地区。这一部分厄鲁特蒙古因先期迁来，称为陈厄鲁特。1757 年（乾隆二十二年），清军彻底摧毁准噶尔汗国后，将又一大批被俘的准噶尔人迁居呼伦贝尔，称新厄鲁特。

呼伦贝尔的厄鲁特民歌，由"厄鲁特的风俗赏、生活赞、父母恩、子女孝、友朋福、祖先训、乡土情、情人恋等内容的歌曲组成"②。生活在呼伦贝尔的厄鲁特蒙古族虽然仅区区数百人，但他们保留和保护了相当数量的本族民歌遗风和遗产。以下这首《海桑黑骏马》风格古朴醇厚，手法简洁内敛，歌腔虽然还没有拖腔和诺古拉，但已经显现出宽广悠长，节拍舒展自由的早期牧歌体基本特点，属于短小型歌体，但"麻雀虽小，五脏俱全"，是数百年前牧歌体准乌日汀·道"雏形"之作。具体分析如下：

谱例 9

海桑黑骏马

呼伦贝尔民歌

---

① 和通淖尔，"淖尔"，湖之意。和通淖尔是位于今蒙古国巴彦乌列盖省境内阿尔泰山脉中的一个淡水湖。

② 请参见扎嘎莫德·森格《呼伦贝尔之厄鲁特民歌》，内蒙古人民出版社 2009 年版。

　　歌词节选：海桑①黑骏马，穿越在杭盖希里；把尊贵的三圣；一块儿请到坐席。

　　从广义上来讲，这也是一首"宗教习俗类"歌曲，富含"饮宴"的风格色彩。本曲虽然短小，但在腔词关系、曲体结构、句式落音、音调逻辑等多方面，均显现出乌日汀·道"牧歌体"上下对仗的基本原则。

　　首先，在腔词关系上，本曲属于"词曲异构"，即一段歌词，要由两遍基本重复的曲调完成，从而形成了"一对二"的词曲对仗结构。其次，相比前述各例之乌日汀·道，《海桑黑骏马》的歌词配置要紧凑得多，每个乐逗的起句均有歌词，且拖腔音的长度一般很少有超四拍子的。当然，乌日汀·道时值的长短与演唱时歌者对节奏快慢和拖腔运行过程中添加技巧性成分的多寡的掌控有着必然的关联。

　　在曲体结构方面，每一遍曲都是一个完整的短小乐段，重复的两遍曲构成了前后对仗关系的两个小乐段。而乐段内又首先有两个对仗的乐句，每个乐句又有各自短小而对仗的两个小分句，由此构成 A（ab）B（cd）句式的对仗乐段。

　　在句式落音关系方面，A 乐句 a－b 小分句的落音关系为 do（c^1 宫）—re（d^1 商）的二度色彩呼应；而 B 乐句 c－d 小分句的落音关系为 do（c^1 宫）—sol（g 徵）的五度变格功能呼应。由此，A 与 B 两个乐句的落音关系必然是 re（d^1 商）—sol（g 徵）的四度正格呼应。

　　该曲音调逻辑严谨精密，环环相扣。仔细分析，不禁拍案叫绝。如：本曲开始"前 16 音符"的特征节奏型"×××——"共出现 5 次，贯穿全曲始终，其中 3 次出现于分句之首，2 次出现于分句之中，成为推动和统一全曲旋律发展的动力性节奏。又如：特性骨架音调 a 小分句的 mi↗sol↗la↘mi↘do↘la 与其变体 c 小分句的 mi↗sol↗do↘la↗

---

　　① "海桑"（haison），有四种解释：其一，铜制锅具；其二，小巧的木栅栏；其三，赛马用障碍物；其四，人名。根据歌词通体分析，综合这四种解释，取其"矫健、灵敏"之引申含义较妥。

do, 占全曲主导地位。通观全曲, b 小分句是 a 小分句的呼应; c 小分句是 a 分句的衍化; 而 d 小分句 lalasol 是 b 小分句中 mimire 小乐汇的下五度模进, 在此却成了 c 小分句之精要补充。可见, 《海桑黑骏马》这首呼伦贝尔厄鲁特准乌日汀·道, 其旋法之简练精妙, 实为罕见, 令人赞叹。

附 件 二

《蒙古秘史》英译本整理汇集

John Charles Street, *The Language of the Secret History of the Mongols*, American Oriental Society, 1957.

Wei Kwei Sun, M. A., (Alig.), *The Secret History of the Mongol Dynasty*, The Modern Press, 1957.

Halliday, M. A. K., *The Language of the Chinese "Secret History of the Mongols"*, Published for the Society by B. Blackwell, 1959.

Arthur Waley, *The Secret History of the Mongols: And other Pieces*, George Allen Unwin, 1963.

Arthur Waley, *The Secret History of the Mongols, and other Pieces*, New York: Barnes & Noble, 1964.

Kuo - yi, Pao, *Studies on the Secret History of the Mongols*, Research Institute for Inner Asian Studies, Indiana University; Mongolia Society, Incorporated, 1965.

Igor de Rachewiltz, *Index to the Secret History of the Mongols*, Indiana University; New York: Order from Humanities Press, 1972.

Cleaves, *The Secret History of the Mongols: For the First Time done into English out of the Original Tongue and Provided with an Exegetical Commentary*, Harvard University Press, 1982.

Paul Kahn, *The Secret History of the Mongols : The Origin of Chinghis Khan*, North Point Press, 1984.

Onon, Urgungge, *The History and the Life of Chinggis Khan*: *The Secret History of the Mongols*, E. J. Brill, 1990.

Pao, Kuo – yi, *Studies on the Secret History of the Mongols*, Taylor & Francis Group; Macmillan Publishers NZ, Limited [Distributor], 1997.

Igor de Rachewiltz, *Index to the Secret History of the Mongols*, Taylor & Francis Group; Macmillan Publishers NZ, Limited [Distributor], 1997.

Paul Kahn, *The Secret History of the Mongols*: *The Origin of Chinghis Khan* (Expanded Edition): An Adaptation of the Yu an ch ao pi shih, based primarily on the English Translation by Francis Woodman Cleaves, Cheng & Tsui Co., 1998.

Professor Onon, *The Secret History of the Mongols*: *The Life and Times of Chinggis Khan* (Institute of East Asian Studies), 2001.

Translated with a Historical and Philological Commentary by Igor de Rachewiltz, *The Secret History of the Mongols*: *A Mongolian Epic Chronicle of the Thirteenthcentury*, Brill, 2004.

Arthur Waley, *The Secret History of the Mongols*: *A Saga of Epic Battles, Betrayal, Love, Tyrants and Prisoners in Ancient China*, Routledge; Taylor & Francis Group (Distributor), 2005.

Igor de Rachewiltz, *The Secret History of the Mongols*: *A Mongolian Epic Chronicle of the Thirteenth Century* (*Brill´s Inner Asian Library*) 2 *vol. set*, Brill Academic Publishers, 2006.

M. A. K. Halliday, Jonathan J. Webster, *Studies in Chinese Language*, Continuum. 2009.

The Arthur Waley Estate, *The Secret History of the Mongols*: *And Other Pieces*, Routledge, 2011.

Onon, Professor Urgunge, *The Secret History of the Mongols*: *The Life and Times of Chinggis Khan*, Routledge［Imprint］; Taylor & Francis Group; Macmillan Publishers NZ, Limited［Distributor］, 2012.

Bela Kempf, *Studies in Mongolic Historical Morphology*: *Verb Formation in the Secret History of the Mongols*, Harrassowitz Verlag, 2013.

附件三

中国《蒙古秘史》文学研究
百年历程（1917—2017）

　　"蒙古秘史学"已成为国际性的专门学科，其研究在国内外的历史、文学、语言、哲学、政治、经济、军事等诸多领域里展开已久。况且，国内的《蒙古秘史》文学研究亦已历经其属性研究为主的开端、文本研究为主的发展、审美研究和比较研究以及文化研究为主的全盛等几个阶段。本书从属性研究、文本研究、审美研究、文化批评、比较研究等几个方面着手，试图全面梳理近一百年的国内《蒙古秘史》文学的内部和外部研究情况。

　　《蒙古秘史》是国内外诸多领域之诸多学者所关心的热点之一，其研究始于 14 世纪，发展于 19—20 世纪初，盛于 20 世纪末到 21 世纪初，如今已成为国际性的专门学科。《蒙古秘史》是一部"浸透'史诗'情绪，善于运用叙事诗文体，并常常进行叙事诗写作的蒙古草原贵族阶级的作品"①。1989 年联合国教科文组织召开的第 131 次委会会议上，一致通过了如下决议：《蒙古秘史》在艺术、美学、文化及语言上的价值，在蒙古文化史上独一无二的，它是人类精神财富宝库中的一份珍贵遗产。《蒙古秘史》的语言之美、诗学之妙、审美之魅等文学维度之最皆取决于其本身的复杂性和多样性。历来，国内外的学者执

----

① ［苏联］Б. Я. 符拉基米尔佐夫：《蒙古社会制度史》，刘荣焌译，中国社会科学出版社 1980 年版，第 16 页。符拉基米尔佐夫引用巴尔托德的观点。

着于探索"秘"之旅，挖掘其文史哲等诸方面的内在及外延含义，创建了史前未有的成果。

广义上讲，国内《蒙古秘史》（含《元朝秘史》）的研究史可分为三个阶段，即资料整理阶段（明代）、文本编纂和译注阶段（清代）、现代意义上的研究阶段（清代之后或从 20 世纪至今）。资料（古籍）整理阶段的代表性事件为，《蒙古秘史》原文《成吉思合汗的根源》（Cinggis Qaɣan－u ujaɣur）和《成吉思汗的根源（或源流—小林高四郎）》（Cinggis Qan－u ujaɣur）的编写、修订，并译成汉文。再者，《元朝秘史》录入黄虞稷所撰的《千顷堂书目》。文本编纂和译注阶段里诞生诸多抄本、刻本、校勘本等各种版本的《秘史》之外，出现李文田的译注本及许多考证文章。

现代意义上的研究阶段始于 20 世纪初。1917 年还原成蒙古文的《蒙古秘史》文本及 1926 年的《蒙文〈元朝秘史〉跋》等论著开辟了中国的"秘史学"大门。本书试图梳理近一百年的国内《蒙古秘史》文学研究情况。

狭义上讲，国内的《蒙古秘史》文学研究历经了其属性研究为主的开端、文本研究为主的发展、审美研究和比较研究以及文化研究为主的全盛等几个阶段。开端：《秘史》的属性研究（性质）——本质论；发展：文本研究（语言、史诗体、诗歌、人物形象）——作品论；全盛：审美研究——鉴赏论、文化批评、比较研究。

一　开端——属性研究

从"绝对的史学著作"到"也是相当有价值的文学作品"的观点转换，《蒙古秘史》（以下一般简称《秘史》）的属性研究经过了必经之路。

对于《秘史》的历史文献价值问题上国外学界已分成三方。一方是蒙古国学者毕拉、法国学者格鲁塞为代表的史学家和作者，"把《秘史》作为他们了解成吉思汗生平的主要资料，但是他们也十分清楚该作品的史诗格调和偏好，诸如若干重大事件的不确之处"①，另一方是英国的阿瑟·韦利、日本的冈田英弘和村上正二等学者，他们认为"《秘史》作为历史记载，几乎毫无价值"②。村上正二其《〈蒙古秘史〉解说》一文中提道，《秘史》"是在英雄史诗出现以前的诸氏族的历史乃至依据口传的各氏族的传说汇集而已"③。"所谓历史的记述，也不过是与英雄史诗的情形相同，是将事情的主角游牧英雄作为中轴展开了故事情节，而不是以年代为标准记录的历史。换言之，把各个汇总起来的故事连接起来，不过是想要表明一个历史传奇而已。"④ 冈田弘英认为是"一部伪造的历史小说"⑤。还有一方是比较中庸的，有伯希和、符拉基米尔佐夫、韩百诗（L. Hambis）和拉奇涅夫斯基。罗依果也属于这一类，他认为"《秘史》是恰如其分的信息库"，"极其特殊的文献"，"《秘史》确实是史诗体编年史，而不是英雄史诗"。由于这一局面定型之后，真正意义上的中国"秘史"文学研究才开始，因此，研究刚起步时就同样遇到了如何定位"秘史"的问题。

（一）历史的，还是文学的

国内较早关注《秘史》的学者是成德公龙奔，于 1917 年他把叶德辉版的《元朝秘史》还原成蒙古文。序里提道"在漠北蒙古地区未能搜集到比较完整的蒙元时期史传，不过布里亚特学者 Ts. 扎木查拉诺在我们的外部蒙古任职时得到了一部以汉字标音形式拼写蒙古文的元朝秘史 12 卷"⑥。很显

---

① 格日乐主编、德力格尔副主编：《蒙古学研究年鉴》（2010 年卷），内蒙古社会科学院，2011 年版，第 211 页。

② 同上。

③ 内蒙古社会科学院情报研究所编：《蒙古学译文选》（历史专集），内蒙古社会科学院，1984 年版，第 135—136 页。

④ 同上书，第 136 页。

⑤ 冈田英弘：《〈元朝秘史〉，一部伪造历史的小说》（英文），《第三届东亚阿尔泰学会会议记录》，台湾：台湾大学，1969 年，第 194—205 页。

⑥ 斯·特日格乐、苏雅拉图主编：《〈蒙古秘史〉研究丛刊》第 1 辑（1）（蒙古文），内蒙古文化出版社 2013 年版。

然，成德公认为《秘史》是史传和历史文献。据相关研究，另一份蒙古国馆藏的成德公译本"不详细，很简略。《秘史》里有几百首诗，可是在这译本里一首也没有，把原诗或变为长文，或删去了大部分"①。成德公认为《秘史》是史料，因而那些文学话语有无皆无所谓。如同成德公的观点，王国维对《秘史》的研究也是从史学出发的，其《蒙文〈元朝秘史〉跋》（1926）、《元朝秘史之主因亦儿坚考》（1927）、《蒙古札记》（1927）等相关研究，校注《秘史》以及对《秘史》所记史事的考证足以证明他的立场，而且"相当出色地解决了蒙古史上的重大问题"②。其后，进行复原《秘史》的文人布和贺西格也认为《秘史》是历史著作。③ 贺希格巴图的手写稿《蒙古秘史》④，阿拉坦敖齐尔的《蒙古秘史》⑤ 都没有撰写前言后记。

如上所述，到1948年策·达木丁苏荣版的《秘史》在内蒙古出版为止，国内的《秘史》学者们认定为《秘史》是历史著作。舍·纳楚克道尔吉的序言和策·达木丁苏荣的绪论中提到："《秘史》不仅仅是历史文献，也是蒙古族文学典籍。因为，《秘史》以民间文学为基础的，而且较完美地展示了蒙古语韵律、修辞、散韵体例等特点。"⑥ 国

① 阿尔达扎布：《关于成德公还原并翻译的〈元朝秘史〉》，《内蒙古社会科学》1991年第2期；斯·特日格乐、苏雅拉图主编：《〈蒙古秘史〉研究丛刊》第1辑（9）（蒙古文），内蒙古文化出版社2013年版。

② 余大钧：《从王国维的蒙古史研究论王国维学术研究的基本特点》，《中国蒙古史学会会议论文集》，内蒙古人民出版社1983年版，第71页。

③ 斯·特日格乐、苏雅拉图主编：《〈蒙古秘史〉研究丛刊》第1辑（6）（蒙古文），内蒙古文化出版社2013年版。

④ 格什克巴图译，策·阿拉腾松布尔、苏雅拉达来注释：《格什克巴图译元朝秘史》（蒙古文），内蒙古人民出版社2001年版；斯·特日格乐、苏雅拉图主编：《〈蒙古秘史〉研究丛刊》第1辑（8）（蒙古文），内蒙古文化出版社2013年版。

⑤ 斯·特日格乐，苏雅拉图主编：《〈蒙古秘史〉研究丛刊》第1辑（7）（蒙古文），内蒙古文化出版社2013年版。

⑥ 斯·特日格乐、苏雅拉图主编：《〈蒙古秘史〉研究丛刊》第1辑（9）（蒙古文），内蒙古文化出版社2013年版，第1—5页。

内《秘史》学者们参考并接受了他们的学术观点，从此，《秘史》的属性被认可为双重性，至少一部分学者开始从文学的角度研究《秘史》。

问题被提出到被解决必定经过实践与理论循环的一段过程。《秘史》学的文学视角被一部分人认可，并且认可简化易懂的达木丁苏荣版《秘史》，但注重《秘史》历史属性的学者不怎么认同。谢再善认为："研究蒙古史的人皆很注重元朝秘史，因为那是蒙古史最原始的史料。"① 译者认为达木丁苏荣的编译本"已不是秘史的本来面目"，之所以他所译的《蒙古秘史》还可出版，是"以供研究蒙古史的参考"。② 历史学家眼里《秘史》"是一部叙述元朝开国并震动世界的东亚英雄成吉思汗的一种实录，也是一部很难得的元朝开国初期的直接史料。而且大部分是'当事人自述甘苦'；所以亲切生动独具一格"③。如上述般，《漫谈〈蒙古秘史〉》（姚从吾语）里谈过《元朝秘史》在史源学上的性质。历史学家们认为"本书的性质——不是民间作品，也不是当时文史学者的私人著作。而是'敕修'的官书，是蒙古人在蒙古本上写出的。是成吉思合罕及其黄金家族的秘密历史，是大蒙古国开国时期的第一部用畏兀体蒙古字记载下来的机密国史"④。《蒙古秘史》是"编年体蒙古族历史著作"，缘由为"汗挺大会，决定编纂一部记录蒙古族族源和历史的圣书"，而且"窝阔台大汗积存心中已久的一桩夙愿"，"也是窝阔台大汗临终前做的最后一件伟大事业"。⑤

《秘史》是历史的还是文学的，看似基本的、简单的问题却一直被大家讨论，而且必须表态的学术热点而存在着。

---

① 佚名撰，谢再善译：《蒙古秘史》，开明书店 1951 年版，译者序第 3 页。
② ［捷克］帕·普哈：《〈蒙古秘史〉是史料和文学作品》（蒙古文），《蒙古语文》1957 年第 10 期，第 28—49 页。
③ 扎奇斯钦：《蒙古秘史新译并注释》，台北：联经出版事业公司 1979 年版，第 6 页。
④ 甄金：《蒙古秘史学概论》，内蒙古人民出版社 1996 年版，第 13 页。
⑤ 王黎明：《犬图腾族的源流与变迁》下，第 2 版，黑龙江人民出版社 2012 年版，第 321 页。

（二）历史文学名著

解决问题的方法便是"专题研究"，即以《秘史》的文学性为主题的论著及其具体研究。关于其文学性的具体或个案研究我们放到本部分的第二个内容里进一步探讨。例如，巴·格日勒图①、特·赛音巴雅尔②、A. 费多托夫③等学者在国际会议上发表过《蒙古秘史》的文学性为专题讲座。色道尔吉、色音、张荣刚、严明等学者专门讨论过《秘史》的文学性。

《秘史》的内容有双重性，④ 其文学价值注重体现在以下几点：第一，独特的语言风格成为以后的蒙古族文学语言产生了很大的影响。第二，奇特的艺术构思和巧妙的安排表明了 13 世纪时蒙古族文学已发展到较高的水平。例如，讷忽昆战役的描写是《秘史》艺术成就的精华。第三，成功地塑造了很复杂的人物形象，这些文学艺术成就充分体现《秘史》的文学艺术魅力及价值。⑤

对《秘史》而言，"文学是其表现形式，历史则是他的实际内容"⑥。其后，大多学者认同"此书围绕着'一代天骄'成吉思汗的生平事迹，以编年的体例，传记文学的手法，生动地描绘了 12—13 世纪

---

① 巴·格日勒图：《论〈蒙古秘史〉的文学意义》，《内蒙古大学学报》（蒙古文版）1989 年第 2 期；巴·格日勒图：《蒙古人的原始思维与文学——〈蒙古秘史〉的文学价值》（蒙古文），《内蒙古师范大学〈蒙古秘史〉国际学术讨论会》（文学分会），呼和浩特，1988 年。

② 特·赛音巴雅尔：《〈蒙古秘史〉的文学性及意义》，《内蒙古师范大学〈蒙古秘史〉国际学术讨论会会议论文目录》，《内蒙古师范大学学报》（蒙古文版）1989 年第 1 期。

③ ［俄］A. 费多托夫：《〈蒙古秘史〉的文学性》（英文），《内蒙古师范大学〈蒙古秘史〉国际学术讨论会》（文学分会），呼和浩特，1988 年。

④ ［蒙古］色道尔吉：《略谈〈蒙古秘史〉的文学特征》，《民族文学研究》1990 年第 4 期。

⑤ 色音：《试评〈蒙古秘史〉的文学价值》，《黑龙江民族丛刊》1986 年第 1 期。

⑥ 张荣刚、严明：《〈蒙古秘史〉的文体特征——与中国历史散文及讲史说话相比较》，《东疆学刊》2002 年第 1 期。

蒙古草原上的时代风云"①。很显然，文学界的《秘史》学家们都认可其文学性或双重性。而且，亦邻真、巴雅尔、道润梯步、宝力高②、包文汉、张吉焕③等学者的立场是比较中庸的，他们认为"《秘史》是蒙古民族语言、文学、历史的第一部重要文献，也是世界名著之一"④。"有文的历史，无文的文学。"⑤ "一部蒙古族最古老的历史文学典籍。"⑥ 他们都认同《秘史》的双重性。亦邻真先生认为"它首先是一部史书"。（teüken sudur）⑦ 而且 "《秘史》是公认的蒙古族文学经典作品"⑧。

（三）问题的必要性

《秘史》应属于哪个门类，该不该继续讨论下去呢？据李盖提的话说，关于《秘史》究竟应该是历史或是文学的争论，大多不会有结果的。⑨ 当然，国内学术界未有过强烈的争论，不过纷纷表示各自的立场，选择自己的研究视角，然后开展了进一步的研究。但是研究"秘

---

① 张玉安主编，北京大学东方学研究院编：《东方研究》，蓝天出版社 1999 年版，第 110 页。

② 宝力高：《〈蒙古秘史〉的民族形式》（蒙古文），内蒙古教育出版社 1984 年版。

③ 张玉安主编，北京大学东方学研究院编：《东方研究》，蓝天出版社 1999 年版；蒋大椿、陈启能主编：《史学理论大辞典》，安徽教育出版社 2000 年版，第 77 页。

④ 巴雅尔标音：《蒙古秘史》上册（蒙古文），内蒙古人民出版社 1980 年版，第 15 页。

⑤ 道润梯步：《新译简注〈蒙古秘史〉》，内蒙古人民出版社 1978 年版，第 6 页。

⑥ 张建华、薄音湖总主编：《内蒙古文史研究通览》（文化卷），内蒙古大学出版社 2013 年版，第 510 页。

⑦ 齐木德道尔吉、乌云毕力格、宝音德力根编：《亦邻真蒙古学文集》（蒙汉合璧——蒙），内蒙古人民出版社 2001 年版，第 281 页。

⑧ 同上书，第 717 页。

⑨ 格日乐主编，德力格尔副主编：《蒙古学研究年鉴》（2010 年卷），内蒙古社会科学院，2011 年，第 214 页；呼日勒巴特尔：《〈蒙古秘史〉文学研究述评》（蒙古文），《蒙古语言文学》1986 年第 2 期。

史"的史学家和文学家大多都思考过其属性问题,[①] 他们认为有必要说一二。

首先需要厘清基本概念。怎么定位"历史文学",历史文学的概念是不是一对一呢? 显然不是,历史文学有两种含义,一是"史著的文字表达。其基本要求是准确、生动,虚实简繁得当。准确,即要准确地表达出所要表述的史实;生动,即在准确的前提下要尽量富有文采,使史著具有可读性。历史千头万绪,史料浩如烟海,任何史著容量总有限度,因而其文字表述应虚实简繁得当,重点突出"。二是"以历史为题材的文学作品,如历史戏剧、历史小说等"。[②] 第一种类与其说是历史文学,不如说是史书。《蒙古秘史》属于此类,这一类作品的第一属性为历史的,第二属性才是文学的。属于第二种类的是纯文学著作。某种意义上讲,基本概念的泛滥导致了一些不必要的争论。蒙古文论著里混用"历史文学"teüken uran joqiyal 或 teüken joqiyal、"史书"teüke bičilge 等概念,再加上"历史文学"概念有两种意义,这些基本理论的模糊性导致了一些辩解。

其次需要考虑古代与现代的区别。以现代的文学分类和分类标准而衡量古籍时,不能忽略其独特性。《蒙古秘史》是百科全书,文史哲不分家时期的产物。本质上既是历史著述,又是文学作品,也包含政治、经济、军事、宗教、哲学等学科知识,如此独特的复杂性已决定其属性的多样性。

最后的结论为,《秘史》"首先是一部史书,其次公认的文学经典"(亦邻真),"《蒙古秘史》是史料和文学作品"(帕·普哈),"确实是史诗体编年史,而不是英雄史诗"(罗依果)。《秘史》既是古代蒙古三大历史文献之一,又是蒙古族古典文学三大高峰之一。其双重性是客观存在,因此不会某个主观色彩而改变。

---

① 陶克涛:《毡乡说荟——陶克涛文集》,社会科学文献出版社2013年版,第320页。《〈蒙古秘史〉设问》一文中也探讨了《元朝秘史》之性质问题。

② 蒋大椿、陈启能主编:《史学理论大辞典》,安徽教育出版社2000年版,第77页。

二 发展——文本研究

随着《秘史》的文学性开始被认可的同时，其文学性的具体研究也已开始。如从《秘史》的组成部分着手，讨论其史诗性、韵文性能、人物形象，试图挖掘文本的"言、象、意"等不同层面的含义，解说《秘史》的文学之谜。

（一）民间文学性研究

维谢洛夫斯基、符拉基米尔佐夫等学者认为《秘史》的特征在于它是一部浸透着叙事诗风格，充满着"草原气息"的编年史。[1] 大多学者也认同他们的观点，即《秘史》的第二属性为文学，而且"展示自己史诗时代的史诗性作品"[2]。所谓的史诗性不只是简简单单的史和诗的结合，而是指具有英雄史诗性质的作品。美国学者 L. 摩斯以列维和奥林·克莱波等人提出的判断标准衡量《秘史》的史诗因素，他认为"有两项在《蒙古秘史》中大量出现过：一是超自然的祖先，二是寻找失去的朋友、妻子和家园"[3]。蒙古族学者呼日勒莎认为《蒙古秘史》是史诗时期的作品。[4]《秘史》的成书年代及其文风决定了史诗性，毕竟是蒙古族最早期的书面文学，又是口头文学的基础上成形的作品，因而"运用了英雄史诗的表现手法和母题"[5]，处处包含着口头文学的

---

① ［苏］Б. Я. 符拉基米尔佐夫著：《蒙古社会制度史》，刘荣焌译，中国社会科学出版社 1980 年版，第 16 页。维谢洛夫斯基、符拉基米尔佐夫等学者认为《秘史》的特征在于它是一部浸透着叙事诗风格，充满着"草原气息"的编年史。

② 杨义：《中国古典文学图志》（10—14 世纪），生活·读书·新知三联书店 2006 年版，第 358 页。

③ ［美］L. 摩斯著：《〈蒙古秘史〉的传奇成分》，依赫译，《蒙古学资料与情报》1990 年第 1 期。

④ 呼日勒莎：《〈蒙古秘史〉中的英雄史诗根源》，《内蒙古师范大学学报》（蒙古文版）2001 年第 3 期。

⑤ 张炯、邓绍基、郎樱总主编，刘扬忠本卷主编：《中国文学通史》（宋辽金文学）第 3 卷，江苏文艺出版社 2013 年版，第 328 页。

各种因素。显然，史诗因素是其中重要的因素之一。

国外的《秘史》之史诗研究始于 1937 年的《喀尔喀蒙古英雄史诗》①。国内的史诗（或民间文学因素）研究始于 1962 年发表的《关于〈蒙古秘史〉中的远古民歌及成语》② 及《试论〈蒙古秘史〉中的神话传说》③。学者们认为《蒙古秘史》的内容很丰富，包括史诗—纳忽昆之战④、弘吉拉特民歌、以牧民生活为主题的民谣，谚语（jüiyr üge）、格言（seč en üge）、瘾语（yogta üge）、成语（qabutu üge）、歇后语（qošung üge），都蛙锁豁儿的神话、阿阑豁阿的传说、孛端察儿的传说、人类起源神话等民间文学素材。

《秘史》里记载的传说作为母传说在传播和演化过程中产生了很多子传说。比如，五箭训子的传说在流传的过程中产生了很多子传说，《世界征服者史》《史集》《水晶鉴》等文献记载中演化出了相关的传说。⑤"笔者不同意把整个《秘史》看作'传说的汇集'，但承认传说在《秘史》中确实占了很大的篇幅。如果缺少了那些传说，《秘史》的故事情节也许很难展开。尤其，古史传说是《秘史》之所以能够被创作出来的主要前提之一。因此，古史传说在整个《秘史》研究工作中理应占有很重要的地位。"⑥ 因此，《秘史》史诗性和传记性是《秘史》

---

① 格日乐主编，德力格尔副主编：《蒙古学研究年鉴》（2010 年卷），内蒙古社会科学院，2011 年，第 213 页；鲍培：《喀尔喀蒙古英雄史诗》，1937 年莫斯科俄文版，1979年布鲁明顿英文版，The Heroic Epicof The Khalkha Mongols，Indiana University Press。

② 巴·格日勒图（B. 格日勒吐）、哈图：《关于〈蒙古秘史〉中的远古民歌及成语》，《内蒙古大学学报》（蒙古文版）1962 年第 2 期。备注，汉文目录上写着"元朝密史"。

③ 彭斯格、乌云、恩和：《试论〈蒙古秘史〉中的神话传说》，《内蒙古大学学报》（蒙古文版）1962 年第 2 期。

④ 满昌：《〈蒙古秘史〉的文学性》（蒙古文），《蒙古语言文学》1982 年第 2 期。

⑤ 色音：《浅析〈蒙古秘史〉中的古史传说》，《内蒙古社会科学》（蒙古文版）1991 年第 3 期。

⑥ 同上。

的主要民族形式。①

杭爱②从比较的视角分析《秘史》与纯史书《史集》《圣武亲征录》《元史》的有关内容，并认为《秘史》的个别内容是虚构的，而个别内容是将若干年间发生的若干历史事件加以重新编排统归一处记述的结论。从而得出这便是《秘史》纪传文学性特征之体现。呼日勒莎③评价日本学者莲见治雄的《〈蒙古秘史〉中的民间文学研究》④。除外，佟·乌日汗⑤分析过《秘史》的族源传说、历史传说、口传诗歌—祭赞词、训谕诗、箴言、格言等民间文学元素。

总而言之，史诗和传说是《秘史》的主要文学特征。因此，对《秘史》的概念为其"作者充分利用神话传说，对蒙古族起源及民族形成的史料，形象化加以叙述"⑥。《秘史》不是史诗，只是具有史诗因素的文学作品。这般的定义及其前提就是《秘史》的历史属性。学者们认可《秘史》的一部分内容为真实历史的基础上，进一步分析文学性。因而，所谓的史诗性应是蒙古族口头文学转变成书面文学时期的特殊性。

（二）诗歌研究

诗歌可理解为"韵文、诗歌、格言、颂词"。《秘史》的诗歌研究由诗歌元理论、种类及其艺术成就三个方面开展。

_____

① 宝力高：《〈蒙古秘史〉的民族形式》（蒙古文），内蒙古教育出版社 1984 年版。

② 杭爱：《试论〈蒙古秘史〉纪传文学性特征》，《内蒙古师范大学学报》（蒙古文版）1995 年第 1 期。

③ 呼日勒沙：《〈蒙古秘史〉的民间文学探索》，《内蒙古民族大学学报》（蒙古文版）2001 年第 2 期。

④ ［日］莲见治雄：《〈蒙古秘史〉中的民间文学研究》（蒙古文），内蒙古文化出版社 1999 年版。

⑤ 佟·乌日汗：《〈蒙古秘史〉民间文学元素研究》（蒙古文），硕士学位论文，内蒙古师范大学，2017 年。

⑥ 张吉焕：《〈蒙古秘史〉研究初探》，张玉安主编、北京大学东方学研究院编：《东方研究》，蓝天出版社 1999 年版。

"诗前诗"叫什么？蒙古族诗学家巴·布林贝赫阐释《秘史》诗歌的过程中探究其究竟，得出 14 世纪蒙古人借用"Sloka"（首卢伽）之前把所谓的诗歌称为双联韵"qošiy－a qolbuγ－a"[①] 的结论。蒙古国的 sh·嘎达巴称它为韵律词"kemneltetüüge"。《秘史》成书年代比蒙古族文学术语"Sloka"早将近一个世纪。"《秘史》里名词'daγu'出现 14 次，大多时用以汉文的儔兀（tav′u）擣兀（tav′u）注音，偶尔标注为倒兀（tav′或 tav′u）。[②]"他们所谓的双联韵"qošiy－a qolbuγ－a"、韵律词"kemneltetüüge"、"daγu"或儔兀（tav′u）擣兀（tav′u）等"诗前诗"就是古代蒙古诗歌的原始形态。"不是诗词但优美，不是歌曲但悦耳"[③] 的一种存在。

据统计，《秘史》一书中将近 1500 行[④]或 1400 多行[⑤]，共计 122 首诗歌。种类包括史诗片断、外交辞令、赞歌、训诫、礼仪歌、讽刺歌、婚礼歌、游牧歌、誓言愿词、悲歌、怨言和各种谚语、俗语、格言等。[⑥] 最初的《秘史》却没有韵散体之分，但后来出现的各种《秘史》版本里记载的诗歌由韵文、散文、散韵结合的不同形式存在，不过不能惯性地认为所有韵体文都是诗歌，而散体文不属于诗歌。通过研究发现，韵文体部分里也有联韵词。[⑦] 因《秘史》及其创作年代和撰写风格的特殊性，而其内容元素分析也有独特性。该观点颠覆了以往的观

---

① 巴·布林贝赫：《诗前诗——从〈蒙古秘史〉的韵文看古代蒙古诗歌的原生形态》，《内蒙古大学学报》（蒙古文版）2003 年第 5 期。

② 巴·格日勒图：《儔兀，及从首卢迦、诗到》，《内蒙古大学学报》（蒙古文版）2009 年第 1 期。

③ 同上。

④ ［蒙古］策·达木丁苏荣、达·呈都：《蒙古文学史》（蒙古文），内蒙古人民出版社 1982 年版。

⑤ ［蒙古］达·策仁苏德纳木，《蒙古秘史》（蒙古文），乌兰巴托，2000 年。

⑥ 张吉焕：《〈蒙古秘史〉研究初探》，张玉安主编、北京大学东方学研究院编：《东方研究》，蓝天出版社 1999 年版。

⑦ 巴·布林贝赫：《诗前诗——从〈蒙古秘史〉的韵文看古代蒙古诗歌的原生形态》，《内蒙古大学学报》（蒙古文版）2003 年第 5 期。

念，并提供了非常有参考价值的研究视角。

《秘史》诗歌的艺术成就或其内部研究应当是蒙古族学者不容推辞的任务。《秘史》的韵味既是本民族文化的优良传统，又是口传历史的真实写照。策·达木丁苏荣、巴·布林贝赫、纳·赛西雅拉图①、道·德力格尔仓②等老中青各代学者皆有所研究。尤其是巴·布林贝赫的观点较有代表性，他认为"《秘史》的诗歌有两个特点，即韵律和意象"③。

到目前为止，《秘史》诗歌的整体特征、诗段和诗行的结构特征、诗歌音韵的研究都有所成果。纳·赛西雅拉图的结论为《秘史》的诗歌有历史性、应用性、书面与口头诗歌混合性、不完全独立性等特征。道·德力格尔仓认为，欧式诗歌和古代汉文格律诗有严格的规律，相对而言，《秘史》的诗歌行数及字数比较随意的。正如上述所说，探究《秘史》诗歌的整体特征之外，其诗段的结构特征为联韵为主，两个或两个以上的头韵式诗行而组成的；④ 其诗行的结构特征由二、三、四或五之以上词组或句子组成的。⑤ 学者们通过《秘史》诗歌音韵的进一步研究，⑥ 得出蒙古族诗歌的音韵规律早在 13 世纪就已成熟的结论。除外，探讨过《秘史》诗歌的弊端，⑦ 如语法方面有连词多或少的现象，韵律方面和词句方面也存在不妥之处等。上面所指出的缺陷是撰写或

---

① 纳·赛西雅拉图：《〈蒙古秘史〉的诗歌研究》，《内蒙古师范大学学报》（蒙古文版）1989 年第 1 期；纳·赛西雅拉图：《〈蒙古秘史〉的诗歌特征》（蒙古文），《蒙古语言文学》1989 年第 2 期。

② 道·德力格尔仓：《从〈蒙古秘史〉诗歌看蒙古传统诗歌形式》，《内蒙古大学学报》（蒙古文版）1989 年第 2 期。

③ 巴·布林贝赫：《〈蒙古秘史〉的诗学特点》（蒙古文），《金钥匙》1989 年第 1 期。

④ 阿拉坦苏和：《〈蒙古秘史〉的诗段》（蒙古文），《蒙古学研究》2009 年第 4 期。

⑤ 达木林扎布：《〈蒙古秘史〉的诗行》（蒙古文），《蒙古学研究》2009 年第 4 期。

⑥ 道·德力格尔仓：《〈蒙古秘史〉的诗歌音韵》（蒙古文），《蒙古学研究》2009 年第 4 期。

⑦ 道·德力格尔仓：《〈蒙古秘史〉诗歌的有些缺陷》（蒙古文），《蒙古学研究》2012 年第 3 期。

流传过程中产生的小错误，不过分析诗歌的深层意义时适当地考虑为好。

综上所述，分析《秘史》的诗歌不可按现在意义上的诗歌概念和诗歌规律衡量，其形式随意、具有书面与口头混合性，并且完美地展现了蒙古族古代诗歌的原始形态及其丰富性与独特性。其后的蒙古诗歌在传承着《秘史》诗歌的形式与内涵之魅，其内容的丰富性与形式的多样性滋养着本民族每个时期的诗歌史。

（三）人物形象研究

《秘史》全文记载了400多个人物，这些人物及其形象可分成三个体系：巴塔赤罕、脱罗豁勒真伯颜、俺巴孩罕为代表的历史叙述性人物形象体系；成吉思汗、札木合、王罕、"四狗"、"四骏（杰）"为代表的描述性人物形象体系；孛儿帖赤那、豁埃马阑勒、都娃锁豁儿、阿阑豁阿、孛端察儿为代表的神化性人物形象体系。[①] 进一步的具体人物形象研究均属于描述性人物形象分析，可分为英雄形象和女性形象两大类。

英雄形象：此处是指男性英雄形象。诸多文章注重分析到正面英雄代表铁木真和反面英雄代表札木合的形象，并且这些英雄形象围绕诸多战争的开始、发展、结束而被塑造的越来越成熟。因为《秘史》"对战争的描写虽有两军对垒，一刀一枪的战争画面，但其对战争的描写的着力点更多地集中于人物刻画及人物性格的展示"[②]。关于英雄形象：

第一，《秘史》的英雄形象是原型性形象。他们是活生生的人。如，《秘史》中的成吉思汗（铁木真）形象是蒙古族文学中的原型性形

---

① 扎格尔：《〈蒙古秘史〉人物形象体系》，《内蒙古师范大学学报》（蒙古文版）1989 年第 3 期。

② 希木格：《〈蒙古秘史〉战争描写艺术》（蒙古文），硕士学位论文，内蒙古大学，2014 年。

象。① 作者采用现实主义的写法，毫无掩饰地描写了人物的勇敢、直率等好的一面，同时如实地记录了残酷、暴力等不好的一面。② 之后问世的编年史《黄史》和历史小说《青史演义》中的成吉思汗形象皆为原型加神化、加理想化的形象。《秘史》中的札木合形象也如此，"〈秘史〉中的札木合形象并非是被否定之反面形象，其形象基本贴近历史真实，而〈青史演义〉中的札木合形象已成为完全被否定的反面形象"③。换言之，历史文献与历史小说的根本区别导致同一个形象的不同塑造。

第二，《秘史》的英雄形象包括正反面英雄。而且，札木合形象的确定历经了些许过程。如初期"反复无常的政客"④ 到"有着军事头脑和常人的性格缺陷的失败的英雄"⑤ 的观点转变。

女性形象：《秘史》里有事件、有语言的女性人物多达16人。⑥ 主要关注的是阿阑豁阿、诃额仑额客、孛儿帖兀真，有些文章涉及也遂、也速干、忽兰等妃子，豁阿黑臣、阿勒塔泥、桑昆的掌马随从之妻等连名字都没有的下层女性。噶尔迪、王素敏、温斌⑦、梁美恋⑧、翁欢等学者专门探讨过《秘史》的女性形象。

---

① 巴·苏和：《蒙古文学与成吉思汗》，《黑龙江民族丛刊》2004 年第 5 期。

② 姜淑萍：《〈蒙古秘史〉和〈青史演义〉里的成吉思汗形象比较》（蒙古文），《西部蒙古论坛》2013 年第 2 期。

③ 阿拉坦陶格斯：《〈蒙古秘史〉与〈青史演义〉之札木合形象比较》（蒙古文），硕士学位论文，内蒙古师范大学，2015 年。

④ 乔·贺希格陶克陶：《成吉思合罕与札木合薛禅——谈〈蒙古秘史〉的人物》，《民族文学研究》1987 年第 4 期。

⑤ 王素敏：《乱世草原英雄本色——〈蒙古秘史〉札木合形象的重新定位》，《阴山学刊》2003 年第 2 期。

⑥ 王素敏：《红妆看史，巾帼魅力——〈蒙古秘史〉女性人物探讨》，《阴山学刊》2005 年第 4 期。

⑦ 王素敏、温斌：《中国古代草原文学研究》，南开大学出版社 2014 年版。

⑧ 梁美恋：《独支天穹的柔弱之肩——试述〈蒙古秘史〉中女性地位及其重要性》，《北方文学》2012 年第 9 期。

第一，形象的定位：诃额仑兀真是《秘史》里的女一号。"实事记载得最多，最具体的"，"心胸直率、慈祥施恩"①，"美好的心灵、坚强的性格、坦荡的胸怀、伟大的母爱"②，典型的智慧性母亲形象。阿阑豁阿"不仅是美丽的'白鹿'，而且具有神话般的勇气和智慧"③。孛儿帖兀真"文静而有见识"④，宽厚大量的国母形象。也遂妃"美丽而又贤德聪慧"⑤，贤内助的形象。

第二，形象的分类：一种分类是母亲形象、妻子形象、下层女性、异族女性等。另一种为"成吉思汗黄金家族在执政史上充当大理石柱底的—阿阑豁阿、诃额仑额客、孛儿帖兀只，成吉思汗的得力助手也遂、也速干、忽兰"⑥ 等。

第三，形象背后的原因：《秘史》的女性形象及其成就的主要缘由为 12—13 世纪时蒙古女性的社会地位的提升与巩固的体现，再者就是她们自身的"勤劳质朴的生活方式、英勇坚韧的顽强性格、果敢聪慧的灵活头脑、善良宽厚的人格魅力"⑦ 等闪亮点成就了诸多女性形象。

相对而言，《秘史》中的女性形象及其论述不够全面，但是那些"白鹿"参与了蒙古部落的统一大业，奉献毕生，起到了重要作用。并

---

① 噶尔迪：《古代蒙古族妇女的英雄代表——略述〈蒙古秘史〉中的女豪杰们的事迹》，《西北民族大学学报》1987 年第 3 期。

② 王素敏：《红妆看史，巾帼魅力——〈蒙古秘史〉女性人物探讨》，《阴山学刊》2005 年第 4 期。

③ 扎拉嘎：《关于"苍狼白鹿"的美丽传说及其他》，《民族文学研究》1990 年第 4 期，第 80 页。

④ 翁欢：《浅析〈蒙古秘史〉中女性文学形象》，硕士学位论文，陕西师范大学，2014 年。

⑤ 王素敏：《红妆看史，巾帼魅力——〈蒙古秘史〉女性人物探讨》，《阴山学刊》2005 年第 4 期。

⑥ 噶尔迪：《古代蒙古族妇女的英雄代表——略述〈蒙古秘史〉中的女豪杰们的事迹》，《西北民族大学学报》1987 年第 3 期。

⑦ 翁欢：《浅析〈蒙古秘史〉中女性文学形象》，硕士学位论文，陕西师范大学，2014 年。

且，由于女性形象的出色而《秘史》的形象体系变得更完整、更有
特色。

除此之外，属于《秘史》内部研究的叙事艺术研究也已起步，那
顺巴雅尔的《蒙古文学叙事模式及其文化蕴涵》、哈日夫的《蒙古文学
叙事学》、甄金的《〈蒙古秘史〉编纂时序剖析》中探讨过《秘史》的
叙事特点，而且色吉拉夫、孟根娜布其①做过专题研究。从《秘史》的
写作材料、叙事视点、叙事时间、叙事结构等几个方面分析，总结其
叙事形式与手法，认为《秘史》采用叙事形式来再现历史，正是这种
叙事形式使其具有了文学性。

三　全盛——审美研究、文化批评、比较研究

（一）审美研究

1. 庄严之美

庄严之美②，亦称英雄之美或刚性之美。"蒙古族审美观念核心和
根本是刚性之美。"③ 然而，《秘史》的刚性之美主要表现在于以铁木真
为代表的正面英雄和以札木合为代表的反面英雄的塑造。如，《秘史》
里的铁木真和札木合两位主人公及其内心的强大表现了庄严之美。④ 英
雄和刚性两个概念里同样包括男和女，即男性英雄和女性英雄。⑤ 然
而，英雄和刚性两个概念的细微差别便是刚性之美里包括马的形体健
美。所以，对庄严之美可理解为英雄的阳刚之美加英雄之马的形体

---

① 孟根娜布其：《〈蒙古秘史〉叙事艺术研究》（蒙古文），博士学位论文，中央民
族大学，2010 年。

② 哈斯其木格：《〈蒙古秘史〉之塑造形象的审美情怀》，《内蒙古师范大学学报》
（蒙古文版）2005 年第 4 期。

③ 杨晶：《刚性之美，蒙古族审美观念研究》，博士学位论文，华东师范大学，2009 年。

④ 哈斯其木格：《〈蒙古秘史〉之塑造形象的审美情怀》，《内蒙古师范大学学报》
（蒙古文版）2005 年第 4 期。

⑤ 扎拉嘎：《关于"苍狼白鹿"的美丽传说及其他》，《民族文学研究》1990 年第
4 期。

之美。

　　学术界通常认为庄严、英雄或阳刚的具体内涵为"力"和"勇"。《秘史》里对英雄的"喻体多数为烈兽猛禽或牡牛、骏马等力量型动物，追求英雄、崇尚英雄的审美取向"①。"古代蒙古人把对力的崇拜放在审美的最高位置上。""但仅有'尚力'的一面是不够的，还必须配之以勇，即那些被称为英雄的人，必须既有本领又有勇气，勇于和各种敌人战斗并获得最后的胜利。以力和勇衡量人体美的这种传统，在当今的蒙古族意识中仍占有相当重要的地位。"② 不过《蒙古秘史》的英雄观"在发生着变化。由最早的单纯对'力'与'勇'，至部落联盟时期则演变成了与'信义观'相联结的新标准；而到了阶级社会，又增加了'忠诚观'的新内容。《蒙古秘史》思想体系的主要因素源自于民族传统文化的最基本的内涵，它所体现的英雄观来自于蒙古族游牧文化所培育的民族性格和民族精神"③。

　　"力"和"勇"为核心的英雄观实现了把英雄史诗里的"神"转换为"人"。《秘史》里体现的英雄观可称为蒙古族传统英雄观的核心。

　　2. 生态之美

　　弗莱彻（J. Fletcher）④ 从生态与社会学的角度研究过 12—13 世纪的蒙古社会，而《秘史》便是第一手资料。

　　《秘史》里记载的生态描写及其观念的关注度不高。国内有温斌、哈日夫⑤等极少数学者探讨过《秘史》的生态之美。他们认为《秘史》

---

　　① 莫日根巴图：《〈蒙古秘史〉逻辑思想研究》，辽宁民族出版社 2014 年版，第 132 页。

　　② 王素敏、温斌：《中国古代草原文学研究》，南开大学出版社 2014 年版，第 103 页。

　　③ 同上书，第 101 页。

　　④ Joseph Fletcher, The Mongols：Ecological and Social Perspective, Harvard Journalof Asiatic Studies, Vol. 46, No. 1（Jun. , 1986）, pp. 11–50. http：//www. jstor. org/.

　　⑤ 哈日夫：《论〈蒙古秘史〉所显示的自然美学观》（蒙古文），《内蒙古师范大学〈蒙古秘史〉国际学术讨论会》（文学分会），呼和浩特，1988 年。

是一部典型的生态文学作品。而且"它突出地反映着蒙古民族对待自然世界的生态思想，同时也蕴涵着淳朴而深厚的生态审美特色。可以概括为：原始朴素的生态天然美、和谐稳定的生态整体美、客观平等的生态交融美"①。

除此之外，还有些文章分析《秘史》的悲剧之美②，人物的性格之美③和形象之美④，通过撰写珍视团结、颜色象征与数字象征等方面表现的思想之美⑤等种种美的探索正在展开。

（二）　文化批评

真正意义上的《秘史》文化批评尚未成型，作为新兴起的研究方法，待进一步的拓展。"当代的外部研究则集中在文本的生产与消费、体制、政策、技术与传播方式等。""人们在结构主义之后所关心的并不完全是知识本身，而是知识之所以成为知识的建构方式，即真理的生产与传播方式。"⑥ 显然，如今除了《秘史》文本研究之外，需要进一步解释"知识之所以成为知识"或"经典之所以成为经典"的缘由。

1. 文化成分研究

关于《秘史》之所以成为知识或之所以称为经典方面还未专门分析过，但有些文章中提到过。⑦ 迄今为止，还没有专门分析过的原因应

---

① 温斌：《民族文化交融与元代少数民族作家创作》，吉林大学出版社 2015 年版，第 9 页。

② 哈斯其木格：《〈蒙古秘史〉之塑造形象的审美情怀》，《内蒙古师范大学学报》（蒙古文版）2005 年第 4 期。

③ 巴特尔：《〈蒙古秘史〉的人物性格之美》，《内蒙古师范大学学报》（蒙古文版）1989 年第 1 期。

④ 莫·郝思：《〈蒙古秘史〉艺术形象的美学形式》（蒙古文），《内蒙古师范大学〈蒙古秘史〉国际学术讨论会》（文学分会），呼和浩特，1988 年。

⑤ 其其格：《〈蒙古秘史〉之美》，《内蒙古民族师范学院学报》（蒙古文版）1989 年第 4 期。

⑥ 王晓路：《西方文论关键词——文化批评》，《外国文学》2014 年第 3 期。

⑦ 满全：《关于经典作品相关问题》，《内蒙古师范大学学报》（蒙古文版）2010 年第 2 期。

是从未有人怀疑过其经典性。不过有些学者思考过《秘史》的形成及外部文化的关联问题。换言之，探讨过经典之作《秘史》的文化成分。

乌力吉、图亚、张双福等学者进行过这方面的研究。《秘史》中有印藏文化的痕迹。① 他们透过语言材料探索其中的印藏文化痕迹，认为蒙古人与印藏文化有过接触，由于有些人名、地名、物名在发音上与藏语相似，文本中又出现与佛教有关的个别词，有些没有旁译或旁译不统一的词以藏文解释或从梵文的角度思考就能够解释得通等。张双福认为，《秘史》不但受到印度语言文化的影响，而且也受到希腊文化艺术的影响。关于希腊文化艺术对《秘史》的影响，② 笔者将《秘史》里记载的札木合和太阳汗的对话以及《荷马史诗》里的特洛亚王子帕里斯和海伦的对话进行比较，得出两组对话神相似，"这种写法就如一个模子刻出来似的"。显然，《秘史》与希腊文化之间的关系是有可行性，笔者试图"抛砖引玉"，只做了初步的研究，望后人做深入研究。

2. 文化精神研究

《秘史》包含着蒙古族英雄文化、游牧文化精神和萨满文化精神。

（1）乞颜精神

《秘史》里体现的英雄文化的核心为乞颜精神。温斌、孙红梅等学者解析《秘史》中记载的首领之间的结拜现象，"这种结拜往往以部族战争为背景，以双方的身份地位为基础，以某种仪式作为标志，体现出蒙古人团结协作、守信重义、豁达包容等民族文化精神"③。分析复仇母题及其分类、叙事特点以及所蕴含的蒙古族文化精神等，坚忍顽强、诚实守信、团结互助等文化精神。④ 蒙古族英雄文化的核心是乞颜精神。而铁木真、哈撒儿等主人公是英雄中的英雄、普世豪杰、乞颜

---

① 乌力吉、图亚：《〈蒙古秘史〉中的印藏文化痕迹》，《民族语文》2002 年第 4 期。

② 张双福：《〈蒙古秘史〉与雅利安文化之关系》，《内蒙古社会科学》（蒙古文版）2001 年第 4 期。

③ 温斌：《民族文化交融与元代少数民族作家创作》，吉林大学出版社 2015 年版。

④ 孙红梅：《〈蒙古秘史〉复仇母题探析》，《短篇小说》（原创版）2013 年第 32 期。

精神的核心人物。

（2）游牧文化精神

从名称透视：《秘史》里记载着阿勒台（altai）、不峏罕·合勒敦（burqan‐qanldun）、额沔古涅（ergün‐e）、斡难（onon）、斡儿洹（orqun）等圣山圣水的名称。这些名称"并非简单的'名称'，在其'名称'背后的确承载着游牧文化精神的意义"①。

诗歌里的游牧文化：第 118 节记载札木合对铁木真说的一段话："铁木真安答啊！依山居住，牧马的人可得帐房住！［哎！这话对吧？—AT］靠水居住，牧羊的人可得饮食吃！［哎！不是这样吗？—AT］（前半是说马牧场应该依山，后半是说羊牧场应该靠河。）"② 短短的字句意义深长，不过字面意义能够体现 12—13 世纪的蒙古社会的游牧经济及文化形态。

诃额仑额客训诫铁木真和哈撒儿时比喻的"像咬驼羔后腿的雄骆驼""像捕食的猛虎野兽""像返身护巢的豺狼""像在风雪里奔冲的雄狼""像怒博影子的猛兽""像怒不可遏骄傲的狮子""像冲击山岩的海青""像齿咬胸肋的黑狗"③ 等诗行也描述当时蒙古人的日常生活中经常出现的动物，体现了他们的游牧生活的一面。《秘史》全文详细具体地记录了游牧民族的社会和生活，所以记载这般的诗词比较多。

（3）原始宗教精神

《秘史》又是探究蒙古族原始宗教的一手资料。据《秘史》记载，12—13 世纪时在蒙古社会已出现萨满教有关的"别乞（beKi）""札阿邻（jagarin）""帖卜·腾格里（teb tegri）""博额斯（büKes）"等名

---

① 萨·巴特尔：《〈蒙古秘史〉的德性与教化思想研究》，华夏出版社 2016 年版，第40 页。

② ［蒙古］策·达木丁苏隆编译、谢再善译：《蒙古秘史》，中华书局 1956 年版，第78 页。

③ 同上书，第 50 页。

称，这表明当时的蒙古社会中以萨满为职业的社会阶层已成形。[①] 显然，很早之前萨满教在蒙古社会中萌芽、盛行，至蒙元时期已成为一股力量参与到政治和文化的发展中。《秘史》里记载脱黑脱阿别乞、豁儿赤别乞、忽都台别乞等诸多别乞官职的人。别乞通常指为"主持萨满事宜的官职人员"[②]，换句话说，"别乞·那颜的官职与掌管人们的精神事务相关"[③]。《秘史》里记载[④]的孟克腾格里崇拜、大自然的崇拜、动物植物的崇拜、图腾崇拜、祖先的崇拜等萨满教的诸多崇拜已成形为崇拜体系，部落首领的登基仪式、山水祭祀仪式、死者安葬仪式、萨满占卜等有一系列的萨满教的仪轨。并且，从那时起萨满教登上政治舞台，"政教合一"的雏形已显。

《秘史》里还记载了大量的具有萨满教思想的诗歌及神话。[⑤] 如德·薛禅的梦及其解释、豁儿赤别乞、阔阔出帖卜·腾格里他们与天神的谈话等充满神话色彩的话语表达了萨满教的具体含义。《秘史》之所以成为蒙古族百科全书，其内容包罗万象，尤其是对原始宗教——萨满教的交代很全面。从小单位名称到萨满教仪轨都有所体现，因此，对萨满教研究领域也提供了可贵的资料，研究价值匪浅。

（三）比较研究

1.《秘史》与其他蒙古古代文学作品的比较研究

《秘史》与《黄金史》：从文化层面比较，《秘史》和《黄金史》的差异在于相距数百年的漫长历史和解读《秘史》过程中因时代、语言表述思维、文化意识不同而产生的变化。如，多年以来转手转抄，

---

① 珠飒：《〈蒙古秘史〉萨满名称研究》，《内蒙古大学学报》（蒙古文版）2002 年第 3 期。博额斯意为男萨满们。

② 萨·巴特尔：《〈蒙古秘史〉的德性与教化思想研究》，华夏出版社 2016 年版，第 62 页。

③ 同上书，第 104 页。

④ 仁钦道尔吉：《〈蒙古秘史〉与萨满文化》，《西北民族大学学报》（蒙古文版）2006 年第 1 期。

⑤ 同上。

因为时代不同,《秘史》已有所变异。语言表达思维方式从具体、形象到抽象、概括。原文中的象征意义及其理解所致的画蛇添足之笔等文化意识的不同而产生的变化。①

《秘史》与《青史演义》:学者们认为,两者之间有传承关系。如《秘史》以黄金家族为核心的史书观传承到 19 世纪文学著作,而且内容变得更为丰富,更为细致地描写了祖先谱系、孛儿只斤氏族黄金家族的"天命论"、成吉思汗是天之骄子等中心观点。②

《蒙古秘史》和 17 世纪编年史:13—17 世纪的历史文献有诸多共同点,17 世纪的《黄金史》《蒙古源流》《大黄史(大黄册)》《诸汗源流黄金史纲》《阿萨拉克齐史》等编年史里同样写到关于成吉思汗的神话传说,这表明当时的史学家们非常崇拜成吉思汗,因此《秘史》里出现的神话传说母题有了稍微更改,而且著作者的主张更符合当时的政治需求,他们试图把黄金家族的"神性"变得更加合理化。③

2. "秘史"与汉文史传作品的比较研究

历史散文《左传》、纪传体通史《史记》、史书《蒙古秘史》共有的叙事特征为叙事流畅、有完整的情节、塑造的人物有血有肉,有个性。神话、传说入史成文的取材观也一致。"从文学因素看《秘史》,它所取材的史事,所吸收借鉴民间口传历史,所进行的艺术加工。所采用的叙事结构与方法,都与中国传统的'讲史'具有相同或相似的特点。"④ 因此学者们认为,《秘史》和中国传统史书之间有可比性。但是不能简简单单地以习惯性语言来做结论,比如《秘史》是不是蒙汉

① 杭爱:《〈蒙古秘史〉与〈黄金史〉文化层面比较》,《民族文学研究》2002 年第 2 期。

② 吴·塔娜:《〈青史演义〉与〈蒙古秘史〉历史事件的比较研究》(蒙古文),《中国蒙古学》2007 年第 2 期。

③ 领喜:《〈蒙古秘史〉和十七世纪历史文献中成吉思汗神圣化传说》,《内蒙古师范大学学报》(蒙古文版)2008 年第 3 期。

④ 张荣刚、严明:《〈蒙古秘史〉的文体特征——与中国历史散文及讲史说话相比较》,《东疆学刊》2012 年第 1 期。

民族文化交流和影响的产物等，由于这种民族之间文化的交流和影响是否对《秘史》的创作者产生过影响，目前还缺乏直接史料的证明，推测只是推测，还需要真实材料的支撑。目前为止，学界人士只在讨论两者的叙述方式和语言艺术及其异同之处，并且只提出了一些比较保守的观点。

《秘史》和《史记》的历史叙述方面有很多共性，如"神灵性、故事性、传记性及口头文学性"① 等。而两者之间的不同之处为"《蒙古秘史》是家谱性质的传记文学，而《史记》是不同阶级人士的传记文学"②。

《秘史》和《元史》《圣武亲征录》③ 等其他文献相比较，"《蒙古秘史》不同于其他史著的战争描写艺术"④。而《秘史》和《左氏春秋》的共性为"预言"类模式、"有点有面，以点带面"的战役叙事及塑造英雄形象方面均十分成功。⑤

影响研究是比较文学最传统的研究范式，⑥ 比较的基本含义是处理两个要素之间相互关系的基本方法，即分析不同著作之间的相同之处及其缘由。《蒙古秘史》及其他文献之间的比较也如此，得出的结论不过是有没有受到汉文化的影响，目前为止还没有有力的证据，其次"由于两个民族所经历的历史阶段极其相似，才在文学的描写方面出现

---

① 崔玉英：《〈蒙古秘史〉与〈史记〉之历史叙述比较研究》（蒙古文），硕士学位论文，内蒙古师范大学，2007 年。

② 李宏玖：《〈蒙古秘史〉和〈史记〉作为传记文学特征》，《赤峰学院学报》（蒙古文版）2012 年第 1 期。

③ 《圣武亲征录》原文是汉文撰写的还是蒙文翻译而来，目前也有争议。请参阅《〈圣武亲征录〉作者、译者考疑》《〈圣武亲征录〉考略》等论文。

④ 哈斯高娃：《〈蒙古秘史〉战争描写考略》（蒙古文），硕士学位论文，内蒙古师范大学，2008 年。

⑤ 王素敏、温斌：《中国古代草原文学研究》，南开大学出版社 2014 年版。

⑥ 曹顺庆：《比较文学》，重庆大学出版社 2016 年版。

了如此之多的共同性"①。文化的交叉参透过程就是其发展历程。如同蒙古文化和汉文化之间有一定的关联,《秘史》和汉文化之间也应该有相互影响的痕迹,如阿阑豁阿所生的"天的儿子"和中原地区的"天子"之称也有微妙的联系。"五箭训子"与《魏书》《北史》中阿豺折箭训诫弟子故事,系同源故事。② 因此,两者之间的联系是必然的。

3. 哈萨克文《秘史》和《黄金史》

据相关研究,哈萨克文《秘史》的内容上有删减、脱落、走形,所以学术价值减色,仅成为一种通俗文本读本。虽然哈译本《蒙古秘史》或哈译本《黄金史》不太成熟,但其历史价值及存在价值可不能忽略。研究表明,《蒙古秘史》中有大量的关于哈萨克族源及部落记载,还有许多词语词源来源于突厥—哈萨克语。学术界一直关注将其复原蒙古文或与汉文文本比较研究等学术活动,却忽略畏吾儿、哈萨克语言、文学、文化的参照研究。尽管有些学者做了一些初步的对比,指出一些瑕疵,可最终提到的"建议在哈萨克语言文学系开设古代哈萨克语研究课程时,将《蒙古秘史》作为范本引入教学课程,同时,学界在推出新的哈萨克文译本过程中,加强对《蒙古秘史》各版本比较研究,真正解开一些难解之谜"③,明确地指出了《秘史》研究的重要性及必要性。

哈译本《秘史》已开始被语言翻译方面的研究者们关注。④ 文学研究与翻译理论或跟它相关的误读理论也有密切关系。哈译本《秘史》

① 王素敏、温斌:《中国古代草原文学研究》,南开大学出版社 2014 年版,第148 页。

② 扎拉嘎:《关于"苍狼白鹿"的美丽传说及其他》,《民族文学研究》1990 年第4 期。

③ 艾克拜尔·米吉提:《艾克拜尔·米吉提传记文学作品集》,民族出版社 2013 年版,第 278 页;艾克拜尔·米吉提:《关于〈蒙古秘史〉成书、传播以及哈萨克译文版对照》,《伊犁师范学院学报》2006 年第 1 期、第 2 期。

④ 苏古:《哈译本〈蒙古秘史〉蒙哈关系词汉译研究》,硕士学位论文,伊犁师范学院,2018 年。

的还原程度、变异程度及遗漏片段等进一步细致分析会涉及文学、语言、翻译等各个领域的研究。如此一来，《蒙古秘史》的比较研究，包括语言、文学、历史、文化视角的比较会更为广泛，而解题的可能性会有所提高。

4.《秘史》与其他文本的比较研究

除此之外，《秘史》与《阙特勤碑》《伊利亚特》《史集》等文献之间的异同研究也已展开。

《阙特勤碑》与《秘史》有共同的主题：[①] 强调团结和统一，宣扬忠诚的品格，歌颂主人公及其生母；在写作手法上也有诸多相似之处；以散体为主，韵体为辅，散韵结合，采用史诗性的写作手法进行叙事，安排结构等。

《伊利亚特》与《秘史》两部著作均为"以史实为依据，以美女为引线，以神话为外衣，以勇猛善战的英雄为主要歌颂对象的英雄史诗"[②]。很显然，两部著作有可比性，从文学的角度分析也不未然。《伊利亚特》是典型的史诗类著作，《蒙古秘史》却不同，只可以说有史诗性，但不能片面地认定为史诗。著者在前面说明《蒙古秘史》是"一部文史部分的典籍"。

《史集》与《秘史》相比较，后者的文学特征更为明显。[③]

《秘史》英译本的多维翻译研究[④]、文化翻译对比研究[⑤]、文化意象

---

① 诺尔把汗·卡力列汗：《〈阙特勤碑〉与〈蒙古秘史〉的主题和写作手法比较研究》，《伊犁师范学院学报》2015年第3期。

② 王素敏、温斌：《中国古代草原文学研究》，南开大学出版社2014年版。

③ 铁花：《从历史叙述的比较探究〈蒙古秘史〉的文学特征》（蒙古文），硕士学位论文，内蒙古师范大学，2005年。

④ 邢力：《评阿瑟·韦利的蒙古族典籍〈蒙古秘史〉英译本——兼谈民族典籍翻译研究的学科定位》，《解放军外国语学院学报》2010年第2期；邢力：《评奥侬的蒙古族典籍〈蒙古秘史〉英译本——兼谈民族典籍的民族性翻译》，《民族翻译》2010年第1期。

⑤ 白斯娜：《改写论视角下〈蒙古秘史〉英译本的文化翻译对比研究》（英文），硕士学位论文，华南理工大学，2014年。

翻译研究①、译本中的生活文化相关的词语研究②、异化与归化研究③等多视角的对比分析也正在展开，逐渐地成形。比较的视角给《秘史》学界提供了很多可能性和可行性，而且《秘史》的多语种版本尚待"变异学"④ 的解析。这便是《秘史》文学研究下一阶段的突破口。

---

① 乌斯嘎拉:《文化语言学视阈下的文化意象翻译研究——以〈蒙古秘史〉英译为例》，硕士学位论文，大连外国语大学，2015 年。

② 其布尔:《〈蒙古秘史〉英译版本的对比研究——柯立夫与奥侬英文版本中与蒙古生活文化有关词语的对比》（蒙古文），硕士学位论文，内蒙古师范大学，2016 年。

③ 阿莎茹:《基于语料库的〈蒙古秘史〉英译研究——异化与归化视角》，硕士学位论文，北京航空航天大学，2015 年。

④ 曹顺庆:《平行研究与阐释变异》，《中国比较文学》2018 年第 1 期；Shunqing Cao, *The Varitation Theory of Comparative Literature*, Springer, 2017.

参考文献

B. 照日格：《蒙古舞台剧演员在文艺发展中的某些问题》，乌兰巴托，1944 年版。

D. 那木达嘎：《新蒙古新剧场》，乌兰巴托，1988 年版。

E. 奥云：《蒙古民间对唱歌类型》，乌兰巴托，1960 年版。

E. 奥云：《蒙古戏剧发展历程》，乌兰巴托，1989 年版。

L. 胡日乐巴特尔：《巨蟒顶上如意宝〈天空中的白凤凰〉》，乌兰巴托，1996 年版。

L. 胡日乐巴特尔：《蒙古查玛舞—国际蒙古学者第 4 届大会演讲论文》，乌兰巴托，1992 年版。

S. 达西敦德格：《舞台艺术的革新》，乌兰巴托，1969 年版。

S. 呼布苏古乐：《蒙古戏剧类型的相关问题》，乌兰巴托，1995 年版。

S. 呼布苏古乐：《〈月鹃传〉戏剧规则的文本研究》，乌兰巴托，2004 年版。

S. 罗布桑旺丹：《那木达嘎作品的特点》选集，第一册，乌兰巴托，1987 年版。

TS. 达木丁苏荣：《蒙古文学遗产的传承问题》，乌兰巴托，1988 年版。

TS. 达木丁苏荣：《月鹃传》，乌兰巴托，1962 年版。

X. 阿尤西：《民族革命戏剧艺术史简编》，乌兰巴托，1972 年版。

巴图朝伦：《马头琴乐团》，蒙古国阿德莫尼出版社 2007 年版。

白秋：《〈元朝秘史〉动词研究》，硕士学位论文，沈阳师范大学，2017

年。

白·特木尔巴根：《〈蒙古秘史〉文献版本考》，北京大学出版社 2014 年版。

宝贵贞、宋长宏：《蒙古民族基督宗教史》，宗教文化出版社 2008 年版。

朝戈金：《口传史诗诗学：冉皮勒〈江格尔〉程式句法研究》，广西人民出版社 2000 年版。

陈西进：《蒙元王朝征战录》，昆仑出版社 2007 年版。

陈煜：《大朝盛衰：图说元代》，商务印书馆 2016 年版。

达力扎布主编：《中国边疆民族研究·第 7 辑》，中央民族大学出版社 2013 年版。

道润梯步：《蒙古源流》，内蒙古人民出版社 2006 年版。

德力格尔：《美国蒙古学研究概况》，内蒙古社会科学院，《蒙古学年鉴 （2005）》。

何芳川、万明：《古代中西文化交流史话》，中国国际广播出版社 2010 年版。

李孝迁：《近代中国域外汉学评论萃编》，上海古籍出版社 2014 年版。

李治安：《元史十八讲》，中华书局 2014 年版。

鲁·巴德玛总编：《阿拉善蒙古民歌集（1—9）》，内蒙古人民出版社 2007 年版。

莫尔吉胡：《"潮儿"现象及'潮儿'音乐——试论阿尔泰蒙古古音乐文化圈》，《音乐艺术：上海音乐学院学报》1998 年第 2 期。

莫尔吉胡、道尔加拉、瑟·巴音吉日嘎拉：《蒙古音乐研究文集（上、中、下）》，内蒙古文化出版社 2010 年版。

南快莫德格：《新疆图瓦人研究》，民族出版社 2007 年版。

仁钦道尔吉等编：《蒙古族民歌一千首（1—5）》，内蒙古人民出版社 1981 年版。

仁钦道尔吉：《蒙古英雄史诗源流》，内蒙古大学出版社 2001 年版。

瑟·巴图吉日嘎拉：《马头琴荟萃》，内蒙古人民出版社 2010 年版。

瑟·巴音吉日嘎拉编著：《蒙古民歌赏析》，内蒙古教育出版社 1992 年版。

瑟·巴音吉日嘎拉编著：《蒙古原生音乐知识与学习丛书——长调潮尔呼麦》，内蒙古文化出版社 2009 年版。

瑟·巴音吉日嘎拉：《潮尔歌及浩林潮尔（呼麦）》，香港天马出版有限公司 2006 年版。

瑟·巴音吉日嘎拉：《蒙古长调歌原理》，内蒙古人民出版社 2000 年版。

瑟·巴音吉日嘎拉、诺·乌日格木拉：《永恒的长调歌王——哈扎布》，内蒙古人民出版社 2011 年版。

瑟·巴音吉日戈拉编著：《蒙古族传统艺术——器乐、声乐 365 条名词》，内蒙古人民出版社 2017 年版。

瑟·巴音吉日戈拉：《蒙古长调歌荟萃》，内蒙古人民出版社 2013 年版。

瑟·巴音吉日戈拉：《蒙古族音乐研究及作品精选》，内蒙古人民出版社 2017 年版。

斯钦巴图：《江格尔与蒙古族宗教文学》，内蒙古大学出版社 1999 年版。

汪雨：《〈蒙古秘史〉英译本深度翻译比较研究》，硕士学位论文，中央民族大学，2017 年。

王宏印、邢力："追寻远逝的草原记忆：《蒙古秘史》的复原、转译及传播研究"，《中国翻译》2006 年第 27 卷第 6 期。

王满特嘎：《蒙古国现代文学研究与评论》，内蒙古文化出版社 1999 年版。

王满特嘎：《蒙古文化研究丛书·文论》，内蒙古教育出版社 2004 年版。

王满特嘎：《蒙古文论发展概论》，内蒙古文化出版社 2008 年版。

王满特嘎：《蒙古现代文学理论批评研究》，民族出版社 2003 年版。

王满特嘎：《蒙古现代文学批评》，内蒙古人民出版社 2000 年版。

王满特嘎：《莫.伊达木苏荣生平及其作品》（《二十世纪蒙古国作家》、第 10 卷）（西里尔文），乌兰巴托市，2015 年版。

王硕丰：《马可·波罗的中国传奇》，北京语言大学出版社 2014 年版。

王宇：《〈蒙古秘史〉总译新词研究》，硕士学位论文，内蒙古大学，2017 年。

乌兰杰：《蒙古学百科全书—艺术》，内蒙古人民出社 2013 年版。

乌·那仁巴图、达·仁沁搜集整理编辑：《蒙古民歌五百首》（上、下），内蒙古人民出版社 1979 年版。

乌·那仁巴图、瑟·巴音吉日嘎拉主编：《蒙汉合璧乌拉特民歌精选》（上、下），内蒙古文化出版社 2008 年版。

徐忠文、荣新江：《马可·波罗扬州丝绸之路》，北京大学出版社 2016 年版。

杨志玖：《马可·波罗与中外关系》，中华书局 2015 年版。

张劲胜：《中蒙两国马头琴音乐文化交流历史与现状调查分析》，道客巴巴网站，2016 年 8 月 30 日。

甄金：《蒙古秘史学概论》，内蒙古教育出版社 1996 年版。

邹雅艳：《13 ~ 18 世纪西方中国形象演变》，南开大学出版社 2016 年版。

［德］卡尔·赖希尔：《突厥语民族口头史诗：传统、形式和诗歌结构》，中国社会科学出版社 2011 年版。

［俄］L. N. 策毕柯夫（卡尔梅克）编：《卡尔梅克民歌 100 首》，卡尔梅克鄂力斯太出版社 1991 年版。

［法］鄂法兰：《法国的蒙古学研究》，耿升译，《蒙古学信息》1998 年第 1 期。

［美］阿尔伯特·贝茨·洛德：《故事的歌手》，尹虎彬译，中华书局 2004 年版。

［美］洪煨莲（或译洪业，Hung，William）："《蒙古秘史》源流考"（*The Transmission of eht Book Known as The Secret History of the Mongols*），《哈佛亚洲学报》（HJAS），第 14 卷，1951 年。

［美］理查德·鲍曼：《作为表演的口头艺术》，广西师范大学出版社 2008 年版。

［蒙］T. 巴特孟和、S. 云登巴图等搜集编辑：《蒙古长调民歌精粹之名家演唱歌碟（附：乐谱)》，蒙古国乌兰巴托，2007 年版。

［苏联］戈尔曼（Гольман，Марк，Исаакович）：《西方的蒙古史研究·十三世纪—二十世纪中叶》，陈弘法译，内蒙古教育出版社 1992 年版。

［苏联］梅列金斯基：《英雄史诗的起源》，商务印书馆 2007 年版。

［苏联］H. 雅洪托娃："俄苏的《蒙古秘史》研究"，徐维高译，《蒙古学资料与情报》1989 年第 1 期。

［匈］格雷戈里·纳吉：《荷马诸问题》，广西师范大学出版社 2008 年版。

［意］马可波罗：《马可波罗行纪》，冯承钧译，东方出版社 2011 年版。

后　记

本书由汪立珍、朝鲁门、王·满特嘎三位教授，以及全福教授、瑟·巴音吉日戈拉教授、毛巧晖教授、欧仁教授、苏尔格（国家二级马头琴演员）、田梦博士、张煜婷硕士、乌日其木格博士等十多位作者通力合作完成。这些作者包括教授、博导、讲师、博士、硕士等不同梯队、不同层次的蒙古族文学艺术研究专家与青年学者，他们在各自不同研究领域取得了突出成绩。

全书由中央民族大学中国少数民族语言研究院博士生导师汪立珍教授最终统稿、编辑和修改，并撰写前言与后记。全书共有七章，各章节具体完成情况如下：

第一章，史诗《江格尔》在中蒙俄三国的传播与影响，第一节由朝鲁门、全福、朝鲁门其木格撰写，第二节由汪立珍、李佳欣撰写，第三节由斯钦巴图、朝鲁门、格日乐撰写。

第二章，多元文化交融的胡仁乌力格尔，由全福教授撰写。

第三章，中蒙俄蒙古族长调民歌，由瑟·巴音吉日戈拉教授撰写。

第四章，中蒙俄的呼麦与马头琴艺术，第一节由欧仁副教授撰写，第二节由国家二级马头琴演员苏尔格撰写。

第五章，《蒙古秘史》在世界的传播与研究，由中央民族大学比较文学与世界文学专业博士田梦撰写。

第六章，"一带一路"视野下的蒙古族文学，第一节到第四节由毛巧晖教授撰写，第五节由乌日其木格博士撰写。

第七章，《马可波罗行纪》中的蒙古族文化，由张煜婷、汪立珍教授撰写。

附件一：四部卫拉特及其乌日汀·道概述，由瑟·巴音吉日戈拉教授完成。

附件二：《蒙古秘史》英译本整理汇集，由田梦博士搜集汇编。

附件三：中国《蒙古秘史》文学研究百年历程（1917—2017），由内蒙古大学蒙古学院孛儿只斤·海燕撰写，发表于《民族文学研究》（2019 年第 3 期），系国家社科基金重大项目"新中国少数民族文学史"阶段性成果。

本书在吸取前人研究成果基础上，在研究材料、研究视野、研究方法等方面具有创新突破，为内蒙古自治区在"一带一路"建设中提供理论基础与话语权力，因此，本书研究成果不仅具有独到的学术价值，还具有非常重要的现实意义与社会价值。

本研究通过挖掘、整理蒙古族文学艺术在中蒙俄"草原丝绸之路"上的传播，总结我国蒙古族文学艺术在中蒙俄"草原丝绸之路"上的重要贡献。

自古以来，在蒙古高原等地跨境而居的蒙古族在这片冻土地上创造了一系列凝聚民族精神与智慧的文学艺术，例如，蒙古族史诗《江格尔》、长调民歌、呼麦、马头琴等，它们保存蒙古族古老的历史记忆和文化底蕴。这些蕴含着蒙古族文化密码的文学艺术联通了欧亚大陆和草原文明，对世界文明产生了深远影响。在现阶段，我们更应该发挥蒙古族文学艺术的亲和力、凝聚力与软实力，推进我国"一带一路"建设在草原丝绸之路顺利实施。

本研究成果，有助于打开蒙古族文学艺术与丝绸之路沿线各国文学艺术交流历史。丝绸之路地区蒙古族文学艺术的丰富性、多样性尚未得到有效开掘，我国蒙古族文学艺术与周边国家友好往来的历史记忆还没有得到深入发掘。本成果是一个新的支点，撬起人们对草原丝绸之路上我国蒙古族文学艺术新的思考路径。文学艺术是了解一个国家最便捷的窗口。"一带一路"建立的不单纯是地理上的联系，而是更内在、更深层的文学艺术的交流，而这一交流引发的内在认同具有深远意义。

本书的顺利完成离不开内蒙古政府的鼎力支持，特别感谢本项目首席专家中国社会科学院民族文学研究所朝克研究员对本项目执行与完成的精诚推进与学术担当！